LE GUIDE DE LA ROCK STAR POUR OBTENIR SON MEC

ASHLYN KANE

LE GUIDE DE LA ROCK STAR POUR OBTENIR SON MEC

ASHLYN KANE

Publié par
DREAMSPINNER PRESS

5032 Capital Circle SW, Suite 2, PMB# 279, Tallahassee, FL 32305-7886 USA
www.dreamspinnerpress.com

Le guide de la rock star pour obtenir son mec
Copyright de l'édition française © 2022 Dreamspinner Press.
Titre original : A Rock Star's Guide to Getting Your Man
© 2021 Ashlyn Kane.
Première édition : octobre 2021
Traduit de l'anglais par Emmanuelle Guilluy.

Illustration de la couverture :
© 2021 Paul Richmond.
http://www.paulrichmondstudio.com
Conception graphique :
© 2022 L.C. Chase.
http://www.lcchase.com
Les éléments de la couverture ne sont utilisés qu'à des fins d'illustration et toute personne qui y est représentée est un modèle

Édition e-book en français : 978-1-64108-431-4
Édition imprimée en français : 978-1-64108-432-1
Première édition française : mai 2022
v 1.0

Édité aux États-Unis d'Amérique.

Pour Sibel, qui m'aide à garder le cap.
Ce livre n'existerait pas sans toi.

Remerciements

J'ai des dettes de gratitude envers plusieurs personnes pour leurs efforts dans le but de m'aider à déterminer jusqu'où je pouvais infléchir la structure des parcs provinciaux et nationaux canadiens, tout en gardant le livre vraisemblable : S.Khaw, Sherry M., et Jaime Samms. Merci beaucoup d'avoir utilisé vos compétences de recherche, connaissances personnelles et relations pour m'aider à tout comprendre.

Ce livre a traîné pendant quelques semaines, fini à 99 %, et aurait croupi là, mais Morgan James a fourni les remarques et le coup de pied aux fesses dont j'avais besoin pour finir le reste. Ce sont les meilleurs.

LE GUIDE DE LA ROCK STAR POUR OBTENIR SON MEC

COMMENÇONS PAR le commencement. Je sais que «obtenir son mec» n'est pas très ouvert, mais les autres formulations étaient poussives. De plus, si vous n'êtes pas intéressés par le fait de trouver un partenaire, ça va. Ce livre est aussi pour les gens qui veulent savoir comment j'ai fini avec un petit ami trophée super canon, et pour les fans fervents de Howl qui veulent connaître tous les ragots.

Pour être honnête, jusqu'à ce que je m'asseye pour écrire ceci, même *moi*, je ne savais pas comment j'avais atterri là. Je suis foutrement sûr de ne pas avoir quitté le Willow Sound de ma jeunesse en prévoyant qu'un jour, je reviendrais, au bord de la crise de la trentaine, uniquement pour me rendre compte que je n'avais pas oublié mon béguin du lycée et décider de lui passer un anneau au doigt.

Mais maintenant que j'y repense, je peux voir les décisions que j'ai prises. Je sais ce que j'ai bien fait.

Et la première chose que j'ai bien faite a été de retourner là où tout a commencé. Alors, avec ça à l'esprit –, voilà. Le guide personnel de Jeff Pine pour obtenir votre mec (ou autre chose.)

Bonne chance.

Tiré de *The T-Bird Times*, journal du lycée de Twin Lakes
Numéro daté du 7 mai, treize ans plus tôt.

DES T-BIRDS gagnent la Bataille des Groupes.
Par Sarah Brown
La compétition de la Bataille des Groupes de Barrie se tenait le week-end dernier, et un groupe de Twin Lakes a ramené le prix chez nous.

Howl, un groupe formé des terminales Jeff Pine (guitare, chant), Tracy Neufeld (percussions), Max Langdon (guitare), et Joe Kinoshameg (basse), jouent ensemble depuis deux ans. C'est leur seconde participation au concours de la Bataille des Groupes et leur première victoire.

Félicitations, les Thunderbirds !

Tiré de *Out Magazine*
Numéro daté d'octobre, trois ans plus tôt

EN CHAIR et en os, Jeff Pine est du genre garçon d'à côté attirant mais sans prétention – un mètre soixante-quinze, avec des cheveux châtains ondulés, d'éclatants yeux noisette, et de façon injuste, à la fois des taches de rousseur *et* une fossette. Mais même dans un café reculé, à quelques pâtés de maisons de son gratte-ciel de Toronto, on peut entrapercevoir le meneur énigmatique et hors du commun de Howl. Il y a quelque chose d'électrique dans ses yeux noisette, et il semble énergique mais maître de lui ; quand la serveuse lui tend sa commande, un latte au matcha d'un vert éclatant, ils se font un check comme de vieux amis. Il n'arrête jamais de taper du pied en rythme avec la chanson qui passe sur la chaîne hi-fi, et plusieurs fois, je l'ai surpris à incliner la tête pour écouter, hochant un peu la tête comme s'il prenait des notes. Il ne fait pas semblant – il paraît toujours gêné après. C'est comme s'il ne pouvait s'en empêcher.

Pine, à maintenant vingt-huit ans, a fait du chemin depuis l'adolescent qui en voulait à tout le monde et qui a forcé le passage sur les scènes de Barrie, dans l'Ontario, où Max Langdon, Trix Neufeld, Joe Kinoshameg et lui étaient au lycée.

— J'avais beaucoup de choses à prouver, m'explique-t-il, effaçant naturellement du pouce la tache de crème sur sa lèvre inférieure. La musique semblait être la seule chose pour laquelle j'ai jamais été doué, mais c'est difficile d'être pris au sérieux quand on est un petit gamin gay avec des taches de rousseur. J'avais l'impression que je devais travailler deux fois plus dur, jurer deux fois plus, être une rock star deux fois plus stéréotypée pour compenser.

Mais Pine se dit chanceux dans le fait que ses difficultés ont toutes été un problème de perception, et non pas d'identité.

— J'ai traversé cette phase au début de la vingtaine, où j'étais, genre, presque bodybuildé. Je pensais que si je pouvais rendre le haut de mon corps comme celui d'un super-héros, les intolérants devraient me donner mon titre de rockeur. Ce qui est hilarant avec le recul. Je veux dire, une fois sur deux, nous sommes des nerds maigrichons avec des bedaines, qui sont clairement défoncés par trop de drogues. Mais j'ai toujours été sûr de qui j'étais. Une fois que j'ai arrêté d'accorder de l'importance aux choses que je ne pouvais pas contrôler, comme la manière dont les autres me voient, c'est devenu plus facile.

Ce qui a aidé, dit-il, a été de suivre le chemin tracé par d'autres musiciens ouvertement gays – c'est-à-dire, qu'il n'y a pas de chemin.

— Personne ne dit à Elton John qu'il ne peut pas faire de rock.

Parmi d'autres, Pine compte le meneur de Green Day, Billie Joe Armstrong, le couple phare de Wayward Sons, Jake Brenner et Parker McAvoy, et Sam Smith parmi ceux dont il suit l'exemple.

— Il n'y a pas de bonne ou de mauvaise manière d'être un musicien queer. C'est différent, parce que, parfois, nous devons imposer des limites que les gens hétéros cisgenres ne sont pas obligés d'avoir. Certaines personnes pensent qu'ils ont le droit d'obtenir des informations vraiment personnelles. Mais j'ai principalement pu voir ça comme étant « leur » problème.

Ce qui ne veut pas dire que Pine n'a pas eu à affronter de problèmes. Durant la première tournée nord-américaine de Howl, il a été hospitalisé pour épuisement, après s'être produit pendant plusieurs heures dans la chaleur estivale du Kentucky. Plus tôt, cette année, son petit ami a rompu avec lui après neuf mois de relation, citant l'emploi du temps épuisant de la tournée du groupe et le manque de disponibilité de Pine.

— Et bien sûr, ça s'est terminé à peu près au moment où nous étions dans les étapes de préparations pour cet album, dit-il, alors que j'étais déjà épuisé émotionnellement, mais nous devions nous réunir et tous nous épancher. Je ne dirai pas que ça ne fait pas de la bonne musique, mais c'était difficile.

L'album – le sixième de Howl, appelé *Gemini* – sort en avance la semaine prochaine et contient les tubes « Blood in the water » et « Point of View », qui sont tous les deux classés actuellement dans les meilleures ventes en Amérique du Nord et au Royaume-Uni.

— Puis la tournée commence, et nous devons tout recommencer, lâche Pine avec un rire après avoir vidé son latte. Honnêtement, je ne sais pas comment nous faisons. Mais j'adore ça. Il est difficile de croire qu'on puisse être aussi chanceux. Si je pouvais repartir dans le temps et dire à mon moi de quinze ans, vous savez, pas simplement « ça ira mieux » mais exactement ce qui l'attend… je ne lui dirai pas. C'est quelque chose qu'il devrait découvrir par lui-même.

LEÇON UNE
FAIRE FACE À SON MERDIER

DÉSOLÉ, ON ne peut pas patauger doucement dans de l'eau peu profonde ici. Nous sautons directement dans le grand bain.

Bien sûr, cette étape suppose que vous savez quel est votre merdier. Je parle du vrai – le passé tragique, les angoisses fermement ancrées, les os émotionnels brisés qui ont guéri sans avoir été remis correctement.

Pour corriger votre merdier, vous devez savoir ce que c'est.

Pour moi, il y avait beaucoup de merdes, et je voulais m'y attaquer toutes en même temps. Je ne m'entendais pas avec Trix, Max et Joe, les autres membres de Howl. Je me sentais étouffé par notre équipe de direction. L'idée d'écrire un autre album, partir pour une autre tournée, ou même être dans la même ville qu'eux me donnait l'envie de partir en hurlant dans la nature sauvage.

Et un jour, après un petit déjeuner brutal avec Max et un appel téléphonique enragé avec Trix, c'est ce que j'ai fait. J'ai loué un chalet au milieu d'un parc provincial, emballé quelques guitares, des vêtements et mon ordinateur, et je suis parti. J'avais besoin d'espace pour comprendre ce que je voulais faire à propos du groupe, de mon futur, de ma vie. Mais vraiment, je voulais simplement m'en éloigner. Les rock-stars ont des responsabilités aussi, et je voulais les éviter.

Et ce n'étaient pas *les seules choses* que j'avais besoin d'affronter. Je suis arrivé à ce chalet dans les bois, avec l'intention de laisser tout mon merdier derrière moi pendant quelques semaines. J'aurais dû avoir plus de jugeote. J'ai loué un chalet à vingt minutes de là où j'ai grandi.

Quand je suis arrivé, tout mon merdier était là à m'attendre.

Putain de *merde*.

I

JEFF EUT des doutes dès qu'il tourna dans l'allée et que l'eau du Sound l'entoura sur trois côtés – un bleu magnifique, terre-à-terre, solide, avec le ciel au-dessus, lumineux et clair. Si près de la rive, les arbres étaient clairsemés et la claustrophobie présente dans le reste du parc n'était pas envahissante. L'air avait un goût de soulagement.

C'était probablement une bonne chose qu'il soit là surtout pour le paysage, parce que le chalet ne payait pas de mine – une forme de A solidement bâtie en rondins, avec un porche en bois le long de la façade avant et une cheminée en acier à l'arrière. Beaucoup de fenêtres pour de la lumière naturelle, et un tas de bois de chauffage qui lui tiendrait jusqu'à la fin du monde. Il gara le pick-up sous l'auvent à voiture qui abritait aussi une poubelle à l'épreuve des ours et une énorme boîte pour le gravier. Avec un peu de chance, il n'en aurait pas besoin dans les prochains mois.

Il y avait encore du temps pour que tout dérape de manière spectaculaire, manifestement. Exemple parfait, la poubelle à l'épreuve des ours. Jeff resta assis dans le pick-up avec les vitres ouvertes, coupa le moteur, et écouta les vagues s'écraser contre les rochers et Gord Downie dire à une personne inconnue de se la fermer à propos des poètes.

Cela ne paraissait pas encore réel – pas d'hôtels, pas de membres du groupe, pas d'heures de studio, pas de répétitions, pas d'interviews. Ici, au milieu de nulle part, il pourrait même croiser quelqu'un qui ne connaissait pas son nom.

Enfin, s'il n'avait pas grandi ici.

Alors que la chanson faiblissait, un véhicule vert de garde forestier s'arrêta à côté de lui. Jeff ouvrit la portière et sortit pour rejoindre la conductrice. C'était une jeune femme, milieu de la vingtaine, avec de sombres cheveux raides, des pommettes anguleuses et un sourire facile.

— Vous devez être M. Pine ?

Seigneur, *M. Pine*. Elle ne le reconnaissait pas. Il ne pouvait pas la resituer non plus. Il avait probablement été quelques années en avance sur elle à l'école, si elle avait grandi ici.

— Simplement Jeff, corrigea-t-il. Merci de me retrouver ici.

— Kara. Et tout cela fait partie du service.

Ils se serrèrent la main. Puis elle lui fit visiter le chalet – une pièce simple avec un lit, une table et des chaises, et une kitchenette avec une cuisinière à bois contre le mur qui menait à la salle de bain, probablement pour la garder chaude en hiver.

Bon sang, Jeff pouvait imaginer le fait de loger ici pendant l'hiver. Ses testicules essayèrent de remonter dans son corps à cette simple pensée.

— Le signal GPS peut être un peu inégal, avertit Kara alors qu'ils retournaient aux véhicules. Avec le couvert forestier. Le réseau téléphonique est moyen. Vous n'aurez probablement pas beaucoup de réseau internet non plus. J'ai quelques cartes supplémentaires dans le pick-up si vous voulez.

— Je pense que je retrouverai mon chemin. Merci quand même, dit-il avec un sourire.

Bien sûr, ils avaient probablement changé des choses depuis ses quinze ans, mais où allaient-ils bouger l'épicerie ? Willow Sound n'était pas si grand.

— Oh, vous êtes d'ici ? demanda Kara, en s'appuyant contre le véhicule de garde forestier.

Il s'était attendu à cette question. Il haussa les épaules.

— Ah, en quelque sorte. Nous avons déménagé quand j'étais ado. Je ne suis pas revenu depuis.

Par chance, elle ne lui posa pas de questions là-dessus. Dieu merci, parce qu'il n'avait aucune idée de ce qu'il aurait dit. *C'est compliqué ?* C'était en fait simplement triste et plutôt pathétique.

— D'accord. Eh bien, j'ai l'impression que les choses ne changent pas trop vite par ici, déclara-t-elle, plissant les lèvres en un sourire qui était clairement taquin. Du moins, à en juger par la façon dont les gens râlent à propos du Tim Hortons qui s'est installé il y a dix ans.

— Certaines choses ne changeront jamais, lâcha Jeff avec un rire ressemblant à un aboiement. La *résistance* des petites villes au changement étant l'une d'elles.

— Alors, vous êtes *définitivement* déjà venu ici avant.

Souriant, elle tendit la main dans le pick-up et sortit une brochure du parc.

— Vous en avez probablement eu une à l'entrée, mais juste au cas où, proposa-t-elle en se retournant et en sortant un stylo de son chapeau. Je ne dis pas que la vie solitaire ne vous ira pas, mais si vous ressentez le besoin d'avoir de la compagnie, il y a un bon ensemble de programmes – apprendre à pêcher à la mouche, identifier les plantes et les traces d'animaux. Il y en a un pour observer les étoiles, et si vous êtes dans les parages en août, vous devriez absolument y venir parce que la pluie de météorites offre un bon spectacle chaque année. Et bien sûr, il y a la soirée feu de camp.

Elle lui tendit la brochure.

— Feu de camp, répéta Jeff, les coins de sa bouche se soulevant. Quoi, je ne donne pas l'impression de pouvoir en allumer un tout seul ?

Il n'était pas vexé ; il n'était pas exactement un mec massif. Il n'avait jamais vraiment atteint le mètre quatre-vingts, et son t-shirt était trop lâche pour dévoiler ses bras.

— Non, ce n'est pas ça, contra-t-elle, sa peau hâlée rougissant de façon à peine perceptible quand elle secoua la tête. C'est plus… la sécurité autour du feu de camp, une introduction à la vie sauvage du parc, et ensuite des marshmallows grillés. C'est très populaire auprès des enfants et des gens qui sont attirés par les hommes.

Traduction – le garde-forestier qui dirigeait était une bombe. Jeff sourit.

— Eh bien, qui n'aime pas les marshmallows.

— Mon service finit à dix-huit heures, reprit-elle en rendant le sourire, alors je ne serai pas là, mais parlez-m'en plus tard si vous décidez d'y aller. Je suis sûr que je vous verrai à un moment ou un autre si vous êtes ici tout l'été.

— Je suis sûr que je vais m'attirer des ennuis à un moment ou un autre, concéda Jeff. Heureux de vous avoir rencontrée.

Elle lui fit un salut paresseux et grimpa ensuite dans le pick-up. Jeff le regarda s'éloigner en grondant.

Puis, n'ayant rien d'autre à faire, il déchargea ses affaires.

Il n'avait pas pris grand-chose. La plupart d'entre elles étaient toujours dans son appartement à Toronto ; il n'avait pas besoin de dix guitares ici. Il en avait amené deux – sa Gibson Les Paul électrique préférée, un solide corps bleu dont il était tombé amoureux dans un magasin de musique à Salzbourg, et une vieille Seagull acoustique usée, son premier amour.

Le chalet serait déjà assez exigu avec eux trois.

En plus de ça, il avait un sac de vêtements et d'affaires de toilette, son ordinateur portable, un épais cahier à spirale et trois paquets de stylos. Ces derniers étaient sournois ; au moment où vous leur tourniez le dos, ils faisaient un genre de bataille royale, jusqu'à ce que, deux jours plus tard, il ne vous reste qu'un seul stylo-bille, et le capuchon manquant. Il n'en avait probablement pas apporté assez.

Il n'avait *définitivement* pas apporté assez de nourriture. Ou plutôt, vous savez, pas du tout.

Et il devrait rectifier ça. D'une, parce que, bien qu'il soit assez confiant dans ses capacités de navigation de jour, tout était possible une fois le soleil couché, et de deux, parce que s'il voulait vérifier les talents de chanteur du garde forestier sexy, il avait besoin d'y aller.

D'une minute à l'autre. Son estomac gargouillait. La pendule faisait tic-tac. Les pieds de Jeff ne l'amenaient pas plus près du pick-up. À la place, ils le déposèrent à la table de la cuisine, où il posa les coudes contre la surface marquée et laissa tomber sa tête dans ses mains.

Cela faisait presque quinze ans qu'il n'avait pas mis les pieds à Willow Sound, mais il ne craignait pas de découvrir que la ville avait changé. La conversation avec Kara avait mis fin à cette inquiétude.

Non, Jeff était plus inquiet que tout soit exactement pareil, Tim Hortons ou non. Qu'il descendrait la rue et pourrait dire où il était d'après le trottoir craquelé sous ses pieds ou d'après la puissance de l'odeur d'huile chaude venant de chez Shinny. Il avait peur d'aller en centre-ville, et que les gens le reconnaissent comme étant Jeff Pine, meneur de Howl, mais il avait tout autant peur qu'ils voient Jeff Pine, l'adolescent gauche de quinze ans qui s'était enfui et n'était jamais revenu. Il avait peur de reconnaître quelqu'un, et tout aussi peur de ne croiser personne à part des étrangers.

Et s'il croisait Carter...

Non, c'est stupide. Willow Sound était petit, mais pas au point d'avoir une crise d'angoisse à la possibilité de rencontrer par hasard son ancien meilleur ami à l'épicerie. Du moins, pas le premier jour. Il ne savait même pas si Carter vivait encore ici. Il était probablement parti pour l'université. Beaucoup de gens ne revenaient jamais.

Jeff n'était pas revenu, jusqu'à aujourd'hui.

Finalement, son ventre gronda, décidant pour lui. Il avait besoin d'un dîner et de provisions pour le lendemain matin, au minimum. Une fois ces besoins satisfaits, il pourrait prévoir du temps pour de l'auto-apitoiement.

Ainsi résolu, il ramassa ses nouvelles clés sur le comptoir et se dirigea vers la porte.

WILLOW SOUND aurait pu avoir une nouvelle couche de peinture ou deux, mais les points de repère étaient toujours là. Jeff entra sur le parking scandaleusement petit partagé par l'épicerie et la LCBO [1], et trouva une place. C'était étrange de conduire jusqu'ici ; il n'avait pas eu le permis avant qu'ils déménagent. Maintenant, il savait pourquoi son père se plaignait toujours de ce feu de signalisation. En quinze ans, ils n'avaient toujours pas réglé le minutage.

Il n'avait pas réalisé qu'il restait assis dans son véhicule, tambourinant sur le volant, jusqu'à ce que quelqu'un rit à l'extérieur, et il sortit brusquement de sa rêverie. Trop de souvenirs d'avoir attendu sur ce parking que Carter finisse son service à l'épicerie, pour qu'ils puissent aller nager, ou pêcher, ou traîner dans la cave de Carter à regarder MTV. Jeff n'avait pas envisagé cette complication. Ce n'était pas comme s'il pouvait éviter l'épicerie.

Il espérait que Carter ne travaillait pas encore ici. Ça, ce serait gênant.

Alors qu'il prenait un petit cadi près de l'entrée, il catalogua les différences – contrairement à l'extérieur, l'intérieur du magasin avait eu un ravalement, et il était lumineux et plaisant. Jeff prit autant de produits frais qu'il pensait pouvoir entasser dans le mini frigo du chalet et beaucoup plus de produits non périssables pour les jours inévitables où il plongerait tête la première dans sa guitare et ne remonterait pas à la surface avant minuit. Il aurait souhaité que le chalet ait un congélateur, mais des macaronis au fromage en boîte devraient suffire.

Faire des courses dans une petite ville avait un avantage – la rapidité. Le tout prit à Jeff vingt minutes à travers les allées, sans qu'une seule personne ne demande son autographe. Il était en train de penser qu'il pourrait s'échapper inaperçu, quand il vit la couverture de *Hello*, que la caissière avait posé ouvert contre sa caisse pendant qu'elle attendait entre les clients. Le propre visage de Jeff se retrouvait à orner ce numéro, un cliché particulièrement peu flatteur de lui quittant le bureau du label en centre-ville, les taches de rousseur ressortant de façon trop sombre contre ses joues pâles et ses cheveux ondulés ébouriffés par le nombre de fois où il les avait tirés de frustration. On aurait dit qu'il n'avait pas dormi depuis trois jours, ce que Jeff attribuait à la caféine, parce que cela avait été plus proche d'une semaine.

Il était en train de débattre du fait d'abandonner son cadi et de fuir quand une voix familière déclara :

— Georgia White ! Est-ce de la conscience professionnelle que je vois ?

---

1 Régie des alcools de l'Ontario, entreprise du gouvernement de l'Ontario, acheteur et distributeur de boissons alcoolisées.

La caissière se dépêcha de se redresser, bataillant avec le magazine. Ses yeux se posèrent sur la personne qui avait parlé, et elle pâlit.

— Oh mon Dieu, Mme Halloran. Vous m'avez fait peur.

Georgia (apparemment) jeta un regard à Jeff, puis vers Mme Halloran, puis revint à Jeff.

Avec un air gêné, Jeff se tourna également vers Mme Halloran – uniquement pour découvrir qu'il reconnaissait le visage autant que la voix. Cela dit, la dernière fois qu'il l'avait vue, il avait regardé à partir d'un angle différent.

— Salut, Mme H.

Il sourit. Il n'aurait jamais deviné que sa vieille professeure de cours moyen serait le premier visage familier qu'il verrait en ville.

— C'est «bonjour», Jeffrey. Je sais que je t'ai enseigné les bonnes manières.

Mais ses yeux marron dansaient; elle avait toujours aimé en faire gentiment baver à ses élèves.

— Georgia, ma chère, reprit-elle, ces courses ne vont pas se saisir toutes seules.

— Oui. Désolé, Mme Halloran, répondit Georgia en rougissant.

— C'est bon de te revoir par ici, dit-elle sincèrement à Jeff. As-tu acheté une propriété dans les environs?

Il secoua la tête. Il l'avait envisagé, mais si les choses ne tournaient pas comme il le pensait? Que ferait-il avec s'il était tout le temps sur les routes? Les cottages avaient besoin d'entretien.

— Juste de la location pour l'instant.

Il n'osa pas dire où, avec Georgia qui écoutait, et par chance, Mme H ne demanda pas. Jeff ne savait pas comment expliquer que le parc, le Sound, était l'endroit où il avait besoin d'être, même s'il avait contourné quelques règles pour que cela arrive.

— Enfin, c'est bon de te voir, dit-elle avec chaleur. Bien que si je peux faire une demande? Peut-être pour le prochain album, au moins une chanson pour laquelle je ne sois pas obligée de donner une retenue à quelqu'un pour avoir chanté dans ma classe?

Il sentit le bout de ses oreilles chauffer. Georgia faisait très attention à la sélection de Jeff en matière de viande pour le déjeuner.

— Oh, eh bien, je ne peux pas le promettre. Mais j'essaierai.

En particulier car il ne savait pas s'il y *aurait* un autre album.

Mme H lui tapota l'épaule.

— Tu es un bon garçon, Jeffy. Ta mère serait fière.

Merde, voilà. La première des choses qu'il attendait de voir lui tomber dessus. Mais il ne pouvait pas en vouloir à Mme H, qui avait travaillé aux côtés de sa mère pendant près de vingt ans.

— Merci, Mme H.

Elle secoua la tête alors que Georgia offrait timidement le total.

— Je pense que tu peux probablement m'appeler Linda.

Jeff paya, signa le reçu de la carte de crédit avec un stylo comme si on était en 2006, et fit un geste vers le magazine.

— Vraiment ? couina Georgia.

— Si tu promets d'être aussi détendue la prochaine fois, absolument.

Merci mon Dieu pour Mme H.

Jeff signa la couverture du magazine, juste sous son propre visage, et Georgia le regarda avec des étoiles dans les yeux quand il partit avec ses sacs.

JEFF RANGEA la poubelle de la cuisine dans celle à l'épreuve des ours et la sécurisa avant de réfléchir à sa prochaine action. Il savait qu'il avait besoin d'être ici, dans le dernier endroit où il s'était senti proche de sa mère, qu'il avait besoin de passer du temps à s'extraire de la couche de rock star et de deuil. Mais maintenant qu'il était ici, il ne se sentait pas *prêt*. Autant, il était venu ici pour avoir de l'espace, autant il n'appréciait pas vraiment d'être seul. Il était une créature sociale. Il puisait dans l'énergie d'une foule. Bien qu'il soit parfois fatigué d'assurer le spectacle… peut-être que ça irait pour lui ici.

Peut-être qu'il pourrait être simplement Jeff.

Il savait que c'était trop optimiste quand il avait mis la guitare dans le pick-up, mais il ne pouvait s'en empêcher.

Le soleil se couchait quand il s'arrêta sur le parking à côté de ce que la brochure d'accueil du parc appelait « l'amphithéâtre ». Depuis le pick-up, Jeff pouvait voir que c'étaient simplement des rangs de bancs en bois sans dossier autour d'un feu de camp inhabituellement large, qui crépitait déjà. Si tôt dans la saison, il n'y avait pas beaucoup de campeurs à divertir – une poignée de retraités, un couple plus jeune, et une paire dans la trentaine avec des enfants trop jeunes pour être à l'école.

Il resta en retrait, se sentant comme le gamin gothique solitaire à un concert de Hannah Montana. Il y avait un nombre impair de retraités, bien qu'ils forment quand même un groupe indéniable.

11

Mais il voulait un marshmallow grillé, bon sang, et une chance de jouer de la guitare pour quelqu'un. Il n'avait pas joué en solo depuis le lycée, et il avait besoin de décider s'il allait continuer si jamais tout partait en eau de boudin.

Il voulait aussi rencontrer le Garde Canon.

Ainsi déterminé, Jeff souleva son étui à guitare de la banquette arrière et le trimbala jusqu'à l'amphithéâtre. Il choisit un siège tout à gauche, au second rang, où il pouvait garder l'étui à guitare hors de vue. Sur le côté de la fosse opposé à lui, une table avait été installée avec les choses indispensables – une glacière d'eau, un extincteur et une trousse de premiers secours, et un saladier géant de marshmallows. Jeff pouvait presque déjà goûter le délice de sucre brûlé.

Il ne voyait pas le Garde Canon. Était-il en avance? Ce serait une première. Il vérifia son téléphone. Non. Dix minutes en retard. Eh bien, Jeff avait fait attendre bien plus de personnes pendant bien plus longtemps, et ils avaient payé pour ce privilège. Mais il ne pouvait pas rester assis. Peut-être qu'il irait faire un petit tour et reviendrait.

L'amphithéâtre était assez loin à l'intérieur des terres pour être en majorité abrité de la brise sur l'eau. Les pins et épicéas étaient d'un vert d'encre contre le ciel crépusculaire, des silhouettes amicales d'une certaine manière. Jeff se demanda s'il verrait des orignaux pendant qu'il était là. Des cerfs, définitivement. Peut-être un porc-épic? Avec de la chance, pas une moufette.

Durant son errance, ce furent les choses habituelles – le bavardage d'écureuils, un tamia traversant le chemin à toute vitesse, un faucon décrivant des cercles au-dessus avant que Jeff le perde dans la lumière basse. Un jour prochain, il pourrait devoir admettre qu'il avait besoin de lunettes. Déprimant. Il devrait faire une opération au laser. Le look Rivers Cuomo ne pourrait pas lui aller.

Le temps qu'il revienne au feu, son étui à guitare devenait lourd, et il avait la chair de poule. Il avait oublié à quel point il pouvait faire frais durant une nuit de mai ici.

Le garde était arrivé pendant qu'il était parti, et il faisait la démonstration de la bonne utilisation d'un extincteur comme si les gens en avaient sur le terrain de camping. Jeff ne pouvait distinguer ses traits à cette distance, pas avec la lumière du feu derrière lui, mais il pouvait dire que l'homme était grand et bien fait, les épaules larges, et blond avec des cheveux plutôt longs qui frôlait le dessous de ses pommettes. Le genre

Dudley Do-Right [2]. Jeff sourit et avança vers sa place précédente aussi discrètement que possible tandis que la leçon passait sur le fait de maintenir le sol autour du feu libre de tout risque de trébucher, comme avec des bâtons pour faire des brochettes.

— Quelqu'un peut-il penser à quelque chose d'autre qu'on ne devrait pas faire autour d'un feu de camp?

C'était manifestement au bénéfice des enfants, comme il se tourna vers eux quand il posa la question, révélant la longue ligne d'un nez romain.

Une des enfants se leva d'un coup. Tous les enfants à cet âge étaient-ils si avides d'attention et d'approbation? Jeff pouvait à peine s'en souvenir. Il avait été un élève potable jusqu'à ce que sa mère tombe malade, alors… peut-être.

— Oui? demanda le garde.

— Courir? proposa la petite fille.

— Courir! répéta-t-il. Oui, c'est très important. Bon travail. Quel est ton nom?

— Lennon.

— Très bon travail, Lennon, dit-il de nouveau.

Quelque chose dans la façon dont il le dit fut comme l'écho d'un souvenir. Probablement un flash-back des professeurs de son enfance – il en avait eu par intermittence depuis qu'il avait croisé Mme H.

— Qu'en dis-tu? Est-il l'heure des marshmallows grillés?

Quel enfant qui se respecte allait refuser ça?

Jeff débattait à quelle vitesse il pouvait réussir à se mettre en ligne pour avoir un marshmallow et garder sa respectabilité quand une voix à côté de lui demanda :

— Allez-vous jouer pour nous?

Non, j'ai simplement pensé que je traînerais un instrument lourd juste pour faire de l'exercice. Jeff réprima la remarque impertinente. La dernière chose dont il avait besoin était d'une mauvaise publicité supplémentaire, et ce n'était pas une question, de toute façon, c'était de quoi démarrer une conversation. Il fut content d'avoir tenu sa langue quand il leva les yeux et vit une femme dans les soixante-dix ans, un coupe-vent lilas fermé jusqu'en haut, avec un verre à vin Yeti à la main.

---

2 Film de 1999, comédie où Brendan Fraser joue un membre de la police montée canadienne dévoué, naïf et prêt à tout pour protéger ses concitoyens.

Cette dame n'en avait rien à faire de ce que les autres pensaient d'elle, ce qui la rendait automatiquement bien plus cool que Jeff.

— La brochure disait qu'il est supposé y avoir des chansons, pas vrai ? tenta-t-il. Je ne veux pas marcher sur les pieds de quelqu'un...

Il espérait qu'elle ne le reconnaissait pas. Elle ne faisait pas vraiment partie de sa cible démographique.

— Oh, non, ça va. Smokey ne fait pas d'histoires pour partager la vedette.

— Smokey ? questionna Jeff, les lèvres tressautant tandis qu'il sortait la Seagull de son étui.

Elle rendit sa voix plus grave et gonfla la poitrine.

— Vous seul pouvez éviter les feux de forêt. Je suis Gloria.

Elle sourit alors qu'elle s'asseyait sur le banc près de lui et tendait la main.

Bon sang, Jeff pouvait s'en sortir en utilisant son propre prénom, pas vrai ?

— Heureux de vous rencontrer, Gloria. Je suis Jeff.

Il pinça rapidement une corde pour vérifier l'accordage. Le garde était toujours avec les enfants, les aidant, eux et leurs parents, à charger des marshmallows sur les bâtons à brochettes. Gloria inclina la tête vers le groupe de seniors, et ils se rapprochèrent tranquillement.

— Je suppose que vous ne connaissez rien de mon époque ?

Jeff s'était fait les dents – ou les doigts, du moins – sur le rock classique, assis dans la cave aménagée de son meilleur ami, se concentrant sur les variations des cordes sous sa peau. Il ajusta le mi aigu, puis revérifia. Mieux. Il pinça un riff d'introduction.

— Je sais en jouer quelques-unes. Vous connaissez celle-ci ?

L'intro fut rapide – dix secondes environ – puis il partit sur le premier couplet. Les paroles de « The Weight » firent surface comme quelque chose de plus profond que la mémoire, comme une part de son ADN. C'était une des premières chansons qu'il avait appris à jouer une fois que ses doigts avaient été assez forts pour un accord barré. C'était bon de la chanter aussi – il venait juste de s'arrêter, et il cherchait un endroit où se reposer.

Il leva les yeux et croisa ceux de Gloria au refrain, et elle entra en scène à point nommé, alors il fit signe à tous les autres d'entrer à leur tour. Mais avant qu'il puisse finir, quelqu'un souffla :

— Jeff ?

14

Les doigts de celui-ci bégayèrent sur les cordes et la mélodie mourut sur ses lèvres. Il s'arrêta avec la bouche à moitié ouverte, la main gauche toujours posée sur la corde du ré, et il leva les yeux.

L'homme dans l'uniforme de garde forestier – celui dont il avait admiré le corps, dont la voix lui paraissait familière, se tenait devant lui, assez près du feu de camp désormais pour que Jeff puisse distinguer ses traits.

Des traits *familiers* – une mâchoire carrée, un nez droit, un front lisse, une bouche incroyablement rose qui avait été l'objet involontaire de tous les premiers fantasmes de Jeff.

Revenant maintenant pour le hanter pendant son *second* moment le plus bas. Quelle vie de merde pour Jeff.

Oh mince, était-il toujours en train de le fixer du regard ?

— *Carter ?*

Doux Jésus, il ressemblait… il ressemblait à des nuits d'été sans fin à l'extérieur, et c'était comme si Jeff pouvait voir le Carter adolescent superposé sur sa version plus âgée, plus large et encore plus incroyablement belle. Qui, de façon inexplicable, avait des cheveux de surfeur.

Gloria demanda, comme à des années-lumière :

— Oh, vous vous connaissez tous les deux ?

— Oui, répondit Jeff, se sentant sous le choc.

— Non, lâcha Carter en même temps.

Jeff prit une vive inspiration, ressentant le déni comme un couteau glissé entre ses côtes. Mais avant qu'il puisse s'excuser et partir, Carter fit marche arrière d'un air désolé :

— Je veux dire, nous nous connaissions, mais je ne l'ai pas vu depuis…

Il ne finit pas sa phrase, et d'une certaine manière, tout devint encore plus gênant.

Cela faisait plus d'une décennie, mais d'après son visage, Jeff savait qu'il pensait à la dernière fois où ils avaient vu l'autre.

Réflexion faite, en se souvenant de ce jour-là, peut-être que Jeff ne connaissait pas non plus Carter.

— Quinze ans, déclara-t-il.

Il avait l'impression d'avoir une bande autour du torse. Cela signifiait que Carter avait, quoi ? Trente-deux ans ? Les années lui allaient bien.

Son expression blessée, cependant. Cela lui faisait prendre conscience qu'ils n'avaient jamais parlé, après. Il y avait simplement eu cette horrible journée, terminée par une bonne dose de sel sur la blessure, et Jeff s'était ensuite enfui et avait refusé de parler à Carter. Une semaine plus tard, son père et lui avaient déménagé. Ils ne s'étaient jamais envoyé d'e-mails, même quand Jeff avait arrêté d'être en colère. À ce moment-là, qu'aurait-il pu dire ? Cela n'aurait fait aucune différence.

Peut-être que Gloria avait senti la tension, parce qu'elle s'éclaircit la gorge.

— Eh bien, c'est bon que vous ayez une chance de renouer !

Renouer – Seigneur, non. La vie de Jeff était déjà un désastre se déroulant au ralenti. La dernière chose dont il avait besoin était de mélanger son traumatisme d'enfance avec ses problèmes d'adulte. Pourquoi est-ce que ça arrivait ? Était-ce un signe du cosmos ? *Retourne en ville, gamin. Cet endroit est mort pour toi depuis longtemps.*

Excepté qu'il ne pouvait pas échapper à la sensation que c'était le cosmos qui l'avait ramené ici en premier lieu.

— Bien sûr, souffla Jeff, au lieu d'être en désaccord et de s'enfuir.

Il reprit l'introduction de la chanson pour recentrer son attention. Tant qu'il avait sa petite scène et sa guitare, il avait le contrôle. Et le contrôle était justement ce dont il avait besoin.

— Alors… devrions-nous essayer à nouveau ? Peut-être que nous arriverons à faire tout le refrain cette fois.

Quelques retraités échangèrent des regards, Jeff vit le couple plus jeune murmurer l'un à l'autre au-dessus d'un téléphone portable, et il pensa que sa couverture était grillée. En particulier quand Gloria lui dit, après :

— Vous avez une voix magnifique, Jeff. Vous a-t-on déjà dit que vous ressemblez à ce chanteur de – oh, quel est le groupe – ils ont cette chanson « Ginsberg » ?

Jeff plaqua un sourire sur son visage et ne regarda ostensiblement pas Carter, qui était retourné auprès des enfants, servant les marshmallows fondus sur des biscuits complets.

— Oui, j'ai entendu ça une ou deux fois.

Il se fit une note mentale de ne jouer aucune chanson de Howl. Ce serait chercher les ennuis.

Non pas que les ennuis aient besoin qu'on les cherche, pensa-t-il alors qu'il regardait de l'autre côté du feu. Carter ne participa à aucune des chansons, il resta assis à écouter. Jeff trouva ça perturbant et passa plus de temps qu'il n'aurait dû à examiner minutieusement ses choix de chansons. Rien de trop colérique, de trop triste, de trop nostalgique.

Rien qui pourrait révéler le déchirement monstrueux de son propre cœur.

Finalement, après une bonne série, Jeff s'excusa, notamment auprès de Lennon, qui avait été ravie avec sa version maladroite de « Let It Go ».

— Je pourrais revenir la semaine prochaine. Si tu es encore ici, je te verrai à ce moment-là, d'accord ? Mais je suis arrivé cet après-midi, et je suis épuisé.

Et il l'était. Les yeux irrités, la poitrine lourde.

Mince alors. Il allait se coucher avant une enfant de trois ans. *Je suppose que j'ai vraiment besoin de ces vacances.*

Il fut extrêmement prudent pour se frayer un chemin de retour jusqu'au chalet dans le noir. Même avec les phares, c'était difficile de voir le tournant. Il pourrait vraiment devoir mettre des lunettes. Ou arrêter de conduire la nuit.

Il était inutile de s'appesantir là-dessus ce soir. Il arrêta le pick-up sous l'auvent et il était à mi-chemin du cottage avant de réaliser qu'il n'avait jamais eu son marshmallow.

Foutu Carter. Ce type gâchait tout.

II

JEFF SE réveilla avec la lumière précédant l'aube sur l'eau.

Le chalet était assez froid pour qu'il soit prêt à jurer que ses cheveux essayaient de retourner dans son cuir chevelu, mais avec le reste de son corps coincé sous les couvertures, il était aussi au chaud qu'on pouvait l'espérer. La fenêtre le long du mur arrière avait des rideaux fins, mais il ne les avait pas fermés, et le soleil pâle se reflétant sur le Sound passait mollement à travers la vitre et infusait l'intérieur du chalet d'une lueur éthérée.

Jeff n'avait jamais été accusé d'être une personne matinale, mais il s'assit quand même dans le lit et regarda dehors, incapable de résister. Une fine couche de brume planait au-dessus de l'eau, semblant absorber les rayons du soleil et les retenir là pour plus tard. Un poisson fit une éclaboussure au bord. Tandis que Jeff observait, un kayak avec un seul occupant glissa sur la crique, la pagaie plongeant et remontant en silence, laissant le matin paisible.

Jeff resserra les couvertures autour de lui et regarda le soleil se lever, repensant à un matin vingt ans plus tôt, quand cela avait été sa mère et lui dans le kayak, la brume se déposant sur leur peau, le futur s'étirant devant eux comme l'eau, inconnu et semblant sans limites.

Il était encore assis là, somnolant à moitié, ce qui devait être au moins une heure plus tard, quand son téléphone portable vibra sur la table de nuit.

Bon sang. Il avait en quelque sorte espéré qu'il n'aurait pas de réseau. Pas de chance. En soupirant, il tendit la main pour le prendre et déverrouilla l'écran.

Réunion, aujourd'hui, 14 h, bureau en centre-ville, était-il écrit. *Détails de dernière minute pour la tournée.*

Dernière minute, va te faire foutre aussi, Tim, pensa Jeff avec dégoût. Il n'y avait aucune raison qu'il ait besoin d'être là, pas pour travailler la setlist, ou les choix de tenues, ou n'importe quelle connerie dont Tim, leur manager, voulait parler. Tim lui envoyait ce message en essayant de le faire venir pour qu'il puisse coincer Jeff avec Max, Joe et Trix et mentionner, *Oh, au fait, vous vous souvenez de cet album prévu pour cet été ? Eh bien, j'ai*

18

loué un studio. Mettez-vous-y. Tim et ses grands patrons n'en avaient rien à foutre de la santé mentale de Jeff.

Pas disponible, répondit-il. *Réglez ça sans moi.*

Ils pourraient l'appeler s'ils en avaient besoin.

Le téléphone commença à sonner avant qu'il l'ait reposé, mais Jeff envoya l'appel sur le répondeur et sortit du lit. Il ne s'occuperait pas de toute cette merde avant un café et une douche. Peut-être même un petit déjeuner. Il avait perdu l'habitude de manger avant midi, mais cela revenait quand il dormait jusqu'à dix ou onze heures. S'il allait commencer à tirer ses fesses du lit à – il jeta un coup d'œil à l'heure – huit heures du matin à peine, il avait besoin de subsistance.

Vers neuf heures et demie, il était caféiné, douché, et avait même pris un petit déjeuner complet – œufs, toast et fruits. C'était presque trois groupes d'aliments, quatre, si on comptait le café – et même s'il ne se sentait pas exactement enthousiaste à cette perspective, il était au moins mentalement assez fortifié pour écouter le message.

Salut Jeff, c'est Tim. Je voulais juste voir comment tu allais, mon vieux. Nous te verrons à Toronto le vingt. Clic.

Jeff l'effaça. Oui, il serait à Toronto le vingt. Tout comme il serait à Vancouver le vingt-six et à Victoria le vingt-sept. Tout comme il serait à Calgary, Edmonton et Winnipeg en juin – putain, ça allait être craignos, ces moustiques pouvaient vider un homme – et Ottawa le premier juillet.

Et c'était tout. La dernière portion de cette tournée. Jeff avait dit qu'il le ferait et il tiendrait parole.

C'était la *prochaine* tournée dont il s'inquiétait.

Howl était sous contrat pour un album de plus, dû avant la fin de l'été, et une tournée pour le suivre. Si Jeff les avait vus sous leur vrai jour quand il avait vingt ans et était idéaliste… eh bien, il aurait quand même dû convaincre Max, Joe et Trix d'attendre une meilleure offre, pour avoir au moins leur propre manager. Parce que maintenant, il était face à la possibilité de quelques nouvelles pirouettes avec Max vacillant furieusement entre heureux et défoncé, et Trix rembarrant Jeff à chaque opportunité qu'elle avait.

Ça, ou cracher la majorité de sa fortune pour partir.

C'était ce qu'il était supposé décider – s'il allait dire aux trois personnes qui avaient été sa famille durant les dix dernières années d'aller se faire voir parce que deux d'entre eux étaient nocifs et que le label était cancérigène. Qu'il ait en lui la force de partir en solo ou de commencer un nouveau groupe.

Excepté que ce n'était pas tant que Jeff avait brûlé la chandelle par les deux bouts mais qu'il avait tout jeté dans le feu. Il était tellement épuisé qu'il ne savait même pas s'il lui restait quelque chose à dire.

Il se frotta le front d'une main, espérant dissiper la tension.

Son téléphone vibra de nouveau, et il soupira en allant le ramasser.

Joe cette fois, le seul membre du groupe sur lequel Jeff pouvait compter pour faire passer le sens commun avant les sentiments personnels. *Tu viens à ce truc aujourd'hui ?*

Pas si je peux l'éviter. Je suis à Willow Sound.

Il laissa cette information planer pendant une minute, observant le battement des trois petits points après le nom de Joe. Finalement, le téléphone sonna, et cette fois, Jeff décrocha.

— Salut, Joe.

— Salut, Jeff, répondit l'autre, la voix calme comme toujours et un peu sèche. Tu vas bien ?

Jeff aurait probablement dû laisser de côté la partie concernant Willow Sound.

— Je vais bien, dit-il.

Puis il réalisa qu'il était douché, habillé et avait pris un petit déjeuner avant dix heures du matin, et qu'il y avait un nœud anxieux au fond de son ventre qui n'avait pas été là la veille… parce que maintenant qu'il pensait à Howl, au grand n'importe quoi de leur groupe, et comment il l'aimait et ne voulait pas y retourner.

— En fait, non. Je ne vais pas bien.

— Tu veux que je vienne ?

— Oh, putain non, dit automatiquement Jeff, un pur réflexe qui le fit passer pour un connard. Euh, désolé, mon vieux, simplement… à cet instant, mes deux mondes se percutent suffisamment, tu sais ?

Mais Joe était en train de rire. Il avait entendu suffisamment d'histoires de Jeff sur Willow Sound durant leurs jeunes années. Il avait du contexte.

— Du calme. Je comprends. Je pensais simplement que je devais poser la question. Je pensais que si tu retournais dans cet endroit, tu pourrais avoir besoin d'un ami.

N'était-ce pas la vérité ! Jeff était là, trente ans, riche et assez célèbre, d'une manière dont son lui adolescent avait seulement rêvé. Son groupe avait été nominé pour trois Grammys, ils avaient gagné une demi-douzaine de Junos, ils avaient joué dans toutes les émissions principales en Amérique du Nord. Et il n'avait personne. Pas une seule personne à qui il pouvait parler.

Il n'avait jamais été bon pour se faire des amis – Joe, Trix et Max l'avaient en gros adopté lors d'une retenue au lycée – et la dernière décennie n'avait pas offert beaucoup d'opportunités pour s'en faire de nouveaux. Ils étaient toujours en mouvement, en tournée, à faire la fête. Il avait à peine parlé à son père, qui était occupé avec sa nouvelle famille.

—Jeff ?

— Ça va, dit-il. Je pense que j'ai simplement besoin d'être ici pendant un moment. C'est calme. Aucune pression.

— Bien sûr, approuva Joe, très certainement pour lui faire plaisir. Cette dernière année a été plutôt folle, hein ?

— Tu peux le dire.

Jeff rit d'un ton sec. S'il pouvait ne jamais revivre les répercussions de Max saccageant une autre chambre d'hôtel…

— Peut-être que je prendrai exemple sur toi, songea Joe.

— Tu es toujours en ville ?

Joe retournait habituellement à Barrie – enfin, Orillia, mais tout proche – quand ils n'étaient pas en tournée.

— J'accueille ma cousine, confirma-t-il. Elle pense entrer en Éducation Indigène à l'Université de Toronto. Sarah va lui faire visiter. Elles appellent ça former des liens.

Sarah était la petite amie de longue date de Joe.

Il avait fallu toutes les cajoleries et des heures sans fin de tutorat de la part de Trix pour s'assurer que Jeff finisse le lycée à temps, et il avait tout juste eu son diplôme – pas parce qu'il n'était pas intelligent, mais il savait ce qu'il voulait faire de sa vie, et ce n'était pas de l'enseignement supérieur. Malgré tout…

— Grand bien lui fasse, dit-il.

— Les jeunes de nos jours sont plus en colère et plus affamés que nous l'étions, déplora Joe et Jeff put presque l'entendre secouer la tête. Ils n'acceptent pas non comme réponse.

— Bien, approuva Jeff avec un sourire.

— N'est-ce pas ? Quoi qu'il en soit. Je serai à la réunion cet après-midi, alors je peux jouer la baby-sitter. Des demandes en particulier ?

— Pas de nouvelles dates pour la tournée, s'exclama immédiatement Jeff. Pas d'engagements fermes sur quoi que ce soit concernant le nouvel album. Pas d'engagements promotionnels. J'ai besoin d'une pause.

— Très bien, compte sur moi.

Une partie de la tension quitta les épaules de Jeff.

— Merci, vieux. J'apprécie.

Il y eut une pause.

— Écoute, es-tu sûr que tu ne veux pas que je vienne ? Sarah peut s'occuper d'April pendant un jour ou deux sans moi. Tu n'as qu'un mot à dire.

Joe était déjà loin de Sarah en l'état ; elle travaillait à temps plein et ne pouvait pas se joindre à eux sur la route.

— Ça va, promit-il. Et si ce n'est pas le cas, je t'appellerai. Prends soin de toi, d'accord ?

Ils raccrochèrent, et Jeff inspecta la cuisine. Il devrait probablement faire la vaisselle – pas de lave-vaisselle ici, et il ne voulait pas attirer de souris. Il ne voulait *définitivement* pas attirer quelque chose de plus gros.

Pour la première fois, il se demanda de qui il se moquait. Il n'avait pas lavé la vaisselle à la main en quinze ans – probablement pas depuis la dernière fois où il avait pris son tour à l'évier de cuisine de Mme Rhodes avant de déménager. Peut-être qu'il devrait louer un cottage qui avait de vrais équipements. Peut-être qu'il devrait retourner à Toronto.

Pendant qu'il y était, peut-être qu'il devrait essayer de se rabibocher avec les membres de son groupe avant qu'il doive rejouer sur scène avec eux.

Mais il n'était pas prêt à abandonner. Il avait été ici moins d'un jour. Était-il à ce point-là un dégonflé ?

En fait, c'était une question raisonnable, puisqu'une partie de la raison pour laquelle il était venu ici était pour se souvenir de qui il était, avant de devenir Jeff Pine, meneur de Howl.

Une question à laquelle il pourrait répondre tout aussi facilement en faisant la vaisselle.

Il essuyait les dernières bulles de savon sur ses bras quand il entendit des pneus crissant sur l'allée en gravier. Jeter un coup d'œil par la fenêtre n'offrit aucune information immédiate – le pick-up s'arrêtant à côté du sien avait des vitres teintées, de la boue étalée à mi-hauteur sur les portières et aurait pu appartenir à n'importe qui.

22

Aurait pu, mais Jeff aurait parié sa Gibson qu'il savait à qui il était. Se préparant, il remplit sa tasse de café et alla sur le porche pour accueillir son invité.

Jeff avait pensé que l'uniforme de garde forestier était imposant. En théorie, les uniformes de garde devraient avoir l'air stupides, mais c'était quand même un uniforme, pas vrai ? Tout officiel, et celui de Carter lui allait particulièrement bien.

L'uniforme de garde vu à la lumière du feu ne l'avait pas préparé à Carter dans la lumière du soleil matinal, portant un jean et un t-shirt qui semblait être passé une fois de trop au séchoir. Il collait à chaque muscle – pas une tâche facile – montrant le bon exemple à son jean, qui contenait à peine ses cuisses.

C'était déjà cruel que l'univers jette de nouveau l'ancien meilleur ami et béguin non réciproque de Jeff dans sa vie quand il était au plus bas. Devait-il aussi être aussi attirant ? Honnêtement, était-ce *nécessaire* ? Avant qu'il ne s'en rende compte, quelqu'un lui donnerait un bébé à tenir dans une main extrêmement large, juste pour accentuer cette affirmation.

— Heu, commença Carter quand il vit Jeff se tenant sur le porche. Salut.

Au moins, pensa vicieusement Jeff, ses lunettes aviateur avaient l'air stupides.

— Salut, répondit-il. Tu sais que le harcèlement est illégal, pas vrai ?

— Amusant.

Il enleva les lunettes de soleil – bon sang – et les accrocha à l'avant de son t-shirt. Maintenant, il ressemblait plutôt à un père ringard. Malheureusement, cela ne le rendait pas moins attirant.

— Écoute, je suis venu en paix, d'accord, déclara-t-il, avant de s'arrêter et que le coin de sa bouche tressaute. Si je dis « je veux simplement parler », est-ce que c'est mieux ou pire ?

Jeff en débattit intérieurement. La blessure de l'enfance était toujours tendre, mais c'était parce que Jeff ne l'avait jamais laissée guérir. Il avait quinze ans, sa mère était morte et s'il voulait garder une rancune à vie contre le meilleur ami qu'il avait surpris à embrasser sa cousine sur l'escalier arrière de la maison funéraire, il le ferait. Mais ce n'était pas comme si Jeff avait un jour avoué ses sentiments. Carter ne pouvait pas savoir à quel point cela l'avait blessé.

Jeff n'avait aucune raison de se cramponner à cette douleur et toutes les raisons de la laisser partir. Il était venu ici pour se souvenir de qui il était sans Howl. Et une énorme part, de qui il avait été, tournait autour de Carter.

23

De plus, Jeff n'avait pas l'habitude de tourner le dos à des mecs qui ressemblaient à ça.

— Tu veux un café ?

Il fit un geste vers les chaises Muskoka usées qui ornaient le porche.

— Merci, accepta-t-il avec un hochement de tête. Tu as de la crème ?

— Là, tu deviens simplement exigeant.

Il s'autorisa à sourire un peu pour montrer qu'il le taquinait. Ce n'était pas encore naturel, mais la mémoire musculaire était là quelque part.

Carter avait les pieds sur la rambarde du porche quand Jeff revint. Il accepta la tasse en fer peint que Jeff lui tendit.

— Merci.

— Je t'en prie.

Jeff regarda la chaise Muskoka restante et se demanda s'il devait s'y asseoir plutôt que de s'appuyer contre la rambarde. La chaise faisait couple. La rambarde semblait bizarre.

Il s'assit sur la chaise et refusa de gigoter.

— Alors. Ça fait longtemps, je suppose.

— Je ne sais pas, contra Carter en sirotant son café, on dirait que c'était hier.

Putain, allait-il faire des blagues de papa ? Jeff refusait d'être attiré par ça.

— Vraiment ?

— Hum. Public difficile.

Tu n'as pas idée.

— J'admets que ça m'a traversé l'esprit que je pourrais te croiser pendant que je suis dans la région, mais je ne m'y attendais pas hier soir. Je suppose que toi non plus.

— Tu peux le dire, avoua-t-il, en reposant sa tasse sur l'accoudoir. Que fais-tu ici ? J'avais l'impression que tu n'avais jamais l'intention de nous refaire grâce de ta présence.

Les mots étaient agressifs, mais le comportement de Carter ne s'était jamais prêté à la brusquerie. Les quelques fois où ils s'étaient disputés étant enfants, cela avait été le tempérament de Jeff qui prenait le dessus sur lui, ou sinon une erreur irréfléchie de la part de Carter. Il était trop aimable pour être intentionnellement cruel. En tout cas, ce qu'il disait était vrai et pas moins que ce que Jeff méritait.

— C'est plutôt une longue histoire.

Carter sembla hausser les épaules avec tout son corps, comme il l'avait toujours fait, de façon lâche et indolente.

— Je suis en repos aujourd'hui.

— Oui, j'avais deviné. Changement de garde-robe, indiqua-t-il.

— Alors, quoi de neuf? insista Carter, comme s'ils étaient toujours aussi proches qu'ils l'avaient été enfants. Tu es plutôt important désormais. N'as-tu pas une tournée à préparer ou autre chose?

— Est-ce vraiment de ça dont tu veux parler? demanda Jeff en se tortillant.

— Hé, je cherche mes marques là, apaisa-t-il en levant les mains en signe de capitulation. Nous pourrions parler de comment tu es parti et du fait que nous ne nous sommes pas parlé depuis quinze ans à la place, mais ça ne semblait pas mieux.

Mince. Jeff se passa une main dans les cheveux.

— Je me souviens que les gens dans les petites villes étaient meilleurs au bavardage.

Cela lui valut un sourire.

— Je me souviens que tu étais un gamin maigrichon avec la boule à zéro. Les choses changent.

— Pas tout, marmonna Jeff.

Il fit tourner sa tasse dans ses mains, réalisa qu'en fait, il gigotait, et la déposa près de son pied.

— Alors, si nous n'allons pas parler de quand je suis parti et que nous n'allons pas parler de pourquoi je suis revenu, avons-nous quelque chose à discuter?

Carter l'observa calmement pendant un instant, puis demanda :

— Veux-tu le découvrir?

Le cœur de Jeff battit contre ses côtes.

Avant qu'il puisse répondre, Carter continua.

— Enfin… je comprends que les choses avec Howl sont plutôt, euh, intenses en ce moment. Je n'allais pas t'en faire parler, et je sais que tu es probablement méfiant que les gens vendent des histoires sur toi aux médias, parce que les gens sont répugnants à ce point. Mais si je voulais faire ça, j'ai toujours cette cassette…

Oh *seigneur*.

— … de ton concours de talent en quatrième…

Celui où Jeff avait une gaule ridicule sur scène. Dieu merci, les guitares existaient…

— … et elle n'a jamais vu la lumière du jour.

— Combien je dois te payer pour la détruire ? questionna Jeff, laissant tomber sa tête dans ses mains.

— Tu plaisantes ? Maman me tuerait, Papa et elle étaient si fiers de toi.

— Je m'en souviens, dit Jeff avec mélancolie.

Son propre père l'avait manqué, bien sûr – la raison apparente pour laquelle M. Rhodes avait enregistré la performance en premier lieu, pour que son père puisse la regarder plus tard, quand il rentrerait de l'hôpital.

— Comment ton père a-t-il dit que c'était… quelque chose à propos d'un crochet ?

Carter inclina la tête en arrière contre la chaise comme s'il absorbait le soleil de la matinée.

— Il a dit que tu chantais comme si tu avais un crochet dans le cœur et que quelqu'un le tirait à travers tes poumons.

Il fallait reconnaître que Jeff avait été un adolescent de style émo.

— Il aurait dû être poète.

— Il a toujours dit que ça coûtait trop cher de nous nourrir, alors il devait être mécanicien à la place, expliqua-t-il en ouvrant les yeux et se tournant pour regarder les arbres. Il ne nous en a jamais tenu rigueur, cependant. C'était simplement une plaisanterie.

L'était-ce vraiment ? Carter avait deux frères, et ils faisaient tous plus d'un mètre quatre-vingts avant d'avoir à moitié fini le lycée. Peut-être que maintenant qu'ils étaient adultes, il avait le temps d'écrire un peu plus, puisqu'ils pouvaient se nourrir seuls.

— Comment va-t-il ces jours-ci ? demanda Jeff, lui devant probablement une visite.

L'expression sur le visage de Carter glaça le sang de Jeff.

Oh, Seigneur.

— Je suis désolé, lâcha Carter, déglutissant de manière visible. Je pensais… je pensais, tu sais, que peut-être, tu étais en ville pour la commémoration.

Jeff eut envie de vomir. Le visage de Carter était tiré et ses yeux… ils ne brillaient pas tout à fait, mais il y avait une lueur supplémentaire dedans.

C'était ce que Jeff obtenait pour avoir fui loin de ses problèmes. On aurait dit que ce crochet s'était logé dans sa gorge.

— Oh mon Dieu, je suis tellement désolé. Quand, euh, quand est-il… ?

— Novembre, dit Carter après s'être éclairci la gorge. Crise cardiaque. Juste avant les fêtes. *Putain.* Déchirant.

— C'est… J'aurais dû être là. Il était important pour moi.

Tu étais important pour moi.

— Tu étais important pour lui aussi.

Jeff n'en avait jamais douté. M. Rhodes l'avait toujours traité comme son fils. Jeff essuya ses joues. Rien de tout ça ne se passait comme il l'avait imaginé.

Et il ne pouvait se tenir là une seconde de plus pendant que Carter prétendait qu'il allait bien, ou il perdrait la tête.

— Veux-tu, euh, veux-tu un câlin?

Jeff en voulait un. Il en voulait, genre, trente.

Carter lâcha un bruit qui aurait pu être un rire et se leva. Une seconde plus tard, Jeff fut… submergé, entouré de tous les côtés par du coton chaud et de la peau lisse. Carter faisait quinze bons centimètres de plus que lui, ce qui évita que l'étreinte soit encore plus embarrassante, puisque Jeff n'eut d'autre choix que de tourner le visage contre l'épaule de Carter. Il réussit à ce que ses propres bras coopèrent assez pour lui rendre la pareille, et il enroula les doigts contre le dos très large de Carter. Il essaya de ne pas inspirer, sachant que cela le détruirait, mais il le fit quand même. C'était comme repartir dans le temps. Il ne pouvait pas avoir la même odeur, n'est-ce pas? Qui utilisait à trente-deux ans le même déodorant qu'à dix-sept?

Ils se tinrent là pendant ce qui sembla un long moment. Jeff le serra jusqu'à ce qu'il sente Carter commencer à se détendre, la tension s'écoulant sous le bout de ses doigts.

Puis il recula. Il flirtait déjà avec le danger en l'état. Il se disputait déjà avec les membres de son groupe, envisageait des changements majeurs de carrière, et fuyait loin de ses problèmes pour se trouver, comme une sorte de cliché de la rock star. Il n'avait pas besoin de redécouvrir ce que c'était d'être éperdument amoureux de Carter Rhodes.

Mais Seigneur, il lui avait manqué.

Il s'éclaircit la gorge pour ce qui semblait être la quarantième fois, mais avant qu'il puisse dire quoi que ce soit, Carter prit la parole.

— Écoute, manifestement, ta vie est compliquée. Nous ne sommes jamais obligés de parler de pourquoi tu es parti, ou pourquoi tu n'as pas…

Pourquoi tu ne m'as pas appelé, pourquoi tu n'as pas répondu à mon e-mail, pourquoi nous ne sommes pas restés en contact.

Après toutes ces années, Jeff pouvait toujours déchiffrer les blancs que Carter lui laissait à remplir. Celui-ci soupira avec impétuosité.

— Mais c'est vraiment bon de te voir, et je pourrais avoir besoin d'un ami.

27

Il devait y avoir une entourloupe. Cela ne pouvait sûrement pas être aussi facile.

Mais ça n'avait pas d'importance. Jeff en avait besoin. Il était là pour découvrir qui il était sans son groupe, mais aucun homme ne se suffisait à lui-même. Pas vrai ?

— Moi aussi, avoua-t-il en se léchant les lèvres. Quand se tient la commémoration ? J'aimerais venir, si ça ne dérange pas.

— C'est le vingt, souffla lentement Carter. Son anniversaire.

Putain, bien sûr.

— Quelle heure ?

Il devait être à Toronto à seize heures pour la balance et la répétition, et le trajet était de trois heures, mais il pourrait probablement affréter un vol. Ce qui l'emmènerait là-bas en moins d'une heure.

— La partie publique débute à treize heures. Mais Maman, Dave, Brady et moi nous rassemblons au lever du soleil. Tu pourrais te joindre à nous, proposa-t-il avant de marquer une pause, le soupçon d'un sourire revenant au coin de sa bouche. À supposer que ton point de vue sur les matins ait changé.

Jeff s'autorisa également un petit sourire.

— Ça n'a pas changé. Ce qui ne m'a pas empêché d'être debout à l'aube aujourd'hui, cependant.

Carter regarda autour de lui, vérifiant la localisation du soleil. Le sourire s'agrandit.

— Tu as oublié de fermer les rideaux ?

— J'ai oublié comme il pouvait faire clair avec l'eau reflétant tout, admit tristement Jeff.

— Et les rideaux ici sont craignos.

— Et les rideaux sont *craignos*, concéda-t-il. Même si je les avais fermés, je me serais exhibé devant les poissons. Je pensais que je pourrais aller en ville et acheter quelque chose d'un peu plus substantiel.

— Tu veux de la compagnie ?

Jeff ouvrit la bouche pour lâcher une réplique impertinente, mais elle mourut sur ses lèvres. Il ne pensait pas qu'ils en soient au point où il pourrait plaisanter du fait qu'acheter des rideaux, c'était aller trop vite.

— Tu veux aller acheter des rideaux ?

— Plus que je ne veux couper l'herbe, dit Carter avec ironie. Ce qui est la besogne adulte que je serai forcé de faire si je rentre chez moi. Alors, tu me ferais une faveur, en me laissant te suivre.

C'était plutôt transparent en matière d'excuses, mais Jeff n'allait pas regarder les dents d'un cheval donné. Les fondations de sa vie s'effondraient, mais Carter était un socle solide. Il pouvait recommencer à partir de là.

— D'accord, accepta-t-il. Mais tu conduis.

— Je conduis toujours, contra Carter en levant les yeux au ciel.

Ils avancèrent vers son pick-up alors que Jeff se laissait entraîner dans une vieille dispute.

— Pour être juste, ce n'est pas comme si je n'avais pas *proposé*...

— Supplier, tu veux dire.

— Mais *quelqu'un* était inquiet à propos de permis, de conduite légale et de ce que ses parents pourraient dire.

— *Quelqu'un* était inquiet que tes petites jambes ne puissent pas atteindre les pédales.

Carter lui jeta un coup d'œil de côté, un regard de haut en bas que Jeff n'allait pas cataloguer comme un reluquage.

— Mon Dieu, tu es tellement impoli.

— Est-ce une manière de parler à son chauffeur?

Les lèvres de Jeff tressautèrent alors que quinze ans de silence s'envolaient.

— Désolé. Seigneur, tu es tellement impoli, *Jeeves* [3].

Carter lui fit un doigt d'honneur et recula de l'auvent.

JEFF PENSAIT que ça n'allait pas être simplement des rideaux, et il avait raison; cela se révéla être des rideaux, du nouveau linge de maison pour la chambre d'amis de Carter, un tapis pour le couloir de son entrée, à l'achat duquel Jeff fit un commentaire sur le fait que Carter l'utilise pour son sens de la décoration intérieure, et Carter répliqua qu'il ne savait pas à quoi il avait pensé parce que Jeff n'avait aucun sens, quel qu'il soit.

Il avait oublié à quel point ils s'entendaient bien. Quelques heures ensemble, et toutes les années écoulées entre-temps semblaient s'évaporer.

Faire des courses se transforma en déjeuner au restaurant de fish and chips qui venait juste d'ouvrir pour la saison, et le temps que le téléphone de Jeff sonne avec un rappel qu'il avait une conférence téléphonique dans une demi-heure, il avait l'impression d'avoir de nouveau quinze ans.

— Ah merde, s'exclama-t-il quand l'alarme se déclencha.

---

3 Reginald Jeeves, valet de chambre, héros de romans et nouvelles, sauvant son maître de situations compliquées en l'humiliant au passage.

— Un genre de Batsignal pour rock star? demanda Carter, un sourcil levé.

Jeff lui lança un bout de serviette en boule.

— Conférence téléphonique dans une demi-heure, pour finaliser les détails du spectacle.

La bouteille de bière de Carter fit un bruit sourd quand il la posa sur la table.

— C'est incroyable comment tu arrives à donner l'impression de te faire arracher une dent.

— C'est mon talent de tessiture expressive.

— Quand se déroule le concert? interrogea Carter.

Mince. Jeff pensait qu'il aurait plus de temps pour contourner cette révélation.

— Le vingt.

Il se sentit comme une merde quand il vit le visage de Carter s'effondrer, alors il prit sur lui et continua :

— Je ne dois pas être à Toronto avant seize heures. J'ai loué un taxi aérien pour quatorze heures trente.

— Quoi? s'étonna Carter, le front plissé. *Quand?*

— Quand tu conduisais pour aller au magasin, expliqua Jeff avec un haussement d'épaules. Pourquoi penses-tu que je t'ai fait conduire?

— C'est… Jeff, c'est tellement cher.

Jeff enfila son visage breveté pour les médias. Il détestait totalement l'utiliser sur Carter. Il se sentait *sale.*

— C'est une bonne chose que je sois riche, alors.

Cela fonctionna. Carter fit un bruit dégoûté.

— Beurk, d'accord. Désolé. Et merci.

— Ce n'est rien, Carter, sérieusement, avoua-t-il en laissant retomber la fausse expression. Je veux être là. Pas simplement pour toi.

Bien que Carter aurait été une raison plus que suffisante.

— Je te crois, dit-il en levant les mains.

— D'accord.

Bien. Génial. Jeff pouvait-il avoir un changement de sujet?

— Alors, devrais-je te ramener au chalet? As-tu besoin, genre, d'une isolation totale pour cet arrachage de dent/conférence téléphonique?

— C'est plutôt une lobotomie, songea Jeff. Je devrais probablement rentrer, oui, pour que je puisse prendre des notes et d'autres trucs.

Il dit presque *Dieu sait que je ne fais pas confiance à Max et Trix sans surveillance,* mais il se mordit la langue. Joe serait là, et Jeff faisait

30

confiance à Joe, et Carter n'avait pas besoin de participer au lavage de linge sale du groupe. Jeff les aimait. Il ne voulait pas dire du mal d'eux, même s'ils le rendaient dingue. Max avait été son protecteur durant tout le lycée, il était même allé jusqu'à être son faux petit ami au second mariage de son père. Il ne s'était jamais soucié que quelqu'un pense qu'il était gay tant que Jeff n'avait pas à se sentir seul.

Jeff ne savait pas comment ils en étaient arrivés là.

Il se secoua et tendit la main de l'autre côté de la table.

— Hé, donne-moi ton téléphone.

Carter le déverrouilla et le fit glisser vers lui. Il était plus ancien que celui de Jeff de quelques modèles et la coque avait pris un sérieux coup.

— Je peux te sentir en train de me juger.

— Que lui as-tu fait, tu l'as frappé avec un marteau ?

L'écran fonctionnait bien, cependant, alors la coque avait manifestement fait son travail. Jeff créa un contact avec son numéro et s'envoya un message.

— Je… suis tombé dessus.

Jeff passa le doigt sur la fissure dans le plastique.

— Es-tu plus lourd que tu n'y parais ?

— En faisant du patin à glace, ajouta Carter.

— Eh bien, ça fera l'affaire.

Jeff croisa le regard de leur serveuse pendant qu'elle passait. Il ne pouvait dire si elle le reconnaissait, mais elle connaissait définitivement Carter.

— Puis-je vous apporter autre chose ?

— Juste l'addition, s'il te plaît, pria Carter en secouant la tête. Merci, Alice.

— Bien sûr.

Elle ne posa pas la question s'il voulait diviser la note, mais ce n'était pas si étrange. Beaucoup de petits restaurants comme celui-ci ne demandaient pas. Quand elle revint avec, Jeff tendit la main vers l'addition, mais il fut réprimé par un regard noir venant de Carter, qui pensait apparemment que Jeff avait dépensé assez d'argent ce jour-là. Jeff le laissa la prendre. Sa masculinité n'était pas si fragile.

— Merci.

— Pas de problème, écarta Carter avec un haussement d'épaules.

Le trajet de retour jusqu'au chalet fut surtout silencieux. Jeff ajouta Carter dans les contacts de son téléphone, puis appuya la tête contre la vitre pendant qu'ils roulaient à travers le parc, absorbant la lumière tachetée du soleil et l'aperçu occasionnel de l'eau bleue à travers les arbres.

Ils étaient en train de tourner sur la longue allée qui menait au chalet quand Carter questionna :

— Comment as-tu réussi à louer cet endroit? Les contrats habituels de location sont de quinze jours max.

Il n'y avait pas d'accusation, juste la sensation que Carter savait exactement à quel point Jeff pouvait être persuasif quand il voulait quelque chose. Celui-ci sourit faiblement.

— J'ai supplié.

Il en avait rajouté une couche aussi – *le parc est un lieu spécial pour moi, parce que ma mère et moi avions l'habitude de venir ici avant qu'elle soit malade.*

— Quand ça n'a pas fonctionné, j'ai fait une généreuse donation au programme d'artiste résident.

— Nous n'avons pas de programme d'artiste résident, affirma Carter en le regardant de côté.

— Pas *encore,* répliqua Jeff avec un sourire satisfait.

Il n'eut pas besoin de regarder pour sentir l'amusement désabusé de Carter.

Cette fois, ce dernier ne s'arrêta pas sous l'auvent, il roula simplement jusqu'au porche pour laisser sortir Jeff. Celui-ci se sentit déstabilisé. S'ils étaient de nouveau amis, s'ils ignoraient les quinze ans de silence, il n'avait probablement pas besoin de dire merci pour la journée. Il ne savait simplement pas quoi dire à la place.

Carter lui coupa l'herbe sous le pied.

— À bientôt ?

— Eh bien, dit Jeff en offrant un sourire en coin, tu sais où je vis.

— À plus tard, Jeff, conclut-il avec un signe de tête.

Cela ressemblait à une promesse.

Extrait d'une interview dans *Rolling Stone*
Numéro de mars

RS : Howl est un des groupes les plus prolifiques du genre. On dirait que chaque année, tous les dix-huit mois, il y a un nouvel album. Comment maintenez-vous ce niveau de productivité ?

JP : Quand nous avons débuté, nous avions l'impression de grandir si vite, nous avions tous tant à dire. Nous étions trop excités pour nous ménager. Mais je pense que – comment l'avez-vous appelé, ce niveau de productivité – c'est en fait préjudiciable. Comme quand un enfant attache un drap autour de son cou et saute du toit de la remise. Le fait qu'il ne se casse pas la jambe ne signifie pas qu'il soit Superman. Nous étions cet enfant. Nous ne savions pas ; nous voulions simplement voler.

Mais maintenant, je pense que la manière saine de le faire est – ma mère avait l'habitude de jardiner. Et elle donnait toujours des plantes, parce que certaines espèces se propagent toutes seules.

Tous les deux ou trois ans, les hostas devenaient trop grosses, et elle les séparait pour les donner à des amis, ou tous les deux ou trois mois, la plante araignée dans sa salle de bain avait une pousse qu'elle mettait dans un soliflore et ça devenait une autre petite plante. Cela ne faisait pas mal à la plante de le faire ainsi. Elles commençaient de nouvelles plantes quand elles étaient prêtes, alors c'était viable. Mais quand on dit, « bon, nous avons besoin d'un album chaque année » et qu'on ne donne pas à cet album le temps de se développer organiquement – excusez le jeu de mots – ce qu'on fait, c'est couper des morceaux de la plante pour les arranger dans un vase. Ce ne sera pas aussi bon et ça blesse la plante.

Alors, je suppose que la réponse courte est, on ne maintient pas cette productivité. Je pense que nous sommes en train de ralentir, et ça me va. Je n'ai plus vingt ans ; j'ai besoin de repos. Je pense que l'album sera meilleur pour ça.

RS : Vous dites que vous avez appris à jouer de la guitare enfant en grandissant à Willow Sound. Pouvez-vous nous en dire un peu plus ?

JP : On a diagnostiqué à ma mère la maladie de Charcot quand j'avais douze ans, et mon père passait tout son temps avec elle. J'aurais été tout seul, excepté que mes voisins – ce qui se rapproche le plus des voisins à Willow Sound – m'ont accueilli comme si j'étais leur quatrième enfant. Leurs trois garçons participaient à une tonne d'activités extrascolaires, alors parfois, c'était simplement les parents et moi, et je traînais à la cave avec le père, et nous écoutions de la musique. Ça semble sommaire, mais c'était horriblement sain. Et il avait une guitare, il savait jouer et il a vu que ça m'intéressait d'apprendre, alors pour mon treizième anniversaire, il a trouvé une vielle Seagull dans une boutique d'occasion et m'a appris à jouer.

RS : Le deuxième album de Howl, Ginsberg, a fait lever beaucoup de sourcils et attiré des critiques pour avoir promu ce que certains appellent un agenda politique radical. Comment répondez-vous à ça ?

JP : [levant les yeux au ciel] Tout d'abord, je dirais que les gens qui le critiquent pour faire la promotion d'un agenda politique ne connaissent pas grand-chose à l'histoire. L'art a toujours été politique, et le rock a de profondes racines dans la contre-culture. Repensez aux années soixante. Combien de chansons protestaient contre la guerre au Vietnam, le racisme ? Combien encourageaient la libération sexuelle, les droits civiques, la liberté de parole ? Ces personnes n'ont-elles jamais vraiment écouté Rage Against the Machine ? Ou Beyonce ? Je veux dire, sérieusement. Est-ce promouvoir un agenda politique radical de dire qu'il devrait y avoir plus dans la vie que l'éternelle corvée exténuante d'essayer de gagner assez d'argent pour survivre, de se consumer au point qu'on ait besoin de la panacée des drogues rien que pour passer un autre jour ? Je ne suis pas sûr que c'était radical même quand la Beat Generation le disait.

RS : Howl est sous contrat avec Big Moose pour produire un album de plus d'ici la fin de l'été. Qu'y a-t-il après ça ?

JP : Je vous le ferai savoir quand j'aurai trouvé.

III

DE FAÇON prévisible, la conférence téléphonique fut un ramassis de conneries. Jeff se mit en muet et essaya de refréner l'impulsion de s'arracher les cheveux alors qu'il était assis dans la petite cuisine, cahier près de son coude, téléphone sur haut-parleur devant lui. Il devait tellement de bières à Joe.

Il se fichait du nombre de parfums de Gatorade que Max voulait. Il pouvait demander une masseuse et une strip-teaseuse personnelle, Jeff n'en avait rien à faire. Cela n'avait rien à voir avec lui.

Puis Trix lança :

— Je veux faire *416 Morning*.

— Absolument pas, refusa Jeff après avoir frénétiquement appuyé pour remettre le son.

— Ça semble une bonne idée…, intervint Tim.

— Cela excitera les gens pour le concert, reprit Trix. Je pense que tu peux prendre un jour hors de tes vacances…

— Le concert est déjà complet, grogna-t-il les dents serrées.

— Alors, ça suscitera l'intérêt pour le prochain album, écarta-t-elle avec dédain.

— J'ai un engagement familial. Je ne serai pas là. Non négociable.

S'il disait *Je ne veux pas d'un autre album* quand il était ici et qu'ils étaient tous là-bas, qui savait ce qui se passerait. C'était un débat personnel.

— Jeff…, commença Tim, essayant de le cajoler.

— Je serai à des funérailles, répliqua-t-il d'un ton sec. Vous autres, vous pouvez faire ce que vous voulez sans moi. Je serai là pour la balance à seize heures.

On entendit uniquement les crickets.

— Désolé de l'entendre, mon vieux, déclara en premier Joe.

— Si tu m'envoies les informations, Big Moose aimerait envoyer des fleurs… proposa Tim, ce putain de lèche-bottes

— Pardon d'avoir insisté, s'excusa Trix. C'est nul, Jeff. Je suis désolée. As-tu besoin de quoi que ce soit ?

Le hic était qu'elle le pensait. Elle était si concentrée sur leur musique qu'elle ne voyait pas qu'ils rendaient l'autre misérable.

— Je vais bien, dit-il. Mais je dois être ici. Tu vois ?

Heureusement, les choses furent terminées après ça. Jeff raccrocha, se demanda s'il allait envoyer un message à Carter, puis décida de ne pas le faire. Il mangea des restes pour dîner, sortit la poubelle jusqu'à la boîte à ours, puis attrapa sa guitare acoustique et sortit jusqu'à la table de pique-nique.

Le ciel était clair, et avec les arbres taillés autour du chalet, il semblait énorme, comme s'il pouvait avaler Jeff. Ce soir, il pourrait voir la Voie lactée – peut-être pas aussi bien que s'il avait cédé à propos des lunettes. S'il mettait les mains autour de ses yeux pour bloquer la vue du sol, il pourrait faire semblant de flotter parmi les étoiles.

Mais ce ne serait pas avant des heures. S'il voulait rester au chaud jusque-là, il aurait besoin d'un feu de camp. Étrange la différence que quelques centaines de kilomètres pouvaient faire ; c'était probablement agréable et tempéré en ville.

Jeff n'avait pas allumé un feu depuis une décennie, mais si on avait assez de papier, de petit bois et un gros briquet, on ne pouvait pas se louper. Il lui fallut vingt minutes, mais une des petites bûches prit enfin alors que le vent remontait de l'eau.

Les chaises Muskoka étaient trop lourdes pour les tirer du porche, mais une souche assez proche du feu le servirait bien. Jeff s'assit dos au feu pour préserver sa vision nocturne et passa les doigts sur le manche de la guitare. Il joua autant de chansons de ces années d'adolescent qu'il put se souvenir. Puis, sur un coup de tête, il abaissa l'accordage des cordes inférieures, parce que, merde, il pourrait tout aussi bien aller à fond dans l'expérience. Il grimpa sur la table de pique-nique et s'allongea sur le dos, les yeux levés, et donna vie aux constellations à travers les cordes une étoile à la fois.

Il chanta jusqu'à ce que sa gorge fasse mal à cause de la fumée du feu, puis se rendit compte qu'il aurait dû remplir des seaux d'eau avant que le soleil se couche. Il rangea la guitare et utilisa la plus grosse casserole dans le chalet pour éteindre les flammes. Il lui fallut quatre voyages.

Ses habits et ses cheveux sentaient la fumée de bois après, mais il aimait bien. Ce n'était pas la sueur aigre d'une descente de coke ou la puanteur renfermée du vomi venant d'une gueule de bois. Il rampa au lit et tira les couvertures autour de lui comme un cocon, et quand un huard appela par-dessus le Sound, il ferma les yeux et s'endormit.

LES RIDEAUX occultants étaient une bonne idée.

Ce fut l'excuse de Jeff, en tout cas, quand il roula hors du lit à dix heures, encore enfumé, les yeux et la bouche secs, et se sentant comme s'il avait pris part à une beuverie, même si la dernière boisson alcoolisée qu'il avait bue avait été au déjeuner avec Carter.

La journée précédente était-elle vraiment arrivée ? S'était-il vraiment réconcilié avec Carter après quinze ans via un accord de ne pas en parler ? Un coup d'œil à son téléphone confirma un nouveau contact.

Il avait besoin de café.

Quelque chose n'allait pas avec sa peau aujourd'hui. Il se sentait sans énergie – il fit les cent pas tandis qu'il attendait que la cafetière chauffe, tripotant le bord d'une callosité qui pelait. Et le café n'aida pas. Il le but et attendit que sa nervosité se calme, mais ça n'arriva pas.

Il prit une barre énergétique dans un placard et l'attaqua dehors sur le porche, mais l'air frais ne fit rien de mieux. Le vent avait augmenté et l'eau était trouble, agitée. Elle ressemblait trop à ce que Jeff ressentait de l'intérieur, et le claquement humide des vagues irritait quelque chose dans son cerveau.

Boum. Ta vie est en train de se désintégrer.

Crac. C'est de ta faute.

Vlam. Ta mère n'est pas ici. Tu *savais* qu'elle n'était pas ici.

Clac. Ça n'a jamais été à propos d'elle.

Peut-être qu'il devrait retourner se coucher.

Il avait eu des moments comme ça avant. D'habitude, il en avait au moins un par tournée, et la meilleure chose à faire pour se sentir mieux était de s'éloigner du groupe et de faire quelque chose d'immersif. Il s'était fait faire un massage une fois, ce qui avait fonctionné, mais tenter une pédicure avait été un misérable échec. Une fois, à New York, il s'était baladé à travers Central Park jusqu'à ce qu'il soit complètement perdu, et il s'était senti… paisible. Zen, même.

Le fait était qu'il était déjà seul ici, et il avait toute une foutue réserve naturelle dans laquelle faire de la randonnée, et il savait que ça ne fonctionnerait pas. Les stimulus extérieurs n'étaient pas le problème. *Il* était le problème.

Les étuis à guitares étaient posés sous la table de la cuisine, hors du passage mais d'une certaine manière, en train de l'observer, de le défier. Il était venu ici pour découvrir qui il serait en tant qu'artiste solo, mais il n'était pas encore prêt à rencontrer cette personne, et il ne pouvait mettre le doigt sur la raison.

Pendant ce temps, le compte à rebours avançait vers le nouvel album.

Pas étonnant qu'il soit agacé envers lui-même.

Il prit une profonde inspiration et expira lentement, puis une autre, jusqu'à ce qu'il ramène le niveau de son irritation à un faible frémissement et qu'il puisse réfléchir à son agitation.

Une douche aiderait. Puis un voyage en ville, et peut-être même un vrai petit déjeuner. Peut-être un brunch, le temps qu'il arrive là-bas. S'il se sentait toujours comme une merde, il réfléchirait au fait d'aller voir un film ou autre chose. Mince, quel jour était-ce ? Y aurait-il même une séance en matinée ?

Peu importe. Il le découvrirait. Mais d'abord, douche.

Le temps qu'il se glisse à une table chez Shinny, il se sentait légèrement plus humain.

Malgré ça, il sauta presque à travers le plafond quand une voix familière appela « Jeff ! » d'un ton qui était l'équivalent verbal d'un câlin d'ours, et il se mit debout uniquement par pur instinct, juste à temps pour être enveloppé dans la vraie version.

Elle l'étreignit comme le faisait son fils. Jeff s'autorisa à se cramponner un peu plus fort qu'il ne l'avait fait avec Carter, et il la laissa décider quand s'écarter, ce qu'elle fit éventuellement, le tenant à bout de bras comme pour évaluer s'il mangeait bien ses légumes.

— Bonjour, Mme Rhodes.

Autrefois, Carter et lui avaient simplement appelé les parents de l'autre Maman et Papa, pour plaisanter. Puis la mère de Jeff était tombée malade, et cela avait arrêté d'être amusant.

— C'est Ella, trésor, corrigea-t-elle en s'asseyant en face de lui à sa table sans avoir demandé. Je pense que tu es assez âgé maintenant pour utiliser mon prénom.

— Ça n'en donne pas l'impression, dit-il avec un petit sourire alors que le serveur arrivait avec un autre menu.

— Oh, souffla Ella, prête à se relever, non, désolée, nous étions juste en train de discuter…

Mais Jeff avait vu trois têtes différentes se tourner quand elle avait dit son nom, et maintenant, il était conscient de personnes supplémentaires regardant vers lui. Les nouvelles voyageaient vite.

— Vous pouvez rester si vous voulez, dit-il.

S'il vous plaît, restez. Je ne veux pas signer d'autographes au déjeuner. Que Dieu le préserve de quelqu'un demandant un selfie. Jeff ne voulait pas finir à la une sur internet pour avoir été impoli envers des fans.

— Si vous avez le temps, j'apprécierais de la compagnie.

C'était évidemment la bonne chose à dire, parce qu'Ella sourit et accepta le menu. Elle commanda à boire et posa ensuite le menu sur la table sans le regarder. Il n'y avait qu'un certain nombre de restaurants en ville ; elle l'avait certainement mémorisé.

Jeff ouvrit la bouche pour demander comment elle allait, puis il se rappela. Il y avait des cernes sous ses yeux, et elle paraissait avoir perdu du poids récemment, et pas de manière intentionnelle non plus. Elle devait toujours être en deuil. Mais devrait-il offrir ses condoléances maintenant ? Devrait-il attendre le bon moment ?

— Carter a dit qu'il t'avait parlé de Fred, confia-t-elle, refoulant des larmes.

Les nouvelles voyageaient très vite par ici.

— J'ai été tellement désolé de l'entendre. C'était un homme génial.

Euphémisme de la décennie.

Le serveur apporta leurs boissons. Ils commandèrent, et le serveur repartit avec les menus.

— Il l'était, convint-elle. Carter me dit que tu vas te joindre à nous pour la commémoration ?

— Si ça ne dérange pas, dit Jeff. J'aimerais lui rendre un dernier hommage. J'étais… Je souhaiterais avoir été là plus tôt.

— Tu es ici maintenant, apaisa-t-elle en tirant son thé plus près d'elle. Et bien sûr, tu es le bienvenu. Fred aurait aimé que tu sois là.

Il essaya d'assimiler ça. Si c'était assez bien pour elle, ce pourrait être assez bien pour lui.

Ils passèrent une demi-heure plaisante à bavarder de tout et de rien, et Jeff ressentit l'agitation de la matinée refluer.

— Je suppose qu'il vaudrait mieux que je retourne au garage, soupira Ella en jetant un coup d'œil à l'heure. La facturation ne va pas se faire toute seule.

Jeff n'avait pas réalisé qu'elle travaillait toujours. Il avait pensé qu'elle serait à la retraite.

— Aimeriez-vous que je vous ramène ?

— Non, merci, trésor, j'ai pris la voiture. Mais c'était merveilleux de te voir.

Quand l'addition arriva, Ella essaya de payer.

— C'est pour moi, l'interrompit Jeff. J'insiste. C'était un plaisir. En plus, Carter m'a emmené déjeuner hier.

— Oui, je sais, expliqua Ella en secouant la tête. Je devrais te remercier, d'avoir réussi à ce que ce garçon s'éloigne pendant une demi-journée du fait de sauver le monde.

Alors Carter était devenu un accro du travail aussi. D'une certaine manière, cela ne le surprenait pas. Il ressemblait tellement à son père.

— C'était bon de vous voir, Ella.

Jeff aurait voulu s'attarder au restaurant après son départ, mais les clients aux tables continuaient de regarder vers lui. Un peu plus longtemps, et il s'exposerait aux demandes de selfie. À la place, il paya la note, laissa un généreux pourboire et se glissa par la porte avant que quiconque puisse vérifier qu'il était *ce* Jeff.

Il était presque revenu à son pick-up quand son téléphone vibra. Soutenu par un étrange espoir inhabituel, il le sortit et en déverrouilla l'écran.

Et envisagea sur-le-champ de le laisser tomber.

Le guitariste de Howl surpris le pantalon baissé.

Ainsi disparut sa bonne humeur. Il grimpa dans la cabine et s'assit pour parcourir rapidement l'article, qui incluait une vidéo - avec une pixellisation appropriée – de Max en train d'uriner à l'extérieur d'un bar en centre-ville de Toronto. Trix était avec lui, tout aussi saoule mais avec son pantalon.

Mais putain. Jeff n'était pas parti de la ville depuis trois jours que Max était cité pour indécence publique. Au moins, il semblait qu'il avait échappé à des accusations de détention de stupéfiants cette fois. Peut-être qu'il avait laissé la drogue dans le sac de Trix.

Peut-être qu'ils s'étaient tout enfoncé dans le nez.

Peu importe. Jeff n'était pas leur baby-sitter, et il n'était pas leur mère. Tim pouvait s'en occuper, ou non. Et les journalistes savaient parfaitement qu'il ne fallait pas demander un commentaire à Jeff.

Il démarra le pick-up mais le laissa au point mort alors qu'il s'appuyait contre le siège conducteur et fixait le ciel à travers le toit ouvrant.

— Putain.

JEFF NE pouvait pas vraiment dire qu'il était mordu de sport, mais le fait qu'il mangeait une grande majorité de ses repas sur la route plusieurs mois dans l'année signifiait qu'il devait rester physiquement actif s'il ne voulait pas se sentir comme une merde. De plus, il avait besoin que son corps soit en bonne condition physique pour garder son énergie durant un concert. Alors, après déjeuner, avec de l'irritation brûlant une fois de plus à travers ses veines, il retourna au chalet, se changea pour mettre un short de course, et enfila ses AirPods.

Une heure d'exercice et de rock cottage le remit à flot. C'était une journée chaude désormais, mais le chemin qu'il prit lui permit de garder en vue l'eau une bonne partie du temps, alors il resta au frais. Rien que le matin même, il avait eu l'impression que les vagues allaient le rendre fou. Cet après-midi, elles érodaient les bords à vif en lui comme elles le faisaient aux rochers sur la rive.

Enfin. Les eaux du Sound pouvaient changer très vite. C'était ce qu'il se disait.

Quand il revint au chalet, il prit une autre douche rapide, elle était si petite que la puanteur de sa sueur aurait pu la remplir. Puis il sortit une Gatorade du frigo, se prépara une assiette avec un en-cas, et alla se prélasser au soleil à la table de pique-nique.

Donc, les choses ne se passaient pas exactement comme il l'avait espéré. Ce n'était pas grave, n'est-ce pas ? Il n'avait pas encore écrit de musique, mais cela ne signifiait rien. Il n'avait pas encore eu non plus le cran de quitter le groupe, mais il n'allait pas le faire par téléphone, alors ce… n'était pas grave. Il s'était réconcilié avec Carter, et maintenant il pouvait surmonter quinze ans de regrets et grandir en tant que personne. Maintenant qu'ils étaient des adultes, Jeff pouvait apprendre à le connaître pour de vrai, et immanquablement, il trouverait un défaut qui prouverait qu'ils étaient mal assortis, comme il en avait trouvé chez chaque personne avec qui il était sorti depuis, et il pourrait enfin tourner la page sur cette partie de sa vie.

Le clapotement de l'eau à ses oreilles était une berceuse parfaite. Avec la brise séchant lentement ses cheveux, le soleil réchauffant son

41

visage et ses muscles vibrant plaisamment de fatigue, Jeff laissa la langueur le submerger.

Il n'aurait pu dire ce qui le réveilla. Peut-être était-ce l'angle du soleil, ou le gargouillis de son estomac lui rappelant qu'il était temps de manger plus qu'une assiette à moitié mangée de fruit et de fromage.

Peut-être était-ce le bruissement de quelque chose sur les aiguilles de pin près de la table de pique-nique sur laquelle il était endormi.

En tout cas, Jeff s'étira de manière indolente, relâchant le pincement des muscles. Il tourna la tête sur le côté, ouvrit les yeux…

Et se retrouva nez à nez avec un ours.

Jeff oublia immédiatement tout ce qu'il savait sur la sécurité face à un ours. Il se précipita en arrière si vite qu'il tomba de la table de pique-nique, se cogna contre le banc et roula sur le sol.

L'ours renifla plus près de la table. Oh Seigneur. Jeff était un imbécile. Pourquoi n'avait-il pas fini son en-cas ? Il avait plus de bon sens que ça. La boîte à ours était à quatre mètres de lui.

Ce qui était bien plus loin que l'ours.

Il était noir, avec un nez marron, des oreilles rondes et d'énormes pattes, et franchement, Jeff s'inquiétait un peu que l'odeur ne l'ait pas réveillé, parce que c'était bien pire que sa puanteur post-exercice. L'ours le regarda et fit un bruit ressemblant à une vache en colère alors qu'il se rapprochait.

Jeff avait seulement vu un ours une ou deux fois en grandissant. D'un autre côté, il n'avait pas vécu *dans* un parc provincial. Il était pratiquement sûr que les noirs n'étaient pas particulièrement dangereux à moins que ce soient des mères avec des petits, et ce n'était qu'un ours, alors ça devrait aller, n'est-ce pas ? Il se dépêcha de se remettre debout, gardant la table de pique-nique entre eux.

Quelque chose d'humide toucha sa jambe. Encore désorienté de son réveil soudain, il tituba vers le chalet – uniquement pour découvrir un autre ours tout petit sur le porche.

Vous vous foutez de moi.

Les clés de son pick-up étaient à l'intérieur. Qu'allait-il faire, grimper à un arbre ? Non, les ours pouvaient grimper, n'est-ce pas ? Cette maman donnait l'impression de pouvoir essayer. Il regarda frénétiquement autour de lui. Il devait y avoir un endroit sûr…

Là. La façade sous le porche avait une ouverture où le bois avait pourri autour des clous qui le retenaient aux poutres de support. Jeff plongea, priant pour que la zone sous le porche ne soit pas déjà occupée par – bon sang, des serpents, des moufettes ou… putain, il y avait définitivement des araignées et d'horribles choses rampantes. Il prit une profonde inspiration et repoussa prudemment dans l'ouverture les morceaux tombés de la façade. Puis il regarda à travers les lattes tandis que la mère retombait à quatre pattes et recommençait son examen de l'assiette de Jeff.

Eh bien. C'était embarrassant.

Maintenant que Jeff n'était plus une menace pour les oursons, les ours semblaient contents de prendre leur temps pour fouiner autour du chalet. Jeff ne pensait pas avoir laissé traîner de la nourriture, mais pour ce qu'il en savait, les buissons autour du chalet étaient pleins de myrtilles sauvages ou autres choses. Bon sang, Maman ours était fatiguée et pensait que si la table de pique-nique de Jeff était assez bien pour un humain, elle était assez bien pour elle.

D'accord, alors il était coincé sous le porche de son chalet jusqu'à ce que les ours reprennent leur route. Jusqu'ici, pas de serpents, de moufettes ou d'autres animaux, et Jeff n'allait pas regarder autour de lui pour découvrir le reste. Il était en sécurité, majoritairement. Tout ce qu'il devait faire était… attendre que les ours partent.

Ou.. ou! Il avait le numéro de Carter dans son téléphone. Il était un garde du parc. En fait, il pourrait simplement appeler le poste de contrôle du parc et leur faire envoyer la personne qui était le plus proche pour… Que faisaient-ils aux ours? Les endormaient-ils? Cela paraissait extrême. Peut-être qu'ils ne faisaient que les effrayer? Le service du parc utilisait-il des bombes au poivre sur les ours?

Il se sentit prématurément mal à cause de ça pendant une fraction de seconde, puis il ressentit la sensation de quelque chose rampant à l'arrière de sa jambe et décida que les ours pouvaient le supporter. Il tendit la main vers sa poche pour prendre son téléphone…

Et se rappela qu'il était encore sur la table de pique-nique.

Il balaya l'arrière de sa jambe sans regarder et pria pour que, quoi que ce soit, ça s'éloigne.

Alors. La prochaine fois qu'il décidait de revenir dans la ville de sa jeunesse pour *se trouver*, putain, il louerait un appartement. Il signerait des autographes à la porte d'entrée s'il le devait. Les ours, il pouvait supporter. Des araignées sous le porche étaient rédhibitoires.

Le Canada n'avait pas d'araignées venimeuses, n'est-ce pas? Donc, elles étaient simplement dégoûtantes et pas létales?

N'est-ce pas ?

Peut-être qu'il aurait dû tenter sa chance avec les ours.

Il se demanda combien de temps il devrait rester là, devenant un peu plus convaincu à chaque instant qui passait qu'une veuve noire allait causer sa perte et qu'un pauvre garde forestier – avec de la chance, pas Carter – découvrirait son corps décomposé quelques jours plus tard quand il viendrait ramasser les poubelles.

Puis il entendit – des pneus sur le gravier.

La plus douce musique que Jeff ait jamais entendue.

Puis, il réalisa que c'étaient probablement les pneus de Carter, et qu'il allait rouler jusqu'au chalet et découvrir Jeff en train de se cacher sous le porche parce qu'il avait été assez stupide pour laisser de la nourriture sortie, et il se demanda si les araignées pouvaient se dépêcher de le tuer. Le venin toxique serait une manière moins douloureuse de mourir que la gêne.

Le moteur s'arrêta, et un instant après, une portière claqua. Jeff put uniquement voir des jambes, mais c'était définitivement celles de Carter, à moins que le parc mette un point d'honneur à engager des hommes stupidement grands avec des cuisses qui pouvaient écraser des crânes.

— Oh c'est toi, dit-il.

Quelque chose cliqueta. Jeff pensa que Carter s'appuyait contre le plateau du pick-up.

— Allez, va-t'en. Ne m'oblige pas à prendre la corne de brume. Va ! Allez !

L'ourse grogna bruyamment, mais s'éloigna d'un pas traînant. Les oursons la suivirent tranquillement et disparurent dans les taillis.

Pendant ce temps.

—Jeff ? appela Carter, semblant inquiet.

Un truc fantôme rampa de nouveau sur le mollet de Jeff, et ça *suffisait*. Il repoussa la façade en treillage et se traîna de sous le porche aussi rapidement qu'il put. Au diable la dignité. Jeff voulait une autre douche et du xanax en intraveineuse.

— Putain putain putain putain putain ! scanda-t-il, essayant frénétiquement de brosser toute sa peau en même temps. Je déteste les araignées. Peux-tu simplement… les enlever de moi, s'il te plaît ?

Il fallut reconnaître que Carter ne sourit même pas.

— D'accord, simplement… reste tranquille ?

Rester *tranquille* ? Et faire de lui-même une cible encore plus facile ? Mais il réussit à planter ses pieds dans le sol pendant trente secondes pour que Carter puisse l'examiner. Il passa une main au creux de ses reins – ce qui détourna suffisamment son attention pour sortir Jeff de son mode panique ; qui avait laissé Carter avoir des mains aussi grandes – puis sur sa cheville, et il mit ensuite les deux mains sur les épaules de Jeff et le fit tourner, et celui-ci ferma les yeux pendant que Carter vérifiait ses cheveux. S'il y avait des araignées là, Jeff ne voulait pas le savoir.

— C'est bon, terminé.

Jeff ouvrit les yeux.

— Tu as eu une journée chargée, observa Carter, ne riant pas ouvertement de lui, au moins, même si de l'amusement colorait sa voix. Es-tu blessé ?

— À part ma dignité, non.

— Elle guérira, déclara Carter, maintenant souriant.

Jeff en doutait.

— Quoi qu'il en soit, que s'est-il passé ? Je sais que tu as assez de jugeote pour ne pas laisser de nourriture dehors.

Oups.

— Je me suis endormi, admit-il. Je suis allé courir, je suis revenu, et je me suis fait un en-cas. J'ai décidé de le manger dehors, et le soleil était agréable, alors j'ai simplement fermé les yeux pendant quelques minutes… sans finir mon assiette.

— Hm. Ceci explique cela.

Le sourire s'adoucit, et il secoua légèrement la tête.

— Ça explique quoi ? se renfrogna Jeff.

— Les taches de rousseur en plus. Et tu as un coup de soleil.

Carter leva la main et frôla doucement d'un doigt l'arête du nez de Jeff. Il s'attarda sur le bout pendant un instant avant de s'écarter.

Le visage de Jeff semblait un peu tendu. Ainsi que sa poitrine. Et son pantalon. Tout son corps était sauvagement, ridiculement prêt à ce que Carter l'embrasse. Était-il obligé de le toucher comme ça ?

Finalement, quand les secondes s'écoulèrent sans que Carter ne bouge, il retrouva sa voix. Alors que l'adrénaline diminuait dans son système, il demanda :

— Je savais que j'oubliais quelque chose. Est-ce que tu parlais à l'ourse ?

— Winnie, oui, répondit Carter, faisant un geste vers le chalet, et ils s'assirent sous le porche. On apprend à les reconnaître de vue après un moment.

— Et tu l'as appelée Winnie. Comme Winnie l'ourson.

— Qui a dit que je l'avais baptisée ? questionna Carter, les sourcils levés.

— Moi.

Le nom avait la marque particulière de Carter posée dessus. Et il avait aimé le dessin animé étant enfant.

— Très bien, concéda-t-il, haussant les épaules de capitulation. La première fois que je l'ai vue, il y a environ cinq ans, je pense, elle avait le museau coincé dans un pot de miel. Quelqu'un n'avait pas bien verrouillé sa poubelle. Le nom semblait approprié. C'est la première fois que je la vois cette année. Deux petits – pas mal.

Maintenant que la terreur avait quitté son système, Jeff se retrouva à sourire tendrement.

— Tu es un grand sentimental.

— Hé, je suis simplement un bon naturaliste. Rien de sentimental là-dedans.

Naturaliste, nota Jeff. Pas garde forestier. Alors il avait eu tort sur l'intitulé du poste.

— Oui, oui. Je parie que tu laisses tous les ours pénibles s'en tirer avec un avertissement sur la corne de brume, taquina Jeff. Parce que tu es gentil.

Carter croisa les bras, jouant le jeu.

— Peut-être que je les laisse s'en sortir avec un avertissement parce que la corne de brume est vraiment agaçante, que je la déteste, et que ça dérange la faune non pénible.

— Hmm, fredonna Jeff, s'appuyant en arrière et l'évaluant du regard avant de secouer la tête. D'accord, je vais gober ça. Quoi qu'il en soit. À quoi dois-je ton sauvetage incroyablement bien minuté ?

— J'étais dans les parages, répliqua Carter avec ironie. Ainsi que l'ourse. Elle a un dispositif de pistage. Le poste de contrôle appelle par radio quand elle va à des endroits où elle pourrait s'attirer des ennuis. J'ai toujours ma radio allumée après mon service, alors j'ai dit que j'irai vérifier.

Bien sûr.

— Alors tu étais là pour sauver l'ourse, pas moi.

— Oh non. J'étais là pour sauver l'ourse de toi, et te sauver des araignées. Que faisais-tu sous le porche ?

— Je me cachais, soupira Jeff. Mes clés de voiture étaient dans le chalet, et il y avait un ourson sur les marches. Je ne pensais pas que Winnie apprécierait que j'essaie de me faufiler à côté de lui.

Carter jeta un coup d'œil aux marches, qui étaient tout au bout, puis à la porte du chalet tout au bout de l'autre côté.

— Et tu n'as pas envisagé de sauter par-dessus la rambarde?

Aïe.

— Juste au moment où ma dignité commençait à se remettre, se lamenta-t-il. Tu travailles pendant le dernier service? Ou je peux te soudoyer avec un dîner pour oublier les spécificités de cet incident?

— Aucun des deux, désolé.

Maintenant, Carter paraissait gêné. Il rentra un peu les épaules et baissa la tête, comme si ça pouvait faire de lui autre chose qu'un géant. Tout l'effet était charmant par son incongruité.

— Heu, j'ai environ une demi-heure et ensuite je dois aller…

Il avala les derniers mots dans une sorte de marmonnement qu'il avait l'habitude d'utiliser quand sa mère le surprenait à faire quelque chose qu'il ne devrait pas.

Cela devait être bon.

— Désolé, je n'ai pas compris.

Carter soupira et se déplia, retombant mollement sur la chaise.

— Il y a un match pour l'équipe de T-ball [4] que j'entraîne.

Rien n'aurait pu préparer Jeff à l'image mentale de Carter, viking d'un mètre quatre-vingt-quinze, menant un groupe de rase-moquettes dans le sport d'équipe le moins athlétique connu de l'humanité. C'était trop sain. Des choses aussi saines ne pouvaient se mélanger avec Jeff. C'était comme mélanger du soda et du vinaigre. Jeff et sain ensemble, cela devenait très salissant, puis explosait.

— Pourquoi ton visage fait-il ça?

— Chut, souffla Jeff. Je savoure cet instant.

Un instant à imaginer une foule d'enfants de cinq ans célébrant une victoire en essayant de soulever leur entraîneur? Ils ne pourraient probablement pas verser une glacière de Gatorade sur lui comme le ferait une équipe de football universitaire, mais ils avaient leurs bouteilles d'eau individuelles. Ils pourraient obtenir un effet similaire.

---

4 Sport basé sur et simplifiant le cricket, le base-ball et le softball, conçu comme une introduction pour les enfants de 4 à 6 ans.

— Quoi que tu imagines, indiqua Carter en levant les yeux au ciel, il y a sûrement plus de nez qui coulent, d'enfants ramassant des pissenlits et de vomi surprise.

— Mince. Moment gâché.

Il secoua la tête pour éclaircir son esprit de ces images ainsi que celles qui étaient venues avant. Il avait appris sa leçon avec Carter la première fois. Il était gentil, généreux, un soutien, et il avait été le havre de Jeff quand sa vie tombait en morceau autour de lui.

Mais Jeff était en sécurité tant que son stupide cœur n'était pas impliqué, parce que Carter était *hétéro*. La dernière chose dont Jeff avait besoin était de raviver son béguin du lycée en tant qu'adulte.

— Pourquoi tu les entraînes ?

Quelque chose lui vint à l'esprit et il jeta furtivement un coup d'œil à la main gauche de Carter. Pas d'alliance, mais cela ne signifiait rien…

— C'était l'équipe de mon père.

Waouh. C'était bien pire que Carter secrètement marié avec un enfant.

— Le garage sponsorise une équipe chaque année, et il l'entraînait toujours.

— Bien sûr qu'il l'entraînait, murmura Jeff.

Cet homme avait été un saint.

— Quand est venu le moment de signer les papiers pour sponsoriser de nouveau une équipe cette année, soupira Carter, Maman a eu les larmes aux yeux et a commencé à dire que nous aurions besoin de demander aux parents si quelqu'un était prêt à les entraîner. Et je ne pouvais supporter l'idée qu'elle demande à quelqu'un d'autre, alors j'ai dit que je le ferai.

Parce que Carter était un saint en formation. Ce n'était pas comme si Jeff ne le savait pas ; Carter avait supporté le fait qu'il le suive pendant assez longtemps.

— Bien sûr que tu l'as dit.

Cela lui valut un petit coup du pied botté de Carter.

— La ferme. Je suppose que ça signifie que tu ne veux pas venir ?

— Regarder le match de T-ball de tes gosses ? clarifia-t-il, clignant des paupières.

Carter se leva et s'étira, et Jeff essaya de ne pas regarder de manière trop prononcée pour voir si son t-shirt se relevait. Il ne bougea pas.

48

— Le T-ball est une coïncidence, dit-il. Il y a un camion-restaurant qui vend des saucisses Mennonite [5] ...

Le ventre de Jeff gronda, lui rappelant qu'il n'avait jamais fini son en-cas.

Carter afficha un sourire en coin.

— Je vais me changer.

---

5 Mouvement religieux et culturel fondé au XVIe siècle pendant la réforme protestante, originaire surtout des Pays-Bas, aux valeurs assez simples qu'on retrouve également dans leur cuisine. Ici, des saucisses fumées.

LEÇON DEUX
SE PRÉPARER À RÉÉVALUER SES SUPPOSITIONS

VOUS SAVEZ ce qu'on dit sur le fait de supposer?

Ne me comprenez pas de travers. Les suppositions ont leur place. Sans elles, nous appellerions l'épicerie à l'avance pour nous assurer qu'ils ont du lait.

Mais de temps en temps, nous avons ce pressentiment que les suppositions que nous avons faites ne servent pas notre intérêt. Parfois, quelque chose nous fait détourner les yeux du tronc d'arbre à quinze centimètres de notre visage et réaliser que l'on est dans une forêt.

Et parfois, cela fait appel à une terreur à en chier dans son pantalon.

C'est effrayant quand notre monde change. Il y a du réconfort dans les choses familières. Mais survivre et s'épanouir demande la capacité de reconnaître quand nous avons tort et nous adapter à la vérité. L'humilité est bonne pour nous.

Ne dites simplement pas à Max que j'ai dit ça.

IV

JEFF FUT autorisé à payer pour le dîner, surtout parce que Carter était occupé à rassembler quinze enfants de cinq ans qui voulaient tous lui parler de leur semaine, et il n'était pas possible qu'ils le laissent avancer jusqu'au camion-restaurant. Jeff y alla lui-même, déposa le repas de Carter ainsi qu'une boisson sur le banc, et s'assit dans les gradins. Il espérait que ses lunettes de soleil fourniraient un certain niveau d'anonymat. Personne ne s'attendrait à voir une rock star à un match de T-ball, de toute façon.

Du moins, personne n'ayant pas grandi à Willow Sound, où le fait que Carter et Jeff avaient été comme les deux doigts de la main était commun et inévitable. Mais Jeff pensait qu'il pouvait faire face aux locaux.

Probablement.

C'était ce qu'il se disait jusqu'à ce qu'une voix vaguement familière dise :

— Oh mon Dieu… *Jeff ?* finit-elle, se baissant nettement.

Mince.

Jeff arracha à contrecœur son regard du jeu, où Carter, dans un t-shirt Rhodes's Garage vert forêt, encourageait un élève de maternelle à aller au marbre plutôt que d'aller de la troisième base directement sur le banc. La femme qui avait parlé avait l'âge de Carter, avec une peau sombre et de courts cheveux naturels retenus par un élastique. Il était sûr qu'elle avait été dans certains cours de Carter – quel était son nom…

— C'est Alyssa, dit-elle avant qu'il puisse trouver quelque chose. Tu ne te souviens probablement pas de moi…

Jeff sourit poliment et bougea sur le gradin à la peinture écaillée pour qu'elle ait de la place.

— Tu étais reine du bal durant ma première année de lycée.

Carter avait été dauphin du roi de promo. Jeff ne faisait pas attention à ce genre de choses.

— Waouh, au temps pour moi, dit-elle avec un rire avant de s'asseoir près de lui. Je suppose que tu es ici avec Carter ?

C'était de notoriété publique que Jeff n'avait pas d'enfants, alors soit il était ici avec un adulte qui avait une raison d'y être, soit il avait un problème.

— Oui, mais on m'a averti de rester loin de la zone d'action. Et toi ?

Il ne voulait pas faire de suppositions.

— Oh, je suis ici pour la rivalité, plaisanta-t-elle, avant d'incliner la tête vers le banc adverse face au regard vide de Jeff. Mon mari entraîne l'équipe rouge. C'est notre fils, là-bas, qui cherche des vers de terre derrière la seconde base.

Sans surprise, il y avait un enfant agenouillé dans le champ intérieur, gant abandonné, en train de creuser une petite tranchée avec un bâton.

— Tu dois être tellement fière, déclara Jeff avant de pouvoir y réfléchir.

Alyssa ne fut pas offensée ; elle grogna avec bonhomie.

— Honnêtement, j'aime le fait qu'il peut simplement être un enfant. Bien sûr, les vers de terre sont dégoûtants, mais peu importe. Au moins, il n'essaie pas de faire tomber les coureurs.

Les enfants faisaient-ils ça à cet âge ?

— Alors, quand tu dis rivalité… ?

— Oh non, les enfants ne sont pas aussi tarés. Ne t'inquiète pas, apaisa-t-elle avec un rire. C'était une blague sur le fait que mon mari et mon ex-fiancé entraînent des équipes adverses.

Son ex-*quoi* ?

— Ce qui est aussi amusant parce qu'en fait, ils s'entendent vraiment bien…

Alyssa aperçut l'expression sur le visage de Jeff et laissa sa phrase en suspens.

— Je pense que j'ai mis les pieds dans le plat. Carter ne t'a pas parlé des fiançailles ?

Qu'était-il supposé dire à ça ? Quoi qu'il réponde, cela ferait passer Carter pour un connard.

— Pour être honnête, nous n'avons repris contact que récemment.

Et si elle avait un enfant de cinq ans, il y avait de fortes chances que les fiançailles rompues soient de l'histoire ancienne.

— Désolée, grimaça-t-elle. Je ne voulais pas rendre les choses gênantes. Je te jure qu'il n'y a aucune rancune.

Cette conversation passait par-dessus la tête de Jeff. Il décida de changer de sujet.

— Ça va. Alors, avait-il raison à propos du fait qu'on doive s'inquiéter de vomi surprise, ou a-t-il inventé ça pour m'impressionner?

Ils bavardèrent jusqu'à la fin de la troisième manche, quand les enfants avaient une pause pour grignoter et boire et, pensa Jeff, parce qu'on ne pouvait pas s'attendre à ce qu'ils soient concentrés sur le jeu plus longtemps. Alyssa l'abandonna pour aller jusqu'au banc de l'équipe rouge, où son fils l'accueillit avec les deux mains tendues devant lui. Alyssa agrippa sa poitrine et feignit l'excitation. Jeff supposa que l'enfant tenait un ver de terre.

Pendant ce temps, un parent avait pris le banc vert, et Carter avançait vers Jeff.

— Une clémentine?

Il tendit la main avec quatre fruits. Jeff refusa d'être distrait par la facilité avec laquelle elles tenaient dedans. Il en prit une quand même.

— Ex-fiancée? demanda-t-il doucement, faisant rouler la clémentine pour relâcher la peau.

— Je vois que tu as parlé à Alyssa, lâcha Carter en prenant la place libre de celle-ci.

Jeff enfonça le pouce au centre de la clémentine.

— Elle m'a reconnu. Je l'ai reconnue aussi, je suppose.

Il n'allait pas demander. Ce n'étaient pas ses affaires. Et c'était fini depuis longtemps. Il était temps de passer à autre chose.

— Allais-tu mentionner le fait que tu aies été fiancé, ou non?

Bon sang.

— C'était il y a longtemps, écarta Carter avec un haussement d'épaules. Nous sortions à peine de l'université.

Jeff pouvait-il demander pourquoi ça n'avait pas fonctionné? Cela semblait être le genre de questions qu'on ne posait pas à son meilleur ami, à qui on n'avait pas parlé depuis quinze ans. Du moins, pas après s'être retrouvés depuis seulement quelques jours.

Il posa sa première longue bande de peau à côté de lui sur le banc et enleva l'autre morceau.

— D'accord.

Carter leva les yeux de l'épluchage de sa propre clémentine.

— D'accord? répéta-t-il.

Pendant quelques secondes supplémentaires, Jeff se concentra sur le fait de gratter la peau blanche sur la première section de fruit. Cela lui donna du temps pour s'assurer que sa voix était stable et neutre quand il dit:

— Tu n'es pas obligé de tout me dire, affirma-t-il, mettant le morceau dans sa bouche, et continuant de parler autour. Bien que si je découvrais que tu as un enfant, je serais plutôt vexé.

— Je ne garderais pas un enfant secret. Mince alors, je ne suis pas un monstre.

Non, il était un homme de trente-deux ans qui disait *mince* tout haut. Jeff déglutit.

— Tu es assez grand, observa-t-il.

C'était assez léger en ce qui concernait leurs railleries, mais il retrouvait encore son équilibre.

— Ha ha, lâcha Carter en s'occupant de la seconde clémentine. Je suppose que toutes tes relations sont du domaine public.

Jeff aperçut un pépin et prit un moment pour l'enlever. Il le jeta dans l'herbe.

— Pas vraiment. Je veux dire, j'ai révélé mon homosexualité, mais ce n'est pas le cas de toutes les personnes avec qui je suis sorti. Et même quand c'était le cas, tout le monde ne veut pas fréquenter publiquement une rock star. C'est amusant pendant un moment, mais le fait que les gens prennent des photos de tes rendez-vous au resto, cela devient plutôt lassant. Et il y a ensuite le fait, tu sais, qu'il y a toute une catégorie de personnes qui gagnent leur vie en faisant allusion à des affaires scandaleuses. C'est plus facile de maintenir les choses désinvoltes.

Cela paraissait amer. Il enfonça le reste de la clémentine dans sa bouche pour se faire taire.

Quand Carter ne dit rien même quand Jeff eut fini de mâcher, il leva les yeux. Carter l'observait avec une expression vaguement exaspérée, comme si Jeff avait manqué le point essentiel.

— Quoi ?

— Peu importe, déclara-t-il en secouant la tête.

Puis, le marqueur officiel siffla pour avertir tout le monde que le jeu allait reprendre, et Carter se leva.

— C'est mon signal.

Le match se termina sur un nul et les doigts de Jeff sentant la clémentine. Sur le chemin de retour au parc, ils roulèrent les vitres baissées, et Jeff appuya la tête contre le montant et regarda le soleil se fondre dans l'horizon. À part le vent, le trajet fut silencieux, mais à l'intérieur de la tête de Jeff, c'était bruyant. Il voulait une guitare, un micro et un public pour chanter de tout son cœur. Il voulait un stylo, un cahier et un coin du chalet à peine éclairé dans lequel se déverser.

Mais il ne voulait pas observer de trop près ce qui en ressortirait.

Malgré tout, quand Carter arrêta le pick-up, Jeff le regarda et pensa, au diable. Cela avait été une agréable journée. Il n'était pas prêt à ce qu'elle se termine.

— Tu veux une bière ?

— Je pensais que tu ne poserais jamais la question.

Carter avait un sourire assez large pour plisser la peau au coin de ses yeux.

Pendant que Jeff dénichait les boissons, Carter démarra le feu de camp.

— J'ai quelques chaises à l'arrière du pick-up, dit-il. Plus confortables qu'une souche.

— Mes fesses te remercient, dit Jeff, pince-sans-rire en attrapant les clés que Carter lui jeta d'une main.

Celui-ci avait clairement plus d'expérience que Jeff en matière de feu de camp, parce qu'il brûlait joyeusement le temps que Jeff eut installé les chaises. Ils se mirent dos à l'eau pour éviter d'avoir la fumée dans le visage, puis ils trinquèrent avec leurs bouteilles.

— Santé.

Carter hocha la tête en remerciement et leva la bouteille jusqu'à sa bouche.

Un huard appela de l'autre côté de l'eau, Jeff frissonna par réflexe et ramena les pieds plus près du feu.

— Puis-je te poser une question ? demanda Carter quand l'écho mourut.

Méfiant, Jeff s'arrêta avec la bouteille touchant sa lèvre inférieure.

— Attendais-tu une chance de me saouler pour demander ?

Carter lui lança la capsule de sa bouteille. Jeff l'attrapa.

— Sois sérieux.

Quelque chose dans la façon dont il dit ça poussa Jeff à le prendre au sérieux. Il laissa retomber le sourire sur son visage.

— Tu peux me demander n'importe quoi.

Il y avait beaucoup de questions difficiles sur la table, mais Carter posa une des plus faciles.

— Pourquoi es-tu revenu ? Pourquoi maintenant ?

Jeff passa le pouce sur l'étiquette de sa bière. Il n'aurait pas pu répondre honnêtement à ça un peu plus tôt dans la semaine – pas uniquement parce qu'il n'était pas sûr, mais parce qu'il n'était alors pas prêt à faire confiance à Carter. Maintenant, cependant…

— Tu as probablement vu des articles sur Howl? commença-t-il. Différences créatives, euh, certains membres du groupe ivres et agressifs en public…?

— Bien sûr, concéda Carter avec un hochement de tête. J'ai tendance à prendre tout ça avec une pincée de sel.

Saint Carter.

— Eh bien, les rumeurs ne sont pas exactement sans fondement, avoua-t-il en lâchant un long soupir. Je suis sûr qu'il a été écrit quelque part que nous quatre, nous nous sommes rencontrés en retenue.

— Tu vois, cette partie-là, je l'ai crue.

— Connard, répliqua Jeff, levant les yeux au ciel.

Une des plus petites bûches craqua et se fendit.

— J'étais un peu… Ça a été dur pour moi quand nous avons déménagé. Maman venait juste de mourir, je n'avais pas d'amis, Papa était… enfin, tu sais comment il était.

Inattentif au mieux, abusif par négligence au pire.

— J'ai à peine eu mon diplôme au lycée. J'aurais probablement décroché si je n'avais pas rencontré Max, Trix et Joe. Bien qu'on ait quand même eu des ennuis, manifestement.

— Manifestement, répéta doucement Carter.

— C'étaient des trucs d'enfants au début - consommation d'alcool en étant mineur, de l'herbe. Joe n'en a jamais pris, parce qu'il disait que s'il le faisait, les services de l'enfance pourraient l'enlever à ses parents. Je pensais qu'il exagérait à l'époque, mais ces jours-ci…, soupira-t-il en secouant la tête. La belle-mère de Trix avait une ordonnance pour… Je ne me souviens même pas quoi. C'est là que tout a commencé. Mais je ne pense pas que l'un d'entre nous ait été accro à quoi que ce soit jusqu'à ce que nous ayons enfin un accord pour un album durant ma deuxième année d'université.

Une université dans laquelle il était entré par pure chance, avec ses notes de lycée.

Il eut besoin d'une pause à ce moment-là, et Carter dut l'avoir senti, parce qu'il redirigea la conversation.

— Qu'est-ce que tu étudiais?

Jeff soupira malgré lui et inclina la tête vers le ciel.

— Mon vieux, tu vas rire.

— Essaie un peu, pour voir.

Enfin, peut-être que Carter ne rirait pas.

— Langage anglais et littérature. Centré sur la poésie, en particulier la poésie du milieu du vingtième siècle.

Il n'eut pas besoin de regarder pour voir l'instant où Carter fit le lien de toutes les petites pièces. L'amour de la musique de Jeff était venu du père de Carter, et son amour de la poésie aussi. Même quand il ne pouvait se résoudre à appeler, même quand il s'autodétruisait activement, il n'avait pu se détourner des deux choses qui lui amenaient du réconfort.

Et il les avait rassemblées quand il avait trouvé le nom du groupe.

— Initiés à tête d'ange [6], murmura Carter.

Il tendit un long bras comme s'il allait ébouriffer les cheveux de Jeff à la manière dont il le faisait quand ils étaient enfants. À la place, il toucha simplement une mèche errante et tira doucement dessus avant de la lâcher.

Jeff obligea son cœur à battre de nouveau par la seule force de sa volonté.

— Oui, enfin. Si j'avais eu du bon sens, je nous aurais baptisés autrement. J'ai oublié la façon dont le poème débute. « J'ai vu les plus grands esprits de ma génération détruits par la folie, affamés hystériques nus. » Ça aurait dû être un avertissement.

Carter y réfléchit dans un silence doux, puis offrit :

— Je ne pense pas que c'est ce qu'ils veulent dire quand on parle de la vie imitant l'art.

Oh, qu'est-ce qu'il en savait ; il avait étudié la science environnementale. Mais Jeff s'autorisa à être apaisé.

— Enfin. Nous avons réussi la modération pendant un moment. J'ai été arrêté pour possession de cocaïne une fois, cependant, pendant notre deuxième tournée, et cela a été suffisant. Un avocat très coûteux a gardé tout ça loin de la presse et a fait rejeter les charges. Mais Max et Trix… Je ne sais pas. Ils sont hors de contrôle.

Ou Max était hors de contrôle, et Trix était partante pour suivre. La différence semblait théorique.

— Défoncé sur scène ? demanda Carter.

— De façon incroyable, non. Du moins, pas jusqu'ici. Et ensuite, il y a Tim.

---

6 Vers du poème Howl (Hurlement) d'Allen Ginsberg, 1956

Leur connard de manager. Il prit une gorgée de sa bière ; même dans la fraîcheur de la nuit, elle se réchauffait.

— Quand nous étions jeunes et stupides et qu'il nous a recrutés, il nous a dit que les termes passe-partout du contrat étaient nuls – sa version modifiée nous conviendrait mieux. Nous avons signé directement, pas de représentation indépendante. Devine en faveur de qui s'est avéré le contrat.

Il donnait à Tim beaucoup trop de contrôle… et une grande partie des recettes de tournée et des ventes de produits dérivés qui aurait dû revenir à Howl – une sacrée affaire puisque les artistes gagnaient des cacahuètes en royalties de nos jours.

— Il n'intervient pas beaucoup d'habitude, mais avec le prochain album prévu et les signes dollars de la prochaine tournée dans les yeux, il a décidé de nous prendre le chou et d'agir comme notre responsable de tournée.

Putain de Tim. Jeff finit sa bouteille. Il n'avait même pas su à quel point leur contrat était merdique avant qu'un studio de cinéma lui fasse une proposition pour faire un dessin animé. Tim ne représentait pas Jeff, simplement le groupe. Jeff avait gagné plus qu'en une année de tournée.

La conversation diminua, et les bruits de la nuit s'insinuèrent entre eux – le crépitement régulier du feu, le craquement occasionnel d'une branche ou des pattes d'un rongeur sur les aiguilles de pin, le bourdonnement d'un moustique ou deux. Finalement, Carter reprit :

— Tu n'as pas répondu à ma question, cependant. Pourquoi es-tu venu *ici* ?

La question à un million de dollars.

— Je suis venu ici pour m'allonger sur le dos, regarder les étoiles et jouer « Bobcaygeon » jusqu'à ce que je me transforme en Gord Downie ou que je meure, ce qui arrivera en premier. J'aime mon groupe, continua-t-il après un moment en relevant la tête. J'aime être sur scène. Mais je ne fais plus confiance à Max et Trix, et… Je ne sais pas. Ça ne semble pas bien. Mais ils sont tout ce que j'ai eu depuis que je suis parti d'ici.

Il voulait tellement tendre la main pour atteindre l'empathie nue sur le visage de Carter, pour s'autoriser à se cramponner à quelqu'un qui ne le laisserait pas sombrer.

Il avait *voulu* revenir pour faire le deuil de sa mère, mais c'était fait. Elle n'était pas ici.

Elle n'était pas vraiment celle qu'il était venu retrouver.

— Alors je suis revenu, finit-il, pour me souvenir de qui j'étais avant eux et me souvenir que je peux tenir debout tout seul.

Carter tendit le bras et toucha son poignet, et le cœur de Jeff battit allegro.

— Tu n'es pas obligé.

— J'y suis obligé, cependant, contra Jeff. Pas parce que je pense que les gens ne m'aideront pas. J'ai besoin de le faire pour moi. Tout comme j'ai besoin de décider quoi faire à propos de Howl, pour *moi,* souffla-t-il. Je voulais venir ici et écrire un album, mais une fois arrivé, je ne sais pas. J'ai à moitié peur d'écrire un autre album de Howl, et à moitié peur de ne pas l'écrire.

— Alors tu n'as rien écrit, conclut Carter.

Il avait toujours compris Jeff mieux que quiconque.

— Je deviens plutôt bon à « Bobcaygeon », cependant.

Carter serra une fois de plus son poignet et le lâcha. Jeff se demanda s'il avait pu sentir comme son pouls allait vite.

— Eh bien, dit-il, écoutons ça.

V

Pendant deux jours, Jeff ne vit pas du tout Carter, même dans le parc. Du moins, pas en personne. Le soir après leur feu de camp, il reçut une photo par SMS d'un terrain de camping retourné, suivie par un émoji la tête entre les mains.

Quelqu'un aurait eu l'utilité de la corne de brume, répondit Jeff.

Dieu nous protège des touristes stupides, répliqua Carter.

Jeff passa cette nuit-là à lutter violemment contre l'envie de ramasser son stylo, et à jouer sur la Seagull jusqu'à ce que le bout de ses doigts soit engourdi, alignant les chansons préférées de son adolescence l'une après l'autre.

Il oublia de nouveau de fermer les rideaux, et le soleil le réveilla. Alors il s'assit dans le lit, regarda le lever de soleil pendant quelques instants, et entendit l'écho d'une mélodie qu'il voulait écrire. À la place, il ramassa son téléphone et prit une photo, laissant son doigt planer au-dessus du bouton Envoyer.

Finalement, il tapa *Salut, Maman* et l'envoya à Carter.

Il était trop tôt pour être debout, ou du moins Jeff le pensait, mais il reçut une réponse un instant plus tard – un simple émoji cœur.

Des bribes de chansons remplirent la tête de Jeff toute la matinée, mais il les repoussa. Sans Carter pour le distraire, il s'inquiétait qu'il leur céderait finalement, alors il partit se balader en voiture. Il pourrait avoir besoin de plus de provisions et peut-être quelque chose à lire.

Curieusement, il atterrit à la marina à la place, envisageant une location. Il pourrait probablement obtenir un canoë ou un kayak, puisqu'il n'avait pas de permis pour un bateau de plaisance. Mais il ne devrait pas partir seul. Cela ne se faisait pas pour un plaisancier inexpérimenté, et après quinze ans, Jeff répondait à ce critère.

Peut-être que Carter viendrait avec lui un jour. Il sortit son téléphone pour lui envoyer un message à ce sujet et découvrit un selfie taché de graisse en train de l'attendre.

Carter portait une combinaison générique grise avec la moitié supérieure repoussée pour exposer le t-shirt blanc en dessous, et il était taché de la pommette au cou d'une façon qui semblait délibérée. Une expression familière de patience à toute épreuve était posée sur ses traits – les sourcils lourds, les lèvres plissées. Ses yeux étaient rieurs. *Tu devrais voir l'autre type.*

Toute une parade d'autres types aurait pu marcher nus devant Jeff en jouant des cuivres, et il ne les aurait pas vus. Jeff avait reçu des photos moins obscènes en envoyant des *sextos*. La photo l'attirait. Elle lui donnait envie de choses impossibles – de lisser du bout des doigts le front de Carter, de retracer la courbe de sa bouche avec le pouce. De lui enlever ce t-shirt sale et le pousser sous la douche…

— Salut. Jeff, n'est-ce pas ?

Il releva brusquement la tête. Kara, la garde forestière, avançait vers lui. Il supposa que c'était aussi son jour de congé.

— Salut, Kara, n'est-ce pas ?

— Oui, tu t'en souviens, dit-elle avec un sourire. Que fais-tu ici ? Envie de louer un bateau ?

— Non, admit-il en secouant la tête, pas de permis. Je pensais à prendre un kayak…

En fait, je pensais à mouiller ma queue avec ton patron. Il avait pensé que Carter soupçonnait qu'il avait eu un béguin pour lui autrefois, mais s'il envoyait des photos comme celle-ci, peut-être pas.

— Il y a des locations dans le parc aussi – c'est bien plus calme qu'ici, indiqua-t-elle en inclinant la tête. Est-ce vrai que tu connaissais le patron avant ?

Soit elle avait uniquement entendu des rumeurs très sélectives, soit elle choisissait d'ignorer la célébrité de Jeff. Dans un cas comme dans l'autre, Jeff appréciait.

— J'en ai bien peur.

Elle jeta un coup d'œil à sa droite, où trois personnes de son âge mettaient un bateau à l'eau.

— Hé, Rufus ! On peut prendre une personne de plus ?

Un homme que Jeff supposa être Rufus leva les yeux de là où il attachait un canot gonflable à l'arrière du bateau.

— Il participe pour l'essence ?

Kara sourit et se tourna de nouveau vers Jeff.

— Alors. Faisons un marché.

Jeff eut la sensation qu'il savait où tout cela menait.

— J'écoute.

— Tu me racontes des histoires embarrassantes sur Carter quand il était enfant et tu participes pour l'essence, et au lieu de faire du kayak, tu passes l'après-midi à te cramponner au canot pendant que Jeri fait des donuts.

Une partie de Jeff pensait qu'il devrait dire non. Il ne connaissait pas ces personnes, et il pourrait terminer comme sujet d'un déballage banal. Mais qu'auraient-ils à dire sur lui après ça? Qu'il avait des capacités insoupçonnées pour ne pas tomber d'un jouet gonflable?

De plus, il s'avérait qu'il avait maintenant désespérément besoin d'une autre distraction – cette fois pour le distraire de Carter.

— Marché conclu.

Il y eut un petit délai pendant que Jeff alla à la boutique de la marina pour acheter un maillot de bain et, après un instant de considération, une bouteille géante d'écran solaire, et il passa ensuite un après-midi étonnamment plaisant avec quatre étrangers, hurlant de rire en prenant leur tour à être jetés du canot. Personne ne prit de vidéos ou de photos de lui jusqu'à ce qu'il le demande, et ce fut une photo souriante avec eux cinq, Rufus et Justin d'un côté, Jeff au milieu, Jeri à droite avec Kara sur leurs genoux.

Jeff la regarda tendrement et l'envoya ensuite à Carter, *Je souhaiterais que tu aies été là*.

— Qu'a-t-il fait? demanda Kara alors que Rufus les ramenait à la marina.

Jeff racontait l'histoire sur comment Carter avait écarté une potentielle crise de harcèlement quand il avait révélé son homosexualité à treize ans, et il sourit au souvenir. Quelques jeunes avaient murmuré derrière son dos, mais Jeff avait eu d'autres choses dont il devait s'inquiéter, et la plupart des gens avaient été assez gentils en face, en grande partie parce que personne ne voulait affronter Carter.

— En fait, rien. Je ne pense pas qu'il ait jamais donné un coup de poing, avoua-t-il en secouant la tête. Gary est arrivé tout agressif. « Carter, je ne peux pas croire que tu traînes avec ce… » Tu peux imaginer comment il a fini cette phrase. J'entrais au lycée, et il y avait juste assez des bonnes personnes autour pour savoir que ce qui allait arriver donnerait le ton pour ce qui suivait. Et Carter a simplement levé les yeux au ciel et dit « En quoi ça te concerne, Gary ? Ce n'est pas comme s'il s'intéressait à *toi*» et ce fut tout. Tout le monde s'est inspiré de Carter.

— Je pensais que tu étais supposé nous raconter des histoires pour lesquelles nous pourrions nous moquer de lui, soupira Jeri, appuyant de nouveau sa tête contre le siège. Pas, genre, essayer de nous faire tomber amoureux de lui de manière rétroactive.

Jeff se figea, mais personne ne le regardait. Rufus pilotait, Justin était appuyé contre son épaule, et Kara prenait un bain de soleil, le visage tourné vers le ciel. Cela le rendit brave, ou peut-être stupide.

— Carter est comme ça. Même les histoires embarrassantes donnent envie de tomber amoureux de lui.

— Hmm, songea Jeri, avant de le défier, prouve-le.

Cette fois, Jeff sélectionna l'histoire d'un Carter de huit ans essayant de sauver une plante mourante dans le jardin de sa mère uniquement pour découvrir, une rougeur très douloureuse plus tard, que c'était du sumac.

Jeff paya pour l'essence quand ils furent revenus en ville et paya le dîner à tout le monde en prime, et ils s'assirent sur le patio du restaurant jusqu'à ce qu'il fasse sombre. Le temps qu'il revienne au chalet, il avait quatre nouveaux numéros dans son téléphone et du réconfort dans le fait qu'il savait toujours comment se faire des amis.

Il se doucha pour laver l'eau du lac et s'effondra sur le lit.

Le jour suivant, il dut vraiment aller faire des courses. Il avait utilisé les maigres provisions que le réfrigérateur pouvait contenir, et il avait besoin d'œufs, de lait, de yaourts et de céréales parmi d'autres choses. Après un petit déjeuner de toast rassis avec seulement un œuf qui lui donna l'impression d'être un hobbit triste, il alla en ville.

Un coup d'œil rapide à l'intérieur du magasin confirma que Georgia travaillait. Avec de la chance, elle continuerait d'être décontractée. Jeff prit un panier près de la porte et se dirigea vers la section réfrigérée.

Parce que Willow Sound était une petite ville conspirant en fait pour que Jeff croie en un dieu sadique, Carter était déjà là, lunettes de soleil accrochées au V de son t-shirt moulant alors qu'il vérifiait deux fois pour s'assurer que ses œufs n'étaient pas cassés.

— Combien de douzaines manges-tu chaque matin, déjà ? demanda nonchalamment Jeff, le heurtant doucement alors qu'il tendait la main vers son propre carton. Je ne me souviens plus des paroles.

Carter lui fit une grimace et le heurta en retour deux fois plus fort. Heureusement, Jeff n'avait pas encore ramassé de carton.

— Ne devrais-tu pas encore être au lit ? Je pensais que les rock stars étaient allergiques aux matins.

— Ne me le rappelle pas.

Il lui semblait anormal d'être réveillé et de faire des choses à cette heure-ci.

— Je comprends donc que ça signifie que tu as deux jours de congé loin du naturalisme ? À la suite ? Durant un week-end, rien que ça ?

Jeff n'était pas aussi assidu que Carter à vérifier les fêlures sur ses œufs ; un regard rapide suffit. Manifestement pas cassés. Il les mit dans son panier.

— Non, grogna Carter. Service de nuit.

Jeff put sentir son visage se tordre en une expression d'extrême horreur.

— Tu as le service de nuit ? De qui était-ce l'idée ? N'es-tu pas le patron ? Ne savent-ils pas que tu t'endors avant vingt-deux heures ?

Il s'était assoupi à vingt et une heures trente lors d'une soirée pyjama quand Jeff avait treize ans.

— Vas-tu un jour laisser tomber ça ? Je te l'ai dit, j'avais travaillé toute la journée et j'avais ensuite été au base-ball ! J'étais un garçon en pleine croissance.

Oh la vache, voilà.

— Tu sais, peut-être que si tu étais allé te coucher un peu plus tôt…

— Tu n'aurais pas fini par être une telle crevette, prononça Jeff avec lui, levant les yeux au ciel alors qu'il ajoutait une barquette de beurre à son panier. Ma taille – qui est complètement normale pour un homme, d'ailleurs, tu es la bête curieuse ici – ne pourrait jamais être en lien avec le fait qu'aucun de mes parents n'était grand.

— Définitivement le sommeil, déclara Carter avec sagesse.

Oui, oui. Ils avancèrent ensemble jusqu'à la section suivante et marchèrent naturellement d'un même pas.

— Alors, ne prends-tu simplement jamais de jours de congé ?

Jeff s'arrêta devant les céréales saines. Le magasin ne proposait pas sa marque préférée, et il ne connaissait pas bien l'une des deux options qu'ils avaient.

— Hé, est-ce que tu manges ça ?

— Prends les Morning Crisp, conseilla Carter.

Il attrapa une boîte pour lui-même… et continua vers l'allée suivante sans répondre à la première question.

Jeff sentit une manœuvre évasive.

— Alors, c'est un « pas de commentaire » sur les jours de congé ? appela-t-il alors que Carter atteignait l'extrémité pour aller dans l'allée suivante.

Deux pas plus tard, il lui fonça presque dedans quand Carter fit une brusque volte-face et se dirigea de nouveau tout droit vers l'allée des céréales.

— Où est le feu ? interrogea Jeff en clignant des yeux. Est-ce que quelqu'un t'a posé des questions sur ta routine de soins personnels dans l'allée trois ?

Carter prit doucement mais fermement son coude et le fit reculer vers l'autre bout. Jeff le laissa faire, complètement perplexe et mourant de curiosité.

— Viens simplement avec moi, murmura Carter. S'il te plaît.

Ce n'était pas comme si Jeff résistait.

— Où allons-nous ?

— Petit changement de plan, expliqua Carter. Est-ce que ça te dérange de revenir plus tard ?

— Plus tard comment ? demanda Jeff alors qu'ils étaient maintenant en vue de la sortie. J'ai besoin de nourriture pour déjeuner. Mon pain est rassis.

— Je te livrerai tes courses en mains propres pendant deux semaines si tu pars avec moi tout de suite.

Mais désormais, la curiosité de Jeff était piquée.

— Quand vas-tu avoir le temps de faire les courses pour moi ? Tu as à peine le temps de dormir.

Il s'était arrêté, et maintenant, Carter lui faisait face, les épaules un peu voûtées comme s'il se cachait.

—Jeff...

Puis quelqu'un d'autre appela :

— Carter ?

Jeff se tourna pour jauger le nouveau venu, et Carter... se glissa en quelque sorte derrière lui.

Le nouveau type était un peu plus grand que Jeff et plus solidement bâti, avec des boucles blond foncé et une bouche en fente rose ouverte en reconnaissant – d'abord Carter, puis son regard trouva Jeff et ses yeux s'écarquillèrent.

Peut-être que Jeff aurait dû laisser Carter le pousser hors d'ici.

65

Derrière lui, il put sentir la résignation de Carter.

— Salut, Pacey.

Attendez, *Pacey*? Comme ce type dans *Dawson*? Jeff n'avait jamais réellement rencontré quelqu'un dont les parents l'avaient appelé comme ça, ce qui signifiait que cet homme n'était pas un local, ou du moins, il n'avait pas grandi ici.

Pacey s'éclaircit la gorge et son regard passa avec insistance de Carter à Jeff.

— Désolé, est-ce que j'interromps quelque chose?

— Quoi? Euh, nous faisions simplement les courses.

Carter dit ça, de façon faussement décontractée - bien trop fausse pour que Jeff se fasse avoir, bien qu'il ne sache pas pour Pacey.

Celui-ci donnait l'impression que les prochains mots à sortir de sa bouche allaient être *ne vas-tu pas me présenter à ton ami*, et à ce moment-là, Carter allait mentir à au moins l'un d'eux. Il ne fallait pas être un génie pour le comprendre.

— Et je me suis rendu compte que j'ai perdu mon téléphone quelque part sur le chemin, indiqua Jeff avant que Carter ne doive se profaner. Carter va m'aider à le chercher. Pas vrai, Carter?

Il risqua un regard en arrière juste à temps pour voir l'expression de Carter passer de pris au dépourvu à du soulagement imprévu.

— Euh, oui. Peut-être que tu l'as fait tomber en venant de la boulangerie?

Peu importe. Jeff pouvait jouer le jeu.

— Oui, je me suis arrêté pour prendre ce selfie avec la griffe d'ours.

Il posa le panier, œufs, beurre et tout, sur la table de remise en rayon.

Carter trouva la force de faire un sourire anémique envers le démon infernal de son passé qu'était Pacey.

— Heureux de t'avoir vu, dit-il, posant son panier à côté de celui de Jeff avant qu'ils sortent du magasin ensemble.

Jeff était assez inquiet que Carter fasse une crise d'angoisse, alors il ne posa pas tout de suite la question, le dirigeant à la place le long de la rue vers la boulangerie.

Quand ils furent à un demi-pâté de maisons du magasin, Carter commença à se détendre. Il se laissa tomber sur le banc devant la pharmacie et se prit la tête entre les mains.

Jeff souhaitait fortement avoir un Frappuccino ou autre chose à siroter pendant qu'il attendait que Carter reprenne ses esprits, parce qu'il alignait un certain nombre de répliques caustiques sur le même thème et avait du mal à choisir entre elles, et un Frappuccino ferait passer le temps. Mais Carter leva finalement la tête – pas assez pour regarder Jeff, mais au moins pour qu'il puisse regarder de l'autre côté de la rue, et pas ses chaussures – et dit, la voix chargée de toutes sortes de conflits :

— Merci.

Jeff se décida pour la route la plus directe.

— Alors, dit-il sur le ton de la conversation, qui était-ce ?

— Pacey McNaughton, soupira lourdement Carter. Sa famille possède un chalet de vacances à environ quinze kilomètres.

Ce n'était clairement pas l'information que Jeff recherchait, mais parfois, on devait être patient avec Carter ou les soupçons deviendrait des conclusions, et il y aurait ensuite bien trop d'émotions à gérer sur une chaussée publique à même pas dix heures du matin.

— Et comment connais-tu M. McNaughton ?

Carter leva enfin la tête et croisa son regard.

— Comment, à ton avis ?

La patience n'avait jamais été le fort de Jeff.

— Eh bien, Carter, ma *première* pensée a été « Waouh, c'est définitivement l'ex-petit ami de Carter », mais ensuite j'ai pensé, « Non, ça ne peut pas être ça, Carter me l'aurait définitivement dit s'il était attiré par les mecs. » Tu sais, genre il y a quinze ans, ou du moins la semaine dernière.

La bouche de Carter s'écrasa en une ligne épaisse.

— Ce n'est pas juste.

Ça, on peut le dire, pensa Jeff, écrasant de justesse une montée de panique. Parce que c'était une chose d'avoir été amoureux de Carter quinze ans plus tôt, en sachant qu'il n'était pas disponible. C'en était une autre de craquer pour lui maintenant quand leurs chemins se sépareraient à la fin de l'été. Et c'était entièrement différent de réaliser que les fondements sur lesquels il avait basé ses suppositions étaient en fait des sables mouvants.

— Je ne suis pas célèbre, d'accord ? continua Carter. Peut-être que tu ne te souviens pas comment c'est, mais pour le reste d'entre nous, ce n'est pas comme s'il y avait un article de *Vanity Fair*, et ensuite on n'a plus jamais à faire son coming-out. On doit continuer à le faire encore et encore et encore. Pour toujours. Et parfois, plus tu connais quelqu'un depuis longtemps, plus c'est difficile.

Ses narines se dilatèrent, et les coins de sa bouche s'abaissèrent.

Conneries. Il n'aurait pas pu le dire à Jeff à l'époque où tous les deux étaient comme les doigts de la main ? Carter avait été le confesseur de Jeff. C'était blessant qu'il n'ait pas eu assez confiance en Jeff pour lui rendre la pareille – pas en ce temps-là, mais pas non plus ces derniers jours.

Mais c'était le problème de Jeff, pas celui de Carter. Personne ne devait à quelqu'un de révéler son homosexualité avant d'être prêt.

Il s'effondra à côté de Carter sur le banc, toute son envie de se battre remplacée par la culpabilité et la douleur.

— Tu as raison. Tu as absolument raison, je suis un connard, prouvant tes arguments pour toi. Désolé. Je ne voulais pas rendre ça plus difficile.

Mais de façon typique, Carter cessait déjà d'être en colère, parce qu'il écarta les excuses d'un geste de la main.

— Ça va. Je sais que si je l'avais mentionné ce jour-là quand nous sommes allés déjeuner, ça aurait été. J'ai simplement… Enfin, ce n'est pas la première fois que ça arrive, de toute évidence.

— De toute évidence, répéta Jeff. Et tu as en grande partie raison sur le fait que je n'ai pas eu à faire mon coming-out envers les gens, mais ce n'est pas comme si chaque personne au monde connaissait mon visage. Parfois, je dois le faire. Et ça devient lassant de corriger les suppositions des gens.

— Merci, dit Carter avec un faible sourire.

Génial. Maintenant qu'ils avaient tous les deux mis ça de côté… Il posa le menton sur sa main et battit des cils.

— Alors, Pacey et toi. Il semble magnifique. Dis-moi tout.

— Beurk, lâcha Carter en le poussant malicieusement. Tu es le pire. C'était un truc d'été. Je devais avoir… vingt-cinq ans, je pense ?

Jeff et Howl venaient juste de trouver leur rythme de croisière, préparant des tournées internationales, commençant à être reconnus. Il passa au-delà de la sensation de fondations ébranlées pour trouver un terrain plus sûr.

— Carter Rhodes, dit-il, faussement scandalisé. Tu as eu une relation avec un *résident estival* ?

— *Tu es* un résident estival, souligna Carter.

Cela mit le feu à quelque chose dans les entrailles de Jeff, mais il l'écrasa sans pitié.

— Comment oses-tu ? Je suis un *garçon du coin revenant à ses racines.*

— Pour l'été, contra Carter, sous-entendant lourdement qu'il levait les yeux au ciel. Dans un chalet loué.

Est-ce que ça signifie que tu vas sortir avec moi ensuite ? Jeff réprima ça avant que ça puisse s'échapper de sa stupide bouche.

— Que s'est-il passé alors ? Ça ne ressemble pas à un truc du genre « oh, eh bien, l'été est fini, c'était sympa de te rencontrer, mais à plus. » On dirait plutôt « J'ai laissé tes affaires sur la pelouse, et elles ont mystérieusement pris feu. »

Carter éclata de rire et étala ses bras ridiculement longs sur le dossier du banc. Si Jeff le voulait, il pourrait s'appuyer en arrière aussi, et ce serait comme si Carter avait le bras autour de lui.

— Seigneur, quel genre de ruptures as-tu eu ? Je te promets que personne n'a jamais mis le feu à mes affaires.

Non, bien sûr que non. Jeff ne pouvait imaginer comment Carter pourrait un jour mettre quelqu'un à ce point en colère.

— Tu n'essaies simplement pas assez fort.

— Je ne me rendais pas compte qu'inspirer un incendie volontaire était le but, plaisanta-t-il, avant de secouer la tête, sérieux. C'était, euh. C'était mon anniversaire, et il a voulu me faire une surprise, alors il m'a pris des billets pour un concert.

Le ventre de Jeff fit quelque chose de très inconfortable.

— C'était un tout, tu sais, nous sommes même allés en ville pour ça, nous avons pris une chambre d'hôtel. En y repensant, je pense qu'il était peut-être un peu plus sérieux à propos de cette relation que moi, et je ne l'ai pas compris.

Jeff n'eut pas à demander quel était le concert. Il se souvenait avoir été tout à fait conscient du fait qu'il donnait un spectacle à Toronto le jour de l'anniversaire de Carter.

— C'est toujours délicat, dit-il.

Il espérait que sa voix ne paraissait pas aussi étranglée qu'elle en donnait l'impression. Ses paumes commencèrent à transpirer. Depuis quand faisait-il aussi chaud si tôt à Willow Sound ?

Carter lui jeta un regard de côté, et Jeff put entendre son commentaire tacite sur le nombre de fois où Jeff était parfaitement conscient d'avoir été la personne la moins sérieuse dans une relation.

— Il savait déjà que j'appréciais le groupe parce que j'avais leur CD dans la voiture…

— Je suis vieux de trois mille ans, déclara Jeff. Tu te souviens des CD ?

Carter ignora l'interruption comme s'il était déterminé à faire sortir cette histoire.

— Alors, nous avions vraiment de bonnes places. Pas au premier rang, mais proche. Et au début, c'était vraiment génial. Nous apprécions tous les deux la musique, et c'était un bon spectacle, mais euh…

Jeff allait se dissoudre à travers le banc. Sans doute avec honte. Probablement avec autre chose.

— Il y a eu un étrange problème technique, peut-être un ampli qui grille un fusible ou autre chose. Tu le saurais sûrement mieux que moi.

Ha ha, pensa Jeff avec hystérie, complètement incapable de rire à la stupide blague privée de Carter.

— Quoi qu'il en soit, la grande majorité du son a sauté – tout, sauf un micro et la guitare solo. Alors pendant que les techniciens travaillaient dessus, le guitariste principal a demandé à quelqu'un de l'équipe d'amener un tabouret et il a branché cette vieille guitare déglinguée que j'avais vue un million de fois…

— Putain, souffla Jeff.

Mais au moins, ils étaient tous les deux en train de reconnaître, peut-être pas l'éléphant dans la pièce, mais le fait que les éléphants existaient.

— … et a joué ma chanson préférée le jour de mon anniversaire.

— Tu as toujours été fleur bleue, dit automatiquement Jeff.

Le Carter adolescent avait toujours aimé passer « The Difference » des Wallflowers à plein volume dans son vieux pick-up, vitres baissées alors qu'il chantait. Après coup, peut-être qu'une chanson sur les gens restant les mêmes malgré le passage du temps manquait un peu de subtilité pour ce concert. Jeff allait mourir.

— J'aime ce que j'aime, rétorqua Carter. Je, eh bien, j'ai eu en quelque sorte une réaction imprévisible face à ça, et ensuite j'ai dû expliquer à Pacey, que je connaissais en fait ce type dans le groupe, que nous avions grandi ensemble. Il… a tiré certaines conclusions hâtives.

C'était trop d'informations à traiter. Jeff ne pouvait même pas deviner ce que ça signifiait.

— Alors au lieu de ta surprise romantique d'anniversaire, tu as rompu ?

— Ce fut un trajet vraiment long pour revenir à Willow Sound, grimaça Carter.

— Putain, lâcha de nouveau Jeff.

Puis il remit dans ce contexte le fait de croiser Pacey au magasin et répéta :

— Oh *putain*…

— Hé, appela Carter, déraillant sa panique d'une main sur son poignet. Je me moque de ce qu'il pense, d'accord. Et simplement parce que ça n'a pas fonctionné entre nous ne signifie pas qu'il va essayer, je ne sais pas, de vendre une histoire inexistante à un tabloïd.

Jeff prit une profonde inspiration et tenta d'assimiler tout ça.

— D'accord, mais il pense définitivement que nous couchons ensemble. Je pouvais le dire rien qu'à la façon dont il m'a regardé tout à l'heure. Ceci, dit-il faisant un geste entre eux pour indiquer le traumatisme persistant que Carter venait juste d'infliger à la psyché de Jeff, confirme uniquement que j'ai totalement raison là-dessus.

— Peut-être, autorisa Carter. Est-ce que tu t'en soucies ? Nous pouvons aller lui dire la vérité.

Oh *bordel,* non. Maintenant que Jeff savait qu'il y avait une chance, aussi mince soit-elle – et il essayait désespérément d'enfouir cette faible mais insistante notion que Carter savait à 100 pour cent que Jeff avait chanté cette chanson pour lui, que s'il savait, il avait certainement deviné que Jeff avait chanté des centaines de chansons pour lui, nombres d'entre elles qu'il avait lui-même écrites – il n'allait pas laisser Pacey McNaughton penser qu'il avait une deuxième chance.

— Non. Il a rompu avec toi. Il ne mérite pas la vérité, déclara-t-il avant de marquer une pause. Il aurait absolument dû mettre le feu à tes affaires, cependant.

— Oh, sans aucun doute, concéda Carter en hochant la tête. Je l'ai échappé belle sur le coup.

Ils se sourirent, et rien qu'avec ça, tout allait bien.

Enfin. Excepté que Jeff n'avait toujours pas de provisions. Il soupira et se leva, puis tira Carter après lui.

— Allez. Je pense que tu me dois une crème glacée.

Si JEFF s'était attendu à ce que les choses soient bizarres après ça – gênantes ou différentes d'une manière ou d'une autre – il aurait été déçu. Mais les choses ne changèrent pas beaucoup, du moins pas en apparence. Carter travaillait toujours beaucoup trop – apparemment le «service de nuit» signifiait quelque chose comme observer les chouettes ou autres, ce qui était plutôt sympa, mais quand il n'était pas au parc, il faisait des remplacements quand sa mère avait besoin de lui au garage. Et Jeff évitait toujours tout ce qui ressemblait même vaguement à de l'écriture, parce que s'il ramassait un stylo, il serait forcé de confronter ses sentiments sur le fait que Carter soit bi. Il devrait réfléchir à ce que pourrait signifier le fait que Carter le touche tout le temps, qu'il lui envoie des messages simplement parce qu'il en avait envie. Qu'il lui ait envoyé un selfie qui appartenait à la page centrale d'un certain genre de magazines.

Jeff n'avait pas la disponibilité émotionnelle pour ça, et il ne pouvait se permettre d'avoir de nouveau son cœur anéanti. Il était parfaitement heureux à sublimer les choses, merci beaucoup.

Durant les heures de congé de Carter qui existaient encore tant bien que mal, ils réussirent à trouver du temps pour un étrange déjeuner, ou un dîner, ou un feu de camp.

Ce matin-là amena quelque chose de légèrement plus athlétique.

Ils avançaient sur un des sentiers de randonnées les plus traîtres, qui se faufilait le long de la partie la plus rocheuse de la rive.

— Dis-moi la vérité, demanda Jeff. Comment as-tu le temps de te maintenir en forme ? Nous avons établi que tu n'as même pas le temps de dormir.

— Tu penses qu'être un naturaliste de parc consiste uniquement à rouler autour en voiture et manger des donuts ? taquina Carter alors qu'il escaladait un rocher.

— Je veux dire, c'est ainsi que *je* le ferais.

Il se demandait où saisir pour avoir le meilleur effet de levier quand la main de Carter entra dans son champ de vision. Il la prit sans réfléchir et laissa Carter le tirer vers le haut. Au sommet, Carter le stabilisa d'une main sur sa hanche.

— Je sais que ce n'est pas *uniquement* rouler en voiture autour du parc, mais ce n'est pas non plus que des randonnées sauvages et du kayak.

Il fut fier de lui pour avoir réussi à sortir une phrase complète avec la distraction de Carter en train de le toucher. Un instant après, il retira sa main en se tournant de nouveau vers le sentier.

— Non, concéda Carter. Mais quand je ne suis pas ici, je suis au garage, et c'est quand même assez physique. Et tu me connais. Je ne suis pas doué pour rester tranquille.

— As-tu déjà *essayé* ? contra Jeff alors que Carter bondissait par-dessus le rocher suivant. On ne sait jamais. Tu pourrais découvrir que tu aimes ça.

— Une pierre qui roule n'amasse pas mousse.

— Qui a-t-il de mal avec la mousse? La mousse n'est-elle pas la clé de l'écosystème? questionna Jeff, glissant un peu, mais se rattrapant. Hé, attends un peu, veux-tu? Si je me casse quelque chose, Tim va nous faire une montée de lait.

Une horrible montée de lait.

Carter regarda en arrière, avec une fausse expression contrite.

— Désolé, dit-il. J'oublie toujours que tu as de petites jambes…

Mais ces mots furent coupés brusquement et la contrition sur son visage se transforma en surprise, puis en désarroi alors qu'il basculait sur le côté. Il y eut un fracas de pierres, suivi d'une éclaboussure.

Putain!

— Carter!

— Aïe.

Le son arriva de l'autre côté du grand affleurement.

Eh bien, au moins il était conscient. Jeff avança avec prudence jusqu'à ce que Carter soit en vue. Il respirait, pas de traumatisme flagrant, allongé sur le dos dans de l'eau peu profonde.

— Tu vas bien?

On n'avait pas l'impression qu'il s'était cogné la tête, mais Dieu savait que son crâne était assez épais. Il pourrait ne pas saigner extérieurement.

— Oui, grogna Carter alors qu'il se redressait sur les coudes. Mon pied s'est coincé et j'ai perdu l'équilibre. Pas terrible pour un naturaliste.

— Heureusement, tu n'es pas en uniforme aujourd'hui, lança malicieusement Jeff. Tu peux passer inaperçu.

Il recula vers les pieds de Carter, en partie pour mieux regarder et voir s'il s'était tordu quelque chose, mais aussi pour ne pas fixer des yeux le non-uniforme de Carter – un t-shirt blanc qui était maintenant complètement transparent. Il s'agenouilla près du pied de Carter, grimaçant à l'eau froide sur ses genoux.

— Lequel a été coincé?

— Le droit.

Jeff leva les yeux juste à temps pour apercevoir la grimace de Carter tandis qu'il faisait tourner son pied, et il dut ensuite les baisser rapidement, parce que regarder la longueur du corps de Carter pendant qu'il était allongé par terre comme ça conduirait à la folie.

Jeff n'était pas médecin loin de là, mais le pied ne donnait pas l'impression qu'il pourrait bouger avec l'amplitude de mouvement qu'il devrait avoir. Définitivement assez mauvais pour justifier un voyage chez un médecin, peut-être même une radio.

— Ça n'a pas l'air bon. Tu penses pouvoir te lever ?

— Oui, si tu m'aides. Donne-moi la main.

Carter grogna et replia sa jambe gauche vers ses fesses.

Jeff se leva et se rapprocha, attentif aux pierres lâches sous ses pieds. Il s'assura d'avoir des appuis solides avant de se pencher et d'attraper la main de Carter. Il pouvait voir ses mamelons à travers le t-shirt – de petits bourgeons d'un brun rosé qui étaient durs avec le froid.

— Prêt ?

Carter hocha la tête, et Jeff tira. Sans surprise, Carter était lourd. Sans surprise également, il était foutrement fort. Il se mit debout avec son poids équilibré sur son pied gauche, son flanc droit mouillé plaqué contre Jeff.

— Comment peux-tu être si lourd ? demanda Jeff dans une tentative pour se distraire.

Malgré l'humidité, le corps de Carter était chaud, ferme, et sentait le propre. Jeff dut résister à l'envie de tourner le visage contre son torse et de simplement… inspirer.

— Sérieusement, est-ce que tu manges des briques ?

Carter haletait sous l'effort, son torse appuyé contre l'épaule de Jeff alors qu'il le soutenait.

— Avec quoi penses-tu que je descends ces douzaines d'œufs ?

Génial. Il était un géant avec peut-être un pied cassé et il faisait des plaisanteries. Incroyable.

— Quel est le plan alors ? Penses-tu pouvoir mettre du poids dessus, ou allons-nous devoir appeler une ambulance ?

Ils avancèrent en boitillant sur quelques pas pour atteindre un sol plus égal, Jeff scandant pour lui-même durant tout ce temps qu'il pourrait paniquer plus tard. Mais quand ils arrivèrent sur le sol mou et glaiseux de la forêt, Carter fit un pas et devint blafard. Jeff le rattrapa sous l'épaule et l'aida à s'asseoir sur un rondin couché.

— Alors, c'est un non pour marcher.

La poitrine de Carter se soulevait rapidement alors qu'il respirait à travers la douleur.

— Je peux réessayer. Donne-moi simplement une minute.

Jeff regarda d'un air sceptique son pied, sur lequel il ne mettait même pas de poids en étant assis.

— À moins que tu prévoies de ramper à la place – *ce n'était pas une suggestion sérieuse* – je pense que nous ferions mieux d'appeler.

— Non, grogna Carter, ça prendrait une éternité pour que l'ambulance arrive ici, et les routes ne sont pas vraiment conçues pour ça. Et les sirènes sont perturbatrices pour la faune.

Il remua sur la souche jusqu'à ce qu'il puisse glisser la main dans la poche de son short de sport, dont Jeff était maintenant inévitablement conscient qu'il était tout aussi humide et moulant de manière obscène. Ce n'était pas comme si Jeff n'avait jamais vu le sexe de Carter avant, mais c'était presque vingt ans plus tôt, et il n'avait pas eu de libido à cette époque, alors ça ne comptait pas. Carter sortit finalement une série de clés détrempées.

— Tiens. Retourne au pick-up et ramène-le en haut de la route. Si nous nous dirigeons vers l'intérieur des terres à partir d'ici, je pense que je peux y arriver avec ton aide.

Le pick-up de Carter était garé à peut-être un kilomètre et demi de là. Jeff pourrait l'atteindre rapidement sur le sentier de la forêt – bien plus facilement qu'il ne le ferait sur la rive rocailleuse. Il était chanceux qu'ils ne soient pas allés plus loin dans leur randonnée.

— D'accord, accepta Jeff d'un air dubitatif, regardant de nouveau la cheville de Carter. Attends là.

Jeff ne courut pas vraiment jusqu'au pick-up. Il était assez distrait pour savoir que ce n'était pas une bonne idée ; ils seraient vraiment dans la merde s'ils se blessaient *tous les deux*. Mais en dix minutes, il avait déplacé le pick-up sur l'emplacement le plus proche du sentier. Une vérification rapide de la boîte à gants révéla de l'ibuprofène et une trousse de secours basique, et il les attrapa ainsi qu'une bouteille d'eau à moitié vide dans le porte-gobelet, qu'il enfonça dans sa poche.

Carter était environ vingt mètres plus proche de la route que là où Jeff l'avait laissé, perché sur un rocher incrusté de lichen.

— Quelle partie de « attends là » n'as-tu pas compris ? Prends ça. Maintenant.

Il avait l'air encore pire qu'avant, de la sueur perlant sur son front, le visage tordu sous un inconfort évident. Idiot. Jeff lui tendit la bouteille d'ibuprofène.

Il s'attendait à ce que Carter argumente, mais il devait vraiment se sentir mal, parce qu'il en prit deux et les fit descendre avec le reste d'eau sans faire de commentaire. Jeff s'assit sur le sol devant lui et positionna la trousse de premier secours à côté de lui.

— Il y a une bande de compression dedans, mais je ne suis pas vraiment un boy scout. Tu sais comment en utiliser une ?

— Tu vas devoir enlever ma chaussure, expliqua Carter en hochant la tête. Désolé. Si j'avais su, je me serais fait faire une pédicure.

Jeff dénoua les lacets et les desserra, puis appuya sa main gauche à l'arrière de la cheville de Carter et enleva la chaussure aussi doucement que possible. Sa chaussette était trempée, alors il la retira aussi.

Le mauvais gonflement rouge commençait à mi-chemin de son pied et remontait tout du long jusqu'à la cheville.

— D'accord, étape suivante.

— Commence à bander à partir de l'orteil. Essaie d'empêcher le bandage de se plier et fais-le serré. L'idée est de compresser pour l'empêcher de gonfler.

Jeff posa le pied de Carter sur la trousse de premier secours et se mit au travail. Il enroula le bandage au-dessus et en dessous, gardant son toucher léger et le bandage tendu. Il sortit finalement la légère pince papillon en aluminium de la trousse de secours et l'accrocha au bout de la matière étirée.

— J'ai toujours pensé que ces trucs étaient mal conçus.

Mais ça tenait. Se levant, il ramassa la chaussure avec la chaussette fourrée à l'intérieur et la trousse de premier secours d'une main, et offrit l'autre à Carter.

— Tu as besoin d'une minute, ou tu es prêt ?

— Finissons-en, lâcha Carter en l'attrapant et en se relevant.

Clopiner sur le sentier fut significativement plus facile que Jeff ne l'avait anticipé – peut-être pas autant pour Carter, qui forçait probablement plus qu'il n'en avait besoin pour éviter de mettre trop de poids sur Jeff.

— Est-ce que ça ne te rappelle pas cette course à trois jambes ?

Carter souffla sous l'effort ou de rire alors qu'ils se rapprochaient doucement de leur destination.

— Ne me fais pas rire. La prochaine fois, je choisis un partenaire plus grand.

Mieux que de permettre à Jeff de souffrir l'indignité de Carter le tirant pratiquement par-dessus la ligne d'arrivée.

— La prochaine fois, surveille peut-être simplement où tu mets les pieds.

Ils atteignirent le pick-up, et Jeff recula le siège passager jusqu'au bout pour que Carter puisse monter.

Jeff grimpa sur le siège conducteur et sortit son téléphone.

— Qu'est-ce que tu fais ?

— Je prends des instructions vers la clinique la plus proche.

— Ça va aller pour moi, insista Carter. Ramène-moi simplement à la maison et je mettrai de la glace dessus.

Oui, bien sûr. Jeff se souvenait d'avoir regardé un des matchs de hockey de Carter au lycée où il avait pris un coup à la tête qui aurait dû le mettre à l'écart pour le reste du jeu. Il avait décidé de continuer à jouer, uniquement pour tomber à plat sur le dos cinq minutes après. Carter n'irait pas chez le médecin s'il saignait d'une blessure artérielle.

— Désolée, je ne peux pas t'entendre, dit Jeff alors qu'il démarrait le moteur. Trop de chevaux. Hé, ce truc n'est-il pas super inamical pour l'environnement ?

—Jeff…

Finalement, le téléphone de Jeff réussit à obtenir assez de signal pour le diriger vers le centre de soins d'urgence le plus proche.

— Suivez la route pendant deux kilomètres, indiqua Google.

— Très bien, grogna Carter. Mais ne m'emmène pas là. Celui près de l'autoroute a un centre de radiologie attaché, si tu es déterminé à jouer les infirmières.

Maintenant, ça, c'était une image mentale. Un petit jeu de rôle pourrait être sexy, de façon certaine, mais il eut une soudaine image de faire claquer un gant en latex et d'entonner, *Juste une petite piqûre*.

Putain, il allait rire. Ce n'était pas l'impression qu'il voulait donner, mais ça montait quand même à l'intérieur de lui, à la limite de l'hystérie. Il serra les lèvres et lutta contre l'impulsion.

— La ferme, bougonna Carter, ce qui amena finalement Jeff à perdre la bataille contre les ricanements. Tu as quoi, douze ans ?

— Tu as de la chance que je ne t'ai pas dit de te pencher et de tousser.

— Je suppose que j'ai laissé une grande ouverture pour ça, hein ?

Jeff ne pouvait pas avoir cette conversation en conduisant sur une route tortueuse où il pourrait heurter un cerf. Ou un touriste.

— Je te déteste.

— Non, tu ne me détestes pas. Tourne à gauche ici.

Il y avait quarante minutes jusqu'à la clinique, alors Jeff appela pour s'assurer qu'ils pourraient accueillir Carter. Une réceptionniste enjouée l'informa que oui, la machine pour les radios fonctionnait et la technicienne était sur place, et elle programma un rendez-vous.

— C'est vraiment inutile, essaya de nouveau Carter.

— La ferme.

Tout d'abord, ils devaient voir un généraliste, ce qui était surtout une formalité. Le Dr Rutledge demanda à Carter de faire tourner sa cheville et contracter son pied. Elle grimaça et nota l'ordre pour la radio.

— Emmenez simplement ça à la porte d'à côté, conseilla-t-elle. Ça ne devrait pas être long.

Carter réussit à avancer seul dans la salle des radios, et pendant quelques minutes, Jeff s'assit en salle d'attente avec son téléphone sorti, se demandant s'il devait appeler quelqu'un. La mère de Carter ? Ce n'était pas vraiment sa place. Joe ? Il pourrait, mais que dirait-il ?

Puis la technicienne radio passa la tête dans la salle d'attente.

— M.Pine ? Il attend l'appel vidéo du radiologiste de l'hôpital dans la salle d'examen deux. Vous pouvez attendre avec lui si vous voulez.

D'accord, donc. Il remit son téléphone dans sa poche et la suivit à l'intérieur.

Carter lui offrit un regard plat. Il avait le pied surélevé sur la chaise en face de lui.

— J'ai pensé que tu ne me croirais pas si le médecin disait que je vais bien, à moins que tu l'aies entendu de sa bouche, dit-il avec fatigue.

Parfois, c'était troublant comme ils connaissaient bien l'autre. Jeff s'assit.

— J'aurais dû apporter un en-cas.

Comme à point nommé, le ventre de Carter gronda.

Jeff le regarda de manière accusatrice. Le t-shirt de Carter était uniquement humide désormais, mais ça n'avait pas d'importance. Jeff n'oublierait jamais la vue, que ce soit une bénédiction ou une malédiction.

Carter avait des cercles sous les yeux, et la tension sur son visage était claire.

— Des briques, dit-il.

— Nous aurions dû demander au Dr Ruthledge de te prescrire quelque chose pour la douleur.

Pourquoi n'y avait-il pas pensé plus tôt ?

— C'est mieux de cette façon, reprit Carter. Si j'ai besoin d'une opération ou autre chose.

Jeff sursauta. C'était la première fois qu'il reconnaissait que ça pourrait être un problème méritant une attention médicale. Carter devait vraiment avoir mal.

— Est-ce que tu…

L'écran vidéo sonna avec un appel entrant, et la diffusion passa immédiatement sur un homme dans la trentaine en blouse blanche, qui observait un autre écran à sa gauche.

— Bonjour, je suis le Dr Lall, dit-il sans regarder la caméra.

Puis il tourna la tête, s'assit sur un tabouret roulant et se rapprocha.

— Alors, lequel de vous deux a le pied cassé ?

Jeff alluma l'application de prise de notes et enregistra scrupuleusement les instructions du médecin – repos, glace, compression et élévation pendant les premières quarante-huit heures ; un plâtre avec des béquilles ou une botte de marche en plastique quand Carter était mobile ; et absolument aucune conduite pendant au moins deux semaines, jusqu'à ce que la fracture simple de Carter ait guéri suffisamment pour qu'il puisse porter une chaussure rigide s'il devait absolument conduire.

Carter semblait prêt à argumenter jusqu'à ce que le médecin explique :

— Vous pourriez être accusé de conduite dangereuse. C'est passible d'une suspension de permis de deux ans. Cela n'en vaut pas la peine.

Jeff pouvait déjà dire que cela allait être deux semaines amusantes.

— Plus vous évitez d'appuyer dessus, plus vite vous guérirez, continua le Dr Lall. Avez-vous quelqu'un qui peut vous aider chez vous ?

Il regardait Jeff en disant ça.

Celui-ci se moquait depuis longtemps si quelqu'un le reconnaissait et pensait que Carter et lui étaient en couple.

— Je n'ai pas besoin…

— Il a quelqu'un, déclara Jeff. Qu'est-ce que j'ai besoin de faire ?

VI

ILS ÉTAIENT tous les deux épuisés et affamés le temps que Carter dirige Jeff pour se garer sur son allée. Willow Sound n'avait pas de livraisons, mais ils avaient commandé à emporter et l'avaient récupéré sur le trajet, ainsi que les antidouleurs que le Dr Lall avait prescrits, et Jeff avait déjà harcelé Carter pour qu'il en prenne.

La maison de Carter était un bungalow sympa juste à l'extérieur de la ville, avec une pelouse joyeusement non tondue et un garage séparé pour deux voitures qui, connaissant Carter, était rempli d'équipements de sport, d'un 4x4, d'une motoneige, et peut-être d'un bateau, avec nulle part où garer le pick-up.

Jeff se gara en reculant pour que Carter puisse sortir sur le côté le plus proche de la maison, et il fit semblant de ne pas remarquer qu'il lui lançait un regard noir pour ça. Pour être honnête, il était un peu surpris qu'il ait fallu si longtemps pour que son humeur se dégrade complètement. Carter était indépendant à l'excès.

Apparemment, une autre chose à savoir sur Carter était... qu'il était un souillon.

— Mon vieux, souffla Jeff.

Il se pressa contre lui dans l'entrée. Il pouvait certainement voir pourquoi Carter s'était arrêté là. Toute tentative d'avancer plus loin dans la maison inviterait à une dégradation de sa blessure via les multiples risques de tomber. Des paniers de linge, des vêtements sales, un bac de recyclage – pourquoi avait-il ça dans la maison ? – des bottes, des chaussures de marche, des tongs et la boîte vide d'un grille-pain représentaient un obstacle naturel pour aller de la porte d'entrée à la table de la cuisine. Ou au canapé, d'ailleurs.

— Est-ce que tu as joué au Sol est de la Lave ?

Il s'attendait à ce que Carter devienne brusque, mais ses épaules étaient simplement voûtées, et il se frottait le front avec la main droite.

— Tu pourrais avoir raison sur le fait que j'en fasse un peu trop ?

Non, tu crois ? Jeff prit une grande inspiration et la relâcha lentement.

— Simplement… reste ici et essaie de ne pas tomber pendant que je fais un passage.

Le temps que Carter soit installé sur le canapé avec le pied relevé et une assiette de nourriture, Jeff était jusqu'aux coudes dans sa liste de choses à faire – jeter le bazar, engager un service d'entretien pour le jardin, chercher une femme de ménage, examiner et peut-être jeter tout ce qui était dans le réfrigérateur.

Il était à mi-chemin du dîner quand Carter déclara finalement en tripotant son repas :

— Tu n'es pas obligé de rester, tu sais. Je peux faire venir Maman et Brady pour aider pendant quelques jours, et ensuite je devrais réussir à m'en sortir tout seul. Tu n'as pas signé pour ça.

Je le ferais si tu me le demandais. Il n'y avait aucun intérêt à le nier envers lui-même.

— Tu l'as fait, cependant, dit Jeff. Tu as décidé d'être ami avec moi. Tu es coincé avec moi maintenant.

Les antidouleurs commencèrent à agir après le dîner, laissant Carter à somnoler sur le canapé, ce qui donna à Jeff du temps pour jeter un coup d'œil. Le reste de la maison n'était pas aussi mauvais que les couloirs et le salon – la cuisine était en désordre mais pas sale, et la salle de bain était propre. À part une pile de lessive, la chambre était acceptable. Jeff enleva les draps et les jeta dans la machine à laver, et se dit qu'il était autorisé à ne pas en faire une crise. Il tria le pire du désordre et laissa quelques messages sur le répondeur de différents fournisseurs de service, puis mit leurs assiettes dans le lave-vaisselle et appuya sur Démarrer.

Finalement, il s'effondra sur une chaise dans la cuisine et se frotta le visage avec les mains.

Que faisait-il, bordel ?

Il était venu ici pour faire la paix avec son passé, pour l'intégrer dans qui il était, pour apprendre à partir de ça – pas pour redevenir le même adolescent follement amoureux qu'il avait été. Pas pour répéter ses erreurs – pas pour rouvrir violemment les blessures sous les croûtes de son idiot de cœur et frotter du sel dessus. Mais essayer de ne pas tomber amoureux de Carter était comme essayer de ne pas être mouillé dans un ouragan. Si c'était son but, alors il avait besoin de sortir Carter de sa vie pour de bon.

Mais cela n'avait fait aucun bien la première fois, et Carter avait besoin de lui maintenant. Jeff ne l'abandonnerait pas. Cela n'avait pas d'importance à la fin si Carter lui rendait son amour. L'avoir dans sa vie compensait largement la rechute occasionnelle dans le chagrin et le désir.

Mais il ne devrait vraiment pas s'approcher d'un stylo, parce qu'il avait déjà dévoilé suffisamment de ses secrets. Il était sûr que Carter en avait deviné la plupart, et il ne serait pas juste d'être encore plus flagrant et de s'attendre quand même à ce que Carter maintienne la fiction que Jeff voulait uniquement son amitié.

Celle-ci était suffisante, bien sûr. Elle devait l'être.

Le séchoir sonna, et Jeff se répéta les mots de Ô Canada [7] encore et encore dans sa tête pendant qu'il refaisait le lit, pour éviter que d'autres pensées ne s'infiltrent.

Puis, il alla réveiller Carter.

Il toucha son épaule, chaude de sommeil et ferme. Il ne s'attendait pas à ce que Carter tourne la tête sous le toucher, et il n'était totalement pas préparé à la douce expression aux yeux endormis qu'il lui offrit après.

— Hé. Tu veux essayer de dormir dans un vrai lit ? Ton canapé n'est sérieusement pas à la hauteur.

Carter avait son pied cassé posé sur l'accoudoir et il devait quand même se contorsionner afin de rentrer dans le canapé.

— Beurk. Bouche sèche, grogna-t-il, plissant le nez alors qu'il reprenait conscience.

Cela devait être les médicaments.

— Je vais aller te chercher un verre d'eau.

Ainsi, il n'aurait pas l'envie de border Carter.

Mais ce fut pire d'entrer dans l'intimité de la chambre de Carter alors qu'il était déjà au lit, son long corps étiré sur son lit California king, le pied droit posé sur un coussin, découvert.

Son t-shirt et son short étaient sur la chaise à côté du lit, et maintenant les yeux de Jeff ne purent s'empêcher de suivre la ligne du mollet de Carter jusqu'à son genou, jusqu'à sa cuisse où elle disparaissait sous le drap. La vue quelques degrés plus au nord n'était pas mieux. Carter avait uniquement tiré le drap jusqu'à sa taille, alors son torse nu était exposé – des pectoraux bien définis et des abdos visibles même si pas parfaits. La bouche de Jeff fut un peu sèche également.

Il s'éclaircit la gorge alors qu'il posait le verre sur la table de nuit.

— De l'eau, dit-il sans nécessité.

7 Hymne national canadien.

— Merci, marmonna Carter, sa voix déjà rauque de sommeil.

— Je, euh. Est-ce que ça te dérange si j'emprunte quelque chose pour dormir ?

Il avait toujours l'odeur de la randonnée. Carter leva une main et pointa du doigt.

— Second tiroir à gauche.

Le second tiroir à gauche s'avéra être de simples t-shirts blancs et des boxers. Jeff les fixa pendant bien trop longtemps, puis prit celui du dessus et referma le tiroir un peu trop rapidement. Il devait sortir de là.

— Merci. Je serai sur le canapé. Crie si tu as besoin de moi.

LE MATIN amena de nouveaux niveaux imprévus de compartimentation. Le canapé était un cauchemar, à moitié parce qu'il était trop petit, même pour que Jeff dorme dessus et à moitié parce qu'il avait l'odeur de Carter. Cela n'avait pas empêché Jeff de s'enfoncer dans un rêve lourd et immersif comme une peinture impressionniste, plein de sons, d'odeurs, de couleurs et de touchers, la forme de la paume de Carter contre sa joue et son dos sous le bout de ses doigts. Il s'était réveillé avec le contact fantôme de la bouche de Carter sur le côté de son cou et avait décidé que, en tant qu'invité, il avait le droit à la première douche de la journée.

Il n'envisagea même pas l'eau froide. Il plia le bras gauche contre le mur de la douche et y appuya sa tête. Alors que l'eau coulait sur lui, il se prit en main et prétendit que Carter le touchait, son corps poussé contre le dos de Jeff, ses lèvres murmurant de doux encouragements dans son oreille, son sexe épais glissant entre les fesses de Jeff, n'entrant pas, pas encore, juste une présence et une promesse.

Il ferma fortement les yeux quand il jouit, puis se nettoya rapidement, faisant confiance à l'eau et l'odeur du gel douche pour détruire l'évidence.

Le temps qu'il soit sorti de la salle de bain, Carter était réveillé et mobile, bien qu'il n'en avait pas l'air heureux.

Jeff se figea sur place parce que Carter portait un boxer et un t-shirt, et lui portait une serviette, et il devait dire quelque chose.

— Tu as l'air merdique.

— Je n'ai pas bien dormi, répondit Carter d'une voix rauque.

Jeff le crut – ses yeux avaient les paupières lourdes, et il était debout dans le couloir, le regard fixe.

— Tu as besoin de café, décida Jeff. Je vais juste… Je vais te laisser avoir la douche.

Si Carter continuait de le regarder comme ça, la serviette de Jeff allait tomber. Il se faufila près de lui dans le couloir et remercia n'importe quel dieu qui écoutait pour le siège encastré dans la salle de bain, n'ayant aucune excuse pour se porter volontaire pour une toilette à l'éponge.

Il ne voulait pas remettre les vêtements de la veille, alors il nageait dans un t-shirt de Carter et un short qui pendait sous ses genoux quand la mère de Carter arriva cinq minutes plus tard. N'avaient-ils pas verrouillé la porte ou avait-elle une clé ?

— Carter ? Je t'ai apporté des courses… Oh, Jeff.

Il put la voir assimiler les détails – le fait qu'il venait juste de se doucher, qu'il portait les habits de Carter, qu'il venait de sortir de la chambre de Carter – et additionner deux et deux pour obtenir seize.

— Bonjour Ella, dit-il.

Comment transmettait-on *au fait, je ne couche pas avec votre fils* avec un certain degré de tact ?

— Je suis tellement désolée de vous déranger, lui dit-elle avec un grand sourire.

— Oh, vous ne dérangez pas, répondit rapidement Jeff. Je ne voulais simplement pas laisser Carter seul cette nuit avec un pied cassé, alors j'ai dormi sur le canapé.

Il essaya de ne pas remarquer que son sourire diminua.

— Bien sûr. Tu as toujours été un si bon ami pour Carter.

Jeff rit presque tout haut. Carter avait toujours été celui qui prenait soin de lui – effrayant les petites brutes, le distrayant de la maladie de sa mère, offrant sa propre famille quand celle de Jeff ne pouvait prendre soin de lui.

— Il a toujours été un bon ami pour moi. Il est sous la douche. J'allais faire du café si vous en voulez.

MANIFESTEMENT, CARTER ne conduirait pas beaucoup ou ne ferait pas de travail physique pendant un moment, mais apparemment, il y avait quand même du travail de bureau dont il pouvait s'occuper. Jeff n'était pas sûr comment il allait faire quoi que ce soit, puisqu'il avait jeté un coup d'œil dans le « bureau » situé dans la seconde chambre de Carter pour y découvrir surtout de l'équipement de musculation et une table pliante qui avait vu des jours meilleurs… dans les années quatre-vingt-dix. Carter avait demandé à sa mère de passer par le bureau du parc pour aller chercher son ordinateur portable, alors Ella reconduisit Jeff à son chalet.

Quand le silence dans la voiture s'était étiré pendant presque dix minutes, Ella prit la parole.

— Tu sais, quand je t'ai demandé d'essayer de le faire ralentir, ce n'est pas ce que je voulais dire.

— Les mendiants ne peuvent pas choisir, grogna-t-il malgré lui avant de la regarder. Vous n'allez pas avoir d'ennuis sans lui au garage, n'est-ce pas ?

— Non, en fait, c'est un mal pour un bien, confia-t-elle avec un sourire en mettant son clignotant pour tourner vers l'entrée du parc. Katie cherche à retourner travailler à mi-temps maintenant que le bébé est assez âgé pour être à la crèche. Elle a de l'expérience en comptabilité, alors je peux lui confier la majorité des papiers, et cela libère Brady pour le travail physique. Il se plaint du travail de bureau depuis trois mois. Ça rendra tout le monde heureux.

Cela ressemblait à une solution plutôt bonne… à une exception près.

— Et Carter ?

Ella secoua la tête et ralentit la voiture pour que la préposée à la porte puisse voir son pass du parc. Ils la saluèrent en passant.

— Carter a toujours eu l'impression qu'il devait s'occuper de tout le monde. Il aime qu'on ait besoin de lui. Fred était comme ça aussi ; il vivait pour aider les autres. Mais Carter ne voulait jamais travailler au garage.

Jeff hocha la tête en réponse et ramena son attention vers la fenêtre jusqu'à ce qu'ils s'arrêtent à l'extérieur de son chalet.

— Merci de m'avoir déposé. Je vous verrai à la commémoration ?

— Ce sera bon que tu sois là, déclara-t-elle en prenant sa main gauche dans les deux siennes. Carter pourrait ne pas le dire, mais ça signifie beaucoup pour lui que tu viennes. Et Fred et moi avons toujours pensé à toi comme un fils.

Jeff savait qu'elle avait besoin de le dire autant qu'il avait besoin de l'entendre, mais cela n'empêcha pas la douleur – lui rappelant la piqûre de sa propre famille dysfonctionnelle et du béguin qu'il avait eu pour Carter en même temps.

— Je ne vous ai jamais remercié correctement, dit-il au travers de sa gorge et sa poitrine soudain serrées. Pour tout. Si Fred ne m'avait pas acheté cette guitare… Ça semble stupide, mais je jure qu'elle m'a sauvé la vie.

85

— Ce n'est pas stupide, trésor, apaisa-t-elle, serrant sa main. Il était si fier de toi et de ce que tu as accompli. Je sais que ça signifierait beaucoup pour lui si…

Jeff tourna sur son siège et prit également son autre main.

— Dites-moi, incita-t-il. N'importe quoi. Après tout ce que vous avez tous les deux fait pour moi…

— Tu as toujours été un bon garçon, constata-t-elle en lui offrant un sourire brave. Voudrais-tu apporter ta guitare à la commémoration ? Pas celle publique, simplement au service sur le bateau. Et voudrais-tu jouer quelque chose pour Fred ?

— Oui, répondit-il immédiatement, la voix rauque et les yeux brûlants. Oui, bien sûr que je jouerai.

Ils se séparèrent. Jeff pensa qu'ils avaient tous les deux besoin de retrouver leur calme.

Il avait prévu de vérifier comment allait Carter plus tard, mais entre-temps, il avait un concert dans quelques jours et il devrait au moins s'assurer qu'il se souvenait de l'ordre des chansons. Pour couronner le tout, il devait choisir quelque chose à jouer à la commémoration. Il avait besoin de ces vacances, mais il n'allait pas fuir ses obligations.

Il venait de finir de réviser la moitié acoustique de la playlist quand le nom de Joe apparut sur son identifiant d'appel.

L'estomac de Jeff s'effondra quand il répondit.

— Que se passe-t-il, Joe ?

— Salut, mon pote. Je voulais simplement te prévenir.

Génial. Jeff leva une main vers sa tempe pour devancer le mal de tête naissant.

— À quel point est-ce mauvais ?

— Max et Trix ont convaincu Tim de faire *416 Morning* le vingt et un. Ou, je ne sais pas, vice versa.

— Doux Jésus, pourquoi ? explosa Jeff, la colère éclatant. C'est le *lendemain* du concert. Après ça, nous partons à l'ouest. Quel est l'intérêt ?

— J'ai mes soupçons, soupira-t-il. La rumeur dit qu'ils veulent ajouter une représentation à Toronto.

Quelle surprise.

— Quel jour ?

— Probablement le jour de l'émission, peut-être entre les dates de Winnipeg et d'Ottawa.

— Ils savent que nous devons approuver cette connerie, pas vrai ?

Le nombre de dates de concert était spécifié dans le contrat.

— Oui, ils le savent. Sauf que tu te souviens de ce concert qui avait été annulé à cause de ce feu électrique ?

Putain. Jeff avait oublié.

— D'accord. Je garderai les oreilles ouvertes pour des nouvelles de Tim. Comment vont Max et Trix ? Des retombées venant du truc d'avoir uriné en public ?

— Tu connais Tim. Il est convaincu que toute publicité est bonne.

À moins que Joe fasse une déclaration sur la souveraineté indigène, les réformes de droits et la discrimination systémique, ou que Jeff en fasse une sur la représentation queer, ou Trix parlant de misogynie dans l'industrie musicale…

— Tim est une grande gueule.

— Oui, dit Joe. Écoute… quand tu seras en ville, tu penses que nous pouvons nous échapper quelques heures, rien que nous deux ? Il y a quelque chose dont je veux te parler.

Cela semblait de mauvais augure. Le ventre de Jeff se tordit de façon déplaisante.

— Quelque chose te perturbe ? Sarah et toi, vous allez bien, pas vrai ?

— Nous allons bien. Et ce n'est pas une chose dont tu doives t'inquiéter.

Une voix parla à l'arrière-plan, trop loin du micro pour que Jeff saisisse ce qu'elle disait.

— Écoute, je dois y aller, mais appelle-moi si tu en as besoin, d'accord ? S'ils veulent faire le vingt et un, nous pouvons probablement faire valoir l'argument que c'est trop à la dernière minute si nous présentons un front uni.

Le problème avec le vingt et un était que ça réduisait le temps entre le spectacle de Toronto et celui à Vancouver. De cette façon, ça n'avait aucun sens pour Jeff de revenir à Willow Sound entre les concerts.

Jeff appréciait vraiment d'être à Willow Sound. Il avait *besoin* d'être à Willow Sound. Alors c'était un problème.

— Merci, vieux. Je te parlerai plus tard.

Tout ceci gâcha donc la répétition de l'après-midi.

Comme on pouvait s'y attendre, fidèle à la prédiction de Joe, Tim appela une demi-heure plus tard. Jeff laissa l'appel aller sur répondeur, puis envoya un message à Joe.

On fait le 21 comme ils le veulent, ou on retarde pour une date fin juin ?

Joe répondit quelques minutes plus tard. *Autant s'en débarrasser.*

Jeff reposa son téléphone sur la table, essayant de calmer sa déception. C'était probablement pour le mieux. Une semaine loin de Carter aiderait à restaurer une partie de son équilibre. Il pourrait prendre un peu de distance avec la situation et comprendre…

Comprendre quoi ? Jeff n'avait pas besoin d'une semaine à Toronto pour décider s'il voulait Carter. Il avait su qu'il le voulait depuis ses treize ans.

Trouver s'il allait faire quelque chose à propos de ça, maintenant qu'il savait qu'une relation avec un autre homme était explicitement une chose qui intéressait Carter ?

Comment pouvait-il, cependant ? Ils avaient des vies différentes. Jeff était sur la route tout le temps – il avait *besoin* d'être sur la route tout le temps même s'il décidait de quitter son groupe et de faire son propre truc. Carter aimait son foyer, aimait sa famille. Jeff ne pouvait pas l'éloigner de tout ça. Et c'était en supposant que Carter pourrait un jour le considérer comme plus qu'un ami, un frère supplémentaire. Ce n'était pas vraiment gagné pour eux.

Le téléphone sonna de nouveau, et Jeff le ramassa sans regarder.

— Leur as-tu dit le vingt et un ?

Un silence. Puis :

— As-tu engagé quelqu'un pour couper ma pelouse ? fut-il demandé avant une autre pause. Et semer mon jardin ? Et faire un nettoyage à haute pression du garage ? fut-il ajouté après un silence final accusateur.

— Ils avaient une promotion, rétorqua Jeff. Salut, Carter.

Son esprit fournit le visuel de Carter en train de lever les yeux au ciel.

— Salut, Jeff. Qu'y a-t-il le vingt et un ?

— Un autre test pour ma patience ? Un second concert à Toronto, clarifia-t-il quand Carter ne répondit pas immédiatement. Une malheureuse faille dans le contrat. Es-tu énervé à cause des paysagistes ?

– *Paysagistes* ? Je pensais qu'ils ne faisaient que nettoyer.

— Ne fais pas de nœuds à ton slip.

Et c'était une chose horrible à dire tout haut quand il portait lui-même les sous-vêtements de Carter. Il devrait probablement se changer.

— Comment voulais-tu que je les appelle ? Les professionnels de la maintenance de la pelouse ? Ce n'est pas fait pour être dans une bouche.

— Je te donnerai quelque chose à mettre dans une bouche, moi, marmonna Carter. Je veux être énervé.

Le sexe de Jeff tressauta dans son short emprunté.

— Mais tu ne l'es pas.

— Non, soupira Carter.

Jeff sentit qu'il y avait plus là-dedans, mais il ne savait pas comment seraient reçues ses questions. Carter avait été toujours le plus susceptible quand il était agacé d'être vulnérable - malade, blessé ou, pendant un misérable mois mémorable l'été de ses quinze ans, le cœur brisé par sa rupture avec Marina Thompson.

— Veux-tu... en parler ?

Il y eut une autre de ces pauses agaçantes. Puis, à contrecœur mais pas particulièrement brusque :

— À propos de quoi ?

— Simplement... ne m'arrache pas la tête, d'accord ?

— Quand l'ai-je déjà fait ?

Jeff ne prit pas la peine de répondre à ça.

— J'ai simplement remarqué que, euh, tu as en quelque sorte laissé la maison devenir un peu... Je veux juste m'assurer que tu vas bien.

Je sais que ton père est mort, et que tu l'idolâtrais, mais es-tu déprimé ? semblait une question stupide.

Cette fois, le silence de Carter fut plus doux.

— Je vais bien, dit-il après un instant. C'est... ça va, veux-tu entendre quelque chose de bête ?

Tout ce qui sort de ta bouche est bête. Mais ce n'était pas le moment.

— Tu peux me dire n'importe quoi.

Carter inspira de façon assez vive pour que Jeff puisse l'entendre.

— Quand Papa est mort, il y avait beaucoup à faire – pas simplement les arrangements pour les funérailles, mais des choses pratiques comme couvrir ses heures au garage et s'assurer que les factures de la boutique soient payées à temps, commander des fournitures. Et je ne pouvais pas aider avec le chagrin, tu sais ? Je ne pouvais pas améliorer les choses pour Maman, pas plus que quelqu'un ne pouvait les améliorer pour moi, mais faire des trucs pratiques m'a donné l'impression que j'aidais. Et ensuite, j'ai en quelque sorte oublié d'arrêter de le faire.

— Typiquement Carter, murmura Jeff. Tu es presque chanceux de t'être cassé le pied, tu sais. Maintenant, tu es *obligé* de ralentir.

— Je pense que j'ai davantage dormi durant la dernière journée et demie que pendant ce dernier mois, plaisanta Carter.

— C'est terrifiant. Tu as besoin de dormir plus. Et ça vient d'un musicien professionnel qui s'est défoncé à la cocaïne, déclara Jeff, avant de marquer une pause, puis de continuer dans l'intérêt de l'honnêteté. D'accord, une fois.

— Oui, oui, souffla-t-il avant de s'éclaircir la gorge. As-tu encore… ?

— Non. Je t'ai dit que j'ai arrêté et je le pensais. Ça perd de son attrait quand quelqu'un déraille devant toi. De plus, ça bousille mon sommeil.

— D'accord, apaisa rapidement Carter. Je vérifiais simplement.

Il ne pouvait s'empêcher d'être une mère poule. Jeff se demanda si c'était un truc de cadet ou un truc de Carter, ou les deux.

— Alors, comment va le pied aujourd'hui ?

— Il fait mal, et je m'ennuie, expliqua-t-il, sa voix contenant une note d'autodérision. Je n'ai jamais été doué pour ne rien faire, et après les six derniers mois, je ne suis *vraiment* pas doué pour ne rien faire. Je viens aussi tout juste de me souvenir de quelque chose.

— Hm ? demanda Jeff.

— Je suis supposé superviser le T-ball ce soir.

Et ce fut ainsi que Jeff se retrouva dans l'allée de Carter à dix-huit heures avec un tas de sandwichs enveloppés de papier aluminium dans un sac sur le siège et quelques bouteilles de Gatorade dans les porte-gobelets. Carter boitilla hors de la maison vers son propre pick-up.

— Monte, tocard, appela Jeff en baissant sa vitre. Je vais prendre les chaises pliantes et l'équipement.

Le regard de Carter passa de Jeff à son pick-up, puis il soupira et suivit les instructions. D'un instant à l'autre, Jeff serait canonisé pour avoir réalisé un miracle.

Quand il monta dans le véhicule, Carter lui mit un sac dans les mains.

— Tu vas en avoir besoin, dit-il gentiment.

Jeff l'ouvrit pour révéler un t-shirt vert forêt avec Rhodes's Garage imprimé dessus, en taille Carter. Il déglutit.

— Mince. Tu n'aurais pas dû.

— Il y a aussi un sifflet. Ça complète vraiment la tenue.

— Je regrette notre amitié, lui dit Jeff alors qu'il redémarrait.

Carter s'appuya en arrière dans son siège avec un air suffisant, les yeux fermés et le visage tourné vers le soleil du soir.

— Non, tu ne regrettes pas.

Il ne regrettait vraiment pas.

Ils arrivèrent au terrain avant tous les enfants et leurs parents. Jeff posa sous l'abri une des chaises pliantes à un bout du banc pour que Carter puisse y poser son pied, puis lui passa un sandwich.

— D'accord. En quoi consiste exactement un entraînement de T-ball ? Je ne suis pas sûr si tu t'en souviens, mais les sports d'équipe ne sont pas vraiment mon fort.

Carter leva les yeux de son déballage de dîner et sourit tendrement.

— Si je me rappelle bien, tu étais définitivement un des ramasseurs de pissenlits.

Il leva le sandwich jusqu'à sa bouche et prit un morceau. Jeff ne savait pas sur quoi se concentrer – la façon dont Carter pouvait ouvrir largement la bouche ou la trace de mayonnaise au coin de ses lèvres – alors il tourna son attention vers son propre dîner.

— Un entraînement est un entraînement. Échauffements, étirements, prises de balle, ce qui passe pour de l'entraînement à la batte.

— Je ne sais littéralement pas la manière appropriée de tenir une batte, souligna Jeff.

— Tout va bien, répondit Carter avec un sourire. Eux non plus ne savent pas.

Mettre en place le tee s'avéra être dans ses cordes. Après tout, Jeff avait des années d'expérience à installer l'équipement du groupe, ce qui était bien plus compliqué que quelques morceaux de mauvais plastique. Il posa une balle wiffle sur le tee et quelques battes contre le grillage, puis il entendit une voiture s'arrêter sur le parking.

Il était temps de se changer.

Jeff recula dans l'abri et tendit la main derrière lui pour passer son t-shirt par-dessus sa tête. Il avait enfilé le t-shirt de Carter et son short avant de quitter le chalet, et maintenant, il était sur le point de remettre des vêtements de Carter. C'était probablement mieux s'il n'examinait pas ça de trop près avant de passer du temps avec des enfants.

— Alors, tu vas m'aider à me souvenir du nom de tout le monde, pas vrai ?

Il sortit la tête de sous l'ourlet, le t-shirt à moitié sur ses bras et s'arrêta net.

Parce que Carter était en train de l'observer avec des yeux brûlants, les iris presque consumés par les pupilles dilatées. Il y avait encore beaucoup de soleil, alors ce n'était pas la lumière basse qui lui faisait regarder Jeff comme si celui-ci était sur le point de jouer dans sa vidéo pour adulte préférée.

La bouche de Jeff s'assécha. Il put sentir la chaleur de ce regard sur sa peau alors qu'il laissait tomber son t-shirt sur le banc. Carter tira ses yeux de la ligne de poils qui descendaient du nombril de Jeff.

— Ne t'inquiète pas. Je t'aiderai avec tout ce dont tu as besoin.

Jeff s'humidifia les lèvres et attrapa le regard de Carter. Quelque chose l'attirait plus près de manière inexorable. La chaleur dans les yeux de Carter s'accrochait dans son ventre et s'enroulait autour de la tension en lui.

Ce serait si facile. Ils étaient si proches maintenant. Un pas de plus, et Jeff pourrait le toucher – pourrait appuyer une main sur son épaule, se pencher…

Une portière de voiture claqua, et le charme fut brisé. Jeff réalisa qu'il était une personne reconnaissable et célèbre, torse nu dans un lieu public, donnant l'impression à la vue de tous qu'il était sur le point de faire quelque chose qui pourrait le faire arrêter, et il saisit rapidement le t-shirt de l'équipe.

Carter l'observait toujours quand il finit de l'enfiler, bien que le feu dans ses yeux eut été contenu. Tout dans son expression disait, *Plus tard.*

Donc, ça n'allait pas du tout être une énorme distraction pendant que Jeff devait veiller sur une douzaine d'enfants.

Tout le monde sembla arriver plus ou moins en même temps, et ils s'entassèrent dans l'abri avec leur t-shirt d'équipe.

— Très bien, les enfants, dit Carter dans une version légèrement plus forte de sa voix discours-sécurité-feu de camp. Je veux que vous écoutiez, d'accord ? J'ai eu un petit accident cette semaine, et je ne suis pas encore supposé être souvent debout. Voici le Coach Jeff. Il va m'aider aujourd'hui. Alors, écoutez-le et ne lui en faites pas baver s'il oublie votre nom, d'accord ?

Jeff avait déjà du mal à se souvenir de son propre nom.

— Merci, Carter, dit-il avant de se tourner vers les enfants. Bon. Commençons par quelques tours d'échauffement. Qui aime courir ?

Chaque enfant leva la main. Qu'ils soient bénis.

— Moi !

— J'aime !

Eh bien, au moins, courir, Jeff pouvait le faire.

— Très bien. Faisons tous quelques tours ensemble afin de préparer nos muscles pour le reste de l'entraînement. À vos marques, prêts, partez !

Mener un entraînement de T-ball pour enfants était de façon surprenante un bon exercice physique, entre la course, trottiner entre les enfants et poursuivre les balles errantes. Un seul enfant pleura, parce qu'une autre avait mis du chewing-gum dans ses cheveux quand Jeff ne regardait pas.

— Amanda ! Qu'est-ce que tu fais ?

Mince, était-ce bien son prénom ? Peu importe.

— Euh. Rien.

Amanda mit les deux mains derrière son dos, mais le chewing-gum la trahissait, s'étirant entre - oh, qui était l'autre l'enfant ? Miller ? Molson ? Un genre de nom de bière – entre la tête de l'autre enfant et sa main.

— Seigneur, marmonna Jeff.

Les parents regardaient-ils ça ? Non, ils échangeaient probablement des ragots. Certains regardaient de temps en temps dans sa direction, ou vers Carter, mais il était pratiquement sûr que cela n'avait rien à voir avec Amanda et l'enfant bière.

— D'accord... Miller ?

— Morgan, corrigea l'enfant.

Bon, c'était du rhum, pas de la bière. Très bien.

— Morgan. Si tu restes vraiment immobile, je pense que je peux enlever le chewing-gum. Amanda ?

Elle leva vers lui de grands yeux marron.

— Lâche le chewing-gum, s'il te plaît, et va voir si le coach Carter a besoin d'aide pour faire l'ordre de frappe de l'entraînement.

Il ne savait pas si ça comptait comme une punition, mais au moins, cela l'éloignait de ce pauvre enfant.

Le chewing-gum n'était pas allé trop loin, alors c'était surtout dégoûtant, mais pas un désastre. Jeff sortit de sa poche une serviette du dîner et en ramassa le plus gros.

— Bon, Morgan, je peux en enlever la plus grosse partie, mais je pourrais empirer ce qui reste, ou je peux sortir mon couteau de poche et couper un petit bout de tes cheveux et tout enlever. Qu'en penses-tu ?

Une petite découpe plus tard, les larmes de Morgan séchèrent, et Jeff avança jusqu'à la poubelle pour jeter le chewing-gum.

— Nouvelle règle, dit-il à Carter, qui retenait un rire évident.

— Oh.

— Plus de chewing-gum pendant l'entraînement de T-ball, proclama-t-il avec un coup d'œil vers Amanda.

Carter sourit.

L'entraînement se termina à dix-neuf heures trente, et les parents vinrent remercier Jeff d'être intervenu ou pour témoigner de la sympathie à Carter pour sa blessure. Jeff était à 99 pour cent sûr que la plupart d'entre eux avaient connu Carter au lycée, et même Jeff avait eu des cours avec un ou deux. Il avait la sensation qu'ils s'étaient concertés pour décider qui allait demander si Jeff et Carter étaient ensemble *ensemble,* et il n'avait aucun intérêt à leur donner une réponse avant qu'il en ait une.

— Heureux de vous avoir vus, dit-il en lançant le dernier élément d'équipement dans le sac, mais cela a été une longue journée, et il est l'heure des antidouleurs pour assommer Carter. Peut-être que je vous verrai dans quelques semaines.

Carter leva un sourcil vers lui alors qu'ils retournaient ensemble au pick-up.

— Subtile, dit-il.

— Hé, ça a fonctionné.

L'énergie effervescente qu'il avait ressentie entre eux sous l'abri revint durant le trajet, mais Jeff garda les mains sur le volant et les yeux sur la route, même s'il ne pouvait empêcher son esprit de vagabonder.

Que se passerait-il s'il descendait du véhicule chez Carter ? Est-ce que celui-ci l'inviterait à entrer ? Il n'avait pas pu imaginer la façon dont Carter l'avait regardé, et il se connaissait assez bien. Son propre désir aurait été bien visible. Bon sang, il durcissait à cet instant rien que d'y penser.

Allaient-ils vraiment faire ça ? Que pouvait physiquement réussir à faire Carter avec un pied cassé ?

Et puis merde. Jeff était à trente secondes de garer le pick-up et de le sucer sur le bord de la route.

Mais soudain, ils furent dans l'allée de Carter, le moteur du pick-up cliquetant alors qu'il refroidissait. Aucun d'eux n'avait parlé depuis qu'ils avaient quitté le diamant.

Finalement, Carter prit la parole :

— Tu veux…

Les doigts moites de Jeff glissèrent un peu sur le plastique quand il déboucla sa ceinture de sécurité.

— Seigneur, oui.

LEÇON TROIS
FAIRE DE LA PLACE POUR DE NOUVELLES CHOSES

ARRÊTEZ D'AVOIR l'esprit mal tourné. Pas comme *ça*. Ou du moins, pas seulement comme ça.

En théorie, faire face à votre merdier devrait laisser de la place dans votre vie pour de joyeuses choses non merdiques. En pratique, ces espaces se remplissent avec des courses et du nettoyage derrière le canapé. Oui, même les rock stars ont des moutons de poussières.

Les nouvelles relations ont besoin d'espace pour grandir – des passe-temps et du temps partagés. Un tiroir dans la commode, pas simplement de la place dans votre… cœur (arrêtez de ricaner). Mais il est facile de laisser ces espaces être encombrés par des choses moins importantes. Les graines de la vie. Travail, famille, amis, corvées, etc., sont toutes des parties *nécessaires* de la vie, mais elles sont aussi des parties établies de votre vie. Elles ont déjà des racines. Elles sont assez fortes pour survivre à un petit manque d'attention. Les nouvelles relations, pas tellement.

VII

Sans savoir comment, ils réussirent à entrer dans la maison. Jeff eut une demi-seconde pour être fortement content d'avoir débarrassé le désordre, puis Carter le coinça contre le mur avec son corps énorme, inclina le visage de Jeff avec une main immense, et écrasa leurs lèvres ensemble.

Jeff s'ouvrit sous l'assaut et griffa le dos et le torse de Carter tandis que celui-ci pillait sa bouche avec un violent baiser frénétique que Jeff avait attendu plus d'une décennie. Il ravala un gémissement, essayant d'être conscient du pied blessé de Carter, mais ses genoux menacèrent de céder à chaque frottement de la barbe naissante de Carter ou à la piqûre de ses dents sur les lèvres de Jeff.

Carter voulait de lui. Carter le voulait au point d'essayer de dévorer Jeff contre le mur de sa maison quand il s'était cassé le pied la veille, quand il y avait un canapé parfaitement bien à trois mètres derrière lui. Le savoir était génial pour l'ego de Jeff – et son membre – mais sa conscience lui fit tourner la tête jusqu'à ce que Carter mordille la ligne de sa mâchoire, morde son cou.

Jeff frissonna, enroulant les mains sur les reins de Carter, tirant le tissu de son t-shirt.

— Carter… *putain*…, nous devrions, le canapé.

Carter l'ignora et glissa une main le long du torse de Jeff jusqu'à prendre en coupe ses testicules, son poignet et son avant-bras appuyant fort sur le sexe de Jeff. Il tressauta, et Jeff inclina la tête en arrière contre le mur, donnant de la place pour que Carter morde plus bas. Il referma la bouche sur la pomme d'Adam de Jeff, rien que la marque brève de dents et de langue, assez pour faire bouillir le sang de Jeff dans ses veines. Il rua contre la main de Carter, désespérément excité.

Carter déplaça son poids et siffla contre le cou de Jeff, et cela coupa à travers le désir. Jeff s'écarta brusquement mais rien qu'un peu, il obligea ses doigts à lâcher le haut de Carter, et pointa le doigt.

— Canapé. Maintenant.

Il allait vraiment obtenir cette sainteté, parce que Carter obéit.

Dès qu'il s'assit, Jeff fut sur lui, les genoux appuyés de chaque côté, prudent de ne pas reposer son poids sur la jambe droite de Carter. Il put sentir la pression du sexe dur de celui-ci à travers son short, mais c'était difficile de se concentrer avec les mains de Carter accrochées à ses fesses, ses longs doigts à un centimètre de l'entrée de Jeff, avec sa langue de nouveau dans sa bouche. Jeff voulut se frotter contre son entrejambe et le faire jouir de cette manière comme des adolescents pendant un deuxième rendez-vous, mais il n'osa pas. Trop de pression sur le pied de Carter pourrait briser le charme. Jeff ne pouvait pas risquer ça.

À la place, il appuya son bras gauche contre l'épaule de Carter et tendit la droite entre eux, pouvant enfin le toucher de la manière dont il l'avait fantasmé pendant si longtemps. Son membre était dur et énorme sous la matière glissante de son short, et Jeff le caressa à travers et mordit ses lèvres et sa langue.

– *Jeff.*

Carter brisa le baiser pour souffler ça, et Jeff fut frappé par un éclair de désir si fort qu'il pensa qu'il pourrait jouir comme ça.

— Qu'est-ce que tu… demanda-t-il.

Il était désespéré de faire reproduire ce son à Carter, mais il n'alla pas plus loin avant que Carter mette une énorme main sur sa tête et le pousse vers le bas.

Oh putain, oui, pensa Jeff alors qu'il se mettait à genoux entre les cuisses de Carter, et il se rendit compte qu'il l'avait dit tout haut uniquement quand Carter dit :

— Tu vas me tuer.

— Tu vas aimer, promit Jeff.

S'il ne fut pas doux quand il tira le short de Carter sur ses cuisses, celui-ci ne s'en plaignit pas plus que Jeff quand Carter le poussa vers son sexe.

Il était encore plus gros de près, long, épais, rougi et coulant. Jeff ne perdit pas de temps avant de prendre le sommet dans sa bouche, suçant, le rendant aussi humide que possible, laissant sa salive couler sur la longueur. Carta garda la main dans les boucles de Jeff, donnant le rythme, comme s'il *savait* que Jeff était fou de ça.

L'érection de ce dernier coulait dans son propre short, mais elle pouvait attendre.

— Jeff, répéta Carter, comme si c'était le mot le plus ordurier de son vocabulaire.

97

Son membre laissa échapper une goutte de liquide séminal sur la langue de Jeff et il la lapa, puis glissa sa bouche aussi loin qu'il put aller. L'angle n'était pas bon pour l'enfoncer tout au fond de sa gorge, mais il devrait y travailler de toute façon.

En attendant, Jeff suça, creusant les joues. Il enroula sa main droite autour de la partie qu'il ne pouvait pas prendre. Puis il ferma les yeux et absorba chaque *mmh* obscène, qui était comme des perles grossières tombant des lèvres de Carter. Le visage de Jeff était humide de liquide séminal et de salive, et ses yeux piquaient avec les larmes venant de la morsure parfaite de Carter tirant ses cheveux, et il n'avait jamais été si excité de toute sa vie.

Enfin, trop tôt, les cuisses de Carter se tendirent, et il s'arqua contre le canapé. Sa main se resserra sur les cheveux de Jeff.

— Je vais jouir, prévint-il.

La pression quitta la tête de Jeff, mais, au diable tout ça. Jeff attrapa le poignet de Carter, l'encourageant à le retenir.

Le sexe de Carter tressauta dans la bouche, et il grogna d'une voix qui alla directement au centre de plaisir du cerveau de Jeff.

— Mon Dieu.

Oui, pensa Jeff tandis qu'il œuvrait sur la hampe de Carter autant qu'il pouvait pendant que celui-ci guidait sa tête, les hanches poussant minutieusement jusqu'à ce qu'il jouisse, haletant, remplissant la bouche de Jeff de sperme plus vite qu'il ne pouvait l'avaler. Il coula sur son menton et sa main, chaud et glissant. Carter recula finalement la tête de Jeff jusqu'à ce qu'il puisse uniquement atteindre le bout, et il lécha cette dernière goutte de sperme avant que Carter ne le tire sur le canapé, à cheval sur sa jambe gauche.

Puis il l'attira dans un baiser, étalant le sperme entre leurs bouches alors qu'il poussait la main gauche dans le short de Jeff. Ce dernier mordit la bouche de Carter quand il referma les doigts autour de son membre, abaissant l'élastique avec son poignet, et le dégageant.

Il ne remarqua même pas que Carter avait arrêté de l'embrasser jusqu'à ce qu'il ramène la main vers la bouche de Jeff et dise :

— Crache.

Jeff cracha. Carter enleva du pouce le reste de sa décharge sur le menton de Jeff et ajouta ça aussi, puis il referma la main autour du sexe de Jeff, glissant sur lui étroitement, de façon parfaite.

Ça semblait obscène, la manière dont la main de Carter l'engloutissait. Son membre était de taille moyenne, mais les mains de Carter étaient si grandes, il pouvait toucher Jeff presque partout à la fois. Et il l'observait intensément avec des traces de son propre sperme sur le visage et son sexe ramollissant et brillant de la salive de Jeff entre les jambes.

Jeff était sur le point de se féliciter pour avoir tenu plus de cinq caresses quand Carter bougea l'autre main entre ses jambes et doigta son entrée à travers son short en même temps qu'il passait le pouce sur le sommet de sa queue. Il fut catapulté dans l'orgasme, et une litanie de bruits stupides tomba de sa bouche alors que Carter l'essorait, le caressant encore et encore jusqu'à ce que Jeff soit si sensible qu'il repoussa sa main, cherchant de l'air.

Carter ne lâcha pas son regard, même quand il leva la main à sa bouche et suça le sperme sur son pouce, parce qu'apparemment, ce n'était pas suffisant le détruire physiquement. *Doux Jésus, putain.*

Sous le silence serein du sexe obscène et bouleversant, Jeff prit conscience d'un arrière-plan sonore de panique aveugle. Que venait-il de faire? Il avait à peine récupéré Carter dans sa vie, et maintenant, il avait mis tout ça en péril, n'est-ce pas? Jeff n'était pas exactement M. Relation Interpersonnelle Réussie. Il ne pouvait même pas débrouiller la merde avec le groupe qui avait été sa famille pendant la moitié de sa vie. Qu'est-ce qui lui avait fait penser qu'il pourrait réussir avec Carter?

Celui-ci était trop important pour le mettre en danger pour du sexe, même du sexe à faire couler le cerveau par les oreilles et jeter tout ce qu'on portait.

En parlant de Carter, il le regardait toujours avec des yeux aux paupières tombantes. Il leva les mains jusqu'à l'ourlet du t-shirt de Jeff – techniquement le sien – et tira doucement, le maculant de sperme.

— Tu as l'air bien avec mon nom sur toi.

Jeff allait s'immoler. Ce n'était pas du tout ainsi qu'il s'était attendu à ce que les choses se passent. Il ne se sentait pas simplement pris à contre-pied mais incroyablement jeune et pas préparé. Il avait passé quinze ans à se faire un nom, à monter un groupe, créer une marque, se forgeant cette nouvelle identité à partir des détritus en ruine de son passé, et maintenant, tout ce qu'il voulait était le droit de porter le nom de Carter.

S'il était honnête, c'était la même chose qu'il avait ardemment désirée quand il avait débuté le groupe en premier lieu – que quelqu'un le revendique comme sien. Carter, en particulier.

Si Carter ne le pensait pas sérieusement, de la manière dont Jeff le voulait – ou s'il le pensait et que ça ne fonctionnait pas – cette chose entre eux pourrait le détruire.

Jeff essayait encore de trouver des mots – même pas nécessairement des mots pour aborder tout ce qu'il ressentait ; il se contenterait de mots qui feraient une réponse raisonnable à ce que Carter disait – quand il entendit le raclement du gravier et ensuite un tintement d'aluminium. Carter et lui échangèrent des regards paniqués, et les mots que Jeff réussit finalement à sortir furent :

— As-tu verrouillé la porte ?

Carter le repoussa, et Jeff se remit précipitamment debout, se souvenant tardivement qu'il avait besoin d'aider Carter à se lever. Le short de celui-ci était toujours autour de ses cuisses, ce qui fit de son avancée bancale vers la chambre une étrange combinaison d'hilarant et d'érotique, avec la rondeur ferme de ses fesses sortant de sous son t-shirt. Jeff aurait ri à cette absurdité, mais il était trop occupé à repousser la panique.

— Oncle Carter ? appela une voix préadolescente.

Jeff retira le t-shirt taché, puis l'utilisa pour essuyer ce qu'il pouvait. Seigneur, il était un vrai désordre. Ils l'étaient tous les deux.

— Oncle ? siffla-t-il. Je pensais que l'enfant de Brady avait six mois !

— C'est Charlie. L'aînée de Dave, expliqua-t-il en jetant un t-shirt à Jeff.

Dave était joueur professionnel de hockey et était en ville uniquement hors de la saison sportive.

— On est en mai ! murmura Jeff alors que la porte d'entrée s'ouvrait avec un bang. Les éliminatoires sont toujours en cours.

— Pas pour les Devils, répliqua Carter avec ironie et en agitant une main. Ils ont dû arriver aujourd'hui. Ils allaient venir pour la commémoration si… Autrement, nous aurions repoussé.

Jeff enfila le t-shirt propre.

— J'ai oublié que personne ne verrouille sa porte ici. Ou appelle d'abord.

Il examina son short, qui semblait avoir échappé à la contamination par miracle.

Entre-temps, Carter tentait de mettre un nouveau short par-dessus sa botte de marche orthopédique.

— Oui, eh bien, bienvenue dans la famille.

Jeff n'eut pas le temps de paniquer sur ça non plus, parce que la voix appela de nouveau :

— Oncle Carter ?

— Salut, Charlie. Une seconde, cria celui-ci avant de regarder Jeff. Comment on joue ça, là ?

100

— Quel âge a Charlie ? demanda Jeff en levant les yeux et croisant son regard.

— Douze ans, je pense ?

Assez âgée pour être suspicieuse que son oncle sorte de la chambre avec quelqu'un d'autre.

— Tu veux que je sorte par la fenêtre ?

— Voyons.

Il leva les yeux au ciel. Avant que Jeff puisse protester, il ouvrit la porte et sortit en chancelant.

— S... ouf !

Il y eut soudain une préadolescente filiforme se cramponnant au torse de Carter, à peine à trois mètres de l'endroit où Jeff avait joui à s'en faire exploser le cerveau.

— Aïe, dit Carter après un instant. Doucement, s'il te plaît, mon pied est encore douloureux.

La jeune fille recula et Jeff eut un aperçu de cheveux qui étaient quelques teintes plus près du peroxydé que l'habituel blond Rhodes, rasés sur un côté et coupés en carré long de l'autre. Elle portait un short de sport et un haut sans manche. Il ne fallait pas être un génie pour deviner pour quelle raison elle pourrait être inquiète de voir Oncle Carter.

— Oh mon Dieu ! Qu'est-ce que tu as fait ?

— Accident de randonnée.

Carter la dépassa pour aller vers le canapé.

Jeff envisageait encore de foncer vers la fenêtre de la chambre quand le regard de Charlie se déplaça de son oncle et atterrit sur lui.

— Oh. Je ne savais pas que tu avais de la compagnie. Désolée.

La fenêtre aurait été un meilleur choix.

— Ça va, répondit rapidement Carter.

Ses oreilles étaient rouges, parce que, bien sûr qu'elles l'étaient. Il pouvait nonchalamment faire connaître à Jeff le sexe le plus obscène de sa vie sans la moindre parcelle de honte, mais dès qu'il était question de reconnaître ça devant quelqu'un d'autre, bam ! Rougissement immédiat. Jeff souhaiterait que ça ne soit pas aussi foutrement adorable.

— Charlie, voici mon ami Jeff. Jeff, ma nièce Charlie.

Elle leva la main en un salut maladroit.

— Salut, commença-t-elle avant que ses yeux s'écarquillent. Attendez, Jeff comme dans *Jeff Pine* ?

Ohhhh putain.

101

— Euh, dit Jeff.

— Comme la personnalité queer la plus célèbre de cette stupide ville Jeff Pine ?

S'il te plaît, ne me fais pas de câlin quand je sens le sperme.

— Coupable ?

— Oh mon Dieu, souffla-t-elle, puis assemblant manifestement les morceaux, *Oh mon Dieu*, Oncle Carter, est-ce que tu… c'est… ?

Jeff n'allait pas avoir une crise de panique devant une toute petite fan, même si elle était la nièce queer de Carter.

Finalement, Charlie conclut dans un sifflement, comme un aparté évident :

– Est-ce que tu as une relation secrète avec une rock star ?

Carter lança un regard impuissant à Jeff, mais qu'allait faire celui-ci ? Il ne savait rien sur les enfants. Il venait littéralement de retirer au couteau du chewing-gum des cheveux d'un élève de maternelle une heure plus tôt.

— C'est compliqué, déclara Carter, ce qui méritait une récompense pour l'Euphémisme de l'Année. Écoute, Charlie, c'est génial de te voir, mais peux-tu nous donner une minute ?

Elle ramena son attention sur lui, puis de nouveau sur Jeff. Il espérait qu'elle ne s'était pas rendu compte que, si on retirait les couches de son personnage de rock star, tout ce qu'on aurait était un type qui avait été amoureux de son meilleur ami depuis la quatrième.

— Bien sûr, Oncle Carter. Euh, je vais simplement attendre dehors.

La porte à moustiquaire se referma en claquant derrière elle, et d'une certaine façon, Jeff s'obligea à faire le reste du trajet jusqu'au canapé, parce que Carter ne devrait vraiment pas se lever de nouveau de si tôt. Il se laissa tomber dessus et se prit la tête entre les mains… qui sentaient encore la salive et le sperme. Doux Jésus.

— Hé, appela doucement Carter, touchant son épaule. Détends-toi, d'accord ? Le père de Charlie est un joueur de hockey professionnel. Elle a assez de jugeote pour ne pas poster des choses sur les réseaux sociaux.

Jeff n'avait même pas été aussi loin dans sa liste de choses sur lesquelles péter un câble.

— À cet instant, je suis un peu plus inquiet à propos de ta mère, avoua-t-il avant de prendre une grande inspiration.

— Quoi ? s'étonna Carter en inclinant la tête. Voyons, Maman t'adore.

Oui. C'était tout le problème. Jeff avait besoin qu'elle continue à l'aimer, peu importe ce qui se passait.

— Écoute, c'est… beaucoup.

Carter se figea et son visage se referma. Il retira sa main.

— Désolé, je…

Cela ne faisait même pas cinq minutes, et Jeff gâchait tout. C'était assez mauvais qu'il ait mis cette expression réservée sur le visage de Carter. Il avait besoin d'arranger ça avant que ça devienne pire.

— Simplement, je suis venu ici pour… avoir de l'espace et une perspective sur ma vie, et comprendre qui je suis quand je ne suis pas, tu sais…, dit-il en agitant vaguement une main vers la porte. Jeff Pine, la personnalité queer la plus célèbre de Willow Sound.

Carter leva un sourcil.

— Oui, je sais, reprit-il en levant les yeux au ciel. Mais le hic, c'est que je ne sais pas non plus qui je suis sans ça, et quand on a déjà une crise d'identité…

Le visage de Carter se referma encore plus.

— Tu n'es pas obligé d'expliquer.

— Si, j'y suis obligé, lâcha-t-il avec un soupir. Je ne m'attendais pas à ça, d'accord ? Ne me comprends pas de travers. C'est une bonne surprise. J'ai simplement besoin d'espace.

Une partie de la réserve s'effondra, et il hocha la tête.

— D'accord. Je peux respecter ça, concéda-t-il en serrant et desserrant sa main droite. Euh, est-ce que tu veux quand même… Je veux dire, la commémoration est après-demain. Je comprendrais…

— Je serai là, répondit rapidement Jeff. Je ne manquerais pas ça. Je déteste déjà de ne pas avoir été là avant.

— D'accord, accepta Carter, s'affaissant un peu. D'accord. Je te verrai à ce moment-là.

— Oui, confirma Jeff en se levant. À plus tard.

Charlie était assise sur la pelouse à côté d'un vélo bleu pastel. Elle leva les yeux de son téléphone quand Jeff sortit.

Il n'avait jamais eu un walk of shame plus gênant. Il leva la main pour la saluer.

Charlie lui rendit son geste. Elle n'avait pas l'air plus à l'aise que ce qu'il ressentait.

Alors, la commémoration serait intéressante.

Jeff retourna au pick-up et démarra le moteur. Il avait besoin d'une douche et d'une bière, ou peut-être d'un de ces bonbons à l'herbe qu'il avait pris avant de quitter Toronto. Il avait besoin d'une bonne nuit de sommeil et d'un peu de distance vis-à-vis de Carter, de la manière dont il regardait Jeff, de la façon dont il le touchait.

Il avait besoin de clarté.

Il retourna au chalet avec l'intention d'accomplir tous ces buts, mais quand il déverrouilla la porte, tout ce qu'il put voir fut son cahier intouché sur la table de la cuisine à côté de son paquet non ouvert de stylos.

Jeff devrait se doucher. Il avait besoin de se doucher. Mais.

Mais il avait besoin de tout intégrer aussi, et il le faisait toujours mieux sur papier. Il n'y avait pas d'intérêt à attendre. Tout allait sortir de lui d'une manière ou d'une autre, et au moins s'il écrivait, il aurait le contrôle sur la manière.

Il s'assit à la table et tira le cahier vers lui.

Quand le stylo toucha le papier, il sembla opérer de son propre chef.

Firelight, écrivit le stylo.

Jeff avait écrit sa part de chansons pour déclarer sa flamme. Les débuts du groupe en étaient pleins. Il avait fait de son mieux pour ne pas y penser, parce qu'alors, il devrait se demander si Carter savait que ces chansons étaient à propos de lui. Cela semblait impossible désormais qu'il ne sache pas.

Ces chansons avaient été pleines du désir adolescent de Jeff, et il avait été sincère dedans. Les gens le ressentaient quand il les chantait.

« Firelight » était dans une catégorie différente. Si les autres chansons de Jeff étaient des chansons où il déclarait sa flamme, celle-ci était un brasier, et il tissa cette allégorie dans le tissu des paroles. Il gratta une allumette afin d'allumer une bougie pour voir, mais la clarté soudaine l'aveugla ; il démarra un feu et brûla parce que les flammes qui le maintenaient au chaud l'attiraient, et on était en sécurité d'elles uniquement à distance.

Mais chaque fois que j'entends ta voix
Chaque fois que je vois ton visage
Je sais que je n'ai jamais eu le choix
Je retourne immédiatement à cet endroit parce que
Tu m'attires comme la lumière du feu.

Il lâcha le stylo après quatre strophes quand un huard appela par-dessus le Sound et brisa sa concentration. Frissonnant, il se leva et alla à la fenêtre, surpris de découvrir que le soleil s'était couché. Le ciel était rouge orange, passant rapidement à l'indigo, et les étoiles prenaient vie en clignotant l'une après l'autre, comme si le huard les avait appelées.

Excepté qu'il ne les avait pas appelées, manifestement – parce le troublant cri aigu retentit une fois de plus, et cette fois, un autre cri répondit.

— Douche, marmonna pour lui-même Jeff.

Il ne pouvait devenir sentimental à propos de quelques oiseaux, même s'ils avaient une magnifique chanson d'amour.

LE DIX-NEUF fut brumeux. Jeff se réveilla au crépitement de la pluie sur le toit du chalet, s'assit assez longtemps pour confirmer que le Sound était embrumé et gris, et s'écroula de nouveau sur le lit pour deux heures de plus.

Quand il ne put plus ignorer l'appel de la nature, il se leva, prépara une cafetière, et alluma le chauffage. Sans le soleil pour réchauffer la pièce, l'air était définitivement frisquet.

Jeff sortit la Seagull de son étui, changea les cordes, et se lança dans un vieux standard avec des accords lourds pour les étirer. Puis il retourna à la table de la cuisine et regarda par la porte moustiquaire alors que le monde extérieur devenait un peu détrempé.

Il passa une demi-heure à travailler la chanson qu'il jouerait le lendemain, s'assurant que ses changements étaient fluides, puis vingt minutes supplémentaires à chanter doucement, et une heure à jouer avec le solo.

Puis il se lava le visage et s'obligea à manger un petit déjeuner.

La pluie ne s'arrêta pas de toute la matinée. Le téléphone de Jeff resta silencieux, ce qui le surprit. Malgré la promesse de la veille, il s'était attendu à ce que Carter prenne des nouvelles. Quand cela n'arriva pas à midi, il se retrouva à ouvrir un message. Carter avait-il besoin de quelque chose? Des provisions? De la compagnie? Quelqu'un pour attraper la télécommande sur la table?

Mais il savait que ce ne serait pas juste d'envoyer un message quand il avait demandé de l'espace rien que la veille, alors il referma le message sans rien envoyer.

Vers quatorze heures, il eut besoin de sortir du chalet, pluie ou pas pluie. Il attrapa les clés de son pick-up et un sweat, puis après réflexion, ajouta son stylo, son cahier et l'étui à guitare, et marcha d'un pas lourd dans l'air humide.

Avec la vitre passager entrouverte, la journée sembla moins exiguë. Jeff prit un déjeuner tardif au snack où il avait mangé avec la mère de Carter. Il était pratiquement désert dû au temps, mais quand il avait été assis à une table au fond avec son cahier et une assiette de miettes pendant une demi-heure, la cloche au-dessus de la porte tinta.

Jeff leva les yeux par habitude pour voir Charlie Rhodes se glisser à l'intérieur, les cheveux plaqués sur la tête. Elle croisa les yeux de Jeff et fit une imitation d'un cerf surpris par des phares.

Jeff connaissait cette sensation.

— Salut, ma chérie, déclara Tasha, la serveuse, en replissant le café de Jeff. Ne devrais-tu pas être en cours ?

Charlie ouvrit la bouche, son visage figé dans une expression que Jeff reconnut comme *sur le point d'avoir des ennuis*, surtout parce qu'il l'avait portée pendant la majorité de son adolescence.

— Ça va, Tasha, elle ne va pas à l'école ici.

S'il arrivait à entrer dans ses bonnes grâces, peut-être qu'elle ne le cuisinerait pas à propos de son oncle.

Tasha lui jeta un coup d'œil d'un air soupçonneux, puis elle revint à la nièce de Carter.

— Oh, Charlie, dit-elle. Je ne t'avais pas reconnu avec cette coupe. J'aime bien.

— Merci, répondit Charlie, son visage baissant les armes.

— Qu'est-ce que je peux te servir ?

— Du café ? demanda-t-elle, reprenant du poil de la bête.

La vache ! Jeff tapota son stylo sur son cahier et baissa la tête pour cacher un sourire triste. C'était comme regarder dans un miroir qui retournait dans le temps.

Il fallut reconnaître à Tasha qu'elle ne rit pas.

— Bien sûr. Ça arrive tout de suite.

Mais elle attrapa la cafetière avec un cercle orange au sommet – le décaféiné.

Ils furent assis là en silence pendant un moment – Charlie au comptoir, faisant tourner la tasse dont elle avait appris deux petites gorgées, Jeff à la table du fond, tapotant le bout de son stylo sur le cahier de composition. Finalement, Tasha déclara :

— Je peux éteindre la radio, vous savez.

Jeff cligna des paupières et leva la tête pour croiser son regard.

— Pardon ?

Toute penaude, elle fit un geste vers la chaîne hi-fi décrépite passant des vieux tubes nasillards du Top 40, puis vers l'étui à guitare sous la table.

— Je pourrais l'éteindre si ça vous dérange. Il n'y a personne ici, à part Charlie et moi, et il n'y aura personne jusqu'à ce que les seniors commencent à arriver pour leur spécial couche-tôt.

À la mention de son nom, Charlie releva rapidement le regard. Elle détourna les yeux tout aussi vite - encore un peu en admiration devant son idole.

Tasha devait avoir vu la lutte interne sur le visage de Jeff, parce qu'elle améliora l'offre.

— Vous savez quoi. Je vais éteindre la musique. J'ai déjà entendu cette chanson vingt fois aujourd'hui, de toute façon, et je vais perdre la tête si je dois l'écouter une fois de plus. Puis je vais aller à l'arrière et me cacher jusqu'à ce que quelqu'un fasse sonner la cloche.

Il y en avait une sur le comptoir, le genre que Jeff associait avec l'accueil d'une bibliothèque.

— Soyez sympas et ne dites rien à Grand-mère.

Ses grands-parents étaient toujours propriétaires du snack. Jeff se rappelait d'elle à environ dix ans, faisant du coloriage à la même table où il était assis.

— D'accord, accepta enfin Jeff, souriant faiblement. Je promets de ne pas laisser Charlie partir sans payer.

Tasha lui fit un clin d'œil, jeta son torchon à vaisselle sur son épaule, et disparut à l'arrière. Un instant plus tard, la musique fut coupée.

Doux silence… pour l'instant. Il sortit l'étui à guitare et l'ouvrit, faisant attention à ne pas regarder vers son public.

— Ça ne te dérange pas, pas vrai ?

Charlie se tourna sur le tabouret, clairement un peu surprise que Jeff s'adresse directement à elle.

— Euh, non, ça va. Je suppose.

Oh, elle *supposait*. Jeff garda un couvercle sur son amusement – il ne riait pas d'elle et ne voulait pas qu'elle pense que c'était le cas. Il passa la sangle par-dessus sa tête et poussa l'étui du pied pour le remettre sous la table. Pendant quelques secondes, Jeff accorda distraitement la guitare, gardant les yeux sur le dessus de la table. Il gratta un sol, puis un do mineur. Le mi aigu était un peu plat, alors il resserra la mécanique.

Charlie fit par dire :

— Qu'est-ce que tu fais ? Ça ne ressemble pas à une chanson.

Il releva les yeux, à moitié surpris, pour découvrir Charlie en train de l'observer, son café oublié.

— Accordage. Chaque corde doit être accordée sur la bonne note. Autrement ceci, dit-il en grattant un la, ressemble à ça.

Il désaccorda le sol et le si et gratta de nouveau. Ils grimacèrent tous les deux au son dissonant. Elle poussa un « oh » et s'arrêta pendant que Jeff accordait de nouveau la guitare.

— Comment sais-tu quelle note ça devrait être ?

— L'entraînement, dit Jeff, pince-sans-rire.

Mais il réalisa que ce n'était pas une réponse utile.

— Quand j'avais ton âge, j'utilisais un accordeur. C'est un petit micro qui reconnaît la fréquence... expliqua-t-il, avant de se rendre compte que c'était trop technique. Ça te dit quelle note tu joues.

Mieux.

La conversation retomba pendant que Jeff travaillait l'intro qu'il avait assemblée. Mais sa gorge coinçait sur les paroles. Bien sûr, Charlie savait que Carter et lui avaient un truc... C'était tout le problème.

Bon sang. Il avait besoin de remarques, et la seule personne disponible était une préadolescente. Avec de la chance, Charlie avait hérité du trait de la famille Rhodes à ne pas être moralisateur.

— Hé, je peux te demander quelque chose de bizarre ?

— Bizarre comment ? interrogea Charlie, le regardant avec prudence.

— Pas bizarre genre dégoûtant, c'est...

Il lâcha un long soupir et décida de commencer au début.

— J'écris cette chanson sur... le fait de revenir chez soi, je suppose. Revenir *ici*.

Une métaphore faiblement voilée sur le fait de revenir vers Carter, mais elle avait douze ans ; elle n'avait pas besoin de savoir ça.

— Est-ce que tu pars et reviens chaque été ?

— Oui, répondit-elle en hochant la tête, ses cheveux en train de sécher collant sur sa joue. Nous bougions beaucoup plus quand j'étais plus jeune, mais nous avons été dans le New Jersey pendant un moment. Mais nous revenons toujours pour rendre visite à Grand-mère et...

Merde. Ils réalisèrent tous les deux en même temps qu'ils avaient dévié dans un champ de mines émotionnel. Charlie se tourna et tripota une serviette prise dans le distributeur sur le comptoir. Jeff fit semblant de ne pas le remarquer.

Quand il eut l'impression de pouvoir de nouveau parler sans se trahir, il reprit en s'éclaircissant la gorge :

— Ton grand-père était vraiment spécial. C'est lui qui m'a appris à jouer, en fait.

Charlie se retourna. Ses yeux étaient un peu rouges. Elle se mordit la lèvre inférieure.

— Il avait promis de m'apprendre cet été.

Boum. Peut-être qu'il était l'heure d'une retraite stratégique. Mais ça ne semblait pas juste… Jeff était celui qui avait évoqué le sujet. Il passa distraitement le pouce sur le mi grave et chercha ses mots.

— Pourquoi veux-tu savoir ?

Clignant des paupières, Jeff releva les yeux. Il avait perdu le fil de la conversation.

Charlie devait avoir analysé sa confusion, parce qu'elle clarifia :

— Sur le fait de partir et revenir. Pourquoi veux-tu savoir ?

— Parce que c'est ce que j'ai fait, je pense. Excepté que c'était simplement une fois où je suis revenu, très longtemps après. Ça ne se passe pas de la manière dont je l'avais imaginé.

Elle plissa les yeux, mais il y avait un sourire caché au coin de sa bouche.

— À cause de mon oncle ?

Jeff savait que ça allait lui botter les fesses.

– *Peut-être.* En partie, amenda-t-il en haussant les épaules. Ce n'est pas bizarre pour toi ? D'aller et venir tout le temps, je veux dire, pas la partie sur ton oncle.

Mieux valait ne pas lui donner d'ouvertures.

— Ce n'est pas bizarre, dit-elle avant de corriger. Ce *n'était* pas bizarre jusque maintenant.

Parce que Fred était parti.

Grattant un riff simple, Jeff chercha ses mots.

— Je n'étais pas sûr de ce à quoi je devais m'attendre quand je suis revenu ici. Je pense que j'imaginais en quelque sorte que tout serait pareil, ce qui est ridicule. Les gens changent, ils déménagent. Je ne loge pas dans la vieille maison de mes parents.

Il joua quelques fois du pouce le mi grave.

Charlie releva les jambes sur le tabouret et accrocha les bras autour.

— Le truc bizarre, c'est que c'est presque pareil, mais pas tout. Ce n'est pas juste. Si tout était différent ou tout était pareil, ce serait moins bizarre.

— Oui !

C'était exactement la sensation sur laquelle Jeff avait essayé de mettre des mots. Il avait voyagé en arrière dans l'espace, mais il s'était aussi attendu à retourner dans le temps. Une partie de lui avait l'impression qu'il était retourné dans le temps, ce qui rendait le tout plus confus.

— C'est exactement ça. À part, je ne sais pas. Je suis différent aussi, je suppose.

— Je ne saurais pas ce que *c'est*, marmonna Charlie, rejetant ses cheveux courts en arrière.

Jeff lâcha un rire comme un aboiement et ne put que sourire plus largement quand il aperçut le sourire content s'étalant sur le visage de Charlie.

Puis il baissa les yeux vers l'instrument sur ses genoux – cet objet de seconde main bien-aimé, le bien le plus précieux de Jeff. Celui que Fred lui avait acheté.

Il était venu ici pour se trouver, mais peut-être qu'il n'était pas supposé redécouvrir qui il avait été. Peut-être qu'il devrait se concentrer sur le genre de personne qu'il *voulait* être.

Il s'éclaircit la gorge.

— Alors, hé. Est-ce que tu veux toujours apprendre à jouer de la guitare ?

PARCE QUE l'univers pouvait à l'occasion être clément, il ne plut pas le matin suivant.

Jeff se leva avant le soleil, se doucha et s'habilla, puis passa au drive du Tim Hortons sur le chemin de la marina. Il garda la radio éteinte pendant le trajet et s'arrêta sur le parking à six heures cinq, portant une boîte avec une série de tasses de café et une douzaine de muffins.

La mère de Carter était dans la vieille camionnette de son défunt mari, reculant le bateau dans l'eau, mais Carter et ses frères se tenaient maladroitement près de la table de pique-nique à proximité, les mains dans les poches, les épaules voûtées contre le froid matinal.

Ils levèrent tous les yeux quand Jeff s'arrêta, mais Carter détourna rapidement le regard et ramena son attention vers ce qui devait être Dave – il était trop grand pour être Brady, même s'il n'était pas aussi grand que Carter.

Jeff prit une grande inspiration et la relâcha lentement. Aucune pression. Rien qu'une bande de mecs qu'il connaissait une demi-vie avant et leur mère.

Il ouvrit la portière et se lança hors de la cabine.

Brady l'accueillit en premier, avec une prise de main transformée en une étreinte avec claque dans le dos – très direct.

— C'est bon de te revoir. Circonstances de merde, cependant.

Jeff avait déjà des flash-backs des funérailles de sa mère. Les platitudes maladroites sonnaient de façon tout aussi terrible en sortant de sa propre bouche qu'elles l'avaient fait en résonnant à ses oreilles à l'époque, mais qu'y avait-il d'autre à dire ? Le monde n'avait pas de mots assez grands pour ce genre de vérité.

— Je suis si foutrement désolé, mon vieux. Ton père était un des meilleurs.

Dave fut le suivant. Jeff ne l'avait pas connu aussi bien, puisqu'il était l'aîné de Carter de quatre ans et avait déjà été enrôlé dans la NHL le temps que Jeff sorte de l'école primaire, mais il serra la main de Jeff.

— Merci d'être venu, dit-il de façon bourrue. Ça signifie beaucoup pour Carter.

Il aurait pu tout aussi bien éviscérer Jeff avec un couteau à poisson. Cela aurait été plus gentil.

Il resta Carter, qui ne dit rien. Jeff non plus. Leurs yeux se croisèrent, puis Jeff hocha la tête et ils s'étreignirent, et s'ils serrèrent un peu plus longtemps, les frères de Carter n'allaient probablement pas être des connards là-dessus aujourd'hui.

Finalement, Jeff recula alors qu'Ella alignait parfaitement la remorque du bateau. Dave et Brady allèrent aider à le mettre à l'eau, et Jeff dit :

— Je voudrais bien un coup de main pour quelques trucs.

Carter et lui chargèrent pendant qu'Ella se garait, et ils montèrent ensuite tous à bord, avançant vers l'étendue d'eau.

— Où sont les autres ? demanda Jeff.

— Katie est avec le bébé, répondit Brady avec un demi-sourire fatigué. Elle n'est pas encore sûre d'elle à propos d'emmener un enfant de six mois sur un ponton. De plus, quand on a un bébé de six mois, on ne le réveille pas si on n'y est pas obligé.

Dave hocha la tête pour montrer son accord au milieu d'une énorme bouchée de muffins.

— Je me souviens de jours comme ça. Je n'ai pas pu tirer Charlie du lit. Et Brit a le mal de mer. Mais elles seront là cet après-midi.

Intérieurement, Jeff pensait que, de toute façon, un plus petit public rendrait sa tâche plus facile. Il tenait l'étui à guitare entre ses genoux, et appuyé sur son flanc droit, Carter était une ligne régulière et solide de chaleur.

Ils durent enfin avoir atteint le point de pêche préféré de Fred, parce qu'Ella coupa le moteur.

C'était une journée calme, et les vagues du Sound léchaient doucement la coque. Ella s'assit entre Dave et Brady, et ils évitèrent tous de regarder l'urne de cendres posée sur la console à côté de la boîte de café et de muffins.

Après un moment, elle demanda :

— Y en a-t-il un à la crème de fromage et citrouille là-dedans ? Il les aimait.

— Je l'ai déjà mis de côté, répondit Brady.

— Ne te tracasse pas à lui garder du café, dit Carter avec l'ombre d'un sourire.

Dave leva une main et couvrit un rire.

— Seigneur, il avait l'habitude de râler sur leur café.

— Pour sa défense, intervint Jeff, il n'est… pas… bon.

— Tu ne mets pas assez de crème dedans.

Ils restèrent assis en silence pendant quelques instants. Aucun oiseau ne cria, et aucun autre bateau n'était dans les parages.

Finalement, Ella se leva et ramassa l'urne. Les muscles au coin de sa mâchoire se plissèrent et se détendirent, mais elle garda son calme. Elle se tourna vers l'eau.

— Bon. Eh bien, tu as finalement réussi, Fred. Tu as rassemblé tous tes fils pour une sortie en bateau le jour de ton anniversaire. Tu peux remercier les Boston Bruins pour ça, même si je sais que tu détesterais le faire.

— Dur, Maman, marmonna Dave, mais il sourit faiblement.

— Même Jeff est ici.

Celui devina que c'était une indication pour qu'il se prépare. Il se tourna sur le côté et posa l'étui à guitare sur les genoux de Carter pour l'ouvrir. Carter le tint pour lui pendant qu'il soulevait l'instrument.

— Les choses ne sont pas les mêmes sans toi, et je ne m'attends pas à ce qu'elles le soient un jour. Tu as laissé un vide.

Elle s'éclaircit la gorge. Brady s'essuya discrètement les yeux. À côté de Jeff sur le banc, Carter prit une inspiration tremblante.

— Tu nous manques, continua Ella. Tu nous manques chaque jour. Mais ça va aller pour nous.

Elle se mordit la lèvre et croisa les yeux de Jeff, et il prit ça comme son signal.

Il passa la sangle par-dessus sa tête et se leva.

Jeff avait joué devant des foules de milliers de personnes. Il avait joué sans avoir dormi, après avoir été sur la route pendant des mois, il avait joué avec de la fièvre. Durant ses débuts, il avait joué durant quatre ou cinq heures.

Jouer «Landslide» pour un public de quatre personnes vivantes et une urne de cendres s'avéra être la représentation la plus difficile qu'il ait jamais donnée.

Il n'y eut pas de fanfares après. Jeff rangea la guitare, Ella ouvrit l'urne, et tout le monde prit une poignée de cendres à disperser. Brady tendit le muffin à Carter, et il le soupesa dans sa main.

— Joyeux anniversaire, Papa, dit-il.

Puis il ramena le bras en arrière et lança le muffin dans le lac.

VIII

DE RETOUR chez Ella, les adultes en pleine santé se retirèrent dans la tanière de Fred pour commencer à organiser des objets d'intérêt pour la commémoration. À cause de la botte orthopédique, Carter fut renvoyé vers la table de la cuisine. De temps en temps, un membre de la famille déposait une boîte à trier.

Jeff n'avait pas l'impression d'être à sa place, mais il fut invité dans le bureau, et il pensa que Brady s'attendait même à ce qu'il entre – mais Ella jeta un coup d'œil à son visage quand elle le suggéra et le renvoya en haut avec Carter.

Bénédiction mitigée – quand c'était le tour de Charlie de remonter une boîte, elle montait les marches à pas lourds, comme si elle voulait s'assurer qu'ils l'entendent arriver. Chaque fois qu'elle glissait quelque chose sur la table, elle lançait un sourire en coin à Jeff, mais il refusait de craquer en premier.

De plus, leur détente était hilarante.

— Désolé, murmura Carter alors qu'il soulevait un 33 tours vieux de quarante ans de la boîte pour inspecter l'étiquette. Je suis sûr que ce n'est pas exactement ce à quoi tu pensais en disant de l'espace.

Seul Carter pouvait paraître sincère dans ce genre d'excuses à la commémoration de son propre père.

— Pour une fois dans ta vie, arrête d'être un martyre, grommela Jeff. Tout ne tourne pas autour de toi. Et malgré ce que tu peux avoir été amené à croire, chaque rock star ne pense pas non plus que tout tourne autour d'elle.

— D'accord, céda Carter, les lèvres tressautant.

Jeff avait toujours su que le père de Carter était sentimental. Il n'en avait jamais fait un secret. Mais il fut quand même surpris par le nombre de souvenirs que l'homme avait – des programmes des premiers tournois de hockey de Dave, des bouts de projets scientifiques (surtout ceux de Carter), un coquillage venant d'un voyage qu'Ella et lui avaient fait en Floride quand Carter avait douze ans. Un menu de room service de leur lune de miel. Même, préservés dans les pages d'un volume de poésie – Ginsberg, bien sûr – deux billets pour *Howl*.

Jeff passa suffisamment de temps à les fixer pour que Carter le remarque, et il tendit la main sans un mot.

Jeff les lui donna et observa Carter passer le pouce sur la date et l'heure. Troisième rang. Ces places avaient dû coûter une fortune.

— J'aurais pu lui avoir des billets, dit Jeff, la voix rauque. Des pass VIP. Réserver une chambre d'hôtel.

Il aurait donné la performance de sa vie s'il avait su que son héros était dans le public.

— Il voulait payer, contra Carter en secouant la tête.

Ils retombèrent dans le silence, triant – œuvres de charité, albums de souvenirs, ou vente – avec les disques peut-être divisés parmi la famille, et les bibelots intéressants mis de côté pour l'après-midi. Carter posa les billets dans cette pile. Jeff ne protesta pas.

Sous le Ginsberg, se trouvait un cahier en moleskine avec des pages jaunies. Jeff le souleva et ouvrit la première page, s'attendant à un autre livre de comptes pour les améliorations de dépenses de la maison – être sentimental n'empêchait pas Fred d'être un entasseur compulsif – uniquement pour découvrir, de façon énigmatique, un intervalle de dates des années adolescentes de Jeff. Quand il reposa le livre sur la table, il s'ouvrit un peu plus, et les pages tournèrent alors que quelque chose à l'intérieur les repoussait. Jeff mit son pouce pour maintenir les pages alors que l'objet tombait.

C'était une enveloppe avec quelques photos dedans, représentant apparemment le jour où Ella et lui avaient fait emménager un Carter de dix-huit ans dans son dortoir à Toronto. Jeff sourit face à ça. Ella et Fred étaient comme il se souvenait d'eux, tandis que Carter était plus mince, un peu dégingandé. Bien sûr, Jeff se souvenait de lui plus beau qu'il ne l'était. Tous les trois avaient les bras autour des autres et ils souriaient largement à l'appareil.

Jeff mit l'enveloppe de côté et rapprocha le livre. La page était datée quelques années après les photos, alors les deux n'avaient probablement pas de lien. Sous la date, il lut…

Petit poisson a une grande bouche
et de plus grands projets.
Avalant tout :
Les pêcheurs idiots le rejettent,

115

Un pari, une piqûre, un souffle retenu,
un ardillon enlevé, une autre cicatrice.
Le ventre de Petit poisson grossit avec des appâts gâchés...
il ne sera pas petit pour toujours.
— Jeff ? appela Carter. Tu vas bien ?

Jeff claqua la couverture du livre, le cœur dans la gorge.

— Je suis... J'ai besoin d'air.

S'enfuir deux fois en trois jours. Il allait battre son vieux record à ce rythme-là.

Carter le rattrapa sur la terrasse arrière, sortant d'un pas lourd avec une grimace.

— Plutôt impoli de ta part de me faire courir après toi avec un pied cassé, taquina-t-il doucement.

Faisant frénétiquement les cent pas, Jeff passa les deux mains dans ses cheveux.

— Plutôt impoli de ma part d'être plus demandeur que le fils d'un père décédé à sa commémoration, alors je vais simplement botter en touche.

Carter fronça les sourcils et se rapprocha, et Jeff arrêta instinctivement de bouger. Il ne voulait pas marcher sur le pied de Carter. Celui-ci mit une main sur le coude de Jeff et lui fit baisser le bras. Jeff ne se détendit pas.

— Hé, commença doucement Carter. Nous avons eu six mois pour assimiler sa perte. Et Papa... il était de ta famille aussi. Tu as le droit de le pleurer.

— Vraiment ? interrogea Jeff, n'en ayant pas l'impression. Je suis parti, Carter. Je n'ai... pendant quinze ans, je ne l'ai pas appelé, je n'ai pas envoyé de message. J'ai agi comme s'il était mort pour moi. Ai-je vraiment le droit d'être ici ? Après tout ça ?

— As-tu arrêté de l'aimer ? demanda Carter. Parce qu'il n'a jamais cessé de t'aimer.

Il ne tenait plus le coude de Jeff, il tenait son poignet. Quand était-ce arrivé ?

Putain.

— Peut-être qu'il aurait dû.

Jeff se mordit fortement l'intérieur de la joue pour se dépêcher de se reprendre. Quand il put parler sans que sa voix se brise, il dit :

— Je sais qu'il n'a jamais arrêté.

— Il était fier de toi.

— Je n'ai rien fait dont on puisse être fier.

— Non ? questionna Carter, frôlant du pouce la fine peau à l'intérieur de son poignet. Tu t'es créé une carrière en faisant ce que tu aimes. Tu as réussi. Ta musique est bonne. Quelques nominations aux Grammys. Ce n'est pas une chose dont on peut être fier ?

Jeff frissonna. Il voulait retirer sa main mais ne pouvait en trouver la force. Il se sentait figé.

— Je suis un lâche.

— L'es-tu ?

Carter s'était rapproché. Il était tout ce que Jeff pouvait regarder désormais, et il pouvait à peine respirer.

— Ta musique est brutalement honnête. Tu chantes quelque chose, et les gens ont l'impression de connaître tous tes secrets. Il faut du courage.

Est-ce que Carter avait l'impression de connaître tous les secrets de Jeff ?

— Peut-être, répondit ce dernier. Mais quand il est temps d'agir, je fuis.

Il avait fui quinze ans plus tôt, effrayé de ce qu'aimer Carter pourrait lui faire, et il avait fui un peu plus tôt ce mois-ci, effrayé de ce qui arriverait s'il se laissait continuer à aimer son groupe.

Finalement, Carter le lâcha, et le reste du monde revint à toute vitesse.

— En fait, pouvons-nous parler de ça ? demanda-t-il, les yeux assombris et la voix presque lourde. Du jour où tu es parti, je veux dire.

Les genoux soudain faibles, Jeff s'assit sur les marches de la terrasse avant qu'il puisse tomber. Sa gorge se serra de panique.

— Je pensais que tu avais dit que nous n'allions pas en parler.

Carter tira d'une main une chaise et se planta dessus. Même frappé par la panique comme il l'était, Jeff dut admirer la force pure que cela démontrait. La chaise était en pin brut.

— Oui, eh bien. C'était quand j'avais peur que tu t'enfuisses.

Jeff ferma les yeux, enfonça les ongles dans ses paumes et s'appuya contre la rambarde.

— Et maintenant ?

— Maintenant, je sais que tu vas t'enfuir. La seule chose qui importe est si tu reviens.

Jeff voulait vraiment revenir. Il prit une profonde inspiration, la retint, la relâcha. Il rouvrit les yeux.

— D'accord, dit-il. Tu veux parler de ce qui s'est passé, alors nous allons en parler.

S'il creusait assez profond, peut-être qu'il pourrait être aussi honnête que Carter semblait le penser. Après tout, tout le monde savait, n'est-ce pas ? Jeff aimait uniquement prétendre que personne ne savait.

— Je vais commencer. Je suis sorti pour prendre l'air après les funérailles de ma mère, après que ma vie s'était effondrée, et tu étais assis sur les escaliers à l'arrière du funérarium en train d'embrasser ma cousine.

S'il était brave, cependant, vraiment brave, il ne pouvait pas arrêter là.

— Au cas où le sous-titre n'était pas clair, reprit-il avant de déglutir et de regarder Carter droit dans les yeux. Ça m'a un peu brisé le cœur.

Carter était la seule personne à qui Jeff avait toujours fait confiance pour ne pas le blesser. Jeff n'avait aucun droit sur lui, mais la trahison de cette confiance l'avait tout autant dévasté.

Il pensa qu'il se sentirait différent après avoir admis ça, mais ce n'était pas le cas. Peut-être qu'il avait l'impression de l'avoir admis tant de fois désormais, sur scène devant des milliers de personnes, que c'était de vieilles nouvelles.

Carter lui lança un regard peiné, les coins de sa bouche se serrant et s'abaissant.

— Je l'avais plus ou moins compris, avoua-t-il sans détourner le regard. Je suis désolé. C'était une chose stupide à faire. Puis-je... élaborer un peu ?

Élaborer ?

— Y a-t-il plus à dire ?

Carter souleva une épaule, repositionna sa jambe, grimaça, la repositionna de nouveau.

— Je ne veux pas dire quelque chose comme des excuses, parce que je n'en ai pas. J'ai... des motivations, je suppose ? Des circonstances atténuantes ? Je veux te donner une vue d'ensemble.

Pour l'amour de Dieu.

— Je pense que j'ai clairement eu une bonne vue d'ensemble, dit Jeff d'un ton sec et un peu blessé.

Carter ouvrit la bouche.

— Oui, d'accord ? le coupa Jeff. Très bien. Élabore.

Cela pouvait difficilement empirer les choses.

— Ta vie s'effondrait, reprit Carter. C'est ainsi que tu l'as dit. Ta mère était morte, ton père te faisait déménager. Mais... Seigneur, ça semble horrible avec autant de recul, ne pense pas que je ne le sais pas. Mais j'avais dix-sept ans, et ma vie s'effondrait aussi. La mère de mon meilleur ami était morte, et il n'y avait rien que je pouvais faire pour l'aider. Et il allait déménager, et tous les projets que j'avais pour ce dernier été avant l'université étaient partis aussi. Pour couronner le tout, je savais que je n'étais pas la personne que tout le monde pensait que j'étais, mais je n'étais pas prêt à le dire.

Eh bien, ça faisait taire une partie de son ressentiment. Jeff se lécha les lèvres.

— Tu as raison, ça fait beaucoup à avaler.

Était-il en train de dire… ?

— Je sais que ça n'excuse pas la façon dont je t'ai blessé, déclara Carter, se penchant en avant et serrant les mains entre ses genoux. Mais quand j'ai embrassé… oh, Seigneur. Mince.

Il s'arrêta et laissa tomber sa tête dans ses mains.

Ses oreilles étaient rouge vif, et Jeff se demanda ce qui le rendait aussi confus. Puis il réalisa…

— Oh bon sang, tu as oublié son nom !

— C'est tellement gênant, souffla-t-il, relevant la tête juste assez pour que Jeff voie ses yeux. Mais je suppose que ça étaye mes propos. Je ne voulais pas être différent. J'ai fait un truc merdique pour essayer de me convaincre que je n'avais pas de sentiments pour toi, et tu m'as ensuite surpris et toutes les chances que j'avais sont parties en fumée. Ou du moins, je le pensais.

Il laissa retomber ses mains et laissa Jeff voir son sourire triste et résigné.

D'accord. Il disait définitivement ça. Jeff serra les lèvres et attendit qu'il l'admette tout haut.

— Rien à dire ? demanda Carter.

Il s'éclaircit la gorge. Sa bouche essaya de prendre une forme, mais ne put en choisir une. La partie basse de son visage tressauta sans but.

— Euh, tenta-t-il en se raclant la gorge, on aurait dit que tu n'avais pas fini. Enfin, j'ai pratiquement tout dit. Publiquement.

Mais Carter n'allait pas laisser Jeff s'en sortir facilement. Il tendit la main et Jeff tendit automatiquement la sienne jusqu'à ce que Carter la serre.

— Ce qu'il y a, c'est que je devrais être passé à autre chose, mais ce n'est pas le cas. Quand tu es revenu, j'ai pensé, eh bien, cela fait des années et les gens changent, et je n'allais pas risquer de perdre de nouveau ton amitié s'il s'avérait que nous avions trop changé ou que j'avais simplement idéalisé le passé, expliqua-t-il, détournant le regard, puis le relevant. Je pensais que c'était ma chance pour découvrir ce qui aurait pu se passer si je n'avais tout fait foirer la première fois.

D'une certaine façon, parler du passé semblait bien plus sûr que de parler de *maintenant*.

— Qu'est-ce qui te fait penser que ça aurait fonctionné? demanda Jeff après avoir dégluti. Tu n'étais pas prêt à faire ton coming-out. J'étais une boule de rancœur alimentée par le chagrin et les hormones. Et tu partais pour l'université de toute façon. J'aurais détesté être le petit ami attendant à la maison. J'aurais eu l'impression d'être un enfant. C'était voué à l'échec. Ne me comprends pas de travers, je le voulais. Mais ça aurait été une catastrophe.

— Alors, peut-être que nous avons de la chance d'avoir attendu.

Les doigts de Jeff se resserrèrent par réflexe, et son cœur battait dans sa gorge. Comment Carter pouvait-il être si sûr de ça, si calme?

— Qu'est-ce qui te fait penser que maintenant ce sera différent? Je suis revenu parce que je suis une épave, Carter. De nouveau ou encore.

— Eh bien, en gros, nous sortons ensemble depuis que tu es revenu, constata doucement Carter, souriant quand Jeff sursauta de surprise. Je suis confiant que mes sentiments n'ont pas changé. Je peux être patient pendant que tu tires tes propres conclusions.

Jeff le fixa, sûr qu'il ne pouvait pas être réel. Saint Guimauve Carter Rhodes, l'homme le plus doux et le plus patient – à moins qu'on lui fasse une pipe.

Mais maintenant qu'il pensait aux dernières semaines, il se sentait stupide. Les déjeuners, les matchs de T-ball, les randonnées dans les bois. La façon dont il avait touché le visage de Jeff. Des feux de camp romantiques juste pour eux deux, et les seize milliards de moustiques du parc.

— Tu sortais avec *moi en cachette*?

Carter rit, ce qui était injustement dévastateur à cette distance.

— Je ne pensais vraiment pas que j'étais si furtif. Mais oui. J'ai eu des sentiments pour toi avant que je puisse reconnaître que j'étais bi, même pour moi-même. Alors j'ai pensé, tu sais – tu es ici pour l'été. Pourquoi ne pas essayer? Je ne suis pas prêt à passer le reste de ma vie à me demander si nous aurions pu avoir plus. Je veux en être sûr.

Jeff se faufila hors de la prise de Carter et joignit le bout de ses doigts devant sa bouche.

— Putain. Vraiment, tu… pendant si longtemps?

— Peut-être pas aussi longtemps que toi, admit Carter. Mais oui.

Ce fut plus un coup à la dignité de Jeff qu'à son ego. Cela avait été agréable de croire que Carter ne s'était pas rendu compte de ses sentiments, du moins avant que Jeff ne commence à les chanter à la radio.

— Doux Jésus.

Il secoua la tête, et un sourire commença à envahir ses lèvres malgré ses appréhensions. Peut-être que les choses avaient été merdiques quinze ans plus tôt, mais Jeff avait pardonné tout ça, consciemment ou non. Et peut-être que sa vie était toujours en désordre, mais ce serait toujours le cas. Cela ne l'empêcherait pas de la vivre.

— Tu sais, si tu m'avais dit ça au lycée, je n'aurais pas perdu ma virginité avec ce type du club robotique.

Les yeux de Carter se liquéfièrent, un indice immédiat et évident.

— Oh non, contra Jeff, agitant le doigt. Non, d'accord. Règle de base, pas de conneries de jalousie. Excepté à des buts sexuels torrides. Je vis une vie publique. Pas d'absurdités, ou nous pourrions tout aussi bien abandonner maintenant.

Il s'attendait à ce que Carter réagisse avec déception ou sur la défensive, mais à la place, il obtint un large sourire éclatant. Il fallut une seconde pour que Jeff s'en remette et demande :

– *Quoi ?*

— Simplement... oui ? s'assura Carter. Tu établis une règle de base, alors ça signifie oui, pas vrai ? Tu vas sortir avec moi pour de vrai ?

— Apparemment, nous sortions déjà ensemble, de toute façon, railla Jeff.

Il tentait un ton faussement acerbe, mais il semblait simplement... amoureux. Il était totalement foutu. Il n'avait jamais pu dire non, en premier lieu, et maintenant...

— Est-ce que tu veux encore, euh, je veux dire, nous pouvons y aller doucement si tu veux toujours un peu d'espace.

Pour l'amour de Dieu.

— Enfin, oui, je vais probablement avoir besoin d'un peu d'espace. Mais à quel point pouvons-nous aller plus lentement ? Il a fallu quinze ans pour arriver à se peloter. À ce rythme, si nous emménageons ensemble un jour, ce sera en maison de retraite.

— Nous pouvons avoir des pantoufles assorties, promit Carter, les yeux dansants.

Jeff abandonna. Cet homme était en fait parfait.

— Tu ne vas pas porter de pantoufles pendant un moment, souligna-t-il en se levant.

Cela le mit entre les genoux de Carter.

Celui-ci bougea les mains pour encadrer les hanches de Jeff et leva les yeux, son expression inéluctablement tendre. Jeff l'embrassa, enroulant une main sur sa nuque. Il goûta la courbe de son sourire et but son odeur réchauffée par le soleil alors que Carter accrochait les doigts dans les poches arrière du jean de Jeff.

C'était probablement pour le mieux qu'il n'ait pas su que Carter serait comme ça, pensa distraitement Jeff, alors que Carter cajolait sa bouche pour l'ouvrir afin d'approfondir le baiser, pétrissant et tirant sur les fesses de Jeff jusqu'à ce qu'il se rapproche en titubant. Il n'aurait jamais appris à jouter de la guitare s'il avait su. Il aurait été trop occupé à se branler tout le temps.

Il débattait avec lui-même pour savoir si la chaise de la terrasse pouvait soutenir leurs deux poids quand il entendit le roulement doux de la porte du patio en train de s'ouvrir.

— Carter, chéri…

Jeff s'écarta du baiser par réflexe, mortifié, et il aurait pu trébucher dans l'escalier, sauf que Carter avait une prise solide sur ses fesses. Celui-ci ne fit que ricaner et laissa retomber sa tête contre le torse de Jeff.

— Je reviendrai plus tard, déclara Ella, amusée. Je voulais simplement vous faire savoir que les invités commencent à arriver.

Et elle referma la porte pour laisser Jeff mourir d'embarras en paix.

— Dis-moi maintenant, exigea Jeff, avant que j'aille plus loin là-dedans… est-ce qu'empêcher de conclure est héréditaire dans ta famille ?

— Ça semble peu probable, biologiquement parlant, répliqua Carter en plissant le nez. C'est plutôt contre la sélection naturelle.

— Alors, nous sommes simplement malchanceux.

— Eh bien. Je ne sais pas si j'irais si loin.

Carter sourit et retira les mains des poches de Jeff, mais seulement assez loin pour qu'il puisse passer les pouces sur les crêtes du pelvis de Jeff.

Celui-ci frissonna involontairement et offrit sa main à la place.

— Malheureusement, je pense que je dois remettre ça à plus tard pour le prouver.

Il « aida » Carter à se remettre debout, ce qui signifiait surtout qu'ils se tinrent la main pendant que Carter se levait sous sa propre force, puis se dressait au-dessus de lui de façon sexy.

— Allez. Tu as besoin d'aller accueillir des gens, et je…, s'interrompit Jeff en sortant son téléphone pour regarder l'heure. J'ai seulement encore vingt minutes avant de devoir partir pour l'aéroport, et je devrais en fait offrir mes condoléances à tes belles-sœurs.

De préférence, sans une gaule gênante.

Il finit par se tenir dans le salon avec la famille pour accueillir les invités. Si l'un d'eux trouva ça étrange de voir l'ancien meilleur ami de Carter ou le *meneur* d'un groupe célèbre dans la maison de famille des Rhodes, Jeff ne put le dire.

Des personnes arrivaient encore pour la célébration quand Jeff ne put finalement plus retarder son départ et se leva.

— Je ferais mieux d'y aller ou je vais manquer mon vol, dit-il avec ironie.

— Tu l'as littéralement affrété, souligna Carter.

Mais sinon, il ne protesta pas. Il ne se leva pas non plus, ce qui n'aurait pas été grave même s'il n'avait pas un pied cassé, parce que Katie lui avait tendu le bébé – réalisant ainsi la prophétie de Jeff – pour qu'elle puisse préparer quelque chose dans la cuisine. Carter prit le bras du bébé et l'agita doucement.

Jeff était complètement foutu.

— Je te verrai dans quelques jours.

— Au revoir ! lança Katie, en passant la tête par la porte. Fais bon voyage.

Il croisa les yeux de Carter pour un dernier sourire persistant. Puis, plus à contrecœur qu'il ne voulait l'admettre, il monta dans le pick-up et s'éloigna.

IX

SON SERVICE habituel de voiture le ramassa à l'aéroport Billy Bishop et l'emmena directement à la salle, alors il n'eut pas le temps de paniquer. Bien sûr, cela ne signifiait pas qu'il ne paniquait pas quand même – pas pour le concert, pas d'être sur scène, mais d'être de nouveau près de Max et Trix.

Mais quand il ouvrit la porte de la loge avant les répétitions, ce fut sur un rire aimable, d'un genre qu'il n'avait pas entendu depuis des mois.

— Je ne pense pas que tu puisses faire rimer *purple* avec lui-même plus de fois que ça, dit Joe avec ironie. Disqualifié.

Ce qui amena Jeff à comprendre qu'il était arrivé juste à temps pour un de leurs exercices « d'écriture de chanson » d'avant spectacle.

— Hoooooooou, râla Max, faisant une boulette avec un morceau de papier et le lui jetant. Comme si tu pouvais faire mieux.

—Whirlpool ? suggéra Jeff, posant l'étui de la Gibson contre le mur avant de froncer les sourcils. Urinal ?

— Là, il y a une combinaison, approuva Trix avec un rire alors qu'elle faisait tourner une baguette. Bon vol, Jeff ?

— Ça bat un vol commercial. Qu'est-ce que j'ai manqué ?

Il se laissa tomber sur le canapé à côté de Joe et attrapa une guitare sur le fauteuil à proximité.

— À part les débuts de Petit Max sur TikTok ? proposa Trix en levant les yeux au ciel. Pas grand-chose. Nous sommes très ennuyeux sans toi, tu sais.

— Très ennuyeux, répéta Max, à qui on donnerait le Bon Dieu sans confession. Comment était Willow Sound ?

— Oooh, oui.

Trix abandonna son siège devant la table de maquillage à l'autre bout de la pièce pour s'asseoir jambes croisées sur le tapis devant le canapé et leva les yeux vers lui comme une enfant à l'heure de l'histoire.

—Comment était Willow Sound ? As-tu vu *Carter* ?

Jeff sentit ses joues devenir rouges.

— Euh…

— Oh mon Dieu, dit Joe, posant sa guitare et tournant immédiatement toute son attention vers Jeff. Tu ne m'as pas dit que tu l'avais croisé !

— Je ne peux pas croire que vous vous souvenez de son nom.

Jeff rejeta la tête en arrière contre le canapé, pour ne pas devoir regarder qui que ce soit dans les yeux.

— Mec, bien sûr qu'on se souvient du garçon qui *a brisé ton cœur*, rétorqua Max. Tu te souviens de cette nuit après que nous sommes entrés dans le top 100 pour la première fois avec cette chanson qui parlait définitivement de toi en train de le regarder de façon perverse dans le lac…

Jeff se couvrit le visage.

— … et Trix s'est soûlée et a dit « nous devrions envoyer une carte de remerciements à ce type, quel est son nom déjà ? » et tu as dit…

— C'est bon, oui, d'accord.

Il laissa retomber ses mains pour qu'il puisse leur lancer un regard noir de façon plus efficace. Bien sûr que Max s'en souvenait. Il avait offert de conduire jusqu'à Willow Sound et de frapper Carter au visage suffisamment de fois, étant adolescent.

— Quoi qu'il en soit, tu as croisé ce type ? reprit Trix. Je te taquinais juste, mais sérieusement. Tu l'as vu ? L'as-tu giflé pour avoir embrassé cette fille aux funérailles de ta mère, ou était-ce plus embarrassant, du genre, « hé, juste pour que tu le saches, aucune de ces chansons d'amour ne parlait de toi » ?

— Est-il toujours canon ? demanda Joe.

— Va te faire foutre, de quel côté es-tu ? grommela Jeff

— Non, intervint soudain Max. Ne me dis pas que tu te l'es enfin tapé.

— Ou que tu l'as laissé te baiser, ajouta Trix. Nous ne jugeons pas.

— Nous ne jugeons absolument pas, approuva Max. Et aussi, nous voulons des détails.

— Je n'en veux pas, contra Joe en levant la main.

— Avis rejeté, contra Trix, posant la tête sur ses mains. Allez, sérieusement. Je sais qu'il t'a brisé le cœur. Que s'est-il passé ? As-tu eu des excuses ? Je veux dire, c'était ton meilleur ami.

D'accord.

— J'ai eu des excuses, reconnut Jeff.

De façon surprenante, céder un centimètre ne satisfit pas l'inquisition.

— Bien, approuva Joe. Il était temps.

125

— Je suis contente, seconda Trix en hochant la tête. Tu mérites de tourner la page. Bien que ça ne t'empêche pas d'écrire une autre chanson angoissée là-dessus si l'humeur te prend.

Jeff se délectait simplement de cette chaude sensation de satisfaction qu'on a quand ses amis prouvent qu'on fait un bon boulot en les choisissant – une sensation que, il fallait le reconnaître, il n'avait pas eue depuis longtemps – quand Max s'exclama, ravi :

— Tu as tiré un coup.

— Non ! s'étonna Trix avant de regarder le visage de Jeff. Attendez, oui ? *Oui ?*

— Si je te le dis, pouvons-nous enfin démarrer la répétition ? proposa Jeff, qui avait besoin de s'échauffer.

Joe se mit les mains sur les oreilles.

Max et Trix se penchèrent en avant comme des chiots espérant des restes à table.

— Oui, j'ai tiré un coup, avoua Jeff. Maintenant pouvons-nous répéter, s'il vous plaît ?

Ils n'avaient pas besoin de détails. Il se leva, guitare dans une main, et offrit l'autre à Trix. Elle le laissa la relever.

—Ooh. Jeffy. Tu nous as manqué aussi.

IL ÉTAIT possible, Jeff le savait, d'être un artiste techniquement compétent et de faire une bonne carrière comme musicien. Mais si vous vouliez être une superstar, vous deviez aimer ça. Vous deviez vous nourrir des cris de la foule, vous deviez le désirer, vous deviez vous sentir perdu sans.

Il y avait des jours où Jeff oubliait qu'il était ce type – celui qui se nourrissait, qui désirait, qui était perdu. Mais un succès sur scène devant une salle comble, et tout revenait à toute vitesse et remplissait son cerveau de dopamine.

— Bonne énergie ce soir, constata Joe, se tenant dans les coulisses à côté de lui.

— Énergie géniale ce soir, corrigea Max, rebondissant sur la pointe des pieds.

Jeff se serait inquiété pour lui s'il n'était pas comme ça avant chaque représentation, ce qui était injuste – il était littéralement en train de penser à sa propre montée d'adrénaline, à combien il aimait l'anticipation de monter sur scène et de retenir son souffle alors que les fans l'encourageaient. Tous les autres étaient excités aussi.

Mais tous les autres n'étaient pas toxicomanes.

Leur première partie, un groupe de rock alternatif de Winnipeg avec un style plus doux et beaucoup moins maîtrisé que Howl, clôtura leur setlist avec des applaudissements décents, et les lumières de la scène s'éteignirent.

Il y avait un petit réaménagement requis – équipements différents, réglages différents du son – mais c'était une machine bien huilée désormais.

Les cris d'encouragement commencèrent quand Trix sortit des coulisses, visible pour le public uniquement comme une silhouette mince aux cheveux fous rétroéclairée contre le rideau, alors qu'elle avançait vers la batterie. Max suivit comme il le faisait toujours, tout du long jusqu'à l'autre côté de la scène, guitare dans le dos.

Joe et Jeff firent leur check d'avant spectacle, puis le premier les rejoignit.

Jeff attendit quelques secondes, absorbant tout. Puis il souleva sa guitare jusqu'à la tenir par le manche dans la main gauche et entra au centre de la scène sous un hurlement assourdissant.

L'équipe technique avait tout laissé là où ça devrait être. Jeff brancha la guitare et offrit un signe de tête à l'ingénieur du son en coulisse, qui envoya le jus.

C'était comme si *lui* aussi avait été branché, comme s'il avait vingt mille volts traversant son sang, l'illuminant de l'intérieur. Mais la scène était toujours noire.

Ils ouvraient les concerts de cette tournée avec « Blood in the Water », un des singles du dernier album. Mais cet après-midi à la répétition, après la première chanson, Trix avait frappé une baguette sur la caisse claire et déclaré, avec insolence :

— Nous devrions faire « Seventeen » à la place.

Parce que Jeff était un connard sentimental, il avait approuvé.

Le truc à savoir sur les concerts était qu'ils étaient pour les fans, et les fans parlaient. Ils savaient devoir s'attendre à « Blood in the Water ». Leur offrir « Seventeen » leur donnait l'impression que ce concert était spécial, qu'*ils* étaient spéciaux. Et ils firent savoir à Jeff à quel point ils appréciaient quand, au lieu de la note déformée et tremblante ouvrant « Blood », il gratta l'intro clinquante aux consonances rétros du premier single du groupe.

Le hurlement atteignit un niveau assourdissant… puis tout devint silencieux.

Trix suivit avec le bruit sourd de la batterie juste après la troisième mesure. Joe et Max les rejoignirent deux mesures après. Mais les lumières restèrent baissées jusqu'à ce que Jeff se rapproche du micro et chante, comme si quelqu'un tirait son cœur par sa bouche avec un crochet de pêche :

— J'ai rencontré un homme avec de la bonté dans les yeux, j'ai rencontré la vérité dans la douleur d'un long au revoir.

Les paroles étaient supposées parler d'un *garçon.* Jeff ne doutait pas que les gens le remarqueraient. Mais cela semblait bien. Peut-être qu'il n'allait pas passer à la télé et le dire au monde ou autre chose, mais une petite mise à jour ne ferait pas de mal.

Il croisa les yeux de Max, puis ceux de Joe après le second couplet. Ils hochèrent la tête, et alors que le refrain commençait, Jeff recula du micro et laissa le public continuer, remplissant la salle des mots que Jeff avait écrits.

Alors oui, il aimait son travail.

Le temps que la chanson se termine sur une note retentissante qui résonna à travers l'espace, l'ambiance était électrique, et Jeff vibrait avec les battements de cœur de vingt mille fans.

Il sourit dans le micro, plein de joie, et jeta un coup d'œil sur le côté à Max.

— Salut, Toronto, ça faisait longtemps.

Bien sûr, c'était idiot, mais Jeff aimait faire plaisir aux gens, et parfois faire plaisir aux gens signifiait être plutôt bête. La foule hurla en retour.

— On vous a manqué ? demanda Joe.

Un autre hurlement.

Jeff n'eut pas à regarder par-dessus son épaule pour savoir que Trix regardait Max.

— Tu penses que c'était un oui ?

Et plus d'encouragements encore plus bruyants.

— Vous nous avez manqué aussi, dit-il. Nous allons laisser Trix vous chanter celle-ci.

Putain, il aimait ça – les lumières, le bruit, la façon dont les choses se mettaient en place. Max, Trix, Joe et lui *accrochaient* simplement, se nourrissant l'un l'autre. Faire traverser la scène à leurs guitares pour partager un micro pour des accords fluides, improvisant sur la strophe extrêmement vulgaire de « Heavenly Bodies » comme ils le faisaient toujours parce qu'elle avait été jugée trop obscène pour la radio, mais ils en étaient trop contents pour l'écarter.

Si cette version laissa les membres du groupe à se demander ce que Carter et Jeff avaient fait exactement à Willow Sound, ils ne l'interrogèrent pas dessus pendant qu'il était sur scène.

Ils conclurent la soirée avec «Ginsberg» parce que si vous ne pouviez pas crier sur le fait d'envoyer l'ordre établi se faire foutre avec vingt mille étrangers qui avaient payé des centaines de dollars pour voir le même concert que vous, alors quand le pouviez-vous? Jeff en ressentit l'ironie dans ses os, mais la vérité était qu'il pourrait être riche, mais il ne serait jamais l'homme de la situation.

Quand ils s'empilèrent dans la loge, Jeff se sentait aussi bien et aussi détendu qu'à n'importe quel concert dans leurs jeunes années, avant que tout commence à merder. Il claqua la main de Max, étreignit Joe, même s'ils étaient tous les deux trempés de sueur, et il planta un baiser mouillé sur la joue de Trix.

— Donc ce n'était pas nul, dit-il avec entrain.

Joe enleva sa chemise et la lui jeta. Puis il fouilla sur le portant pour en prendre une propre.

— Qui est-ce qui t'avait dit que tu savais t'y prendre avec les mots?

— Ma prof de cours élémentaire, répondit Jeff en jetant la chemise et suivant avec la sienne. Beurk, je pense que je deviens plus transpirant avec l'âge.

Trix envoya d'un coup de pied sa mini-robe dans la pile de linge sale.

— Ne commence même pas là-dessus. Si je fais encore ça dans quinze ans, je vais avoir besoin d'un foutu tuba.

— Charmant, remarqua Joe avec un rire.

Il y avait deux douches juste à côté de la loge, et le temps que Jeff ait son tour, Trix s'essuyait les cheveux à la table et Tim revoyait les détails de l'émission dans la matinée.

— J'enverrai un service de voiture vous prendre à cinq heures. Ne soyez pas en retard.

Jeff frissonna.

— Je suppose que nous ne sortons pas ce soir, constata Max avec une grimace.

— C'est vous qui vouliez faire *416 Morning*, souligna Jeff. Et maintenant, nous allons tous souffrir.

— Dors quand tu seras mort, conseilla Trix.

Cela avait été la devise de Jeff à vingt ans, mais dix ans plus tard, son corps ne fonctionnait pas de la même manière.

— Je vais mourir si je ne dors pas, c'est plutôt ça.

Il étouffa un bâillement. D'habitude, il était fébrile pendant une heure environ après un concert, mais ce soir, il voulait simplement grimper dans son lit. Apparemment, la vie rurale l'avait rendu mou.

Cela ne pouvait pas être lié au fait qu'il n'était pas resté debout après vingt-trois heures depuis deux semaines.

— Eh bien, n'oublie pas tes affaires.

Trix poussa son cahier de compo vers lui à travers la table et fit un geste vers la guitare près de la porte. Ils jouaient dans une autre salle le lendemain.

Il était à moitié endormi quand la voiture s'arrêta devant son immeuble, et il y entra en pilotage automatique uniquement – ce qui était impressionnant étant donné qu'il ne passait pas de temps ici. Il était presque au lit avant de se souvenir de vérifier son téléphone, mais il le sortit, pensant que le moins qu'il pouvait faire était d'envoyer un message à Carter avant de dormir.

À la place, il vit un message. *Tu m'appelles quand tu reçois ça après le concert ? Je serai debout.*

Comment pouvait-il résister à ça ?

Le téléphone ne sonna qu'une fois avant que Carter décroche, semblant chaud et plein de sommeil.

— Hé.

— Hé toi-même. « Je serai debout », qu'il disait.

— J'étais réveillé, protesta Carter. En gros. Guérir un os cassé est étonnamment épuisant.

Il y eut un bruit ressemblant à de petits *frou frou,* comme de l'air sortant de coussins. En train de dormir sur le canapé, probablement. Ou de « se reposer ». Jeff ferma les yeux et mit les pieds sur le matelas. C'était bon de ne plus être sur eux.

— Nous ne sommes pas obligés de parler. Pour être honnête, je ne déborde pas d'énergie non plus. C'est agréable d'entendre ta voix, cependant.

— Tu devrais sûrement reposer la tienne, répondit Carter avec ironie. C'était un bon concert ? On dirait que tu as fait une gorge profonde à un éléphant.

— C'est… évocateur, constata Jeff en clignant des yeux vers le plafond. Et généreux.

Il était pratiquement sûr de ne pas pouvoir réussir à prendre un éléphant. Il pouvait à peine prendre Carter. Mais il avait définitivement un petit chat dans la gorge.

Ha ha. Éléphant. Chat.

Peut-être qu'il était un peu groggy.

— Tu sais ce que je veux dire.

Il pouvait presque voir les oreilles de Carter devenir rouges.

— C'était un bon concert, répondit-il avec un sourire. Je dois aller faire cette émission demain. Il est possible que quelqu'un pose une question sur ma vie personnelle. Est-ce que ça te dérangerait si je suis vague ?

— Fais ce que tu dois faire, le rassura Carter avec un bâillement. Je ne suis probablement pas prêt pour le niveau de chaos qui descendrait sur ma vie, de toute manière. Et les gens au travail seront fouineurs.

Kara allait définitivement fouiner. Jeff pouvait le garantir.

— Tu y retournes demain ?

— Travail de bureau, confirma Carter. Mais dans un vrai bureau. Et je fais la soirée feu de camp, mais avec un assistant pour faire littéralement le plus gros du travail.

— Bien, dit Jeff. Je m'inquiète que tu restes assis chez toi. J'ai cette image de toi en train de décider de rénover ta maison pendant que ton pied est cassé.

— Tu n'es pas si loin. Je m'ennuyais tellement ce soir que j'ai presque commencé à décaper la peinture de la porte arrière. Elle s'écaille.

— Tu pourrais prendre une nouvelle porte arrière, souligna Jeff, ses yeux se refermant.

— Il n'y a aucun problème avec cette porte. Elle a simplement besoin d'une couche de peinture.

Et de quelqu'un avec le temps et l'énergie pour la poncer et la peindre, pensa Jeff sans le dire. Et de nouveaux joints. Et d'un tout nouveau cadre parce qu'elle laissait passer l'air sur les bords. Si Jeff avait remarqué tout ça en deux jours…

— Mmh, mmh.

— Quoi qu'il en soit, ce sera agréable de retourner faire quelque chose qui donne au moins l'impression de faire une différence.

Jeff ouvrit les yeux et s'obligea à s'asseoir contre la tête de lit. Cela semblait, d'après le ton amer vraiment peu typique dans la voix de Carter, que ça pourrait être important.

— Que veux-tu dire ?

— Je ne sais pas… c'est idiot.

C'était loin du caractère de Carter de sous-entendre qu'il n'était pas pleinement satisfait avec la main qu'il avait.

— Ce n'est pas idiot, contra Jeff, désormais complètement réveillé. Je veux comprendre, d'accord ?

— Ça peut attendre le matin…

— Carter.

Il y eut un faible bruit sourd. Celui-ci lâcha un rire nasillard.

— Très bien, tu gagnes, céda-t-il. Je t'ai sûrement dit à l'époque que je voulais faire de la protection de la nature, pas vrai ?

— Je crois me rappeler que tu l'as mentionné une fois ou deux.

Ou sept fois, ou une centaine de fois. Le Carter adolescent était fanatique à propos de la préservation des habitats.

— Eh bien, ça n'a pas vraiment changé. J'ai fait un master en éco-protection. Mais le monde universitaire est…

Bien sûr que Carter avait un diplôme universitaire, cet intello.

— Compétitif et mal payé ? suggéra Jeff.

Il n'avait pas d'expérience de première main, mais il lisait.

— Oui. Et si tu ne fais pas quelque chose tout de suite après l'obtention de ton diplôme, ou si tu ne fais pas un doctorat, c'est difficile de retourner dans le domaine. J'ai commencé à travailler avec le service des parcs et j'ai pensé, tu sais, au moins c'est lié. Je surveille les populations sauvages, les espèces invasives, les marqueurs de changement climatique, ce genre de choses. Je fais des recommandations pour garder les touristes éloignés des nidifications d'espèces menacées, des trucs comme ça.

— Excepté que maintenant, tu es coincé dedans, finit Jeff.

— Je n'ai pas assez de feuilles de calculs pour prendre ce que je fais pour de la science. Il n'y a pas grand-chose que je puisse faire depuis une chaise, alors j'assiste l'administrateur habituel de la maintenance du parc. Des bêtises d'emplois du temps, radio et téléphone.

— Je suis désolé. Ça paraît… honnêtement, je ne peux pas du tout m'identifier à toi sur ça, mais ça paraît ennuyeux. Et je suis sûr que la douleur réelle d'avoir un pied cassé n'aide pas.

— De plus, mon petit ami m'a laissé tout seul pour répondre aux questions invasives de ma famille.

Jeff se pelotonna sur le côté et remonta les genoux. Le lit était trop vide, ce pour quoi il n'avait pas d'excuse. Ce n'était pas comme s'ils avaient été dans un lit ensemble.

— C'est dur, dit-il avant de marquer une pause. Tu me manques aussi.

— Je te verrai bientôt, promit Carter. Enfin, je te verrai bientôt, pas vrai ? Je sais que tu dois aller à l'ouest après ça.

Jeff devrait rester à Toronto, mais après quinze ans d'attente, il n'était pas prêt à sacrifier une minute de plus.

— Je reviendrai avant de partir là-bas. Au moins, pour un jour ou deux.

— Bien, soupira Carter, ou peut-être était-ce un bâillement. Je devrais te laisser aller dormir. Je sais que tu dois te lever tôt.

— Et tu as besoin de retourner dormir.

— Je te l'ai dit, j'étais réveillé.

Tu n'aurais pas dû l'être.

— Bonne nuit, Carter.

MALGRÉ LA courte nuit, Jeff se réveilla rafraîchi et prêt à affronter le monde – ou du moins, il le serait après une douche et du café. Même Toronto était calme dans la lumière brumeuse annonçant l'aube. Jeff monta dans la voiture pour y découvrir l'assistante personnelle de Tim en train de l'attendre, ce qui était un bienfait mitigé – elle avait apporté un thé citron-miel et un sandwich petit déjeuner, mais elle avait aussi un agenda. Tim l'envoyait parfois à sa place parce que Jeff n'hésiterait pas à s'opposer à lui, mais il se sentait mal de le faire avec Dina. Ce n'était pas sa faute, à elle, si Tim lui demandait de faire son sale boulot.

— Bonjour, dit Jeff, la résignation se glissant dans sa voix malgré tous ses meilleurs efforts.

— Bonjour, répondit gaiement Dina, alors qu'elle lui tendait son petit déjeuner, ignorant avec insouciance, ou du moins ne réagissant pas à son humeur. Alors je suis supposée te préparer pour l'émission. L'animatrice a envoyé une liste de sujets qu'elle veut couvrir, des questions qu'elle veut poser, ce genre de choses. Je suis ici pour m'assurer que nous sommes tous à la même page.

Elle était là, pensa amèrement Jeff, pour le convaincre de prendre des engagements verbaux sur les progrès de l'album, ce qu'il avait été jusque-là réticent à faire envers Tim ou n'importe qui du label. Il sirota son thé.

— Écoutons ça.

— D'accord. Eh bien, tout d'abord, évidemment, les détails du concert ce soir. Des billets en édition limitée sont toujours disponibles, ça débute à vingt heures. Echo Beach.

Ce soir-là serait une affaire plus petite, plus intimiste et en extérieur aussi. Avec de la chance, le temps tiendrait ; les concerts en extérieur étaient les préférés à jouer de Jeff.

Mais il connaissait déjà toutes les informations du concert, parce qu'il était un foutu professionnel.

— Bien, dit-il, en lui faisant signe de continuer.

— Ils vont aussi vouloir promouvoir le concert de la Fête du Canada, en particulier puisqu'il passera sur CBC. Ils ont tous les détails pour ça, alors tu as simplement besoin de faire des commentaires gentils sur ton impatience à fêter la naissance de notre pays.

Beurk, cela semblait prétentieux. Jeff connaissait son travail, et se mettre à dos le Canada blanc en soulignant que le pays avait un long chemin à faire avant d'être aussi génial qu'il aimait le penser, c'était quelque chose qu'il pourrait faire artistiquement dans une chanson, mais pas dans un langage simple durant une interview. Malheureusement.

Mais il aimait faire la fête, et *tout le monde* aimait un jour de congé, offrir un concert gratuit aux travailleurs qui aimaient la musique, c'était une chose qu'il pouvait soutenir.

— Compris.

— Ordre du jour suivant, reprit Dina en faisant défiler son écran de téléphone. Euh, l'incident de Max.

— Je ne m'occupe pas de ça, rétorqua platement Jeff. Si Tim s'attend à ce que j'arrange ça, il peut aller se brosser. C'est à ça que servent les entreprises de relations publiques.

Serrant les lèvres, Dina essaya de nouveau.

— Nous avons demandé aux animatrices d'éviter le sujet, mais si ça devait être évoqué, nous aimerions que tu minimises ça comme une erreur inoffensive. Max a payé son amende. Personne n'a été blessé…

— Excepté la demi-douzaine de personnes qui ont dû voir sa queue quand il l'a dégainée en public, la coupa Jeff. Se défoncer dans une boîte publique était une « erreur » quand il le faisait il y a sept ans. Maintenant, c'est une habitude. S'ils l'évoquent, je laisse Max s'en charger.

Peu importe la manière dont Max s'était bien comporté la nuit précédente.

Il put voir Dina serrer la mâchoire, mais elle pouvait clairement sentir qu'il n'allait pas céder, parce qu'elle dit simplement :

— Passons à autre chose. Avec la tournée qui va ralentir au milieu de l'été – ce qui est déjà inhabituel – les gens vont se demander quand vous pourriez être en studio ensuite.

Jeff mordit dans son sandwich et s'obligea à le mâcher vingt fois avant d'avaler pour ne pas grincer des dents.

Il avait toujours plus ou moins envie de lui arracher la tête avec, à la place. Enfin, celle de Tim par procuration.

— S'ils demandent à ce sujet, je leur dirai la vérité, qui est que nous n'avons pas encore commencé.

Dina s'éclaircit la gorge.

— Ça fait dix-huit mois depuis le dernier album…

Oui, Jeff était conscient qu'ils étaient en tournée avec cet album depuis un an désormais, d'où l'emploi du temps plus léger, merci.

–… et vous êtes sous contrat. Vos fans veulent des bonnes nouvelles dans lesquelles planter leurs dents. Une chose pour les faire patienter.

— Tu veux dire que le label veut extraire de nous un nouvel album et qu'ils n'en ont rien à foutre du coût personnel.

—Jeff…

Il détestait être le type qui interrompait, mais cette conversation n'allait les amener nulle part.

— Dina. Tu peux dire à Tim qu'il ne veut pas savoir ce qui se passera si le label insiste sur ce problème en ce moment. Oui, nous sommes sous contrat pour un autre album. J'en suis conscient. Je ne vais pas inventer des détails sur les progrès de celui-ci parce qu'il n'y en a aucun, et je ne vais pas mentir.

Il y avait probablement trop d'affirmations avec *je* là-dedans pour s'en sortir impunément sans soulever de la méfiance, mais si les gens n'étaient pas déjà méfiants concernant la phobie de Jeff face à l'engagement, alors ils ne faisaient pas attention.

Dina ne dit rien. Elle baissa les yeux sur son téléphone, la bouche plissée.

— Je n'essaie pas d'être difficile, soupira Jeff. Je sais que tu fais simplement ton boulot, et Tim te donne ça à faire parce qu'il est trop dégonflé pour le faire lui-même. Mais je ne suis plus un gamin naïf. Je sais m'en sortir dans les affaires, et je ne vais laisser personne me malmener. La vie est trop courte.

Finalement, elle hocha lentement la tête et laissa retomber son téléphone, l'écran sur ses genoux.

— Désolée, dit-elle après un moment. Je déteste quand Tim me fait ça, mais j'ai besoin de ce travail.

— Je comprends, lui assura Jeff. Pas de rancune, comme je l'ai dit. Mais tu devrais probablement informer Tim que, s'il essaie des absurdités, ça ne va pas bien se passer.

— C'est noté, dit-elle en ramassant son téléphone.

Ils s'arrêtèrent au studio quelques minutes plus tard, et Jeff se soumit au maquillage pour la télévision, puis fut enfoncé dans la tenue adaptée par la styliste que Tim avait envoyée. Joe, Max et Trix étaient déjà là aussi, la plupart peu loquaces à cette heure.

— Est-ce que vous trois, vous avez réussi à dormir ?

— Je me suis écroulée cinq minutes après être rentrée, expliqua Trix au milieu d'un bâillement. Je déteste simplement le matin.

— Eh bien, prends du café. C'était ton idée.

Joe ne semblait pas beaucoup mieux. Il inclina la tête en arrière pour que sa maquilleuse puisse travailler sur les cernes surdimensionnés sous ses yeux.

— J'ai *essayé*, dit-il. Sarah n'arrivait pas à dormir, alors ma cousine et elles sont restées debout toute la nuit à regarder des films de danse dans le salon.

— N'es-tu pas l'adulte désigné ? Ne peux-tu pas leur dire simplement… de ne pas le faire ?

Max avait déjà fini toute la routine cheveux et maquillage, et avait été glissé sous vide dans son jean moulant.

— Je vais te donner une minute pour réfléchir à ce que tu as dit, répliqua Joe en levant les yeux au ciel. J'ai vraiment l'habitude de dire à ma partenaire qu'elle ne peut pas regarder la télé au milieu de la nuit si elle ne peut pas dormir. Arrête tes conneries, lâcha-t-il en avalant les derniers mots avec un nouveau bâillement. De toute façon, je suis supposé être le marrant. Je marche sur un fil là. Je dois m'assurer d'être suffisamment sympa pour qu'April vienne me voir s'il y a des problèmes.

— Tu ne penses pas qu'elle en profite un peu ?

La réponse de Joe fut perdue dans un autre bâillement.

Malgré l'heure précoce, l'émission démarra sans problème. Trix reçut quelques taquineries pour ne pas être matinal, ce à quoi tout le monde rit, en particulier quand elle souligna :

— Jeff est normalement le pire d'entre nous. Je ne sais pas ce qui s'est passé.

— Je suis allé me coucher tôt pendant deux semaines, voilà ce qui s'est passé. C'était horrible.

Il avait adoré.

— Jeff était parti en retraite artistique, déclara Max avec sagesse. Excepté que c'était simplement lui et les fous à tête blanche. Je veux dire, de vrais oiseaux.

— C'était paisible, se défendit Jeff en riant.

Les animatrices se regardèrent avec des sourires entendus, puis Shae – c'était son nom, pas vrai ? Merde, Jeff n'arrivait soudain pas à s'en souvenir ; il n'était jamais réveillé à temps pour regarder cette émission – déclara :

— Nous avons des photos, en fait, montrant à quel point cela peut être paisible.

Elles présentèrent une photo prise quelque part dans le parc – un huard sur l'eau au crépuscule, avec le Sound brillant d'une lueur orange-rouge dans la lumière baissant. Puis il y eut une agréable matinée brumeuse dans la forêt, avec un silence si épais qu'on pouvait l'entendre.

La troisième photo était une prise d'une rue en centre-ville vers le milieu de matinée, une journée éclatante qui mettait en lumière le soin que les commerçants apportaient à leurs devantures.

Ou c'est ce que ça montrerait, si quelqu'un s'était soucié de se concentrer sur autre chose que les deux silhouettes assises sur le banc sur le trottoir.

La photographie était prise dans un angle, alors on pouvait voir Carter sur la droite, son bras étiré sur le dossier du banc, la tête rejetée en arrière sous le rire, et Jeff assis à côté de lui portant un sourire plus petit et taquin, suffisant pour creuser un peu ses fossettes, ses yeux brillants de tendresse.

— Waouh, dit l'autre animatrice, Gisella. Je me lèverais plus tôt aussi.

Putain. Il n'y avait pas moyen que Tim ne sache pas pour ça. Il avait probablement préparé tout ça et en avait délibérément exclu Jeff pour obtenir une « réaction authentique » puisqu'il savait qu'il n'obtiendrait pas ce qu'il voulait sur le front de l'album. Jeff n'avait pas le moindre doute qu'il faisait ça comme une façon de prouver qu'il pouvait rendre sa vie difficile s'il ne rentrait pas dans le rang. Le sous-titre était clair – *Apporte-moi cet album, ou je ferai de ta vie un enfer.*

Tim n'avait jamais compris que Jeff était un fouteur de merde professionnel.

— Alors, Jeff, qui est cet homme ?

Jeff soupira intérieurement, mais plaqua sur son visage son Sourire Média Professionnel.

— C'est mon ami Carter. Nous sommes allés au lycée ensemble. Nous apprécions clairement toujours d'en faire baver à l'autre.

Il le dit de manière suffisamment nette pour insinuer que des questions de relance seraient descendues en flamme de manière véritablement embarrassante, alors les animatrices laissèrent couler et passèrent à Joe, qui travaillait avec un groupe indigène à but non lucratif qui promouvait la préservation des formes d'art traditionnel.

Finalement, le sujet passa au concert du soir.

— Je rentre à la maison après ça pour faire une sieste, admit Max. Je dois être prêt. Vingt heures. La première partie commence à dix-neuf heures. Un type appelé Aiden Lindell ?

Il faisait semblant de ne pas le connaître ; ils avaient joué sur la même scène avant. Jeff était pratiquement sûr qu'ils avaient uniquement pu engager Aiden parce qu'il vivait à proximité.

— J'aime la musique d'Aiden, soupira Gisella. Et il est aussi agréable à regarder.

Jeff ne pouvait pas argumenter contre ça.

— Et après le concert ? incita Shae. Des projets pour retourner bientôt en studio ?

Serrant les dents, Jeff ouvrit la bouche pour offrir la réplique qu'il avait promis à Dina, mais avant qu'il puisse dire quoi que ce soit, Trix prit la parole.

— Pas de projets concrets pour l'instant, mais je suis sûre que ce sera bientôt. J'ai vu Jeff griffonner dans son cahier de compo, ce qui signifie habituellement qu'il a trois ou quatre chansons prêtes. Je suppose que tout ce temps dans le nord a été bon à quelque chose. Maintenant, le reste d'entre nous doit simplement faire sa part.

Il allait la tuer.

— Trix exagère sur l'avancée de ces chansons. Ce ne sont vraiment que des paroles pour l'instant, mentit Jeff. De plus, je ne voudrais pas écrire un album de Howl sans, vous savez, Howl.

En d'autres termes, *dégagez, ce n'est pas pour vous.*

— Ce que les gens ne savent pas, c'est que pour un musicien professionnel, Jeff est super modeste, intervint Max. Il vous dira que quelque chose n'est pas prêt, mais la version de Jeff du « pas prêt » est la démo d'un autre musicien.

Il sourit, pas du tout repentant, et pendant un instant, Jeff se demanda s'il le faisait exprès.

— Écrire un album avec lui est une énorme précipitation parce qu'on entre en studio avec une poignée de prototypes de chansons, et on dirait qu'il entend comment ça pourrait être. Comprenez-moi bien, tout le monde a sa part à faire, et nous sommes tous bons à ça, mais Jeff a la touche magique.

Jeff retirait ce qu'il avait pensé. On avait l'impression que Max essayait de lui cirer les pompes. Ça n'allait pas fonctionner – il était énervé et il allait le rester.

Il garda la bouche fermée pendant le reste de l'émission, à moins que quelqu'un s'adresse directement à lui, sachant que ça rendait l'interview bizarre et guindée, et n'en ayant rien à foutre.

Dès que l'enregistrement fut fini, il abandonna son micro de col et retourna en trombe dans la loge, véritablement furieux. Trix était sur ses talons – quand il essaya de claquer la porte derrière lui, elle l'attrapa et la maintint ouverte.

— C'est quoi ce bordel, Jeff ?

— Je pourrais te demander la même chose, cingla-t-il en se retournant.

— Qu'est-ce qui t'a rampé dans le cul ? questionna-t-elle, plantant les mains sur ses hanches. Tu agis de manière foutrement bizarre depuis que tu es revenu de Willow Sound.

J'agis de manière «foutrement bizarre» depuis que j'ai dû donner du Narcan à Max en janvier, grogna-t-il intérieurement.

— Je ne sais pas, Trix, peut-être que je n'apprécie pas d'être engagé pour des choses que je n'ai pas approuvées…

— Au cas où tu l'as oublié, nous avons un album dû dans moins de deux moins, connard. Alors, désolée d'essayer d'allumer un feu sous tes fesses…

— … ou peut-être que je n'aime pas quand les gens à qui je suis supposé faire confiance fouillent dans mes affaires.

— Depuis quand tu t'en soucies si je feuillette ton cahier de compo ?

Depuis qu'il avait commencé à se demander s'il avait un futur avec son groupe.

— Depuis quand tu réponds aux questions de façon unilatérale pour tout le groupe ? répliqua-t-il.

Cela eut un impact – elle grimaça et croisa défensivement les bras.

— Simplement parce que tu es le chanteur principal…

Jeff n'avait jamais été du genre à démolir une chambre d'hôtel, mais il commençait à voir l'attrait de briser délibérément des choses.

— Trix, murmura Max derrière elle, touchant son épaule. Qu'est-ce qui se passe ?

— Rien, cracha-t-elle avant d'ajouter à moitié moins durement, sa bouche vive. Rien. Jeff est simplement un connard sur le fait de déterminer une date pour l'album, et il est énervé que je lui aie forcé la main. J'espère que Carter est préparé pour ces problèmes d'engagement.

Putain, Carter. Par-dessus toutes les autres merdes, il devait avertir Carter que des gens en dehors de sa famille allaient maintenant poser également des questions.

— Je dégage d'ici, lâcha-t-il sèchement. Ne m'appelez pas, putain. Je vous verrai à la balance.

LEÇON QUATRE
LA VÉRITÉ VOUS LIBÉRERA MAIS TOTALEMENT DE LA PLUS TERRIFIANTE ET INOPPORTUNE FAÇON POSSIBLE

VOICI DE quoi vous choquer… les gens célèbres sont des menteurs.

Nous mentons sur la fréquence où nous allons au yoga et combien nous prenons de cocaïne, et nous disons aux gens que nous faisons une retraite quand nous voulons dire que nous sommes en désintox.

Mais la musique est honnête.

Quand nous sommes sur scène, nous portons du maquillage et des tenues sélectionnées spécialement par quelqu'un dont c'est le travail de transmettre des choses sur nous à travers les vêtements. C'est le travail de plusieurs personnes rien que pour éclairer correctement le groupe. Tout est délibéré.

Tout doit être délibéré, parce que les artistes sont à vif et exposés. Jouer en direct, le faire bien, demande de la vulnérabilité et de la confiance.

Quelqu'un m'a autrefois dit que toutes les bonnes histoires sont vraies. C'est pareil avec la musique. Si votre chanson ne vient pas d'un endroit honnête, elle n'est probablement pas très bonne. Elle pourrait être amusante, elle pourrait être accrocheuse, elle pourrait même gagner un Grammy. Mais elle ne résonnera pas avec un public comme le fera une histoire vraie.

Le problème est que parfois, la vérité vous brisera le cœur.

X

JEFF MARCHA sur trois pâtés de maisons avant de se calmer suffisamment pour contacter Carter. Il entra tête basse dans un Stabucks pour prendre un latte, évitant prudemment le regard des autres clients matinaux, puis ressortit et héla un taxi.

Salut, envoya-t-il. *Je suppose que tu ne reçois pas les émissions locales de Toronto chez toi ?*

Il pratiqua sa respiration méditative pendant qu'il attendait une réponse. Inspirer, deux, trois quatre ; retenir, deux, trois, quatre ; expirer, deux, trois, quatre. Encore. Encore.

La réponse de Carter illumina finalement l'écran. *J'ai regardé la mise en ligne sur YouTube. Je devrais appeler ?*

Une partie de la tension de Jeff se défit. *Pas encore. Je suis dans un taxi. J'appelle quand je suis rentré ?*

D'accord.

Il donna un large pourboire au chauffeur pour l'avoir ramené si vite à son appartement, puis fonça dans l'ascenseur, son pouce survolant déjà le bouton d'appel sur son téléphone. Il aurait bien appuyé, mais il n'avait pas de réseau dans l'ascenseur.

Finalement...

— Salut, dit immédiatement Carter, avant que le téléphone ait une chance de sonner. Tu vas bien ?

Les genoux de Jeff lâchèrent et il se retrouva assis contre la porte de son appartement, les jambes droites devant lui.

— Non.

— Quelle partie ?

Jeff cogna la tête contre la porte, submergé par la culpabilité.

— Est-ce terrible si je dis qu'à cet instant, je m'en moque complètement de la photo de nous ? Enfin, je n'en suis pas content, je ne savais pas que ça allait arriver, et je vais avoir la tête de quelqu'un sur un plateau pour m'avoir pris en traître là-dessus. Et je suis désolé que tu aies été traîné là-dedans, débita-t-il avant de s'arrêter et de ravaler la boule épaisse dans sa gorge. Putain, apparemment, je me soucie également de ça.

— Hé, hé, souffla doucement Carter. Ça va. Je m'en moque, d'accord ? Ce n'est pas comme si les gens par ici ne s'étaient pas posé des questions ces quinze dernières années.

— Désolé, grogna Jeff en se passant une main sur le visage. Encore une fois. Je n'ai pas exactement envisagé les conséquences possibles pour toi quand j'écrivais ces chansons disant à quel point... je voulais te baiser.

... j'étais amoureux de toi.

— Excuses non acceptées, grogna Carter. Je ne pense pas que c'est ce qui a tuyauté les gens.

Probablement pas.

– *Quoi qu'il en soit.* On s'écarte du sujet.

— Tu es en colère contre Trix.

— Je suis furieux contre Trix. Contre Tim aussi. J'ai expressément dit à son assistante que je ne répondrais à aucune question sur un nouvel album, et les animatrices ont quand même demandé, ce qui signifie que, soit elles sont allées à l'encontre de ce qu'il souhaitait – possible mais peu probable, parce qu'elles aiment avoir des musiciens célèbres – ou il a, comme par hasard, oublié de passer le message.

— Ou il l'a fait délibérément, et Trix était complice.

— Oui, avoua Jeff, son ventre se tordant. Enfin, de tous les scénarios possibles, c'est celui qui m'atteint le plus.

— Je suis désolé. Tu dois te sentir vraiment trahi.

Il se sentait... oui. Exactement comme ça.

— Je sais que nous sommes sous contrat pour un autre album. Je sais que la date limite approche. Max et Trix m'ont cassé les pieds à ce sujet. Mais on a l'impression que ça ne finit jamais. Album, tournée, on recommence. Ils veulent, genre, un cycle de deux ans. Ce n'est plus assez de temps. Je veux apprécier la *vie*.

Il voulait passer du temps avec quelqu'un qui n'était pas dans son groupe. Il voulait pouvoir sortir avec quelqu'un. Il voulait Carter, en particulier, et il ne pouvait pas voir comment il serait un jour heureux s'il l'avait uniquement quelques mois par an.

— Oui, dit Carter sur un ton éloquent. Je sais.

D'accord, pensa Jeff, devenant tout chaud. Enfin. Bien.

Puis Carter s'éclaircit la gorge.

— Mais, euh, d'accord, ne prends pas ça de la mauvaise manière. Mais tu es sous contrat pour cet album, pas vrai ? Ou… comment ça fonctionne ?

— Oui, dit-il après un long soupir, les yeux fermés. Enfin, il y a des moyens d'en sortir, mais ils sont coûteux. Et ça paraît déloyal – pas envers le label, que ces types aillent se faire foutre, mais envers Joe, Trix et Max. Je les aime. J'aime faire de la musique avec eux. Mais les rock stars ne sont pas les personnes les plus faciles à vivre. C'était bête de penser que je pourrais éviter le problème en ne démarrant pas un autre album. Ce qui n'aide probablement pas mon cas avec qui que ce soit.

Il y eut une pause, puis Carter demanda :

— Que veux-tu dire ?

— Je pourrais dire la vérité, avoua-t-il en se frottant la tête d'une main. « Hé les gars, je sais que nous avons été une famille pendant quinze ans, mais je ne suis plus sûr de vouloir faire ça avec vous. Ayez une bonne vie.

— Tu pourrais simplement… évoquer l'idée que tu veux ralentir ? suggéra avec précaution Carter. Euh, je suis désolé si tu as déjà essayé. Je ne sais pas clairement si tu veux de l'aide pour résoudre le problème, ou simplement quelqu'un pour évacuer ta colère.

— Pourrais-tu arrêter d'être horriblement parfait pendant deux secondes, marmonna Jeff dans sa barbe. Il s'avère que j'ai demandé, cependant. Ça n'a servi à rien les dernières fois, parce que nous étions sous contrat pour livrer des albums à certaines dates. Ce qui est toujours le cas. Nous avons accepté un nombre maximal de dates de tournée par album, il y a environ huit ans quand nous étions jeunes.

Et plein d'énergie. Et de stupidité.

— Avec des conditions que des dates pourraient être ajoutées selon tel et tel calendrier si les ventes le justifient. Pareil pour l'emploi du temps du nouvel album.

Là où ils en étaient actuellement.

— Ça ne paraît… pas bon.

Le Jeff de vingt-deux ans n'avait pas pensé à prendre un avocat.

— Oui, ce n'est pas bon. Enfin. Il y a plusieurs problèmes. Le premier est que Trix, Max et Joe ne savent pas que j'envisage de partir. Le second est que Tim fera n'importe quoi pour obtenir un nouvel album parce que nous sommes une poule aux œufs d'or, et il a montré qu'il était prêt à exploiter ma vie personnelle pour me faire obéir.

— Tu penses que c'est de ça qu'il s'agissait avec la photo ? questionna Carter en prenant une vive inspiration.

— Je ne suis pas *sûr*, déclara Jeff en fixant le plafond. Mais c'est ce qui a le plus de sens. Je ne savais pas que ça allait arriver. Pourquoi ne pas m'en informer ? En me prenant par surprise, les animatrices risquent de se mettre à dos non seulement moi, mais d'autres célébrités potentielles qui pourraient être interviewées pendant l'émission. Ça n'en vaut pas la peine pour une réaction de deux secondes. Peut-être que s'ils avaient une photo de moi en train de sucer ta queue…

— Doux Jésus, lâcha Carter avec un bruit étranglé.

— Ce qui signifie qu'ils pensaient que j'y étais préparé. Parce que Tim aurait *dû* m'y préparer. Il ne l'a pas fait. Trix et Max ne semblaient pas surpris, cependant.

—Hmm.

Les fesses de Jeff faisaient mal. Il devrait probablement se lever du sol.

— Quoi ?

— Je pensais simplement, répondit Carter, que tu devrais virer ce Tim.

— N'est-ce pas ?

Peut-être que c'était quelque chose qu'il pourrait évoquer, au moins – qu'il ne voulait pas resigner avec Big Moose, point barre, après cet album, si cela signifiait travailler avec Tim.

— Enfin. Parle-moi de ta journée jusque-là. Avec de la chance, elle a été meilleure que la mienne.

— Hum. Eh bien, il est assez tôt, mais devine quoi ? Dave est déjà passé. Il s'est nommé coach personnel pendant que je soigne mon pied cassé.

Si un ton de voix pouvait lever les yeux au ciel, c'était ce que faisait Carter. Jeff avait une vision cauchemardesque de Dave en train d'attacher un haltère sur la botte orthopédique de Carter.

— Oh Seigneur. Ai-je besoin de mettre en place une intervention ? Je pense avoir le numéro de portable de Kara.

— Non, ça va, répondit Carter en riant. Ça aide en fait, il a eu des blessures aux pieds avant, alors il connaît tous les exercices pour garder autant de mobilité que possible. De plus, si je dois arrêter de faire de la musculation pendant six semaines, je perdrais la tête.

— Vrai, mais…, s'interrompit Jeff en jetant un coup d'œil à la pendule. Il est seulement huit heures du matin.

— Ouais, approuva joyeusement Carter.

Jeff pourrait être en train de devenir matinal, mais il n'était pas obligé *d'aimer* ça.

145

— Beurk. Et maintenant quoi? Quelqu'un passe te chercher aujourd'hui?

— Dave m'a déposé au bureau après notre séance. Je viens juste de m'asseoir pour ouvrir mes e-mails professionnels. Enfin. Techniquement, j'étais déjà assis.

— Mmh mmh.

Jeff était sceptique de la quantité de position assise recommandée que Carter pratiquait vraiment, mais il n'avait pas beaucoup d'influence depuis Toronto.

— Quelque chose d'intéressant?

Le bruit des roulettes de la chaise de bureau, puis le claquement d'un clavier. Clic clic.

— Voyons. Quelques demandes de réparations – nous avons des planches qui pourrissent. Un risque d'accident. N'es-tu pas surpris par le glamour de mon travail?

Jeff grogna. Ce n'était même pas le travail habituel de Carter.

— Suis-moi pendant une semaine, et tu verras le vrai contraire du glamour, fais-moi confiance.

Le bus de tournée plus Taco Bell. Ça, ça enlèverait l'éclat de la célébrité.

— Des mails générés automatiquement par notre station météo pour les données du climat, continua Carter. Oh, regarde, s'exclama-t-il avant qu'un *clic* se fasse entendre. Des spams. Et… mince, qu'est-ce qu'*elle* fait debout à quatre heures du matin?

— Tu en as un intéressant?

— Peut-être. Ça vient de mon amie Emily. Nous sommes allés en cours ensemble. Elle était parmi les bons, elle arrivait à te donner au moins l'impression qu'elle ne te poignarderait pas pour l'argent de la bourse.

Jeff ne pouvait dire s'il plaisantait.

— Elle paraît sympa.

— Oui. Je pense qu'elle est aussi parmi les chanceux, parce que son message demande des données.

Traduction – toute autre personne aurait été jalouse que son amie puisse encore participer à de la science active du climat, et pas lui, mais Carter était trop gentil.

En tout cas, Jeff l'avait perdu. Quelle que soit la demande, elle avait piqué sa curiosité, et il était désormais totalement en mode science.

— D'accord, je vais te laisser travailler et essayer d'effacer la matinée d'une douche pour ne détruire aucune guitare sur scène ce soir.

— Hum ? Oh. Bien sûr. Merci d'avoir appelé.

— Je te rappellerai plus tard, dit Jeff en secouant la tête.

Puis il laissa retomber sur ses genoux le bras avec le téléphone.

Il y avait des limites à l'auto-apitoyement dans lequel il pouvait nager, et il en avait déjà atteint certaines. Trix et Tim avaient fait un truc merdique, mais Jeff ne se faisait également aucune faveur. Il devait trouver une chronologie pour l'album et un calendrier de tournée qu'il ne détestait pas, évaluer s'il pouvait le faire avec Howl, ou découvrir une manière de se sortir de tout ça.

En sachant que ça sonnerait probablement le glas de son temps avec le groupe.

Il ne pouvait pas faire tout ça en un après-midi, mais il ne pourrait rien faire s'il ne commençait pas quelque part. Avec ce nouvel objectif en tête, Jeff se tira du sol de l'appartement. Il avait du travail.

LE TEMPS que le service de voiturier de Jeff le dépose au lieu du concert, il avait quinze minutes avant la balance, et Tim était clairement prêt à l'allumer.

Avant qu'il en ait la possibilité, Jeff lui tendit une carte de visite.

— Tu as raison, je suis limite en retard. Si tu as quelque chose à dire là-dessus, s'il te plaît, contacte mon avocate.

Le visage de Tim fit un aller-retour entre l'apoplexie et une terreur à faire dans son pantalon.

— Ton *avocate* ?

— Monique Huberdeau. Elle vérifie les contrats de Howl pendant que nous parlons afin de déterminer s'il y une violation de ta part. Parce que si je découvre que tu savais que cette photo serait utilisée pendant l'émission ce matin et que tu ne me l'as pas dit, et que le contrat dit que tu aurais dû, c'est terminé pour nous.

— Qui penses-tu être, bordel ? bafouilla Tim, devenant rouge.

Jeff enleva ses lunettes de soleil et, imitant Carter, les accrocha à l'avant de son t-shirt.

Il était temps d'arrêter les conneries du connard en chef.

— Je suis une putain de rock star, Tim. Je ne sais pas où tu as eu l'idée que tu pouvais me marcher dessus, mais ça se termine maintenant. Bon, où est mon groupe ? conclut-il en le claquant sur l'épaule.

Joe, Trix et Max étaient déjà sur scène, en train de l'attendre.

Le ventre de Jeff fit des nœuds. Trix était assise à la batterie, les coudes sur les genoux, penchée avec ses baguettes tenues lâchement dans les mains. Max et Joe se tenaient respectivement à droite et à gauche de la scène. L'atmosphère était un malaise persistant.

Et la grande majorité était la faute de Jeff.

— Salut, dit-il, prenant le tabouret qui avait été laissé au milieu de la scène. Pouvons-nous parler une minute ?

Joe croisa ses yeux et hocha légèrement la tête. Max rapprocha son propre tabouret et s'assit.

— Bien sûr.

— Peu importe, déclara Trix avec un long soupir et enfonçant ses baguettes dans sa botte droite. Je ne peux pas imaginer de quoi nous allons parler.

Mais avant que Jeff puisse dire quoi que ce soit, un des techniciens arriva des coulisses.

— Désolé, je ne voulais pas vous interrompre, mais nous avons une fenêtre de temps limité et nous devons encore faire la balance de la première partie. Y a-t-il une chance que nous puissions commencer ?

Putain. Jeff se pinça l'arête du nez. Il avait besoin de manger quelque chose et de prendre de l'Advil, ou la soirée allait le détruire.

— Oui, d'accord. Les choses importantes d'abord. Après le concert ?

Il lâcha un soupir et croisa les yeux de Trix. Pour la première fois, il remarqua qu'elle avait l'air fatiguée. Elle n'était clairement pas encore passée au maquillage.

— Oui, répondit-elle en hochant la tête et en ressortant les baguettes de sa botte. Le spectacle doit continuer, pas vrai ?

— Prêt à balancer, confirma Joe, branchant son instrument. Depuis le début ?

Il y avait toujours quelque chose qui allait de travers durant la balance. Des cordes de guitare cassées, une boucle accidentelle de retour, le support du micro qui se renverse. Jeff le prenait comme un bon signe – des choses qui allaient mal pendant la balance signifiaient qu'elles n'iraient pas de travers pendant le spectacle.

Cette fois, quand Trix réaccorda le tom pour éviter une vibration sympathique de la caisse claire, un côté de l'ergot se brisa. Elle recula sa main et fixa le plastique incriminé – seules les tiges étaient en métal – et jura :

— Bordel de merde. Saloperie produite en masse.

— Ça, c'est nouveau, constata Max. Hé, Wilma ! Tu as un étau ?

Il se pencha par-dessus le bord de la scène, où l'équipe technique travaillait sur… quelque chose. Si ça ne se passait pas sur scène, Jeff n'y connaissait rien.

Un instant plus tard, quelqu'un tendit l'outil approprié, et Max le ramena à Trix.

Avec un minimum de tapage, Trix résolut le problème.

— Est-ce que je peux garder ça jusqu'à la fin du concert ? cria-t-elle.

Quelqu'un brandit une main avec un pouce levé.

Ils finirent juste à temps pour céder la scène à la première partie, et Jeff se laissa pousser jusqu'à la garde-robe et le maquillage. Joe s'assit sur la chaise à côté de lui et se soumit aux retouches, pendant que Nancy ébouriffait les boucles de Jeff.

— Je pourrais te faire une petite coupe, offrit-elle, si tu penses qu'ils deviennent un peu longs.

Jeff eut un soudain flash-back des mains de Carter dans ses cheveux.

— Ah non. Je pense que je vais les garder pour l'instant. Merci quand même.

Quand leurs techniciennes furent parties, Joe se tourna vers Jeff.

— Écoute, allons-nous en parler ? Parce que je ne peux m'empêcher d'avoir l'impression que j'ai loupé quelque chose.

— Oui, c'est ma faute.

Jeff lutta contre l'envie de tripoter ses cheveux en s'asseyant sur ses mains, et il regarda de chaque côté avant de baisser la voix.

— Je suis pratiquement sûr que Tim prépare une merde manipulatrice. Ce n'est pas possible que les animatrices aient utilisé cette photo sans qu'il le sache, alors pourquoi Dina ne m'en a-t-elle parlé ? Pourquoi ne leur a-t-il pas dit non ?

— Tu ne savais pas qu'elle serait utilisée ? s'étonna Joe, les yeux écarquillés.

— Je ne savais même pas que cette photo *existait*.

— Je suis désolé, mon vieux. C'est tordu. Non pas que j'ai vraiment été un jour son plus grand fan, continua-t-il après avoir lui-même regardé autour. Je ne peux pas dire que je suis surpris.

— Oui, enfin. On nous l'a refilé quand nous ne connaissions rien. Mais si nous avions été intelligents un peu plus tôt, peut-être que nous aurions pu être libres depuis longtemps.

Peut-être qu'un manager différent aurait mis Max en désintox – une *vraie* désintox, du genre intensif, pas un programme de deux semaines sans consistance où il se droguait quand même durant tout ce temps. Peut-être qu'un manager différent aurait supporté l'activisme de Joe.

Peut-être qu'un manger différent n'aurait pas fait travailler Jeff jusqu'à ce qu'il soit bouillant de rage autant qu'épuisé.

— Tu ne veux pas faire l'album, constata Joe, comprenant soudain.

Il pourrait tout aussi bien l'admettre. Jeff débattit pendant un instant, mais à la fin, s'il ne pouvait pas faire confiance à Joe, tout était foutu de toute manière.

— Pas si ça signifie travailler avec Tim. Mais je sais que c'est trop de demander à tout le monde d'envisager la rupture de notre contrat. Entre-temps, j'ai dit à Tim que s'il avait besoin de me parler, il pouvait passer par mon avocate.

— Ça va te coûter cher, siffla Joe.

Pas autant que le coût pour sortir de leur contrat. De plus, avec de la chance, c'était une solution à court terme.

— Ça en vaudra la peine.

— Oui, je suppose que ça en vaudra la peine, espéra Joe en se mordant la lèvre inférieure pendant un instant. Alors. Es-tu aussi inquiet que moi à propos de Max?

Max *et* Trix, oui. Peut-être plus. Jeff grimaça au lieu de céder à l'envie de se frotter les yeux. Il avait espéré, stupidement, qu'être loin de la cohue de la tournée l'aurait adouci. Mais pour Max, le problème n'était jamais la tournée.

— Après le concert?

— Oui, accepta Joe avec un hochement de tête, le visage tendu, avant de claquer Jeff sur l'épaule. Allez. Finissons-en avec éclat.

Jeff aurait pu laisser la journée gâcher le concert. Il était furieux contre Tim et en avait marre de Trix et Max. Mais les fans avaient payé des sommes stupides pour être là ce soir, et ils méritaient le meilleur de lui.

De plus, les concerts en extérieur étaient toujours spéciaux. Jeff aimait la façon dont la brise nocturne pouvait emporter sa voix, la manière dont elle ondulait à travers la foule. Jusque récemment, il avait aimé la sensation de sécurité qu'il recevait des gens autour de lui. Il pouvait faire une erreur, et Max le rattraperait, ajouterait une strophe, et Joe serait là, perdrait le rythme, et Trix le retrouverait.

Il s'était toujours senti ainsi sur scène avec eux. Il n'avait même pas envisagé de partir avant de réaliser qu'il ne ressentait plus ça. Quelque part le long de la route, ils s'étaient perdus et avaient perdu les autres. Tout ce qu'il pouvait faire maintenant était d'essayer de les ramener.

La scène extérieure n'était pas encore sombre. À cette période de l'année, elle ne le serait pas pendant encore une heure. Alors, Jeff monta sur scène dans une magnifique soirée de mai, éclairé par le crépuscule, et rejoignit son groupe.

Max croisa ses yeux en premier, heureusement clairs et sobres. Trix offrit un hochement de tête, tendu mais pas solennel. Puis Joe, qui leva les sourcils et plaqua un riff – êtes-vous prêts ?

Jeff regarda le public – une mer de lumières de téléphone et de corps se balançant. Au moins une personne avait un joint vraiment odorant, mais il était peu probablement que cela dérange Max.

Les doigts de Jeff appuyèrent sur les cordes, une majeure, quarte majeure, quinte mineure, septième diminuée, mais il ne gratta pas. La guitare fit juste assez de bruit sans ça pour que le public reconnaisse la chanson.

— J'ai entendu dire que vous aimiez Shark Week, dit-il parce qu'il était un geek inconditionnel.

La foule hurla quand même. Un micro accordait beaucoup de pouvoir.

Jeff recula et se tourna pour faire un signe de tête à Trix, et elle leva ses baguettes pour le compte. Un, deux, trois, quatre…

Jeff aimait cette chanson. Trix et lui l'avaient écrite à propos de leurs parents, indirectement. La mère de Trix avait un trouble narcissique de la personnalité. Le père de Jeff était franchement un parent merdique. Jeff n'avait jamais essayé de mettre une étiquette dessus. Le refrain disait pratiquement tout, de toute façon :

J'aurais dû savoir que tu sentirais le sang dans l'eau
J'aurais dû savoir que tu trouverais le moment pour frapper
Tu étais le prêtre, j'étais l'agneau sur l'autel
Je ne suis pas naïf, j'ai simplement oublié comment tu étais.

Le refrain devenait progressivement plus colérique alors que la chanson continuait, avec Trix le rejoignant dans une harmonie à deux voix qui culminait en cri-chant, une technique qui leur avait pris des années pour être bien. Ce soir-là, Jeff ressentit la tension sur ses cordes vocales et sut que les fans pouvaient l'entendre et ressentir les vives émotions que les mots évoquaient pour lui.

Et pour Trix.

C'était ce qui les avait liés, autrefois. Cela faisait mal de la chanter maintenant et de penser à elle à la place, sachant qu'elle faisait probablement pareil. Mais le public répondait à l'honnêteté, et quand les dernières notes de la chanson s'estompèrent, ils étaient tous debout, hurlant, le son résonnant aux oreilles de Jeff même avec ses bouchons réducteurs de bruit.

Il prit un instant pour reprendre son souffle, regarda en arrière et trouva par accident le regard de Trix. Elle inclina la tête.

Suffisant, pensa Jeff, et il donna subtilement le signal à Joe pour l'intro à la basse de « Ginsberg ».

La tension sur scène aurait pu être inconfortable pour Jeff, mais elle n'avait pas impacté le public. Ils avaient plutôt davantage d'énergie que Jeff pouvait s'en souvenir dans n'importe quel autre spectacle durant les deux dernières années.

La première partie se terminait sur « I Like The Thrill », l'hommage de Max à E.E. Cummings [8]. Jeff céda le centre de la scène et le laissa y entrer en fredonnements sensuels pendant que Jeff, Joe et Trix prenaient chacun leur tour pour des chœurs chuchotés. Alors que la dernière harmonie orgiaque disparaissait dans la nuit enfin tombée, la foule s'enflamma sous les applaudissements. Jeff était content pour eux qu'il faisait maintenant sombre. La chanson avait tendance à mettre les gens d'une certaine humeur.

Ils n'avaient pas beaucoup de temps de repos pendant que l'équipe technique préparait la scène pour la seconde partie du concert, qui avait des besoins différents d'éclairage dus à l'attention plus concentrée sur les moments acoustiques. Ils devaient aussi faire rouler le piano pour Joe ainsi que la seconde batterie de Trix, qui avait un accordage légèrement différent.

Ils reprirent avec Joe au piano sous un spot éclatant, chatouillant l'intro délicate de « That Summer ».

Alors que la mélodie basculait vers Jeff, la lumière de Joe s'éteignit, une autre s'alluma, éclairant Jeff debout sur le piano, les pieds écartés à largeur d'épaules, la guitare tenue contre sa hanche, la tête baissée.

Le bruit de cinq mille personnes pétant les plombs ne lassait jamais, même si Jeff ne pouvait pas les voir : s'il ouvrait les yeux sous la lumière, il ne verrait rien pour descendre du piano quand le spot bougerait.

---

8 Poète, écrivain et peintre états-unien (1894-1962)

Trix entra, la chaleur de la lumière quitta la peau de Jeff, et il descendit prudemment alors que Joe chantait sur ses aventures d'enfance à grimper aux arbres et à terroriser les poules de sa grand-mère.

Contrairement au spectacle de la nuit précédente, ils restèrent surtout sur des chansons récentes, plaisantant entre eux avec des bribes d'histoires – comment les chansons avaient été créées, qui avait suggéré quelle parole, qui était responsable de quelles chansons.

Avec une ou deux chansons restantes, Joe fut de retour à la basse, grattant un leitmotiv muet tandis qu'il lançait malicieusement :

— Si la chanson parle d'enfreindre la loi, Trix l'a probablement écrite.

Trix grogna de manière théâtrale mais frappa quand même un rimshot.

— Simplement parce que j'ai écrit mon fantasme de voler une voiture de flic…

— Ainsi que celui de cambrioler un musée, ajouta Max.

— C'était pour un film.

— Qu'en est-il de « Catch Me » ? demanda innocemment Jeff. Combien d'excès de vitesse as-tu, déjà ?

Elle grogna et lui fit une grimace.

— Depuis quand es-tu devenu une balance ?

Jeff joua une septième diminuée pour indiquer son désaccord à cette déclaration.

Max reprit le fil.

— Les chansons de Joe sont plutôt personnelles. Des expériences de vie.

Ce n'était pas un secret, ou quoi que ce soit, alors Joe hocha simplement la tête.

— Max, vous savez, il est un peu de tout. Un poème qu'il a lu, un lieu où il a été, une femme qu'il a…

— Traitée très respectueusement, intervint Jeff parce qu'il savait que c'était le signal pour lui.

— Respectée toute la nuit, continua Joe.

Trix frappa un rythme rapide, boum, boum, boum.

— Puis, il y a Jeff.

Oh la vache.

Jeff sentit son visage devenir plus rouge sous les lumières éclatantes de la scène, même s'il l'avait vu venir. Cela avait été une chose avant, quand il pouvait prétendre que les chansons étaient simplement des chansons, pas écrites sur quelqu'un en particulier. Maintenant – eh bien, Carter devait au moins suspecter qu'elles parlaient surtout de lui. Ce qui allait. Excepté que toute la famille de Carter savait aussi. La grande majorité de Willow Sound suivrait.

Jeff avait fait des choix.

— Hé, reprit Max, vous savez ce qu'est une chanson pour déclarer sa flamme ?

Abandonnant la prétention de ne pas être gêné, Jeff laissa la sangle de la guitare supporter le poids de l'instrument et se couvrit le visage.

— Les gars…

— Vous connaissez cette phrase, « avoir un faible pour quelqu'un ? »

— Vous êtes les pires, déclara Jeff en laissant retomber ses mains.

Il n'était pas vraiment en colère – ce genre de plaisanterie, en particulier durant de plus petits concerts, les aidait à prendre une petite pause pour changer de rythmes entre les chansons, et montrer l'alchimie entre eux était important. Pour certains fans, c'était ça, autant que la musique, qui les attirait, qui valait le prix d'entrée.

Et pour être honnête, cela avait également manqué à Jeff.

— Jeff a deux sujets, dit Joe. Le commentaire social cinglant, et la chanson d'amour qui vous donne envie d'enlever votre visage.

— Waouh, lâcha Jeff, impassible. Vous savez vraiment comment vendre le truc.

— Je le dis simplement comme c'est.

— Jeff aime l'amour, affirma Trix.

Elle ramassa son micro en sortant de derrière la batterie et fit signe à quelqu'un dans les coulisses. Un des techniciens arriva avec un tabouret. Un autre suivit avec la guitare acoustique de Jeff, celle dont il n'avait déjà plus besoin pour cette partie.

Ou du moins, il l'avait pensé.

— Et j'ai appris, continua Trix, en prenant la guitare au technicien, qu'il a travaillé sur quelque chose de nouveau pour le partager avec nous.

Elle devait savoir ce qu'elle était en train de faire. Elle devait être consciente de la position dans laquelle elle le mettait. Mais rien de tout ça ne se voyait sur son visage ou dans son comportement alors qu'elle souriait de façon charmante – pour le public, mais *pour Jeff…* – et tendait l'instrument.

— Vous voulez l'entendre ?

Espèce de garce. Jeff lutta contre l'envie de serrer les dents sous la fureur.

La foule, évidemment, devint folle.

Trix l'avait acculé. S'il ne livrait pas une nouvelle chanson, il serait le connard – et il risquait des rumeurs de séparation du style Fleetwood Mac les suivant pour le reste de la tournée. Chaque blog musical spéculerait sur leur querelle. Ils évoqueraient les arrestations de Max pour ébriété publique, mettraient leur nez dans les théories (véridiques) concernant son addiction à la drogue, examineraient chaque commentaire que Jeff avait fait durant la dernière année pour trouver un sens. Quelqu'un serait le méchant. Cinquante pour cent de chance que ce soit lui.

Ou il pourrait jouer une chanson.

La partie qui l'énervait était qu'il ne pouvait se souvenir – s'il la jouait sur scène, est-ce que Big Moose détenait automatiquement les droits ? Ils avaient été si jeunes quand ils avaient signé l'extension de leur contrat, il ne pouvait s'en souvenir.

Et puis merde. D'une manière ou d'une autre, ce serait la dernière chanson qu'ils auraient de lui.

Il prit la guitare, mais ne sourit pas alors que le technicien rapprochait le pied de son micro. Il s'assit ; c'était plus facile pour une chanson qu'il n'avait pas jouée cent mille fois.

— D'accord. Ça pourrait être un peu grossier parce que personne ne l'a encore entendue.

Pas même l'homme pour lequel il l'avait écrite. Jeff se préoccupait des droits plus que de l'argent, mais ce dont il se souciait le plus était que c'était la première chanson qu'il aurait pu jouer ouvertement pour Carter et dire, *C'est pour toi*. Et il n'en avait pas eu la possibilité.

Il jura qu'il ne la laisserait jamais voler une autre possibilité. Carter devrait simplement tolérer les confessions d'amour musicales à moitié finies de Jeff.

Il s'éclaircit la gorge et vérifia l'accordage – il était parfait, mais il gigota quand même un peu, pour gagner du temps.

Normalement, il aurait baissé la tête dans une combinaison de gêne sincère et feinte. Mais cette chanson ne le gênait pas. Ses sentiments pour Carter n'étaient plus à cacher ou à en avoir honte. Alors, il offrit simplement un demi-sourire et dit :

— Je suppose qu'on pourrait appeler ça une chanson pour déclarer sa flamme. Elle s'appelle « Honey, Time ».

Il ne lui fallut pas longtemps pour se décider pour l'introduction. Il voulait quelque chose de doux et vibrant, avec du sérieux – une touche différente de la plupart des autres chansons de Howl. Ça ne le surprenait pas que le produit pas-tout-à-fait-fini rappelait Coldplay au début des années 2000, puisque cela avait été la prédilection pour Jeff quand il avait été un adolescent s'apitoyant sur des sentiments qu'il ne savait pas comment exprimer.

Il laissa résonner le riff d'introduction, la pédale de délai faisant son travail pour attirer l'attention des gens ; il put sentir les yeux sur lui. À part le bruit de la guitare, le stade était complètement silencieux.

— Il pleuvait le jour où je t'ai rencontré – c'est ce qu'a dit ma mère, et je pense que ça doit être vrai. Nous avons laissé nos manteaux sur le sol du couloir. J'aurais dû le savoir à ce moment-là. Tu avais six ans et moi quatre.

Le souvenir le fit sourire.

Alors que le couplet se transformait en refrain, il bégaya sur les frettes, se maudissant dans sa tête, mais le public ne fit pas un bruit. Troublant. Il n'avait pas joué de nouvelle musique comme ça depuis l'époque précédant la signature avec un label. Mais le doux balancement des lumières de téléphones portables à la périphérie de son champ de vision le faisait continuer.

— Chéri, le temps n'a jamais été de mon côté jusqu'à maintenant. Chéri, je n'ai jamais pu croiser tes yeux jusqu'à maintenant.

Un autre couplet, un autre refrain, son cœur battant d'une manière dont il ne l'avait pas fait depuis sa première prestation en direct à quatorze ans. Ensuite, le pont :

— Tu as été élevé par un homme qui savait qu'il faut de la force pour être tendre. Oui, il m'a élevé aussi, mais je n'ai jamais été aussi fort que tu l'étais.

Puis la dernière ligne droite – dernier couplet, dernier refrain.

— Chéri, le temps est de notre côté maintenant. Chéri, regarde-moi dans les yeux… maintenant.

Le dernier mot se termina sur trois cordes pincées qui résonnèrent doucement dans la nuit autrement silencieuse. Puis, curieusement, une brise monta et ébouriffa les cheveux sur la nuque de Jeff, et il frissonna et leva la tête alors que le charme se brisait.

Jeff n'avait jamais vu autant de téléphones utilisés comme lampes. Le bruit monta de la même manière que la brise avec un sifflet ou deux d'abord, puis des applaudissements, et finalement des hurlements rauques et jubilatoires qui continuèrent pendant de longues minutes, jusqu'à ce que Jeff commence à véritablement se sentir gêné. Il se leva et tendit la guitare au premier technicien qui apparut alors qu'un autre lui rendait sa guitare électrique et reprenait son tabouret.

— Je suppose que ce sera un single, offrit-il.

Pas de Howl, cependant, s'il avait son mot à dire.

Le bruit le fit sourire, bien qu'à l'intérieur, cela semblait sombre. Il glissa la lanière de l'électrique par-dessus sa tête et fit rouler ses épaules.

— Maintenant… devrions-nous remonter le volume ?

Il laissa son ressenti transparaître quand il se tourna pour croiser les yeux de Trix derrière la batterie. Elle déchiffra son expression, puis baissa la tête, s'occupant soi-disant de la caisse claire.

Eh bien. Il n'y aurait pas de rappel ce soir.

Quand Jeff quitta la scène après la dernière chanson, il tendit sa guitare à un technicien et fonça vers la loge. Il ne croisa le regard de personne. Il ne vérifia pas pour voir si Trix le suivait, ou à quelle distance Max et Joe étaient jusqu'à ce qu'il soit dans la pièce et qu'il entende la porte se refermait avec un clic.

Il se retourna.

Trix se tenait les bras croisés, ayant l'air tout aussi en colère que Jeff l'était.

— Comment oses-tu, putain ? grogna-t-il.

Elle ouvrit la bouche.

— Non vraiment, reprit Jeff. Je veux savoir. Où prends-tu ton pied ? Qui diable es-tu pour décider quand mes chansons sont prêtes à être jouée ?

— Tu as la *moitié d'un album dedans*, facilement, répliqua-t-elle. Prévoyais-tu de tout écrire toi-même ?

Cela ne pouvait pas être son problème.

— Étais-tu inquiète que je ne laisse pas assez de place pour tes morceaux ? demanda-t-il, incrédule. Je ne comprends pas. Ce matin, j'étais énervé que tu aies insisté à propos de l'album, alors ta réponse est de pousser de nouveau avec des enjeux plus hauts et de me faire jouer devant cinq mille personnes une nouvelle chanson sans avoir la moindre idée si elle était prête ? Explique-moi en détail ce processus de décision.

Trix claqua la main contre la porte.

— Qu'est-ce que j'étais supposée faire d'autre, bordel, Jeff ? Tu nous as *abandonnés,* putain, comme si nous avions une maladie. Tu as refusé de parler de développement d'album pendant *six mois*. Je suis désolée, mais j'ai une carrière à laquelle je dois penser, tu sais ? Tu as manifestement besoin d'un coup de pied au cul pour arrêter d'essayer de rendre les choses parfaites et pour t'asseoir avec nous pour commencer à collaborer.

— Tu as manifestement oublié tout le concept des limites ! tonna Jeff. Nous avons eu cette dispute ce matin ! Il y a plein de groupes qui mettent plus de dix-huit mois entre deux albums ! Je suis *fatigué*, Trix ! Je suis fatigué d'être tout le temps sur la route. J'aime jouer avec le groupe. J'aime notre musique. Mais quand je demande un peu d'espace pour me remettre la tête à l'endroit, soudain je suis le méchant ? Je suis fatigué de ne pas avoir le temps ou l'énergie pour autre chose. Si c'est suffisant pour toi, c'est génial. Mais ça ne l'est pas pour moi.

— Alors quoi, tu prends cette décision pour nous tous ? cingla-t-elle. De façon unilatérale ? Parce qu'il y a trois autres personnes dans ce groupe. Au cas où tu as oublié.

C'était un coup bas.

— Comment pourrais-je oublier, siffla Jeff, quand l'une d'elles continue de *me poignarder dans le dos ?*

— Peut-être que si tu faisais foutrement attention, tu l'aurais vu venir !

Putain ! Jeff lutta contre l'envie de casser quelque chose. Il leva les mains en l'air à la place, les paumes en avant.

— Ça suffit. J'en ai fini.

Trix devint pâle comme un fantôme, s'éloignant de deux pas de la porte, vers lui.

— Nous avons quatre concerts de plus…

— Et je serai là. Je serai là pour chaque répétition en costume, chaque balance, chaque concert. Mais ça ? rétorqua froidement Jeff, en faisant un geste vers la scène. C'était la dernière nouvelle chanson que je jouerai jamais sur scène avec Howl, je te le promets. J'espère que ça en valait la peine.

Il s'en moquait de ce que ça lui coûtait.

Il ouvrit brusquement la porte, toujours vert de rage, pour découvrir Tim se tenant à côté, ayant l'air clairement malade. Jeff lui sourit méchamment.

— Considère ça comme mon préavis.

Il ne voulait pas penser ça. Il n'avait jamais voulu penser ça. Mais comment pouvait-il rester après ça ? Il aimait être sur scène, mais il fallait une certaine quantité de courage et une énorme quantité de confiance, pas seulement en lui-même, en ses capacités et dans le fait qu'il avait quelque chose à dire, mais envers les personnes avec lui là-haut. S'il ne pouvait pas faire confiance à Trix pour ne pas le pousser par-dessus bord, il ne pouvait plus jouer avec Howl.

Et ainsi partaient les quatorze dernières années de sa vie et la majorité de ses économies, comme ça.

Seigneur, qu'était-il en train de faire, à partir comme ça? Il se sentait mal. Avait-il mangé avant le concert? Non pas que ça ait de l'importance – il pourrait à peine garder quelque chose désormais. Mieux valait rentrer simplement chez lui et...

Il brûlerait ce pont quand il y serait. Pour l'instant, rentrer chez lui serait suffisant.

XI

Dans la voiture, il laissa son cerveau s'éteindre et s'appuya contre la vitre, ses cheveux, encore humides de la douche express d'après concert, chatouillant ses joues et son front. Il n'avait pas besoin de rejouer toute la nuit dans une boucle sans fin. S'il s'autorisait à y réfléchir, il ne ferait que se sentir pire.

Il aurait dû rester à Willow Sound. Au lieu d'un public de cinq mille personnes, il aurait pu avoir une ou deux douzaines autour d'un feu de camp, avec Carter à côté de lui pour faire une harmonie non professionnelle mais plaisamment grondante. De plus, il ne faisait pas confiance à Carter pour ne pas trop en faire s'il n'était pas surveillé. Bien sûr, il *disait* que quelqu'un d'autre s'occuperait de l'aspect physique de la soirée feu de camp, mais Carter n'avait jamais été doué pour déléguer. Il emmenait probablement les enfants jusqu'à la table des marshmallows, montrait aux parents et adolescents les différentes façons de mettre le petit bois.

Ou peut-être pas. Il était tard désormais. Quelqu'un avait probablement reconduit Carter chez lui, et maintenant, il était affalé dans son lit, à se demander si Jeff allait appeler. Peut-être qu'il avait même décidé de soulager son chauffeur et simplement demandé à se faire déposer au chalet de Jeff, et c'était dans le lit de Jeff qu'il était allongé…

La voiture s'arrêta, et il se secoua. Aucun intérêt dans ces rêveries paresseuses.

— Merci, dit-il à la chauffeuse alors qu'il descendait. Passez une bonne nuit.

Elle lui fit un geste de la main en s'éloignant dans l'obscurité.

Il chargea son grand sac sur son épaule et dirigea sa guitare acoustique dans sa main gauche pour qu'il puisse trouver ses clés avec la droite. Nigella, la portière, offrit un sourire amical quand il approcha.

— Bonsoir, Jeff. Bon concert?

Il détestait être appelé M. Pine.

Il ne voulait pas être impoli, mais il n'avait pas non plus l'énergie pour lui mentir.

— Euh, dit-il. Je pense que ça dépend de l'échelle.

Elle grimaça et tendit la main pour prendre une guitare afin que Jeff n'ait pas à se débattre avec deux en même temps.

— Un B sur la mienne. Voulez-vous que j'envoie quelqu'un acheter de la crème glacée ou autre chose ?

Il ouvrit la bouche pour répondre, mais avant de pouvoir le faire, une ombre massive avança dans l'obscurité à côté de l'entrée de son immeuble. Nigella avait déjà la main sur sa radio le temps qu'elle soit à deux mètres d'eux.

— Jeff, vous connaissez…

L'homme se rapprocha, la démarche inégale, jusqu'à ce que la lumière venant de l'entrée de l'immeuble de Jeff illumine son visage.

Il doit arrêter de me faire ça.

Carter ne s'était apparemment pas rasé ce matin-là, et puisqu'il était génétiquement apparenté à Bigfoot, ça signifiait qu'il avait ce qui serait une barbe de trois jours sur n'importe quel autre homme. Jeff était extrêmement fan de l'ensemble – la chemise en flanelle avec les manches remontées, le jean agréable qui allait véritablement bien, sauf là où la chaussure de marche gâchait la ligne, et particulièrement la façon dont Carter le regardait comme si le reste du monde n'existait pas.

Jeff eut à moitié l'impression d'avoir invoqué Carter par le pouvoir de sa propre envie. Il ne put s'empêcher de se rapprocher jusqu'à ce qu'il puisse clairement voir le visage de Carter dans la lumière basse.

— Tu loupes la soirée feu de camp, fut tout ce qu'il put penser à dire. Tu aimes la soirée feu de camp.

— Jeff, dit simplement Carter avec un regard doux.

Il sentit son cœur papillonner contre sa cage thoracique. Oh non, Carter ne pouvait pas lui faire ça ce soir, quand sa soirée avait été un tel désastre. Il méritait sa propre journée, non contaminée par ce merdier.

Mais l'implication l'aida quand même à se sentir mieux. Il s'éclaircit la gorge et se tourna vers Nigella.

— Désolé, Nigella, c'est impoli de ma part. Voici Carter. C'est mon…

Meilleur ami, petit ami, âme sœur.

— Il est avec moi.

— Oh, souffla-t-elle se détendant de façon visible, avant de regarder Carter de haut en bas et de dire à Jeff. Joli.

Carter lâcha un bruit vaguement gêné.

Oups. Il espérait qu'elle ne pensait pas que Carter était un travailleur du sexe. Enfin, elle finirait par comprendre.

— Euh, pouvez-vous me faire une faveur et faire monter les guitares ? Ce n'est pas pressé. Demain matin, c'est bon.

Le regard entendu qu'elle lui lança le fit se tortiller sur place.

— Bien sûr. Tout ce dont vous avez besoin.

Jeff avait besoin d'échapper à ce regard insistant, aussi vite que possible.

— *Merci,* dit-il avec reconnaissance, avant de faire signe à Carter de le précéder à l'intérieur.

Il avait l'air tout aussi bon dans la lumière du hall d'entrée. Il marchait encore un peu de travers, mais la botte de marche orthopédique avait une semelle plus épaisse que la plupart des autres. Pendant quelques secondes, Jeff le *regarda,* puis Carter se retourna et lança un regard entendu par-dessus son épaule, et oui, Jeff avait complètement oublié comment agir comme un être humain.

Il s'éclaircit la gorge.

— Alors, est-ce que tu me suis partout maintenant ?

— J'ai essayé de choisir la solution de facilité, répliqua Carter, les lèvres plissées pour empêcher un sourire évident, alors qu'ils montaient dans l'ascenseur. Mais quelqu'un n'a pas vérifié ses messages.

Oh. Oui. Jeff n'avait pas regardé son téléphone depuis qu'il avait quitté la salle. Il avait pensé que les douzaines de messages venaient de personnes à qui il ne voulait pas parler.

L'humeur du concert essaya de se faufiler à nouveau dans sa tête alors que Jeff appuyait sur le bouton de son étage. Les portes se refermèrent lentement.

— Cela a été une longue journée merdique, pour être honnête. Je…

Il arrêta de parler quand la grande main de Carter glissa le long de sa mâchoire.

— Je sais, murmura-t-il.

Savait-il qu'il transformait les genoux de Jeff en gelée ?

Il n'aurait pas dû pouvoir se dresser ainsi avec un pied cassé, pensa Jeff. Ce n'était pas juste. Mais il ne put se forcer à en être agacé, parce que, quand Carter l'embrassa, sa journée s'améliora considérablement. Il fondit dans le baiser autant qu'il put sans se cramponner, prenant garde à ne pas mettre de poids ou de tension injustifiée sur le pied de Carter.

C'était difficile de s'en souvenir quand Carter sentait si bon. Sa barbe picotait contre les lèvres de Jeff, une vive douleur presque sensuelle qui amena le sang à la surface de sa peau, la sensibilisant encore plus. Le contraste des lèvres douces et des poils rêches enflamma ses nerfs.

L'ascenseur s'arrêta. Carter ne s'arrêta pas tout de suite, ce qui aurait plu à Jeff, excepté qu'il ne voulait plus attendre avant d'entrer dans son appartement. Les portes étaient en train de se refermer quand Jeff jeta un bras pour les stopper.

— Mmf, tenta-t-il contre la bouche de Carter.

Celui-ci lui mordit gentiment la lèvre inférieure.

Tant pis pour Carter, *Jeff* avait besoin de s'asseoir. Rassemblant toute sa volonté, il poussa le torse de Carter. Puis, quand celui-ci eut reculé suffisamment pour que Jeff puisse former de vrais mots, il pointa le doigt.

— C'est mon étage.

Carter inclina la tête vers le couloir.

— Ouvre la marche.

Quel appartement était le sien déjà?

La mémoire musculaire fit le nécessaire. Jeff déverrouilla sa porte et ils entrèrent.

— Garde simplement tes chaussures, dit-il.

Ce qui, en y réfléchissant, fut plutôt stupide, parce qu'ils allaient très clairement enlever leurs vêtements.

Carter lui lança un regard éloquent, un sourcil levé.

— Ta chaussure normale, alors, corrigea Jeff, sa langue paraissant trop grosse pour sa bouche. Tu n'enlèves pas l'orthopédique avant d'être à l'horizontale, et la différence de hauteur doit être gênante sans chaussure à l'autre pied.

Carter lui offrit un sourire en coin et lui fit signe de se rapprocher.

— Tu ne vas pas me faire le tour du propriétaire?

— Quoi, rétorqua Jeff, narquois par instinct, tu ne penses pas pouvoir trouver?

Riant, Carter laissa Jeff le pousser plus loin dans l'appartement. Pourquoi avait-il un jour pensé qu'il avait besoin d'autant d'espace? Bien sûr, la vue sur la ligne des toits était incroyable, mais avec le recul, il y avait bien trop de pas entre la porte et sa chambre.

Ce qui fut probablement la raison pour laquelle ils atterrirent sur son canapé, avec Jeff à moitié épinglé contre un accoudoir et Carter se soutenant sur son bon genou, le pied cassé en équilibre sur le sol. Carter reprit sa bouche, un assaut sans merci qui laissa Jeff haletant quand le baiser s'arrêta et que Carter descendit sur son cou.

— Carter...

Celui-ci mordilla sa clavicule, puis s'arrêta et inspira.

— Pourquoi sens-tu l'Irish Spring [9] ? Peu importe, je m'en fous.

Il se rassit suffisamment pour enlever la chemise de Jeff. Ce dernier avait déjà ouvert la bouche pour demander à lui rendre la pareille quand Carter glissa la main le long de son torse et son ventre jusqu'à reposer sur la fermeture de son jean.

Il remonta rapidement les yeux jusqu'à ceux de Jeff.

— Puis-je ?

Était-il sérieux ? Jeff voulait à moitié dire *non, parce que je peux le faire plus vite*, mais tout ce qui sortit fut un gémissement sonnant comme une affirmation. Il s'obligea à hocher la tête pour plus de clarté.

Carter ne perdit pas de temps. Dès qu'il eut Jeff nu, ses mains furent partout – ses flancs, son torse, ses mamelons, ses cuisses. Jeff put sentir la chaleur de son regard comme un fer à marquer ratissant sa peau, et il fit instinctivement rouler ses hanches en dessous. Mais quand Carter atteignit son sexe, Jeff attrapa son poignet.

Merde. Maintenant, il devait expliquer. Comment formuler ça ? Le feu dans le regard de Carter ne fit que s'intensifier.

— Euh, commença Jeff, le visage brûlant avant de se lécher les lèvres. Je ne veux pas faire de suppositions... Mais si tu veux me baiser, tu ne devrais pas encore toucher ma queue.

Les yeux de Carter allèrent de la main de Jeff autour de son poignet droit, puis vers le membre de Jeff, gonflé contre son ventre mais pas dur jusqu'au bout. Avec l'autre main, il dessina un petit cercle sur l'intérieur de la cuisse de Jeff.

— Oh ?

Jeff lutta contre l'envie de se tortiller, mais entre le regard insistant de Carter et les touchers taquins, il était trop excité pour être gêné.

— C'est meilleur si je jouis comme ça, haleta-t-il, réprimant l'envie de ruer dans la main de Carter. Du genre, bien meilleur ?

Devrait-il simplement être franc et dire *Je suis pratiquement sûr que je peux avoir de multiples orgasmes prostatiques sur ta queue ?*

---

9 Marque de savon-déodorant à l'odeur printanière de prairie fraîchement coupée.

Carter s'était soustrait à la prise de Jeff et était en train de pincer son mamelon.

— Je… ah… Je reste dur après ou, euh, pendant… *selon l'endurance de mon partenaire,* pensa-t-il intérieurement… et je me branle et jouis de nouveau, et c'est vraiment…

Il arrêta de parler. Il avait de nouveau croisé le regard de Carter et celui-ci avait l'air – affamé, et aussi comme si Jeff venait juste de lui dire qu'il avait résolu le réchauffement climatique.

Jeff frissonna. Ils auraient définitivement dû coucher ensemble des années plus tôt.

— Vraiment quoi? incita Carter après un moment, la voix douce et grave.

— Pourquoi ne le découvres-tu pas? invita Jeff, en se léchant les lèvres.

Carter ne pouvait jamais reculer devant un défi. Il déplaça les deux mains sur les hanches de Jeff et caressa les bosses de sa crête iliaque.

— Retourne-toi.

Chaque pensée que Jeff avait un jour eue s'évapora dans sa hâte d'obéir. Merde, pourquoi ne gardait-il pas de lubrifiant dans le salon? Toute personne civilisée devait sûrement…

Carter mit les deux mains sur les fesses de Jeff, et celui-ci enfonça les siennes dans l'accoudoir comme s'il allait tomber.

— Ça va? demanda Carter.

Il était assez proche pour que le souffle des mots murmure sur la peau de Jeff, qui tremblait déjà.

— Seigneur, oui.

Alors Carter l'ouvrit, les pouces sur la peau sensible qui couvrait ses ischions. Jeff laissa tomber sa tête sur l'accoudoir quand un simple doigt sec taquina brièvement son entrée. Sa respiration sortit en halètements irréguliers, et il convulsait déjà par réflexe quand Carter lâcha un son sourd et se pencha en avant.

Le frottement de la barbe rêche sur la peau sensible de Jeff arriva juste avant un autre souffle d'air doux, celui-ci directement sur son entrée. Enfin, il sentit la pression humide des lèvres de Carter, puis la chaleur glissante de sa langue.

— Oh mon Dieu, murmura Jeff dans le canapé.

Carter ne réagit pas, à part pour lécher de nouveau, doux et humide, bougeant gentiment la bouche sur l'ouverture de Jeff. Sa barbe brûlait l'intérieur des fesses de Jeff, un contraste à la douceur de sa langue.

Les os de Jeff fondirent comme du beurre dans une poêle chaude. Sa bouche s'ouvrit en grand, et des sons inhumains en sortirent – des voyelles sans forme, des bégaiements essoufflés et des suppliques gémies qui n'arrivèrent jamais à complètement créer de mots. Carter ne s'enfonça pas encore, même si Jeff était sûr qu'il aurait pu. Il rendait simplement Jeff humide, le détendant pour qu'il puisse… pour qu'il puisse…

— Mmh, dit-il doucement.

Carter venait de déplacer légèrement sa bouche vers le haut pour embrasser le sommet de la raie de Jeff et le bord de son anneau pendant qu'il étalait du pouce la salive glissante sur son ouverture. Il le bougea en un cercle étroit, appuyant à peine.

– *Mmh*, répéta-t-il alors qu'il essayait d'écarter plus les jambes.

Carter ricana contre son entrée, causant un autre spasme involontaire, puis il eut pitié et accrocha les deux pouces au bord de l'anneau de muscle. Ses mains étaient énormes, mais Jeff n'aurait pas pu être plus prêt qu'à cet instant pour cet étirement. Il y céda et laissa Carter le maintenir ouvert pour sa bouche.

Mais Carter ne semblait pas être pressé. Il gémit contre l'entrée de Jeff comme si c'était la chose la plus sexy qu'il pouvait imaginer, puis enfonça sa langue en de courtes poussées superficielles en lui, humides et obscènes. Les poils hérissés autour de sa bouche enflammaient l'ouverture de Jeff.

— *Carter*, haleta-t-il, tremblant déjà.

—Hmm.

La réponse de Carter fut basse, satisfaite et complètement dévastatrice. Il enfonça sa langue plus profondément, laissant Jeff en train de griffer le canapé, les yeux ouverts mais ne voyant rien. Il la fit entrer et sortir, jusqu'à ce que Jeff soit si sensible qu'il pensait pouvoir en hurler.

Puis il se retira, remua de nouveau et accrocha un pouce profondément à l'intérieur. Il tira doucement au début, puis quand Jeff supplia « Putain oui, *plus* », il s'enfonça loin et écarta largement Jeff.

Il cracha sur l'entrée de Jeff, ce qui fut destructeur, puis frotta avec l'autre pouce pour s'assurer que tout restait bien glissant.

— Doux Jésus, marmonna brutalement Carter. Es-tu toujours comme ça ?

Jeff hésita, à moitié pour gagner du temps et à moitié parce que Carter venait juste de retirer son pouce pour le remplacer par un long doigt. Il déglutit et chercha ses mots.

— Euh. Plutôt, oui.

— C'est sexy.

Jeff allait répondre quelque chose à ça – *Carter* était celui qui détruisait systématiquement ses neurones – mais ensuite, Carter recourba le doigt de manière infaillible sur sa prostate. Jeff cria et rua contre lui, demandant plus.

— Trouvée, dit Carter avec un sourire en coin que Jeff put entendre.

Il voulut répondre, mais Carter remit la bouche sur son entrée et avala tout commentaire qu'il aurait pu faire.

Il ne fallut pas longtemps pour que son orgasme monte. Carter avait une bouche talentueuse, et il continua de le taquiner avec sa langue, léchant autour des bords de son ouverture tandis qu'il le baisait de deux doigts épais, avec une précision à lui faire picoter la colonne vertébrale. Et en vérité, cela avait toujours été facile pour Jeff. C'était sa bénédiction.

Carter frotta sa barbe mal rasée sur la fesse gauche de Jeff, puis passa la langue au même endroit.

— Proche ? demanda-t-il.

Jeff aurait hoché la tête, mais il fallait tout son contrôle musculaire pour ne pas s'effondrer contre l'accoudoir.

— Hmm, hmm, réussit-il à gémir, fermant fortement les yeux.

— Bien, murmura Carter.

Il écarta les doigts, étirant Jeff, puis il lécha entre eux, donnant des petits coups de langue sur son entrée.

— Oh putain, haleta Jeff. C'est… *putain,* hmm, hmm, hmm…

Ses genoux et ses épaules tremblaient.

Carter enfonça finalement un troisième doigt, frottant fortement les trois sur la prostate de Jeff, mordillant toujours autour des muscles maltraités, et Jeff perdit la tête. Il trembla sous l'orgasme, le souffle coupé, se resserrant sur les doigts de Carter. Puis il s'effondra contre l'accoudoir, anéanti et prêt pour plus.

Dès qu'il pourrait retrouver ses genoux sous lui.

Carter continua de lécher et de pousser jusqu'à ce que Jeff soit assez sensible pour essayer de s'écarter, puis il recula. Jeff l'entendit passer une main pour essuyer sa barbe.

— Jeff, oh mon Dieu. Tu peux te retourner ?

Avec un peu d'aide de la part de Carter le manipulant, il le fit, laissant ses jambes retomber ouvertes sous le regard de Carter. Celui-ci lécha ses lèvres rouges et gonflées, et passa les yeux sur le torse marbré de rouge de Jeff jusqu'à son membre, qui était brillant de liquide séminal et toujours clairement dur.

— Puis-je… ?

Jeff hocha la tête, hébété, et ils regardèrent tous les deux pendant que Carter passait les doigts dans le liquide couvrant le sexe de Jeff. Il essaya de ne pas se tortiller ou ruer, mais Seigneur. Il voulait encore tellement.

Après deux longues caresses atroces, Carter demanda d'une voix rauque :

— Combien de temps avant que tu puisses de nouveau jouir ?

N'avait-il pas écouté ?

— Dix secondes pour aller à la chambre, trente de plus pour trouver le lubrifiant ?

Carter le lâcha et se releva maladroitement sur un pied, laissant Jeff affamé de contact.

— De quel côté ?

Enfin putain. Jeff l'indiqua du doigt, puis se leva également.

Il laissa Carter se déshabiller pendant qu'il attrapait ce dont ils avaient besoin. Quand il se retourna, Carter était torse nu – une vue aussi appétissante que la dernière fois, et peut-être meilleure parce que Jeff pouvait l'appréciait un peu plus, la définition de ses pectoraux et de ses abdos, et les boucles rouges-dorées qui les soulignaient.

Le pantalon, cependant, semblait être un problème.

— Je déteste cette stupide botte orthopédique, marmonna Carter, les joues rouges.

Jeff réalisa quel était le problème – il ne pouvait enlever son pantalon sans retirer d'abord la botte. Et il n'était pas possible pour lui de coucher avec Jeff en gardant la botte ; Jeff le connaissait depuis trop longtemps. Il était sûr à 100 pour cent que ça causerait plus de dommages.

— Et puis merde, s'exclama Jeff. Du sexe à moitié habillé est torride, de toute façon. Monte sur le lit.

Tant qu'il pouvait baisser suffisamment son jean pour sortir son membre, Jeff s'en moquait.

— Autoritaire. Viens ici et embrasse-moi.

Il s'agenouilla quand même sur le lit, avec le pied pendant sur le côté pour ôter la pression et fit signe à Jeff de se rapprocher.

Il ne refuserait pas de si tôt cette invitation. Légèrement déséquilibré sur le matelas mou, il se pencha jusqu'à rencontrer la bouche de Carter. Un nouveau frisson le traversa au goût.

Mais il n'eut pas la possibilité de se perdre dedans – Carter le poussa doucement en arrière et Jeff s'étendit volontiers.

Allait-il véritablement faire ça ? Après quinze ans ?

Il ne fallut à Carter qu'une poignée de secondes pour repousser son jean sur ses hanches. Durant ce temps, Jeff ouvrit le préservatif et se redressa sur un coude pour qu'il puisse caresser Carter et le faire durcir complètement. Il devait s'être amusé sur le canapé autant que Jeff, parce qu'il dégoulinait de liquide séminal.

— Préservatif ? demanda Carter en posant une main sur son poignet.

Jeff le lui tendit et attrapa un coussin à la tête du lit. Il l'eut à peine installé sous ses hanches avant que Carter ne pousse le sommet glissant de son membre contre son entrée.

Oh Seigneur.

— Putain, souffla Jeff. Allez, s'il te plaît.

Ses yeux se fermèrent alors qu'il s'arquait sur le lit. Bien sûr, Carter était comme ça. Il enfonça le bout, et Jeff siffla de plaisir, son corps s'ouvrant facilement, uniquement pour que Carter se retire et le taquine de nouveau.

— Carter, grogna Jeff en rouvrant les yeux. Ça fait littéralement quinze ans. Vas-tu sérieusement jouer à rien que le bout ?

Carter cligna des paupières de manière candide.

— Je vais te mettre sur le dos et te chevaucher, avertit Jeff.

— Ne me menace pas avec un moment agréable, répliqua Carter avec un sourire en coin.

Mais finalement, il s'enfonça *enfin,* et le corps de Jeff s'enflamma comme un feu d'artifice alors même que la bouche de Carter tombait ouverte et que son visage se détendait.

— Putain, souffla Jeff, remuant les hanches car il voulait tout. Quelqu'un t'a déjà dit que tu avais une grosse queue ?

Quand Carter rit à bout de souffle, ladite queue remua parfaitement.

— J'ai eu quelques plaintes.

— Pas de ma part. Tant que tu la bouges…

Carter la bougea.

— Aucune plainte, haleta Jeff, plantant les pieds pour qu'il puisse bouger en contrepoint.

Carter grogna et posa les mains sur ses hanches pour contrôler le rythme.

—Jeff. Trente secondes, tu as dit? demanda-t-il d'une voix étranglée.

Jeff aurait pu rire, mais Carter commença à le baiser comme s'il le voulait vraiment – des poussées fermes et profondes qui l'étiraient parfaitement. La peau autour de son ouverture picotait encore à cause des poils de Carter, et la sensation de son sexe glissant au-delà de l'anneau de muscles était presque de trop.

Il avait le souffle court et se tortillait sur le lit, serrant ses muscles, essayant de jauger à quel point Carter était proche. Il avait l'air perdu dans le plaisir, la bouche lâche, les pupilles dilatées, et il baisait Jeff comme si sa vie en dépendait, ses testicules lourds claquant contre les fesses de Jeff.

Les mots que Jeff tenta de dire furent coupés quand Carter frappa parfaitement sa prostate, assez fort pour lui faire serrer les poings dans les draps et arquer le dos.

— Tu veux… Tu veux faire la course?

— Je veux te regarder jouir pour moi.

Il n'allait jamais se remettre du fait que Carter était si direct et sans complexe au lit. Jeff hocha frénétiquement la tête et chercha à tâtons sur les couvertures pour trouver le lubrifiant. Chaque fois que Carter entrait en lui, son sexe dur rebondissait sur son ventre, une sensation délicieuse qui le faisait chevauchait au bord de l'orgasme.

Les poussées de Carter compliquèrent beaucoup la tâche de Jeff pour ouvrir le bouchon.

— La prochaine fois, dit Carter, je ferai ça pour toi.

Jeff pourrait le chevaucher, donc, parce qu'il avait peur que si Carter changeait sa prise, il tomberait du lit.

— Tout ce que tu veux, répondit-il, amenant enfin une main glissante sur son membre. Simplement, s'il te plaît… s'il te plaît…

Carter se mordit la lèvre, peinant visiblement. Il inclina la tête en arrière vers le plafond, comme si la vue de Jeff le précipiterait par-dessus bord.

— S'il te plaît quoi? haleta-t-il. Qu'attends-tu?

— *Toi*!

Les hanches de Carter claquèrent brutalement vers l'avant. Il abandonna sa prise sur les hanches de Jeff pour planter ses mains plus haut sur le lit et s'appuyer de chaque côté de ses épaules. Son ventre ferme frôla le poing et le sexe de Jeff tandis qu'il se caressait, les poils rêches taquinant le sommet. Jeff alla à la rencontre de chaque poussée du mieux qu'il put, mais Carter était déchaîné, hors de contrôle.

Jeff entremêla sa main libre dans les cheveux de Carter et le tira dans un baiser désespéré et heurté.

Carter lâcha un bruit douloureux contre sa bouche et lui mordit les lèvres à la limite du trop fort. Puis, il cassa le baiser et appuya son front contre celui de Jeff quand il jouit, son sexe énorme convulsant, ses testicules se contractant contre l'entrée de Jeff.

— Oh mon Dieu.

Jeff ne s'était jamais senti aussi désespéré – aussi *plein* de plaisir. Il ferma les yeux pour savourer chaque centimètre de Carter en lui, chaque étirement hypersensible de peau là où ils se touchaient, le souffle légèrement acide de Carter, l'odeur caractéristique du sperme.

— Carter! hurla-t-il quand son orgasme atteignit son apogée.

Celui-ci se redressa à temps pour le regarder, ses grandes paumes sur l'intérieur des cuisses de Jeff alors qu'il explosait. Il se resserra autour de Carter, le vidant un peu plus.

Finalement, ce fut trop sensible et Jeff dut retirer sa main, recouverte de sa propre semence. Il essuya le reste sur sa cuisse – il lui fallait un bon nettoyage, de toute façon – et leva les yeux vers Carter, leur torse se soulevant en même temps.

Son visage reflétait parfaitement les pensées de Jeff – tête vide.

— Mon Dieu, dit-il tout haut vers le plafond, cherchant encore de l'air. Si tu es comme ça avec un pied cassé, j'ai besoin de commencer à me muscler davantage.

— Que puis-je dire? Tu fais ressortir le meilleur en moi, dit Carter.

Il s'effondra près de lui sur une épaule, riant et grognant. Jeff baissa les yeux de manière exubérante vers le préservatif qui pendait de son membre.

— Élégant, dit Carter.

Malheureusement, malgré le peu d'énergie qu'il restait à Jeff, le nettoyage était nécessaire. Il fut impressionné de ne pas s'être simplement évanoui après son second orgasme, mais il ne pouvait pas dormir comme ça. Et puisque le sommeil semblait désormais particulièrement imminent, il se remit debout.

— Je vais me nettoyer. Tu veux un gant de toilette, ou tu viens aussi?

Carter hocha la tête en s'asseyant, mais il fit ensuite un geste vers la situation de son jean et sa botte orthopédique.

— J'arrive dans une minute.

Les muscles de Jeff protestèrent à chaque pas jusqu'à la salle de bain attenante. Il referma la porte pour s'essuyer, utilisa les toilettes, se lava les mains et rouvrit avant de se brosser les dents. Carter entra, portant désormais uniquement un boxer et la botte. Il laissa tomber le préservatif dans la poubelle et tendit la main vers le savon.

— Tu n'aurais pas une brosse à dents en plus par hasard ?

Il fallut chercher un peu, mais il en trouva une. Il put alors véritablement comprendre à quel point il était fatigué, parce qu'il n'avait pas le débit mental pour paniquer devant la domesticité d'une scène dont il avait eu envie pendant la moitié de sa vie.

Il retourna dans la chambre pendant que Carter finissait.

— Est-ce qu'un côté du lit est meilleur pour toi ?

— Je prendrai le côté gauche, si ça te ne dérange pas.

— Bien sûr, accepta-t-il avec un haussement d'épaules.

Un pied cassé pouvait définitivement foutre en l'air les arrangements préférés de quelqu'un pour dormir. Mais Jeff était un dormeur au milieu du lit, une habitude née de nombreuses années à dormir seul.

Ils montèrent dans le lit. Carter arrangea quelques coussins décoratifs sous son pied droit, puis se tourna sur le côté pour faire face à Jeff.

Celui-ci était aussi allongé sur le côté, assimilant la réalité du moment.

— Alors, commença-t-il, plaçant les mains sous sa joue. Qu'est-ce qui t'amène à Toronto ?

Carter fit semblant d'y réfléchir sérieusement.

— Eh bien, j'ai entendu à la télé ce matin que ce groupe que j'aime bien donnait un concert, et qu'il y avait encore des billets disponibles. Ils sont plutôt pas mal, je pense. Et le chanteur principal est canon.

— Attends, tu as acheté des billets ? demanda Jeff avec une grimace. Je t'en aurais eu un gratuit. Accès VIP.

Il n'avait pas l'énergie de remuer les sourcils, alors il le sous-entendit simplement dans sa voix. Carter secoua la tête contre l'oreiller.

— Je n'étais pas sûr de pouvoir venir.

Ah oui, pensa Jeff, la soirée feu de camp.

— Je ne voulais pas te décevoir. Je savais que tu passais déjà une mauvaise journée. Je voulais que ce soit une surprise.

— C'est une bonne surprise, lui assura Jeff.

Il fronça cependant les sourcils, son esprit brumeux, embrouillé par l'orgasme luttant pour assembler… quelque chose.

— Attends, reprit-il, tu es allé à un concert avec un *pied cassé* ?

172

— Le lieu était accessible pour les personnes à mobilité réduite. J'ai appelé pour m'en assurer. J'ai eu un siège et tout.

— Sur lequel tu es resté assis tout le temps, j'en suis sûr, grommela Jeff. Oui, bien sûr.

Carter ne se tracassa pas à confirmer ou nier, mais il tendit le bras sur le lit entre eux. Instinctivement, Jeff tendit aussi le bras et joignit leurs mains. Cette expression, celle qui donnait à Jeff l'impression d'être emmailloté dans de la barbe à papa chaude, revint sur son visage.

— En gros. J'ai dû me lever près de la fin, cependant. Je voulais l'expérience complète de la nouvelle chanson.

La nouvelle chanson que Jeff avait écrite pour lui – celle dans laquelle il avait déversé son cœur, celle qu'il avait été tellement bouleversé de ne pas pouvoir jouer d'abord pour Carter.

C'était presque une bénédiction, vraiment. De cette manière, il n'aurait jamais à se demander ce que ressentait Carter à propos de ça. Après tout, il avait manqué la soirée feu de camp.

Malgré tout, sa gorge fut un peu serrée quand il demanda :

— Est-ce que tu as apprécié ?

— Je l'ai adorée, avoua Carter en entremêlant leurs doigts.

XII

Jeff se réveilla en se sentant… normal.

Étant donné les événements de la nuit précédente, il s'attendait à moitié à se sentir comme une merde en croûte et à moitié comme s'il marchait sur un nuage, alors l'équilibre était étrange.

Mais Carter n'était pas au lit, ce qui était inacceptable. Jeff se sentit volé d'un lendemain douillettement câlin. Bien que les câlins avec une botte orthopédique présentent un défi.

En tout cas, maintenant qu'il était réveillé, il n'allait pas rester dans un lit où il n'y avait pas son petit ami. Il fit un rapide détour par la salle de bain, puis partit à sa recherche.

Carter était sur le sol dans le salon, en train de faire des abdominaux avec sa botte et son boxer, parce qu'il était un homme profondément faillible qui ne savait pas comment se détendre. Mais Jeff n'allait pas l'interrompre pour se plaindre. Il regarda pendant quelques secondes – il avait ses propres défauts – puis fit une retraite stratégique vers la cuisine pour faire du café.

Quand il revint avec deux tasses quelques minutes plus tard, Carter était assis sur le canapé comme une personne normale, en train de regarder son téléphone.

— Oh. Salut, dit-il. Je ne t'ai pas entendu te lever. Je ne t'ai pas réveillé, n'est-ce pas ?

Jeff tendit une des tasses. Une idée prenait racine dans sa tête, et il se demandait s'il pouvait réussir.

— Je dors bien dans un bus en mouvement, répondit-il avec ironie. Toi, cependant, tu ne sembles pas dormir assez, peu importe où tu te trouves.

Carter haussa les épaules à cette accusation mais ne nia pas.

— C'est difficile de se mettre à l'aise avec ce truc. Je pensais l'enlever la nuit, mais euh…

Il prit une gorgée suspicieusement rapide de son café.

— Mais tu l'as fait une fois, et c'était une mauvaise idée ?

Se rendant compte que Jeff n'allait apparemment pas le laisser tranquille, il admit :

— Je me suis retourné au milieu de la nuit et me suis réveillé sous une douleur atroce.

Houla, Jeff espérait qu'il n'avait pas aggravé sa blessure.

— Eh bien, quoi qu'il en soit, je… commença-t-il, avant de plisser le front, réfléchissant. As-tu pris un sac? Comment es-tu même arrivé ici? Tu ne peux pas conduire.

— Tu n'es pas le seul qui puisse prendre l'avion. Nous sommes le vingt-quatre mai.

Ah oui… le long week-end pendant lequel les riches Torontois voyageaient habituellement vers leurs maisons de campagne pour ouvrir la saison. Beaucoup de trafic aérien en sortant de Toronto, beaucoup de sièges vides à remplir au retour.

— Mais pas de bagages? demanda Jeff, confus.

— Je ne voulais pas présumer.

Ridicule.

— Qu'est-ce que j'allais faire, te mettre dans un Uber? rétorqua-t-il en secouant la tête. Peu importe. Tu es ici maintenant. Peux-tu rester quelques jours? Je ne sais pas à quoi ressemble ton emploi du temps travail-depuis-le-canapé.

— Ha ha, lâcha-t-il avant de réfléchir. Si j'ai mon ordinateur, oui, je pourrais rester quelques jours. J'ai pensé que tu voudrais retourner au Sound, cependant.

Il le voulait. Mais s'il maintenait Carter éloigné, il pourrait en fait être obligé de ralentir et de se détendre. De plus, il pourrait être amusant de se balader avec lui en ville… Et Jeff savait exactement où l'emmener en premier.

— Quelles sont les chances que quelqu'un puisse ramener ledit ordinateur?

— Euh, je crois en fait que Maman prévoyait de venir en ville pour un dîner et un film avec une amie.

— Parfait.

Jeff posa sa tasse et ramassa son téléphone. Il grimaça au nombre de messages non lus, et le mit en mode Ne Pas Déranger.

— Voyons si elle est prête à te l'apporter et je t'emmènerai ensuite prendre un petit déjeuner.

— Quoi, s'étonna Carter en clignant de grands yeux vers lui, tu ne vas pas me faire le petit déjeuner?

— Je suis à peine rentré chez moi depuis des semaines, répliqua Jeff avec un regard plat. À moins que tu aimes un accompagnement de pénicilline avec ton toast sec, je pense que te payer le petit déjeuner est la meilleure option.

Bien qu'il puisse toujours se faire livrer…

Avant qu'il puisse le suggérer, Carter se leva et secoua son téléphone.

— Je pense que je vais aller m'habiller.

Eh bien. Si Jeff arrivait à avoir ce qu'il voulait, ils auraient beaucoup d'occasions pour apprécier des matinées prolongées. Il baissa les yeux sur l'écran de son téléphone, ayant l'intention de découvrir une option de restaurant près de sa véritable destination. Mais avant qu'il puisse taper les premiers mots, Carter reprit la parole.

— Cependant…

Jeff releva la tête.

— Je pourrais avoir besoin d'une douche, continua Carter. Et c'est tellement difficile d'atteindre tout mon dos avec un pied cassé.

Jeff laissa retomber le téléphone.

PLUS TARD, Carter lui lança un regard noir dans le magasin de matériel médical et dit :

— Tu m'as menti.

— Je n'ai jamais dit que nous n'allions pas t'acheter un scooter de genou, déclara Jeff avant de l'ignorer pour parler à la vendeuse. Est-il assez grand ? Je ne suis pas sûr comment le voir.

— C'est notre modèle le plus grand, lui dit-elle. Guidon ajustable et repose genou. Oh, mais si vous voulez mon avis, vous devriez prendre un modèle supérieur pour les roues. Les petits ont tendance à se renverser si vous heurtez même un gravier de la mauvaise manière.

Carter lança un *regard* à Jeff, mais ce dernier ne put résister.

— Je veux absolument personnaliser sa caisse.

— Jeff, je ne vais pas utiliser…

Jeff enfila son sourire pour parler à la presse et se tourna vers la vendeuse. Elle portait un badge avec son nom, remarqua-t-il.

— Jen, pourriez-vous nous accorder une minute, s'il vous plaît ?

— Bien sûr. Je serai derrière la caisse si vous avez besoin de moi.

— Merci beaucoup.

Il attendit qu'elle ait fait quelques pas, puis se tourna de nouveau vers Carter.

— Écoute, n'es-tu pas en train de devenir dingue de ne pas pouvoir marcher sur des distances significatives ?

— Bien sûr, mais…, répondit Carter, son front se plissant en une moue.

— Mais quoi ? Tu préférerais des béquilles parce qu'elles sont plus viriles ? questionna Jeff, laissant son ton communiquer comme c'était absurde. Ça semble plutôt… sexiste ? Discriminatoire ?

La moue développa une pointe de culpabilité. Au moins, il savait qu'il était un idiot.

— J'aurai l'air stupide.

— Tu auras l'air d'un homme qui se laisse guérir correctement, contra Jeff. Moi, j'aurai l'air stupide.

Il fit rouler un modèle exposé plus petit et le testa. Pas mal pour le confort ou la taille. Il devrait s'assurer que Jen ait assez de produits en stock au cas où quelqu'un d'autre, ayant vraiment besoin d'un scooter, passait, mais…

— Tu ne vas *pas* te balader sur un scooter, affirma Carter en secouant la tête. Tu marques un point, je suis ridicule. Je vais l'utiliser, d'accord ?

— Bien, dit Jeff. Je vais en prendre un sympa où tu peux te tenir debout. Viens, allons trouver Jen et te choisir des roues tout-terrain.

Quelles qu'aient été ses protestations initiales, Carter s'amusa bien durant le reste de la matinée. Jeff était quasiment sûr qu'il avait besoin d'une illusion d'indépendance plus que n'importe quoi d'autre. Après une heure à rouler dans le Eaton Center pendant que Jeff le persuadait de mettre des versions plus coûteuses de sa garde-robe habituelle – il voulait voir Carter dans des vêtements de créateurs, mais ce qu'offrait Eaton Center était plus facile d'accès – Carter était joyeux et détendu.

Il appréciait aussi que Jeff soit son porte-sac.

— Je ne sais pas, dit-il sérieusement alors qu'il passait devant Indigo. Je prendrais bien quelque chose à lire. Peut-être deux ou trois livres reliés.

Jeff avait abandonné l'idée de son propre scooter après que Carter l'avait autorisé à acheter l'équivalent d'un an de sous-vêtements.

— Je t'achèterai une liseuse. C'est mieux pour les arbres.

Carter lui jeta un rapide coup d'œil et sourit… et fonça presque dans quelqu'un.

Oups.

— Oh mon Dieu, je suis tellement désolé.

Carter avait heureusement réussi à garder l'équilibre, tout comme sa victime, qui n'avait pas regardé plus que Carter où elle allait.

— Non, vous plaisantez, j'ai failli vous renverser, répondit la femme d'environ un mètre soixante-cinq avec un visage rond et des lunettes rondes. Vous allez bien ?

— Ça va, promit Carter. Pas de mal. Vous êtes sûr que vous allez bien ? Je n'ai pas roulé sur vos orteils ou autre chose ?

— Non, je vais bien, vous voyez ? déclara-t-elle, levant le pied pour montrer une paire de Doc Martens.

— Hé, peut-être que tu aurais dû en essayer une paire, taquina Jeff.

Cela s'avéra être une erreur, cependant, parce que, quand elle concentra son attention sur lui, elle se tourna suffisamment dans sa direction pour qu'il puisse identifier son t-shirt Howl.

— Oh mon Dieu, s'exclama-t-elle. Vous êtes Jeff Pine !

— C'est lui, confirma Carter.

Jeff regarda autour de lui. La galerie marchande n'était pas trop bondée, mais il ne voulait pas obstruer le passage, alors il poussa doucement l'épaule de Carter jusqu'à ce qu'il roule plus près du mur.

Carter souriait comme s'il ne s'était pas autant diverti de toute la semaine, ce qui était impoli. Jeff avait fait un excellent boulot pour le divertir, en particulier les douze dernières heures.

— Oh mon Dieu. Pourriez-vous, enfin… Mince, déplora-t-elle, son visage s'effondrant. Je souhaiterais avoir un marqueur ou autre chose, vous pourriez totalement signer mon t-shirt.

Jeff en avait normalement un, mais il avait eu beaucoup de choses à l'esprit ce matin-là.

— Un selfie ? offrit-il à la place.

— Oui ! Un selfie ! Seigneur, vous devez penser que je suis de la vieille école. Oh bon sang. Pardon d'être autant une geek. Simplement, je… J'aime votre musique depuis que je suis enfant.

Jeff aimait ses fans, mais ce commentaire lui donnait l'impression d'avoir une centaine d'années, et il pouvait dire que Carter avait remarqué parce qu'il rit. Il essaya de le couvrir en proposant :

— Je pourrais le prendre si vous voulez.

— Merci, ce serait tellement génial ! Mes amies vont être dingues !

Avec un grand sourire, elle ramena les yeux vers Carter pour lui tendre son téléphone et…

Merde.

— Hé, dit-elle alors que Carter retournait le téléphone, vous ne seriez pas ce type sur la photo montrée à *416 Morning…* ?

Chopés.

Carter jeta un coup d'œil à Jeff, qui haussa les épaules. C'était à Carter de voir.

— C'est moi.

Il tenait facilement le téléphone dans une main énorme. Jeff devait absolument ne pas se concentrer sur ça pendant qu'ils étaient en public. Il bougea pour se tenir à côté de sa fan, puis réalisa avec du retard qu'il ne connaissait pas son nom.

— L'homme avec le scooter qui a essayé de te rouler dessus est Carter, dit-il. Et moi, c'est Jeff, manifestement, et tu es… ?

— Oh ! Chrissy. Mon pronom est iel.

— Heureux de te rencontrer, Chrissy. Tu veux une pose particulière pour cette photo ?

— Euh, commença-t-iel en se mordant la lèvre, est-ce que ça va si tu mets ton bras autour de ma taille, et je ferai pareil ?

Jeff avait eu des demandes bien plus intrusives, et certains qui n'avaient pas demandé.

— Bien sûr. Nous allons rendre Carter Jaloux.

Celui-ci leva les yeux au ciel, mais Chrissy ne parut pas y faire attention.

— Je ne peux pas croire que ça arrive vraiment.

Carter prit la photo et lui rendit son téléphone. Iel regarda la photo et rougit joliment.

— C'est tellement génial. Merci, vraiment.

— Ce n'est pas un problème, lui assura Jeff. Je ferais n'importe quoi pour les fans.

Pas *vraiment* n'importe quoi, mais ils n'étaient pas obligés de le savoir.

Chrissy fit un pas en arrière et repoussa ses cheveux derrière ses oreilles.

— Alors, je suis désolé parce que ce ne sont totalement pas mes affaires, mais tu as plaisanté sur le fait de le rendre jaloux, et j'étais au concert hier soir, et on dirait que, peut-être, tu fréquentes quelqu'un de nouveau ?

Maintenant, Jeff voyait de la panique s'installer sur les traits de Carter. Mais le pot aux roses avait été découvert désormais.

Facile à dire pour Jeff. Ses roses n'avaient jamais été dans la même pièce que le pot.

— On dirait bien, convint-il.

C'était poli, pas un vrai mensonge, et assez vague pour un déni plausible.

— Waouh, souffla Chrissy. Eh bien, cette chanson hier soir était géniale, alors si, tu sais… Je suis vraiment heureux pour toi. Et maintenant, je dois absolument y aller parce que je suis agaçant, et je vais être en retard au travail. Mais encore merci. Simplement… Howl signifie tellement pour moi.

— Ça signifie tellement pour moi aussi, répondit Jeff en plaquant un sourire sur son visage. Passe une bonne journée, Chrissy.

Il espérait paraître plus décontracté qu'il ne se sentait. Parce que, tout à coup, il ne l'était pas.

À côté de lui, Carter vacilla aussi. Il était l'heure de la phase deux du plan de désintox de Carter.

— Je veux des shawarma, déclara-t-il. À emporter.

Le ventre de Carter gargouilla à point nommé. Jeff le connaissait toujours.

— Ça semble super.

COMME JEFF l'avait prévu, les paupières de Carter commencèrent à se fermer quand ils étaient à la moitié de leur déjeuner à la table de la cuisine.

— Pourquoi ne vas-tu pas faire une sieste ? suggéra Jeff. On dirait que tu en as besoin.

C'était un signe montrant à quel point Carter devait vraiment être épuisé qu'il ne réplique pas ou n'argumente pas non plus. Il s'allongea sur le canapé avec le pied droit surélevé sur l'accoudoir et s'endormit en quelques minutes.

Jeff nettoya silencieusement la vaisselle de leur déjeuner, puis s'assit à la table et ressortit son téléphone. Il avait des messages venant de Joe, Tim, Max et Trix. Il n'était pas prêt à s'occuper de Trix, il l'avait pensé sincèrement quand il avait dit à Tim de parler à son avocate, il ne pouvait pas parler à Max sans faire lui-même une dépression… mais il ne pouvait pas abandonner Joe.

Que se passe-t-il entre Trix et toi ? Tu vas bien ?

Puis, une demi-heure plus tard – *Je sais que j'ai dit que nous avions besoin de parler, mais on dirait que maintenant n'est peut-être pas le bon moment ?*

Jeff ne pouvait pas le laisser à attendre indéfiniment. *Je suis tellement désolé. Je suis un ami merdique.* Il envoya ça, puis se mordit la lèvre pendant qu'il débattait sur quoi dire de plus. *Trix m'a obligé à jouer en direct sur scène une nouvelle chanson qu'elle n'avait jamais entendue, dans un genre de lutte de pouvoir. Je ne sais pas ce qui se passe. Tu as une idée ?* Peut-être que Tim la payait pour lui mettre la pression et faire l'album ?

Jeff repensa à l'habitude de Max et se posa des questions. C'était possible. Les accros faisaient des trucs merdiques. Mais il y avait des limites à la quantité de cocaïne qu'on s'enfonçait dans le nez avant de tomber raide mort. Ils gagnaient pas mal d'argent. Cela ne pouvait sûrement pas être aussi désespéré, qu'il ait besoin de taxer du fric à Trix ?

Avant qu'il puisse trop se perdre, il avait besoin de grandir et de s'occuper du dernier message. *Désolé de t'avoir fait faux bond. On se parle à VAN ?*

Pendant un moment, il n'eut que des points clignotants. Puis… *Bordel. Aucune idée. VAN, ça marche. Vas-y doucement, d'accord ?*

C'était le plan. En quelque sorte. Jeff s'assit dans le fauteuil en face du canapé et passa une demi-heure à se perdre dans son cahier.

À quatorze heures, le téléphone de Carter vibra sur la table basse. Il ne bougea même pas. Jeff ramassa l'appareil et l'emmena dans la cuisine pour répondre.

— Bonjour, Ella.

—Jeff. Carter est-il indisponible ? taquina-t-elle.

— Il fait une sieste, répondit-il. Je ne voulais pas le réveiller. Vous êtes là ?

— À environ cinq minutes, selon le GPS.

Jeff fit le nécessaire pour la rejoindre et lui offrit son pass de parking puisque son pick-up était encore à l'aéroport. Il était en train de rentrer avec le sac du portable de Carter sur le bras quand il aperçut une silhouette familière dans le hall d'entrée.

Trix.

Objectivement, elle avait l'air horrible. Ses cheveux étaient gras, roulés en un chignon négligé au sommet de sa tête, ses Chucks étaient sales, et elle avait des cernes sous les yeux. Sans son maquillage habituel, il put voir un bouton en train de se former sur sa mâchoire, et d'après la rougeur autour de ses yeux, soit elle avait pleuré, soit elle était défoncée.

181

Peut-être les deux.

Elle se leva quand elle le vit et fit un pas en avant, son téléphone serré dans ses deux mains.

—Jeff. J'ai essayé de te joindre, je…

Jeff attendit.

Elle laissa retomber ses mains sur le côté en signe de défaite, puis déglutit de manière visible.

— Pouvons-nous aller quelque part pour parler ? Je… je te dois des excuses et une explication, mais je ne veux pas le faire ici.

Jeff ne voulait pas non plus le faire dans son appartement.

— Carter fait la sieste sur mon canapé. Son pied est cassé parce qu'il est un idiot.

— La salle de répétition ? demanda-t-elle avec une grimace.

Jeff n'aimait pas ça, mais au moins, la salle était insonorisée.

— Très bien, accepta-t-il. Viens.

Carter était toujours endormi quand il ouvrit la porte, alors il déchira une page de son cahier de compo et la laissa sur la table basse. *Je résous quelques trucs avec Trix dans la salle de répétition. Sers-toi ce que tu veux, si tu te réveilles. Jeff*

Puis il rejoignit Trix et ferma la porte.

La salle de musique de Jeff était la seconde plus grande pièce de l'appartement. Elle avait ses propres meubles de salon ainsi qu'une batterie, un piano et une sélection de guitares. Mais Trix s'assit sur le tapis moelleux près de la table basse, les bras enroulés autour de ses genoux et le menton posé par-dessus. Il ne l'avait pas vu comme ça depuis que son rendez-vous platonique l'avait laissée tomber le soir du bal pour se mettre avec le capitaine de l'équipe de football.

Il était encore énervé, mais il avait besoin de savoir ce qui se passait. Il attrapa quelques bouteilles d'eau dans le mini réfrigérateur et s'assit sur le tapis en face d'elle.

Il ouvrit la bouteille, puis referma et rouvrit le bouchon quelques fois pour avoir quelque chose à faire de ses mains.

— Alors. Où on commence ?

Trix ramassa sa propre bouteille et glissa le pouce sous l'étiquette. Elle prit une profonde inspiration et leva enfin le visage, ses yeux hantés.

— Je sais où ça a vraiment commencé, mais d'abord… Ce que je t'ai fait… la façon dont je t'ai traité… est pourrie. Je savais que c'était mal, et je l'ai fait quand même, et tu as raison si tu me hais. Je suis désolée.

Une autre inspiration profonde, et elle ouvrit la bouteille. Le bouchon cliqueta sur le sol.

Au lieu de boire à la bouteille, elle la posa plus près du centre de la table, croisa les jambes et attendit.

Jeff ne comprenait toujours pas, et il était toujours en colère. Mais pour être honnête, elle lui foutait la trouille.

— D'accord. Je suis prêt à écouter.

— Bien, dit Trix, en se passant les paumes sur les cuisses. Tu te souviens quand tu m'as appelé en avril ? Tu as pris un petit déjeuner avec Max, et de l'argent avait disparu de ton portefeuille quand tu étais aux toilettes.

Cela n'avait pas gêné Jeff de le laisser à la table parce que Max était juste là, et ils attendaient l'addition. Il avait eu environ mille dollars en liquide sur lui, parce qu'il avait pris rendez-vous pour une guitare d'occasion qui lui avait fait de l'œil. Seulement, quand il était sorti des toilettes, Max s'était occupé de l'addition et était en train de parler à un type à l'aspect louche que Jeff ne connaissait pas. Max avait tendu son portefeuille à Jeff, et celui-ci l'avait mis dans sa poche et n'avait pas remarqué que l'argent manquait avant d'aller payer la guitare.

— Je t'ai appelé et je t'ai demandé si Max consommait de nouveau de la drogue.

Il venait juste de sortir de désintox en janvier.

— Je t'ai dit que je ne savais pas, confirma-t-elle en hochant la tête, mais je savais qu'il en consommait. En consomme.

Jeff expira, déboucha de nouveau sa bouteille et prit une petite gorgée. Max et Trix avaient toujours été plus proches que le reste d'entre eux. Jeff avait pensé que ça changerait, autrefois. Il avait pensé qu'il fallait quelques années sur la route tous ensemble et qu'ils seraient plus soudés. Et c'était le cas, mais pas autant qu'il l'avait pensé.

— Mauvais à quel point ?

— C'est compliqué, dit-elle en déchirant le reste de l'étiquette sur la bouteille. C'est… il va bien quand nous sommes en tournée, tu sais. Il ne consomme pas pendant que nous travaillons.

Doux Jésus. Jeff repensa aux dix dernières années et réalisa que c'était vrai. Max n'avait jamais manqué une représentation, ne s'était jamais présenté défoncé quand ils travaillaient sur un album.

— C'est de ça dont il était question tout ce temps ?

Elle baissa la tête.

— Trix, c'est… c'est tellement tordu. Max ne consomme pas pendant que nous travaillons, alors nous devons travailler 24 h par jour, 365 jours par an ?

Il pouvait sentir la rage frémissant sous la surface, née des années d'impuissance, à se sentir dans le noir et des mois où Trix l'avait manipulé.

— Je sais…

— Vraiment ? la coupa-t-il. C'est comme mettre un pansement sur une blessure par balle.

Elle avait compté sur lui pour échanger son bien-être contre celui de Max, indéfiniment, et à la fin, ça ne fonctionnait même pas.

— Je *sais,* répéta-t-elle.

Cette fois, sa voix se brisa, et Jeff se tut. Peut-être qu'il devrait la laisser finir ce qu'elle avait à dire, et il pourrait ensuite lui dire qu'il partait quand même.

—Jeff. J'ai été horrible envers Joe et toi. J'ai essayé d'arranger mes erreurs, mais je continue simplement d'en faire.

Avec un grand effort, il garda son calme. Il prit une profonde inspiration de plus, puis une longue gorgée d'eau et s'obligea à compter jusqu'à quatre.

— Je ne suis pas sûr de ce que tu pensais pouvoir arranger en essayant de forcer la sortie d'un album.

Elle repoussa finalement la bouteille d'eau à l'autre bout de la table, hors d'atteinte et lâcha :

— Le problème est que c'est ma faute. Je suis la raison pour laquelle Max est accro.

Pour une fois dans sa vie, Jeff entendit la sonnette d'alarme et se calma un peu. Il posa également sa bouteille. Cela semblait une chose à laquelle dédier toute son attention.

— Que veux-tu dire ? Tu l'as poussé à devenir accro aux drogues ?

Elle rigola brusquement, puis s'essuya le visage. Elle ne pleurait pas, mais elle semblait traquée.

— Non. Enfin, oui, je suppose, si on compte le fait de partager le Xanax de ma belle-mère. Je veux dire que c'est de ma faute parce que je… parce qu'il m'est arrivé quelque chose, et Max… Max était le seul qui savait. Et je lui ai fait jurer de ne jamais en parler. Et je pense qu'il avait vraiment besoin d'en parler à quelqu'un, conclut-elle, prenant une inspiration qui fit trembler sa poitrine.

Quelque chose dans la façon dont elle disait ça fit dresser les poils de Jeff sur ses bras. Il n'était pas sûr de vouloir savoir ce qu'elle allait lui dire, mais si elle l'avait caché depuis si longtemps – ça devait faire presque vingt ans – alors peut-être que son besoin de lui dire l'emportait.

— Parler de quoi à quelqu'un ?

Le visage cireux, elle garda le regard sur la table.

— Quand j'avais neuf ans, mes parents se sont séparés. Enfin, tu le sais. Euh, et je suis allée vivre avec ma mère, et quand j'ai eu onze ans, elle a épousé mon beau-père.

Une boule de glace nauséeuse se forma dans le ventre de Jeff, bien qu'il n'aurait pas pu dire pourquoi.

— Ma mère est une narcissique, souffla rapidement Trix. Ce que tu sais. Mon beau-père l'a rendue vraiment heureuse, cependant. Et il était génial avec moi aussi. Je pensais, d'accord, ma mère est plutôt une garce, mais ce n'est pas si mal.

Le cœur de Jeff martelait. Il avait envie de vomir.

— Quoi qu'il en soit, reprit-elle en secouant la tête. Ils me laissaient faire n'importe quoi, tu sais. Je ne faisais pas vraiment de tâches ménagères, ils se moquaient de mes notes. J'ai commencé à traîner avec des garçons plus âgés parce que, au moins, ils faisaient attention à moi. J'avais douze ans, je pense, ou treize.

— Trix…

Elle inspira vivement par le nez.

— Non, je suis allée jusque-là. Je dois… je dois simplement le faire… Tu peux probablement deviner ce qui se passe quand une fille stupide commence à traîner avec des garçons plus âgés. J'aurais probablement dû le deviner… J'aurais simplement dû rester avec Max, mais je traînais avec lui uniquement quand les gars étaient occupés, parce qu'il n'était pas *cool*. J'étais si stupide.

Jeff réussit finalement à trouver le courage de tendre le bras par-dessus la table. Il prit la main de Trix dans la sienne.

— Trix. Tu étais jeune, pas stupide.

Mais sa bouche coinça sur quoi dire de plus. *Si quelqu'un a profité de toi. Si on a fait quelque chose que tu ne voulais pas.* Même si elle avait *voulu*. Seigneur. Elle n'avait été qu'une enfant.

Il ne put sortir rien d'autre. Il ne voulait pas mettre de mots dans la bouche de Trix, et la sienne était trop pleine d'horreur.

Elle lui offrit un sourire brisé.

— J'étais plutôt stupide mais merci, dit-elle en serrant sa main avant de la lâcher. Enfin, je… Un jour, j'étais chez Max. Ses parents n'étaient pas à la maison. Sa mère travaillait, et je pense que son père était à la pêche ou autre chose. J'ai eu soudain une crampe d'estomac, vraiment mauvaise, comme si j'allais me chier dessus. Excepté que je savais que ce n'était pas ça. Je ne m'autorisais simplement pas à vraiment savoir.

La main de Jeff trembla quand il prit une gorgée de sa propre bouteille. Il ne l'interrompit pas. Il ne pouvait pas.

— Je dois avoir fait flipper Max avec les cris et les pleurs. Il a brisé le verrou sur la porte de la salle de bain et m'a trouvé dans la baignoire. Il doit avoir pensé que j'étais en train de mourir.

Des larmes inattendues jaillirent des yeux de Jeff. Sa main avança de nouveau sans son accord et s'enroula autour de celle de Trix.

— Seigneur. C'est… Je suis tellement désolé que tu aies traversé ça toute seule.

Cette fois, elle ne retira pas sa main et croisa son regard pendant un instant.

— Je n'étais pas seule. J'avais Max. Il a aidé à nettoyer…

Leur regard, et sa voix se brisèrent.

— C'était de la taille de mon poing. Je ne pouvais pas regarder, alors Max s'en est débarrassé pour moi. Je pense que c'est le pire, que je n'ai pas pu regarder et que Max ait été obligé.

Elle s'éclaircit la voix, essuyant de nouveau son visage. En y repensant, Jeff ne pensait pas l'avoir vu pleurer un jour.

Il pensa que pas grand-chose ne pouvait l'atteindre après ce qu'elle avait traversé.

— Je ne l'ai jamais dit à ma mère, mais elle doit avoir compris d'une certaine manière parce qu'elle… s'arrêta-t-elle, sa gorge bougeant sans mot pendant un instant. Elle a dit qu'elle ne pouvait pas avoir une salope comme moi dans la maison. Qu'elle ne voulait pas de compétition.

— Nom de Dieu, siffla Jeff, ayant envie de frapper quelque chose.

— J'ai déménagé chez mon père et ma belle-mère, finit Trix, et c'est… c'est tout. Max n'en a jamais parlé. Pas plus que les garçons. Je pense qu'ils auraient eu de sacrés ennuis s'ils l'avaient fait. Alors, je n'ai jamais eu de réputation.

Comme si c'était important, pensa Jeff, mais ça l'était, n'est-ce pas ? Quand on était une préadolescente. Parmi toutes les choses dont on devait s'inquiéter. Putain.

— Pourquoi me le dire maintenant?

— Je t'ai traité comme une merde, avoua-t-elle en soulevant une épaule en un faible haussement. Même si j'ai fait face à certaines choses – ou si je n'y ai pas fait face – ça n'excuse pas les trucs que je t'ai faits. Tu aurais le droit de quitter le groupe. Je mérite foutrement que tu partes, ou que tu m'en éjectes, ou n'importe quoi. Mais je ne veux pas que tu le fasses, pour que je puisse faire ce que je peux pour arranger tout ça.

Jeff se frotta le visage des deux mains. Il ne savait pas s'il y avait quelque chose qu'ils *puissent* faire, à ce stade.

— C'est une putain de pagaille.

— Oui. Bienvenue dans ma vie, grommela-t-elle, son visage s'effondrant.

Au moins, cela expliquait pourquoi Max et elle avaient toujours été si proches, pourquoi on avait eu l'impression que Joe et Jeff étaient toujours à l'extérieur.

— D'accord. Nous avons besoin d'un plan.

En entendant ça, elle releva la tête.

— Un plan, répéta-t-elle, de l'espoir s'allumant dans sa voix.

— Max empire. Ça doit empirer, ou tu n'aurais pas insisté autant pour l'album, pas vrai?

Il avait volé Jeff, très certainement pour acheter de la drogue. Il en avait définitivement consommé quand Jeff était à Willow Sound. Il pouvait certainement être en train d'en consommer. Jeff ne passait plus assez de temps avec lui en dehors de leurs représentations pour le savoir.

— C'est plutôt mauvais. Je l'ai obligé à emménager de nouveau avec moi.

— Au point d'avoir besoin de Narcan? demanda-t-il, ayant besoin de savoir à quoi ils faisaient face.

— Pas depuis février.

C'était suffisamment mauvais. Jeff descendit la moitié de sa bouteille.

— Il a besoin d'aller en désintox. Quelque chose avec de vrais thérapeutes et de la sécurité.

— Il a besoin de participer à toute conversation impliquant son futur, se hérissa Trix.

Jeff n'avait pas de réplique à ça, parce qu'elle avait raison, il ne pouvait simplement pas décider de la vie de Max pour lui.

— Tu as parfaitement raison. Je… Je ne suis pas un expert, clairement, mais il a été en désintox une fois, et ça n'a pas pris. On dirait qu'il a besoin de mesures plus drastiques.

Elle se massa les tempes. Durant la dernière heure, elle semblait avoir curieusement gagné un certain nombre de fines rides autour des yeux pour aller avec les cernes sombres en dessous.

— Le souci est que, parfois, lui en parler peut le pousser à consommer. Je peux travailler dessus par étapes, mais si nous le confrontons... ça pourrait devenir vraiment mauvais.

— On voit comment ça se passe ? suggéra-t-il. Peut-être à la fin de la tournée... ?

— Oui, accepta-t-elle, se penchant en arrière contre le canapé. Ça pourrait être craignos.

— Probablement pas plus que les derniers mois, grogna involontairement Jeff. Dernières années. Tournées.

— Tu es si fatigué ?

Trix leva la tête et le regarda. Au lieu de répondre tout de suite, Jeff se laissa le temps d'y réfléchir.

— Je suis épuisé, dit-il lentement. Une partie de tout ça, c'est ce truc avec Max. Une autre, c'est juste... Je pense que Max et toi n'êtes pas les seuls à avoir des trucs auxquels ils n'ont pas fait face, tu vois ? Ça nous rattrape, ou du moins, ça me rattrape. J'ai l'impression que si je ne prends pas le temps de me reprendre, ce n'est qu'une longue et lente glissade vers le bas.

Ils restèrent assis en silence pendant un instant avant que Trix ne dise :

— Je suis désolée de ne pas avoir su.

— Trix, tu te fous de moi ? Ne t'excuse pas. Seigneur.

Pendant une seconde, le visage de Trix se figea à mi-chemin entre désolé et surpris. Puis, brusquement, elle commença à ricaner. Elle se mit la main sur la bouche et parut choquée d'elle-même, mais le rire glissa de derrière ses doigts jusqu'à ce que Jeff l'attrape aussi.

— Putain, souffla-t-elle, haletant contre le flanc du canapé, Jeff, nous sommes *tellement perturbés*, oh mon Dieu. Nous avons tellement de problèmes que nous pourrions démarrer des archives.

Jeff était allongé sur le dos, riant en silence et serrant son ventre parce qu'il ne pouvait pas prendre une inspiration assez profonde pour faire du bruit. Des larmes coulaient sur son visage. Il ne pouvait honnêtement pas dire si elles venaient du rire ou de la catharsis.

Finalement, il se reprit suffisamment pour rouler sur le côté afin de pouvoir la regarder derrière le bout de la table.

— Qu'allons-nous faire entre-temps ?

Trix était aussi allongée sur le sol, les mains coincées sous sa joue.

— Je ne sais pas. Enfin, d'habitude, écrire un album. Ça nous maintiendrait tous occupés. Ça garderait le nez de Max propre, pour ainsi dire. Excepté que je ne mérite pas de collaborer avec toi pour l'instant, alors voilà. Et aussi, j'ai la sensation que Tim se joue de toi.

— Pas particulièrement *bien,* dit Jeff, mais oui. C'est un connard. Je préférerais me bouffer le pied plutôt que de le laisser se faire un seul autre centime sur notre travail. Mais sortir de notre contrat va être coûteux.

— Ne viens-tu pas d'engager une avocate de luxe? demanda-t-elle. Enfin… c'est ce qu'étudient les avocats, pas vrai? Elle pourrait en théorie nous aider à trouver une porte de sortie. Trouver un autre label même.

Eh bien… peut-être.

— Ça pourrait résoudre certains de nos problèmes.

— Comme le fait que toutes les chansons dans ton cahier de compo sont des chansons d'amour? suggéra Trix, souriant doucement.

— Pas toutes, protesta Jeff. Aucune n'est particulièrement rock.

Avec quoi, oui, le label aurait probablement un problème. Ils voudraient au moins quelques chansons dansantes.

Le sourire doux se transforma brusquement, et elle rigola.

— Oh mon Dieu. Jeff. Tu écris un album *cottagecore* [10]. Tu nous fais un Taylor Swift!

Oh Seigneur. Il avait même écrit ces chansons dans un chalet dans les bois. Il leva les mains jusqu'à son visage alors qu'il éclatait de rire.

— Pour ma défense, les gens aiment ces albums.

Trix se remit sur le dos et soupira vers le plafond.

— Je peux t'imaginer en train de chanter à propos du cardigan de Carter.

— Ne porte pas la poisse, avertit Jeff.

Elle inclina la tête et croisa ses yeux.

— Tu es vraiment, pour de *vrai,* dingue de lui, n'est-ce pas? Pas simplement un béguin de lycée.

— Littéralement, chaque chanson d'amour que j'ai un jour écrite est pour lui. Celle que j'ai dit être à propos de ce type, Brian, avec qui je suis

---

10 Littéralement «cœur de chalet». Tendance inspirée de l'esthétique anglaise du XIXe siècle, fantasmant un mode de vie plus simple et proche de la nature.

sorti pendant quelques mois ? J'ai menti, dit-il avec un sourire faible. Je suis vraiment dingue de lui, pour de vrai.

— Je suis heureuse pour toi, dit-elle après un moment. Tu le mérites.

On approchait de l'heure du dîner quand ils se relevèrent du sol.

— Veux-tu que je vérifie si Carter dort encore ? offrit Jeff. Je pourrais lui demander de s'installer dans la chambre si tu ne veux pas le rencontrer tout de suite.

Il ne lui en voudrait pas. Mais Trix secoua la tête.

— Non, ça va. J'ai fait mon lit, je peux me coucher dedans, continua-t-elle avec un sourire. De plus, j'aimerais le rencontrer.

— Et par « rencontrer », contra Jeff, connaissant ce regard, tu veux dire « reluquer » ?

— Je n'ai aucune idée de quoi tu parles, dit-elle en se levant et tendant une main vers Jeff. Allez, tu peux nous présenter, et je te laisserai ensuite tranquille pour que tu puisses profiter de son énergie d'après sieste.

Sans surprise, Carter était réveillé, agitant quelque chose qui sentait délicieusement bon dans la cuisine.

—Jeff ?

— Hé, lança celui-ci en passant la tête par la porte coulissante et dans la cuisine en longueur. Tu es partant pour rencontrer un autre quart de Howl, ou est-ce trop d'exposition aux rock-stars pour une journée ?

Carter posa la cuillère qu'il utilisait et avança en titubant vers lui pour avoir un baiser.

—Hmm. Redis « exposition ».

— Oh mon Dieu, entendit Jeff de derrière lui.

Il soupira et se retourna.

— Trix, voici mon petit ami, Carter, indiqua-t-il en le regardant avancer pour serrer la main de la batteuse. Carter, voici Trix, alias, Tracy Neufeld.

Trix sourit sincèrement tandis qu'ils se serraient la main.

— Salut. Jeff nous a raconté… pratiquement tout jusqu'à il y a environ quelques semaines, mais donne-nous du temps.

— Merci d'avoir veillé sur lui pour moi, grogna Carter avec un rire.

— Excuse-moi, intervint Jeff, lequel d'entre nous a eu besoin de l'autre pour dégager un passage jusqu'au canapé quand il s'est cassé le pied ?

Carter laissa passer ça sans faire de commentaire.

Trix, cependant, leur lança un regard entendu.

— Je vois que vous sautez directement dans l'imitation du vieux couple marié.

— Quelque chose comme ça, concéda Carter.

Mais le coup d'œil de côté qu'il jeta à Jeff – tout en chaleur et promesse – contredisait ses mots.

Jeff voulut faire à peu près trois choses en même temps – sortir Trix de l'appartement, s'assurer que le dîner n'allait pas exploser, et tacler Carter dans la chambre – mais il n'eut pas la chance d'en faire une seule, parce que le téléphone de Trix fit un bruit odieux. Plissant le front, elle le sortit.

— Désolée, laissez-moi simplement… marmonna-t-elle.

Le téléphone de Carter vibra dans sa poche quelques secondes après. Jeff se sentit mis de côté jusqu'à ce qu'il se rende compte qu'il avait laissé le sien en silencieux.

Puis, avec de l'appréhension, il le sortit également de sa poche.

L'écran montrait un nombre légèrement alarmant de notifications. S'il y avait quelque chose de vraiment important, ça transparaîtrait dans ses messages.

Dans le cas présent, cela s'avéra venir de la mère de Carter, ce qui n'était pas du tout inquiétant.

C'était un lien vers un article Buzzfeed avec la manchette peu prometteuse Amourette d'Été du Meneur de Howl?

Jeff fit défiler sans lire et arriva enfin à la photo volée sur Twitter à laquelle il s'était attendu. Le tweet avait plus de deux mille likes et avait été retweeté presque autant de fois. Il montrait deux photos côte à côte, une avec Jeff et Chrissy prise le matin même, et l'autre celle de Carter et Jeff qui était sortie à *416 Morning* la veille.

Le message de Chrissy confirmait plus ou moins la source de l'article. *Regardez qui j'ai croisé à Eaton Center! Ce mec grand et magnifique qui semblait assez familier a offert de prendre la photo de nous deux. C'était CE TYPE de cette photo sur @416Morning!*

— On dirait que vous avez été découverts, dit Trix.

Elle enfonça de nouveau son téléphone dans sa poche. Elle les regarda tous les deux et secoua la tête avant de reprendre.

— Euh, alors, je vais vous laisser… en discuter. C'était agréable de te rencontrer, Carter.

— Oui, répondit-il, clairement toujours distrait par son téléphone. Toi aussi.

Jeff la reconduisit à la porte, conscient que Carter était toujours enfoncée tête la première dans sa célébrité surprise.

— J'espère qu'il va vite s'en remettre, offrit Trix.

— Est-ce… veux-tu que je t'appelle un Uber ? Devrais-je appeler Max pour toi ?

— Je suis en fait en meilleure forme que quand je suis arrivée, avoua-t-elle en secouant la tête. Promis.

Jeff acquiesça et décida de la prendre au mot.

— D'accord. Eh bien… appelle-moi si ça change.

— Je le ferai, promit-elle avant de jeter les bras autour de sa taille. Je suis encore désolée pour ce que je t'ai fait. Ça va si tu es toujours en colère. Mais merci quand même d'avoir écouté.

Surpris, Jeff resta figé pendant un instant mais lui rendit ensuite son étreinte.

— Quand tu veux.

Quand il retourna à l'intérieur, Carter était de retour dans la cuisine, fixant une casserole bouillonnante de pâtes. Jeff toucha sa taille, appuya un baiser sur son épaule.

— Hé. Tu vas bien ?

Carter reposa la cuillère et attira Jeff à lui.

— Oui. Enfin, j'y suis plutôt habitué, non ? expliqua-t-il tristement. Frère célèbre. Ce n'est pas un territoire complètement inconnu.

Vrai, et Carter et Dave se ressemblaient suffisamment pour qu'il ait probablement été confondu avec Dave quelques fois.

Être le frère d'une personne célèbre était un peu différent du fait de sortir avec une, cependant.

— Tout ceci va certainement être légèrement plus invasif.

— Je suis un grand garçon, contra Carter, cognant de manière appuyée son bassin contre celui de Jeff. Je peux y faire face.

Jeff lutta contre l'envie de regarder vers le bas. Il avait peur que s'il bougeait, tout ce qui était sur la gazinière déborde.

Mais Carter interrompit le fil de ses pensées d'une inclinaison de la tête.

— Tout va bien avec Trix ? Les choses semblaient un peu tendues sur scène hier.

Bien sûr que Carter avait relevé ça. Jeff s'assit sur un des tabourets de cuisine et accrocha ses pieds sur le bar en dessous.

— Elle ne m'a pas exactement demandé si c'était acceptable de me faire jouer une chanson que j'avais écrite et qu'elle a trouvée dans mon cahier quand je l'ai bêtement laissé à sa portée.

— Quoi? *Merde.*

La casserole de pâtes déborda. Carter souleva le couvercle et baissa le feu, puis remua frénétiquement jusqu'à ce que le danger soit écarté.

— C'est quoi ce bordel, Jeff?

— Oui, c'est ce que j'ai dit aussi, dit-il en secouant la tête. Elle est venue s'excuser et… expliquer, je pense. Il y a des circonstances atténuantes. La situation n'était toujours pas acceptable, mais ça va *entre nous.*

Carter donnait encore l'impression qu'il voulait traquer Trix et défendre l'honneur de Jeff, ou l'honneur de sa chanson, mais il laissa couler.

— Si tu le dis.

— Je le dis.

Ce qui amena Jeff à son sujet suivant de conversation.

— Alors, écoute… tu peux dire non.

Avec un regard doucement concentré mais néanmoins assez vif pour couper à travers les conneries de Jeff, Carter éteignit le brûleur sous la sauce et les pâtes, et dit :

— Je peux, vraiment? À quoi puis-je dire non?

— Eh bien, commença Jeff en s'éclaircissant la gorge. Tu as ton ordinateur maintenant. Et tu as le feu vert pour travailler de chez toi pendant un petit moment…

Carter égoutta les pâtes. Quand il eut fini et que Jeff n'eut toujours pas continué, il l'encouragea :

— Tu sais que tu dois en fait me poser une question afin de me donner l'opportunité de dire oui ou non, pas vrai?

— Viens en tournée avec moi, lâcha brusquement Jeff.

Carter renversa quelques pennes par-dessus le bord de la passoire, et elles atterrirent sur le sol.

— Sérieusement?

— Peut-être pas toute la tournée, amenda Jeff, faisant marche arrière. Enfin, tu seras le bienvenu. Mais au moins jusqu'à Vancouver et Victoria. C'est magnifique, et tu…

Tu as besoin de vacances. Non, s'il le formulait comme ça, Carter trouverait un moyen de se désister.

— C'est peut-être égoïste de ma part, dit-il à la place. Mais, je ne suis pas encore prêt à te quitter des yeux si je n'y suis pas obligé. Je peux faire en sorte que mon agent de voyage te réserve une place sur nos vols.

Carter laissa les pâtes dans la passoire et se retourna pour faire face à Jeff.

— Tu ne penses pas que je serais une distraction ?

Jeff lutta contre l'envie de baisser les yeux sur ses mains et réussit presque à croiser ceux de Carter.

— Tu seras définitivement une distraction, répondit Jeff avec ironie. Mais peut-être pas une mauvaise distraction. Nous allons écrire un nouvel album. Je ne sais pas encore ce que nous allons faire pour l'enregistrement ou la production. Je déteste notre label. Mais écrire serait beaucoup plus amusant avec une muse dans les parages, alors…

Il ne savait pas pourquoi il se sentait aussi vulnérable – ce n'était pas comme si Carter ne savait pas que cette chanson était pour lui. Mais il ne se détendit quand même pas avant que Carter mette les pennes dans la sauce, traverse la cuisine, et prenne son visage en coupe pour l'embrasser.

— Je dois revérifier avec le travail, dit-il quand il recula, pour m'assurer qu'il n'y a pas de taxe étrange. Mais s'ils disent que ça va… alors oui. Pourquoi pas ?

— Vraiment ? questionna Jeff avec un sourire.

— Vraiment, confirma Carter en l'embrassant de nouveau.

D'accord. Cela donnait des options à Jeff. Cela lui donnait du temps. Cela lui donnait…

Une érection. D'accord, c'était Carter encore en train de l'embrasser – sa pommette, puis sa fossette, puis son oreille, et ensuite son cou – qui faisait ça.

— Hé, s'exclama Jeff, se retrouvant soudain assis sur sa table de cuisine, les pâtes se réchauffent bien, n'est-ce pas ?

Carter rit contre sa bouche et se laissa être guidé vers la chambre.

LEÇON CINQ
DÉCIDER QUI VOUS VOULEZ ÊTRE

CONSEIL ÉGOCENTRIQUE typique venant d'une rock star – 50 pour cent du succès d'une relation dépend de vous. Ce qui pose la question : qui êtes-vous ?

Cet été-là, je le savais à peine. Étais-je le gamin qui avait quitté la ville à quinze ans et n'avait jamais regardé en arrière ? Ou la personne de trente ans, épuisée, qui avait rampé jusqu'à la maison pour panser ses blessures ?

Étais-je le meneur de Howl, la rock star, le mec dans le groupe ? Ou étais-je un artiste solo en herbe ?

La plupart du temps, je ne savais même pas lequel de ces types je *voulais* être, alors je me suis concentré sur le fait d'être Jeff le petit ami. (Ne le faites pas. C'est stupide.)

Vous ne pouvez vous définir par la personne que vous fréquentez. Mais vous pouvez décider ce qui est important pour vous – le travail, le message, l'éthique, les gens. Et vous pouvez faire vos choix en conséquence.

Est-ce que cela vous aide vraiment à obtenir votre mec – votre *personne* ? Je le pense. Je pense qu'il est important que les gens dans une relation arrivent à un genre de consensus sur ce à quoi ressemble la meilleure version d'eux-mêmes.

En plus, de cette manière, si la relation se termine prématurément, au moins un de vous deux vous apprécie toujours quand c'est fini.

XIII

CARTER ÉTAIT visiblement mal à l'aise en avion, même en classe affaires, même avec les anti-inflammatoires puissants que le médecin lui avait prescrits. Jeff se sentait mal pour ça – Carter était uniquement dans ce stupide avion à cause de lui – quand il ouvrait la bouche pour s'excuser, Carter lui lançait un regard et disait «Non.»

Alors, au lieu de s'excuser, Jeff fut obligé de dire :

— Donc, si je nous loue un jet privé, penses-tu que nous pourrions...

Et Carter lui enfonça le petit pain de son dîner dans la bouche.

— Pas de jet privé, dit-il fermement. Bien sûr, ce sont surtout les grandes compagnies qui sont responsables des changements climatiques, mais c'est une empreinte carbone plus grosse que ce à quoi je suis prêt à participer.

Jeff prit une bouchée du petit pain et posa le reste sur son plateau.

— Je pourrais simplement te branler sous la couverture à la place, offrit-il à voix basse. Tu sais. Comme distraction.

Cela s'avéra être une erreur.

La plus grande partie de l'inconfort disparut presque subitement du visage de Carter et fut remplacée par ce que Jeff put uniquement décrire par un désir diabolique.

— J'ai une meilleure idée.

Carter prenait apparemment les mots de Jeff comme un défi de l'exciter autant que possible sans toucher son sexe. Entre le plateau et la couverture que Jeff avait jetée sur ses genoux par habitude quand il s'était assis, personne ne pourrait voir quoi que ce soit, mais il était intensément conscient du moindre petit mouvement des doigts de Carter tandis qu'il avançait doucement en massant de façon taquine du genou de Jeff jusqu'au sommet de sa cuisse. Le temps qu'il ait atteint l'entrejambe de Jeff, celui-ci était figé sur son siège, de peur d'enfoncer la main de Carter contre son sexe et de ruer contre elle jusqu'à ce qu'il jouisse.

Quand il fut sûr de ne pas pouvoir supporter une seconde de plus, Carter retira sa main, et une hôtesse vint reprendre les plateaux du dîner.

— Je te déteste, siffla Jeff, complètement rouge et douloureux dans son jean.

— Non, tu ne me détestes pas, rétorqua Carter allègrement en repoussant son plateau, avec un clin d'œil et un sourire diabolique. Merci pour la distraction. Ça a vraiment aidé.

Jeff serra les dents jusqu'à ce que le chariot de l'hôtesse soit passé et qu'il puisse s'échapper vers les toilettes.

À part ça, le vol fut sans incident. Ils atterrirent à Vancouver et débarquèrent pour découvrir une parfaite journée de carte postale les attendant, le soleil de fin d'après-midi baignant tout de chaleur. L'eau du Détroit de Géorgie était d'un bleu profond et transparent, et la chaîne Côtière s'élevait à l'horizon, surmontée de neige.

La vue depuis leur chambre d'hôtel était tout aussi agréable.

Carter fit rouler son scooter jusqu'à la fenêtre et posa le sac de son ordinateur sur le bureau.

— Waouh. Très chic.

— Rien que le meilleur pour toi.

Carter se retourna à moitié pour lui lancer un regard à ces mots, parce que oui, Jeff avait réservé la chambre avant de savoir que Carter allait la partager avec lui, mais peu importe. Il avait aussi demandé à être surclassé après que Carter avait dit oui.

Celui-ci s'assit au bureau pendant que Jeff offrait un pourboire au porteur. Puis Jeff se laissa tomber sur le canapé dans le salon et s'étira. Il était encore excité du vol.

— Aloors… des projets ?

Carter pivota vers lui, les mains entre ses genoux écartés. Jeff était fatigué, en partie à cause du décalage horaire, en partie à cause du voyage, et il avait plutôt envie de ramper à travers la pièce et de mettre le visage contre l'entrejambe de Carter.

— J'allais en fait te poser cette question. Il y a quelques trucs que je dois vérifier pour le travail, mais je ne sais pas si nous avons une réservation pour dîner ou…

Jeff avait pensé à peut-être prendre un room service romantique, mais une soirée dehors pourrait être bien. En fait, cela empêcherait Carter de passer toute la soirée sur son ordinateur de la manière dont il l'avait fait la veille à Toronto, comme s'il essayait de compenser le fait de ne pas être présent en personne en faisant deux fois plus d'heures.

— Nous devrions sortir, décida Jeff.

Ils n'avaient pas beaucoup de temps en Colombie-Britannique – le premier concert était le lendemain, puis le suivant le surlendemain, et le jour d'après, ils reprenaient l'avion, Carter retournant à Willow Sound et Jeff avec le reste de Howl vers leur représentation à Calgary.

— Je vais chercher quelque chose à proximité.

— Ça paraît bien, approuva Carter, déjà en train de déballer son ordinateur. Est-ce que ça te dérange si je travaille un peu? Je suis pratiquement sûr que j'aurai un autre e-mail venant d'Emily. Elle essaie de suivre l'impact du changement climatique sur les populations sauvages à travers les parcs du Canada, mais les données sont un vrai désordre. J'essaie de l'aider à trouver de meilleures sources.

Jeff n'avait aucune idée si cela faisait partie du vrai travail de Carter ou s'il était simplement un passionné qui ne pouvait s'en empêcher, mais il agita la main.

— Vas-y. De toute façon, il est un peu tôt pour dîner. Plus nous attendons, moins le décalage horaire sera gênant.

— Merci.

Malheureusement, Jeff avait sous-estimé son propre épuisement et l'engagement de Carter dans son travail. Il s'endormit sur le canapé en cherchant sur internet des restaurants et se réveilla une heure et demie plus tard quand Carter toucha son épaule.

— Tu disais à propos du décalage horaire? demanda-t-il, amusé.

Jeff fit rouler son cou pour essayer de défaire un nœud. À l'extérieur, le soleil couchant patinait les montagnes en rouge doré.

—Hmm. Tu m'as réveillé à temps pour le spectacle.

— Je suppose que les couchers de soleil ne sont pas mal non plus par ici, répondit Carter en s'asseyant sur le coussin à côté de Jeff. Tu veux toujours sortir pour dîner?

Le ventre de Jeff gargouilla. Apparemment, leur léger déjeuner dans l'avion n'était pas suffisant pour satisfaire ses besoins.

— Oui, mais ça pourrait être un peu plus difficile d'avoir une réservation maintenant. Laisse-moi juste…

Il secoua le bras pour en ôter les picotements et ramassa son téléphone.

— À la réflexion, dit-il ensuite.

Il se leva et utilisa à la place le téléphone de l'hôtel pour que le concierge fasse une réservation.

— Waouh, répéta Carter quand il entra sur son scooter dans le hall du restaurant haut de gamme que le concierge avait recommandé. C'est sûrement une bonne chose que tu m'aies emmené faire du shopping.

Jeff s'était mentalement tapé dans la main depuis que Carter était sorti de la salle de bain dans un pantalon bleu ajusté qui tirait sur ses cuisses, un simple t-shirt blanc à col tunisien et un pull gris avec un col fermé par des pressions et des détails sur les épaules qui attiraient l'attention sur leur largeur. On aurait presque dit que Jeff avait fait attention tout du long aux choses que sa styliste lui disait.

— Tu ressembles définitivement à un casse-croûte, approuva Jeff, limite lascif.

Avant qu'il puisse ajouter quelque chose de plus scandaleux, le maître d'hôtel arriva pour les emmener à leur table. Carter plia le guidon de son scooter pour qu'il puisse tenir sous la table et regarda autour de lui.

— Tu essaies de m'impressionner ou quoi?

Mais il sourit comme si ça ne le dérangeait pas du tout que Jeff soit sur le point de débourser sept cents dollars pour un dîner que Carter aurait du mal à s'offrir.

En réponse, Jeff battit des cils.

— Est-ce que ça fonctionne?

— Je ne sais pas, contra Carter en riant. Je t'ai vu enlever du chewing-gum dans les cheveux d'un enfant de cinq ans. Qu'est-ce que *ceci* va prouver?

Il marquait probablement un point, mais peu importe. Ils devaient quand même manger.

— Que je me soucie des ressources de saumon local gérées durablement?

Un autre rire étouffé, accompagné par un regard si tendre que Jeff, qui gagnait sa vie en dévoilant son âme en public, se sentit inconfortablement nu.

Le dîner fut agréable. Carter fut fasciné par la nourriture et Jeff, et semblait inconscient du monde au-delà de leur table. Jeff lui fit essayer le vin de luxe simplement parce qu'il en avait envie, puis sourit quand il plissa le nez et commanda une bière à la place.

En matière de rendez-vous, Jeff pensa que ça se passait bien – jusqu'à ce qu'il paie l'addition et qu'ils sortent pour découvrir une poignée de paparazzi les attendant.

Carter, qui était en train de rouler par-dessus le pas de porte quand le premier flash se déclencha, vacilla et perdit l'équilibre, jurant quand sa botte orthopédique heurta le trottoir. Jeff attrapa le guidon du scooter par réflexe avant qu'il puisse rouler et tomber.

Merde.

— Carter ?

Celui-ci avait fait un pas en arrière dans le vestibule du restaurant. Jurant mentalement, Jeff recula également, jusqu'à ce que les portes se referment et qu'ils aient un semblant d'intimité.

Pour quelqu'un qui était la personne la plus calme, la plus impossible à troubler que Jeff ait jamais rencontrée, Carter avait l'air positivement *bouleversé*. Sa peau pâlissait sous son bronzage de début d'été, sa bouche était serrée, et ses yeux prenaient une expression hantée.

— Tu vas bien ? demanda Jeff, en réorientant le scooter pour que Carter puisse l'utiliser. Tu ne t'es pas fait mal, n'est-ce pas ?

Carter secoua la tête, retrouvant un peu de couleur.

— Non, euh, il s'avère que la vendeuse avait raison sur la manière dont ça secoue quand on heurte quelque chose d'inattendu et qu'on tombe, mais pas de dommage, je ne pense pas. Juste une montée d'adrénaline.

Dieu merci.

— Désolé pour ça, s'excusa Jeff en inclinant la tête vers les requins à l'extérieur. Ça arrive parfois.

Plus encore en tournée que chez lui, où les gens étaient plus ou moins habitués à le voir, et habituellement seulement quand quelqu'un leur donnait un tuyau ; Jeff n'était pas *si* reconnaissable.

— J'aurais dû te prévenir.

— Ce n'est pas comme si tu savais qu'ils étaient là, souligna Carter.

— Non, mais…, expliqua-t-il, pouvant tout aussi bien arracher le pansement. Entre ce truc sur Twitter et ceci… c'est plutôt évident maintenant que nous sommes ensemble, alors tu vas devoir affronter tout le côté sympa d'être le petit ami d'une rock star. Désolé pour ça.

Aussi soudainement que son calme l'avait déserté, il revint. Carter reposa le genou sur le scooter et haussa les épaules.

— Ça allait forcément arriver. Le côté positif, ajouta-t-il avec ironie, personne ne supposera que je suis hétéro pendant un moment.

Le verre est toujours à moitié plein, pensa Jeff.

— D'accord. Alors, veux-tu qu'on sorte en même temps, ou veux-tu que j'aille chercher la voiture et que je revienne pour toi ? Ou nous pouvons demander s'il y a une sortie à l'arrière.

Ce ne serait pas la première fois qu'il se faufilerait en douce hors d'un restaurant. Au moins, cette fois-ci, ça n'impliquait pas Max complètement défoncé.

— Tu n'as pas de préférence? demanda Carter en réfléchissant.

Peut-être avec quelqu'un d'autre. Peut-être autrefois. Mais…

— Malheureusement, quand il est question que ta mère apprenne que j'ai écrit des paroles sérieusement cochonnes sur toi quand j'étais pratiquement un adolescent, la mèche a déjà été vendue. Après ça, le reste du monde n'est pas si effrayant.

Le rire facile de Carter fut tiré de la surprise. Il n'en était pas moins addictif maintenant qu'il ne l'avait été quand Jeff était en première année au lycée.

— Ce sont de mes frères dont tu devrais t'inquiéter.

Oh Seigneur. Jeff était techniquement enfant unique, mais il se souvenait à quoi ressemblaient Brady et Dave en grandissant. Mieux valait se concentrer sur autre chose pour l'instant.

— Comment veux-tu faire ça? Si tu n'avais pas le scooter, je te tiendrais simplement la main.

Carter eut le culot de paraître déçu qu'ils ne puissent pas faire ça, et le cœur de Jeff fit le même bruit qu'un poulet en plastique.

— On aurait dû en prendre un assez grand pour deux.

Ça, c'était une image mentale. Jeff sourit.

— Bon. Essayons de nouveau, hein? Ne tente pas de répondre aux questions, ça ne fait que les encourager.

— Ça paraît impoli, grommela Carter.

— Prendre des photos avec flash de quelqu'un sans sa permission est impoli, souligna Jeff. Ne leur fais pas un doigt d'honneur cependant, tu n'es pas Chris Pine.

— Maman me renierait, râla-t-il alors qu'il retournait vers la porte. D'accord, allons-y.

Jeff resta devant juste au cas où. Les tabloïds connaissaient déjà son visage; une photo serait inutile pour les photographes à moins de réussir à les voir tous les deux.

— Jeff, est-ce vrai…

— Par ici, Jeff…

— Pouvez-vous confirmer…

— … rumeurs d'un club libertin clandestin…

Oh bon sang. Jeff n'avait pas besoin d'avoir des yeux derrière la tête pour savoir que cela forcerait Carter à se retourner. Sans surprise, le temps que Jeff attrape son poignet, le photographe avait déjà un cliché de son visage et une citation de Carter disant, d'un ton profondément désobligeant :

– *Vraiment ?*

Franchement, après la semaine précédente, Jeff ne serait pas du tout surpris de découvrir que Carter appartenait à un club libertin clandestin – bien qu'il *serait* impressionné s'il pouvait en trouver un à Willow Sound.

— Allez, dans la voiture, indiqua Jeff, en poussant Carter devant lui.

Carter devait s'être rendu compte de son erreur, parce qu'il monta en premier dans la voiture sans discuter. Jeff laissa le chauffeur se charger du scooter et grimpa derrière Carter. Quand il referma la portière sur les paparazzi, le clac parut très bruyant, ponctué par l'arrêt soudain de bruit venant de l'extérieur.

— Désolé, dit Carter après une demi-seconde tendue. C'était un appât plutôt évident, pas vrai ?

— Oui, répondit Jeff avec un haussement d'épaules, mais j'aurais pu te prévenir. J'aurais dû, même. Tu ne leur as rien donné qu'ils puissent utiliser, excepté peut-être un cliché de ton joli visage.

Carter s'affala sur son siège alors que la voiture commençait à bouger. Il fut maussade pendant un moment, puis éclata de rire.

— Beurk, je savais que j'aurais dû me faire épiler les sourcils.

Dieu merci, Carter maintenait le cap. Toujours.

— Je devrais probablement appeler mon agent publicitaire, reprit Jeff d'un air désolé. Pour publier une déclaration.

Il avait espéré un peu plus de temps pour fixer les choses avec Carter avant de devoir faire quelque chose d'aussi pragmatique et peu romantique, mais il ne voyait pas de bon moyen d'y échapper.

Il ne voulait même pas réfléchir à ce qui se passerait s'ils rompaient. Tout le monde saurait à quel point il avait été sérieux, n'est-ce pas ? Les gens découvriraient que Jeff et Carter avaient toujours connu l'autre et additionneraient deux et deux. S'ils se séparaient après ça…

Mais il était stupide. La charrue avant les bœufs. S'ils se séparaient, les gens en parlant seraient le cadet de ses soucis.

— Désolé, répéta Carter avec un sourire. C'est étrange. Ce n'est pas comme si je ne savais pas que tu étais célèbre, pas vrai ? Excepté que ce n'est pas ainsi que je pense à toi. Je continue d'oublier. Je m'y habituerai.

Jeff n'était pas convaincu, mais c'était son propre problème.

— Je déteste qu'ils aient gâché notre rendez-vous – la première soirée que nous passions ensemble où nous savions *tous les deux* que c'était un rendez-vous.

Carter glissa sur le siège jusqu'à ce que leurs épaules se touchent. Il poussa contre le flanc de Jeff et lui offrit un sourire de travers quand ce dernier releva la tête.

— Hé. La nuit n'est pas encore finie.

Jeff allait devoir commencer à manger ses céréales pour garder le rythme une fois que le pied de Carter serait guéri.

Peu importe. Cela en vaudrait la peine.

— Tu dis les choses les plus douces.

— Bien sûr, répliqua Carter, faussement sérieux, les yeux devenant sombres et passionnés. Je dois faire quelque chose pour compenser toutes les méchantes choses que je vais te faire.

Jeff attrapa la main de Carter avant qu'elle puisse élaborer ce que Carter voulait dire par *méchantes choses*.

—Hmm. Et si je veux *te* faire les méchantes choses, cette fois ?

— Je pense que nous pouvons établir un programme, concéda Carter en serrant ses doigts.

LE JOUR suivant marqua le début officiel de la session d'écriture et planification de l'album. D'une manière ou d'une autre, tout le monde avait compris que Jeff et Carter avaient la plus grande chambre, ce qui amena Joe, Max et Trix à débarquer à leur porte aux alentours de dix heures et demie.

Ils furent chanceux que Carter ait déjà commencé sa journée de travail, citant une demande d'Emily de trouver des données venant d'un des autres parcs.

— Vous ne pouviez pas appeler avant ? demanda Jeff alors qu'il s'écartait pour les laisser entrer.

Max posa l'étui de sa guitare acoustique contre le canapé. Il leva un sourcil vers Jeff, puis remarqua Carter assis au bureau, le pied cassé posé sur la poubelle retournée, tournant doucement de gauche à droite pendant qu'il attendait que quelqu'un abrège son attente.

Joe leva les yeux au ciel à l'intention de Trix.

— Je te l'avais dit.

Carter reposa le pied au sol et ramena toute son attention vers son téléphone.

— Bonjour, est-ce Seanna Clarke?… Carter Rhodes à l'appareil, de Great Bear Lake. Je me demandais si vous aviez des données sur…

Jeff fit un geste de se taire et baissa la voix.

— Je sais que j'ai dit que nous écririons aujourd'hui, mais allons-nous le faire ici? Nous n'avons pas de batterie à l'hôtel, pour commencer. Et Carter est ici.

— Merci. J'apprécie, dit Carter avant de raccrocher. Euh. Bonjour.

— Oui, lâcha Max. Les vrais boulots.

En levant les yeux au ciel de manière éloquente, Carter referma son ordinateur.

— Au moins, personne n'invente des mensonges sur le fait que je rejoigne un club libertin clandestin afin d'obtenir un cliché de ma réaction, remarqua-t-il avant de s'arrêter et de revoir sa position. Ou ils ne le faisaient pas avant hier soir.

Jeff venait juste de raccrocher avec son agent publicitaire quelques minutes avant que Trix ne frappe à la porte.

— Eh bien, tu es officiellement célèbre maintenant, constata Joe. Félicitations, je pense.

Carter fit une grimace.

— Ça pourrait être pire, continua Joe. Quand Sarah et moi avons commencé à sortir ensemble…

Oh mon Dieu, non.

— Carter n'a pas besoin d'entendre cette histoire, l'interrompit Jeff.

— Sarah serait probablement gênée de toute façon, approuva Trix, le soutenant. Alors, tu sais… peut-être que tu ne devrais pas.

— Quoi qu'il en soit, coupa Jeff, c'est aussi l'espace de Carter? Pour travailler?

Toute la raison pour laquelle Jeff avait fait surclasser la suite – d'accord, à part le geste romantique – était pour l'accueillir. Ils n'allaient pas simplement le flanquer à la porte.

Mais Carter sourit et rangea son ordinateur dans son sac.

— Ça va. Il y a un centre d'affaires en bas avec café offert et tout. On ne peut pas vraiment y apporter une guitare.

— Nous pourrions travailler dans une autre chambre, souligna Joe. Nous en avons trois.

Carter fit un geste vers la fenêtre et, par conséquent, les montagnes et l'eau visibles à travers le brouillard matinal.

— Non. J'en ai plutôt marre de la vue, de toute façon.

Il avait confié la nuit précédente pendant le dîner qu'il trouvait ça difficile de se concentrer sur quoi que ce soit avec une vue aussi magnifique. Jeff était impatient de le ramener ici une autre fois quand il pourrait l'apprécier convenablement – randonné, kayak. Bon sang, peut-être même qu'ils pourraient camper. Jeff pourrait survivre à deux jours sans eau chaude.

Probablement.

— Es-tu sûr…

Carter coupa Jeff d'un baiser sur la joue. Il devenait assez doué à bouger avec sa botte orthopédique.

— Je ne suis pas le seul qui doive travailler, dit-il. Ça ira pour moi. Tu m'envoies un message si vous commandez à déjeuner ?

Jeff hocha la tête sans un mot, ses oreilles chaudes pour une raison qu'il ne pouvait nommer.

Puis Carter reprit son scooter et roula hors de la suite.

Dès que la porte fut refermée, Trix se laissa tomber sur un fauteuil en ricanant.

— Oh bon sang, Jeff.

— *Waouh*, souffla Max. Je pensais qu'elle exagérait. Mais non. Tu en pinces vraiment pour lui.

— Ne sois pas jaloux, grommela Jeff.

Il alla récupérer sa guitare et son cahier de compo dans la chambre, et revint dans le salon.

— Je pense que c'est beau, offrit Joe. Cependant, je ne m'assis plus jamais près de vous deux dans un avion…

— Jeff ! s'exclama Trix, vraiment scandalisée mais souriante.

— Ce n'était pas mon idée ! laissa échapper Jeff.

Max rejeta la tête en arrière et hurla de rire, se frappant le genou.

— Oh mon Dieu. Je n'avais jamais pensé que je verrais le jour où tu rencontrerais ton égal, mais Carter t'a *totalement* cerné.

— Vous êtes les pires, grogna-t-il en jetant le cahier sur la table. Est-ce que quelqu'un d'autre a un commentaire à faire sur mon petit ami, ou nous pouvons nous mettre au travail maintenant ?

— Pas moi, déclara Joe en levant les mains. Je suis venu pour travailler. J'ai amené des enregistrements et tout.

Il sortit son téléphone et le posa sur la table. Trix sortit ses baguettes de sa botte et les posa également sur la table, puis tira quelques coussins du canapé et s'assit sur le sol.

— Oh, un professionnel, taquina Trix. Certains d'entre nous doivent improviser. Mais j'ai quelques idées.

— Très bien, observa Jeff en ouvrant son cahier à une nouvelle page. Conceptuellement, qu'est-ce que nous avons ?

En commençant par Joe, chacun écouta les idées de chansons sur lesquelles ils avaient travaillé. Un album avait besoin de mélange, mais il avait aussi besoin de cohésion, quelque chose qui lierait le tout musicalement, thématiquement, ou du moins en tonalité. Ils ne pouvaient pas diviser un album cinquante-cinquante avec les ballades amoureuses de Jeff opposées aux titres dansants de Trix. Ils pouvaient en faire un qui était un mélange de ballades et des anecdotes de Joe, peut-être, mais ce serait vraiment presque cottagecore, pour eux.

Et il y eut ensuite Max, qui avait apparemment été assis sur sept chansons presque complètement écrites dans une vraie notation musicale. Il sortit les pages, cornées au bord, du fond de son étui à guitare, et les posa sur la table.

Jeff se sentit comme un connard.

— D'accord, j'ai vraiment l'impression que j'étais en retard à la fête sur le coup.

— Nous sommes là maintenant, écarta Max, comme si c'était aussi facile.

Peut-être que ça l'était. Peut-être que ça pouvait l'être.

— Alors…, lâcha Trix avec un énorme soupir. Des idées pour des thèmes ? Voulons-nous faire des listes ?

Le problème de réduire l'album à partir des quarante et quelques chansons potentielles jusqu'aux dix ou quinze qui irait dans la version finale prit le reste de la matinée. Vers douze heures trente, ils étaient tellement dedans qu'ils ne voulaient pas arrêter, alors Jeff envoya un message à Carter pour dire qu'ils commandaient au room service, et qu'il devrait monter les rejoindre.

Carter répondit avec l'image d'une assiette avec un sandwich à moitié mangé. *J'ai eu faim. Désolé ! Je ne voulais pas casser votre rythme, de toute façon.*

Il avait probablement raison, puisque Jeff ne vit en fait le message que vers quatorze heures, quand il renvoya un émoji cœur.

Finalement, vers quinze heures, ils conclurent. Il y avait encore la balance, l'échauffement et d'autres choses à faire. Trix renfonça ses

206

baguettes dans sa botte et attrapa son sweat là où elle l'avait balancé sur le dossier du canapé.

— On se retrouve dans le hall à dix-sept heures ?

— Ça semble bien, accepta Jeff de manière absente.

Il fixait le chaos qu'était devenu la table basse – un désordre incohérent de oui, non, peut-être et à revoir. Ses yeux paraissaient irrités.

La porte se referma, et Jeff réalisa que Joe était encore là.

— Hé, alors j'avais espéré… ?

— Merde ! s'exclama Jeff, arrachant son attention des papiers. Oui. Désolé. Nous allions parler, et je me suis défilé.

En partie à cause de Carter, mais en partie parce qu'il pensait qu'il pourrait savoir ce que Joe dirait, et il ne savait pas s'il aimerait ça – il n'était pas *prêt* à savoir s'il aimerait ça.

Néanmoins, ce n'était pas juste de le faire attendre.

Mais Joe comprenait. Bien sûr qu'il comprenait ; il comprenait Jeff mieux que quiconque sauf peut-être Carter.

— Tu as été un peu préoccupé, concéda Joe. Ça ne va pas prendre longtemps. Simplement, je… Je voulais te parler d'abord.

— Oui, bien sûr. Je comprends. Les choses ne sont, euh, pas toujours bonnes en ce moment.

À part Carter, Joe était le plus ancien ami de Jeff. D'où son appréhension.

Joe regarda de manière appuyée l'espace de travail vide de Carter et sourit doucement.

— Je ne sais pas… Certaines choses sont plutôt bonnes, pas vrai ?

En plus d'une décennie à se produire avec eux, Jeff n'avait jamais été mis en boîte par les membres du groupe de façon aussi constante.

— Je pensais que tu ne voulais pas de détails ? Tu ne veux pas que je conteste «plutôt bonnes», n'est-ce pas ? Avec quelque chose comme… incroyables, hallucinantes, énergiques…

— S'il te plaît, arrête, supplia Joe avec un rire en relevant les mains pour se couvrir les oreilles.

— … volumineuses…

— Dégoûtant.

D'accord, c'était probablement trop d'informations pour lui. Jeff s'adossa contre le canapé, feignant la nonchalance.

— Alors. Qu'est-ce…

— Sarah est enceinte, lâcha brusquement Joe.

La bouche de Jeff tomba grande ouverte. Des mots s'en échappèrent sans qu'il y réfléchisse.

— Oh merde, sans déconner?

Apparemment, c'était un événement heureux, parce que Joe souriait fièrement, ses joues un peu rouges.

— Oui. Nous l'avons appris il y a quelques semaines. C'est pour ça qu'elle a du mal à dormir dernièrement. Être enceinte est inconfortable même pendant le premier trimestre.

Alors, c'était encore tôt.

— Waouh. Hé, c'est génial. Félicitations, dit Jeff se reprenant et se levant pour l'étreindre. Vous allez être des parents super.

— Merci. Ma mère est vraiment excitée. Je continue de lui dire que c'est un peu tôt…

Une partie de la confession de Trix lui revint. Jeff fit de son mieux pour la garder compartimentée à l'arrière de son esprit, ne la laissant pas perturber ce moment joyeux.

— Tôt à quel point?

— Neuf semaines, souffla Joe. Mais Sarah a trente-deux ans, et c'est sa première grossesse, et elle est à risque à cause de son diabète, alors elle panique un peu.

Traduction – Sarah allait bien; Joe paniquait.

— Oh, mon vieux. Ça doit être difficile, avec toi en tournée. Je suppose qu'elle ne voulait probablement pas venir avec nous, cependant, hein?

— Elle peut à peine dormir dans notre lit, dit-il avec regret. J'ai eu un message à trois heures, parce que je n'étais pas là pour être son coussin humain.

— Dur, constata Jeff, sentant quand même que ce n'était pas toute l'histoire. Alors… c'est ça? Non pas que le bébé ne soit pas un grand truc, c'est extra, c'est énorme, mais j'ai en quelque sorte l'impression que tu n'as pas fini.

— C'est l'autre raison pour laquelle je voulais te parler en premier. Je sais que tu es à la même page. J'ai besoin de rester à Toronto pendant un moment quand la tournée sera finie. Au moins jusqu'à ce que le bébé soit né, peut-être plus longtemps.

— Pas de tournée, dit Jeff.

— Je vais être père, affirma Joe, avec quelque chose de féroce et heureux dans sa voix. Je ne veux pas manquer ça. Sarah aura un congé maternité, mais elle veut retourner travailler après. Son travail est important pour elle.

Jeff entendit ce qu'il ne disait pas haut et fort. Le travail de Sarah était important pour elle… et c'était important pour Joe, peut-être plus que son propre travail.

— Le groupe sera toujours là. Quand le bébé sera à l'école et tout.

Ils discutaient déjà de trouver un moyen de lâcher Big Moose. Cela signifiait qu'ils pourraient arrêter l'emploi du temps épuisant des tournées aussi.

En théorie.

Ou ils pourraient être obligés de faire la tournée sans Joe.

Il voulut être rassurant, mais il n'était pas sûr de ce que voulait Joe.

— Est-ce qu'il sera toujours là ? demanda-t-il, lançant un regard perçant à Jeff. Nous savons tous les deux que les choses ont été dures depuis un moment. Tu as besoin d'une pause. Max…

Une chasse d'eau se fit entendre, et il s'interrompit pour questionner :

— Carter n'était pas encore revenu, n'est-ce pas ?

— Non.

Ravalant sa crainte, Jeff secoua lentement la tête. En y repensant, il n'avait pas vu Max partir. Il avait simplement supposé qu'il s'était faufilé dehors quand Trix était sortie.

Mais c'était stupide. Son étui à guitare était encore près de la porte. Ce qui signifiait…

De l'eau coula dans le lavabo. Puis la porte de la salle de bain s'ouvrit, et Max en sortit.

— Hé. Est-ce que Trix est partie ?

Merde. Jeff espérait qu'il n'avait rien entendu.

— Oui, elle a dit qu'elle voulait prendre une douche avant la balance.

— Génial. Je vais y aller aussi. Si je suis chanceux, je vais pouvoir faire une sieste, annonça-t-il avant de s'arrêter pour récupérer sa guitare et regarder Joe. Tu viens aussi ? Si nous ne déguerpissons pas, je ne sais pas comment Jeff pourra de nouveau tirer un coup avant le concert.

— Hé, protesta faiblement Jeff.

Joe sourit et cogna son poing contre le sien.

— Compris, mon vieux. Je te verrai en bas, d'accord ?

Carter revint quelques minutes après qu'ils étaient partis, alors que Jeff sortait de la douche et se glissait au lit pour une petite sieste.

—Jeff ?

— Dans la chambre, appela-t-il en s'enfouissant sous les draps.

— Journée productive ? demanda Carter en entrant dans la chambre.

— Hmm, hmm.

Il voulait raconter à Carter la nouvelle de Joe, mais s'il commençait, il ne dormirait jamais.

— On en parle plus tard ? Tu veux t'allonger avec moi ? Pas de trucs louches, ajouta-t-il après un instant. J'ai besoin de sommeil réparateur. Viens me câliner.

Avec un grognement, Carter s'assit sur le lit. Un instant après, quand il eut enlevé sa botte, il se blottit maladroitement autour de Jeff.

— Mieux ?

— Hmm, hmm. Tu me réveilles à seize heures trente ?

Le poids du bras de Carter sur sa taille calma quelque chose en lui. Soudain, ses paupières furent lourdes.

Carter appuya un baiser au bord de sa mâchoire.

— D'accord.

XIV

FAIRE UN concert quand son petit ami avait un pass tout accès aux coulisses était une nouvelle expérience pour Jeff. En dehors de la scène, tout paraissait précaire ; il marchait sur des œufs pour s'assurer de ne rien lâcher sur le fait que Joe partirait peut-être ou sur l'intervention imminente avec Max. Mais sur scène, il se sentait comme si elle leur appartenait de nouveau. Il avait l'impression qu'il avait eue au début, quand ils étaient jeunes, pleins d'énergie, d'espoirs et de joie.

Ce soir-là, avec Howl à côté de lui et Carter attendant dans les coulisses, Jeff pouvait supporter n'importe quoi.

La clameur de la foule à PNE – tout juste au-dessus de cinq mille personnes – ne fit que le lui prouver.

Certains soirs, il savait simplement. Les transitions accrochaient bien, les bavardages venaient sans heurt, l'énergie continuait de monter. Ce soir était un de ceux-là, quand rien ne pouvait les toucher. Dès le moment où la voix de Trix rejoignit la sienne sur « Blood in the Water », Jeff eut la chair de poule. Ils déchirèrent pendant quelques anciens tubes, et quand Joe prit la direction du chant pour une chanson de protestation, toute la salle résonna tandis que le public hurlait les paroles à pleins poumons.

Quand la chanson fut terminée, Joe jeta un coup d'œil à Jeff et haussa les épaules de manière impuissante, en souriant. Jeff connaissait cette expression ; il l'avait présentée suffisamment de fois à Joe et Max. Joe avait tellement mis dans la chanson qu'il avait besoin d'une pause, ou il ne serait pas capable de chanter le lendemain.

— Merci pour ça, Joe, dit-il dans le micro une fois que les applaudissements se furent assez calmés pour que quelqu'un l'entende.

Les cris reprirent de plus belle.

Joe s'inclina.

— J'aime toujours suivre une telle performance.

Cela lui valut quelques sifflets et des rires, et il jeta à Max un coup d'œil par-dessus son épaule et leva les sourcils.

— Je pense que nous pourrions dévier pendant une minute. Joe a besoin d'une pause.

— Qu'est-ce que tu suggères ? demanda Trix en reprenant le fil.

Jeff pensa à réarranger un peu la liste de chansons – ils pourraient avancer celles où Max chantait davantage, ou ils pourraient omettre celles de Joe parmi celles qu'ils avaient choisies – mais il s'était complètement retourné pour voir Trix, ce qui signifiait qu'il pouvait voir Carter sur sa chaise pliante en coulisse, portant le casque qui empêcherait les enceintes de le rendre sourd… et Jeff n'était pas devenu une rock star en ne saisissant pas toute opportunité qui se présentait à lui.

La dernière fois qu'il avait joué une chanson qu'il avait écrite rien que pour Carter, il n'avait même pas su que celui-ci l'observait. Cette fois, il pouvait vraiment sortir le grand jeu.

— Peut-être que nous pourrions ralentir un peu, suggéra Jeff.

Il laissa ses doigts gratter quelques notes de l'ouverture de « Heavenly Bodies », mais il le fit aux trois quarts de la vitesse.

— Hé, Trix, tu penses que tu peux… ?

Il ne pouvait pas voir ses yeux à cause de l'éclairage et de l'angle, mais il put entendre à sa voix qu'elle les levait au ciel

— Trésor, s'il te plaît. Je pense que je peux suivre ça. Bien que, si nous modifions un peu…

Elle battit le rythme habituel pour la chanson, puis elle échangea le tom pour la caisse claire et mit un accent plus lourd sur la basse, qu'elle frappa *juste* un peu tard.

Le nouveau rythme n'évoquait rien d'autre que des ressorts de lit couinant et une tête de lit heurtant le mur.

— Oh mon Dieu, dit Max, riant à moitié dans le micro.

— Je vous aime, les gars, avoua Jeff avec sincérité. Trix, tu nous fais le décompte ?

Elle lâcha un ricanement rauque et suivit avec une voix basse et chuchotante :

— Deux, trois, quatre…

Il alla sans dire qu'ils n'envisageaient même pas de faire la version radio. Le temps que Jeff termine le final à la guitare – qui ressemblait plus que jamais à une personne hurlant d'extase – le bruit venant des fans était surtout composé de sifflets.

Il passa le poignet sur son front, utilisant le bandeau qu'il avait là pour éviter que ça coule dans ses yeux. Mais avant même qu'il puisse regarder en arrière et vérifier pour voir l'effet qu'il avait sur Carter, Trix rigola.

— Hé, Jeffy, je pense qu'on a besoin de toi en coulisses.

Quoi?

Quand il se retourna, deux de leurs techniciens avaient le visage rouge de rire, et Carter… Carter était debout, rougi, lui faisant signe d'approcher avec un doigt.

Eh bien, il n'allait pas récupérer cette mèche. Il pourrait tout aussi bien en profiter.

— Excusez-moi juste… une seconde.

Une énorme clameur monta tandis qu'il débranchait sa guitare et retournait à grands pas hors du champ des caméras de la scène.

Certains fans pouvaient probablement toujours le voir depuis cet angle, s'ils étaient assis à droite de la scène, mais tant pis. Jeff eut juste assez de temps pour balancer la guitare dans son dos avant que Carter glisse les deux mains dans ses cheveux et l'attire sèchement dans un baiser.

Entre l'énergie de la scène et l'énergie se déversant à travers les lèvres de Carter, le frottement de sa barbe naissante et la chaleur de son corps, Jeff s'attendait à se consumer comme une boîte d'allumettes. Il ouvrit la bouche, et Carter y enfonça la langue pendant un bref instant dur et étourdissant.

Tout aussi soudainement, il recula, son expression penaude.

— J'espère que l'interruption ne te dérange pas?

Jeff chancela, maintenu debout surtout par les mains de Carter dans ses cheveux.

— Hein?

Interruption?

Finalement, les cris de la foule atteignirent son cerveau. Oh. Oui.

— Nooon, dit-il lentement alors que son cerveau redémarrait. Enfin, je ne devrais probablement pas en faire une habitude, mais c'est ton premier concert tout accès. Je comprends que tu sois simplement submergé par le désir…

— Ne gâche pas tout, l'arrêta Carter d'un doigt sur les lèvres.

— … mais tu vas devoir attendre la fin du spectacle.

Jeff sourit et fit un pas en arrière. Il garda le contact visuel jusqu'à ce qu'il trébuche presque sur un câble, puis retourna sur scène en trottinant. Il ramassa le cordon et rebrancha sa guitare, toujours avec un grand sourire, et réalisa seulement quand il aperçut accidentellement son propre visage sur

213

un des écrans géants que Carter avait mis de façon très évidente le désordre dans ses cheveux.

Il s'éclaircit la gorge dans son micro.

— Ah, désolé pour ça, quelque chose avait besoin de mon attention…

— Oui, Carter…, s'esclaffa Max.

— *Quoi qu'il en soit*, le coupa Joe. Tu disais, Jeff ?

— Je disais… tenta Jeff, ne s'en souvenant pas. Trix, qu'est-ce que je disais ?

— Je pense que tu allais simplement jouer l'intro de la chanson suivante, en fait.

Cela paraissait être un bon plan. Jeff claqua les doigts puis en pointa un vers elle.

— Je savais que nous te gardions pour une bonne raison.

Le concert se termina avec la même énergie que quand il avait commencé, à la suite d'un énorme rappel sur « Ginsberg » qui secoua la salle. Quand ils quittèrent la scène, Jeff fit un check avec Joe, claqua la paume de Max, et fit tourner Trix dans une étreinte très transpirante.

— Sérieusement, était-il en train de dire à Joe quand ils atteignirent la loge, tu as tout *déchiré* ce soir, putain. Tu as donné le ton pour tout le concert. Je pense que j'ai encore la chair de poule…

— Oups, s'exclama Trix. Je crois que j'ai oublié mon téléphone dans la salle des costumes.

— J'ai besoin de boire un coup, déclara Joe, faisant volte-face. Il y a une glacière par là. Tu viens, Max, je vais te montrer où elle est.

L'exode soudain laissa Jeff un peu perplexe – jusqu'à ce qu'il ouvre la porte de la loge et que Carter le tire à l'intérieur.

— Salut, souffla Jeff.

Carter accrocha les doigts dans les passants de son pantalon et le tira prudemment alors qu'il reculait.

— Salut.

Il recula jusqu'à heurter l'ottomane au centre de la pièce, où il s'assit. Jeff déglutit.

Lentement, Carter passa le pouce sur la peau au-dessus de la ceinture de Jeff. Il leva des yeux sombres et le rapprocha un peu plus.

— Oui ?

Entre le concert, le baiser – qui lui revenait brusquement – et la façon dont Carter le regardait maintenant, tout en chaleur et affamé alors qu'il se léchait les lèvres, il pouvait à peine réfléchir.

— Euh, lâcha Jeff. As-tu… la porte ?

— Je l'ai verrouillée, lui assura Carter, les doigts déjà sur la fermeture de Jeff.

— Dieu merci.

Jeff avait été sur une scène bruyante devant des milliers de fans hurlant pendant des heures. Même avec les protections auditives qu'il utilisait, il put à peine entendre le tic-tic-tic de Carter ouvrant sa fermeture une dent après l'autre. Mais il put sentir la vibration que chaque son produisait.

Il avait été à moitié dur depuis le baiser. Maintenant, avec Carter l'observant attentivement et glissant la main dans son jean, à moitié était un lointain souvenir.

— Oh mon Dieu, murmura Jeff.

Carter passa le dos de ses articulations sur l'érection recouverte de Jeff. Sa bouche tressauta en un léger sourire en coin quand ce dernier frissonna au contact et que son sexe tressaillit.

— Je voulais faire ça contre le mur, expliqua-t-il en glissant la main dans le boxer de Jeff et sortant son membre. Mais m'agenouiller est impossible pour l'instant. Alors, essaie de ne pas tomber par terre.

Jeff ouvrit la bouche pour répondre, mais Carter ouvrit la sienne et la mit sur son sexe, et aucun mot n'allait être plus possible que Carter s'agenouillant. Un gémissement jaillit hors de lui quand Carter lécha le sommet.

Durant toutes ses années en tant que rock star, Jeff n'avait pas exactement été célibataire. Il avait eu sa part de plans cul en coulisses, en particulier au début. Mais il n'avait jamais ressenti une sensation comme celle-ci, debout au milieu de la loge avec Carter le regardant intensément, les yeux tout aussi chauds que sa bouche.

Les genoux de Jeff tremblèrent, mais Carter le stabilisa avec des mains fermes sur ses hanches et le prit plus profondément, et vraiment, ses genoux n'allaient pas tenir longtemps… mais ils n'y étaient pas obligés.

— Carter.

Le mot sortit de façon désespérée et excitée. Sans y réfléchir, il tendit les bras pour s'équilibrer. Ses mains atterrirent sur les épaules de Carter, qui ne fit que le regarder d'un air affamé, comme par défi.

Ce fut rapidement fini, de manière embarrassante. Carter savait simplement comment le toucher, et la façon dont il donnait des coups de langue contre le dessous de son membre signa sa perte. Jeff jouit avec un grognement, se vidant dans la bouche de Carter, les genoux tremblants.

Carter continua à le caresser jusqu'à ce que Jeff le repousse, hypersensible.

— Seigneur, je devine que tu as aimé le concert ? dit-il, tombant à moitié sur l'ottomane.

Carter s'essuya le coin de la bouche – l'empêchant de se concentrer.

— Il a eu un effet.

Jeff poussa un grognement et essaya de trouver l'énergie pour rentrer son sexe.

— De toute évidence.

— Pas juste sexuellement, avoua Carter en secouant la tête et en passant une main dans ses cheveux. C'est violent de te voir là en train de faire ton truc, tu sais ? Dans ton élément ? Je ne sais pas si je peux l'expliquer correctement. C'était une chose de te regarder le faire depuis les gradins comme un fan, même comme quelqu'un qui t'avait connu avant. C'est autre chose d'être là pour la balance, de t'observer assembler des chansons à partir de rien, de savoir ce qui se passe en chemin. Quelle est la phrase – « né sur scène » ?

Il semblait si sérieux que Jeff aurait rougi si son système avait pu amener du sang à ses joues.

— Tu le penses ?

— Jeff, souffla Carter, inclinant la tête. Tu es littéralement une rock star avec de multiples disques de platine. Mais même si tu ne les avais pas, quelque chose de spécial se produit quand tu montes sur scène. C'est simplement différent, de le voir de ce côté.

Jeff ne savait pas comment il était supposé garder son cœur dans sa poitrine. C'était une cause perdue, de toute façon ; il appartenait à Carter depuis le jour où ils s'étaient rencontrés.

— Tu es trop bon pour mon ego, dit Jeff en appuyant la tête contre l'épaule de Carter.

— Je suis pratiquement sûr qu'il y a de nombreuses chansons dans le top 100 sur ton désir pour ma queue, rétorqua celui-ci, chaud plutôt qu'ironique, alors, pareil, je suppose.

Jeff étouffa son rire dans la manche de Carter.

COMME TOUTES les bonnes choses, leur passage en Colombie-Britannique dut se terminer. Deux jours plus tard, ils emballaient leurs affaires et faisaient une dernière vérification de la suite à l'hôtel.

— Tout est bon ?

Carter avait le front légèrement plissé quand il sortit de la salle de bain, mais il dit quand même :

— Oui.

Ils furent tous les deux de nouveau distraits par la vue, et Jeff se retrouva à graviter près de Carter pour la regarder une dernière fois.

— Nous reviendrons, promit-il. J'ai la majorité de l'été libre. Choisis quelques jours où tu n'as pas à travailler une fois que tu seras libéré de la menace plastique, et je te laisserai m'emmener en randonnée.

— Tu me laisseras, hein ? questionna Carter en baissant les yeux.

— Je suis généreux comme ça, répondit Jeff en serrant sa main.

Ils avaient environ une heure ensemble à l'aéroport, qu'ils passèrent dans le salon première classe, parce que les gens ne cessaient d'essayer de prendre des photos ; ils avaient en réalité fait la une sur Internet, et cela signifiait toujours plus d'attention. Carter prétendit ne pas le remarquer tandis qu'ils prenaient chacun un livre relié pour lire durant le vol, mais Jeff ne rata pas la façon dont il continuait de baisser la tête, puis de regarder par-dessus son épaule toutes les deux minutes.

D'où le refuge au salon première classe.

Vingt minutes avant que Carter ne doive partir pour son vol, il commença à fouiller dans les poches de son bagage à main. Jeff arrêta de faire défiler Twitter.

— Que se passe-t-il ?

— Je n'arrive pas à trouver mes antidouleurs, se renfrogna Carter.

Jeff battit des paupières. Carter n'avait pas mentionné le fait d'avoir mal durant les derniers jours. Mais quand il ouvrit la bouche pour poser la question, Carter le coupa en secouant la tête.

— Je vais bien, clarifia-t-il. Mais quand je l'ai appelé avant de prendre l'avion pour te rejoindre à Toronto, mon médecin a dit que le vol pourrait causer de l'inconfort. Il n'avait pas tort. Il m'a fait une ordonnance pour quelque chose à prendre avant le décollage, mais maintenant, je ne peux pas les trouver.

— J'ai de l'Advil, offrit Jeff. Mieux que rien.

— Merci.

Ils avaient encore quelques minutes avant que Carter doive partir pour prendre son vol, mais Jeff ne trouvait rien à dire. L'ironie ne fut pas perdue pour lui.

— Alors, je suppose que tu devrais… commença Jeff, en même temps que Carter dit :

— As-tu réservé ton vol…

Ils s'arrêtèrent tous les deux. La bouche de Carter se souleva au coin.

— Comment sommes-nous si bons à être ensemble, et si mauvais pour dire bonjour et au revoir ?

Jeff se frotta la paume sur la cuisse.

— Je ne sais pas, manque d'entraînement ? suggéra-t-il. Nous avons été inséparables pendant presque dix ans, puis plus rien. Ça a du sens, en quelque sorte.

Secouant la tête, Carter se mit debout.

— Nous devrions nous entraîner à un moment où nous ne sommes pas dans un aéroport, peut-être.

Jeff se leva également et regarda autour de lui le salon première classe. Ses seuls occupants avaient plein de choses pour se distraire – téléphones, ordinateurs et écouteurs. Personne ne faisait attention à eux.

— Il n'y a rien de tel que le présent, dit-il.

Il se redressa sur la pointe des pieds pour appuyer un baiser rapide sur la bouche de Carter.

Ou il avait du moins voulu qu'il soit rapide, mais Carter ne le lâcha pas tout de suite. Il attrapa Jeff par la taille et le garda contre lui dans un baiser profond et minutieux qui le fit presque s'évanouir. Quand il s'écarta, il frotta le nez contre celui de Jeff en une douce caresse.

Jeff était tellement amoureux de lui que c'en était stupide.

— Ah, tenta-t-il en s'éclaircissant la gorge. Je serai de retour à Willow Sound le lendemain du jour où nous jouons à Winnipeg. Le 9 juin.

— Je te retrouverai à l'aéroport, mais je ne pourrai toujours pas conduire, plaisanta Carter.

— Tu es à ramasser à la petite cuillère, approuva Jeff – et l'ironie de ça ne fut pas perdue non plus pour lui. Je me suis garé à l'aéroport, de toute façon.

— C'est vrai. Tu m'appelles ?

Carter le relâcha, fit un pas en arrière et monta sur le scooter.

— Euh, clairement. Selon ce que permet le décalage horaire.

Jeff avait prouvé de façon plutôt conclusive qu'il ne pouvait pas vivre sans lui. Il serait assez tard en Ontario le temps que Jeff finisse un concert à Calgary.

Une annonce brouillée sortit du haut-parleur, et Carter grimaça.

— Je dois vraiment y aller. Envoie-moi un message quand tu atterris.

Quelle fleur bleue.
— Bien sûr. Toi aussi.

Déclaration publiée sur Twitter et Instagram.
29 mai.

SALUT TOUT le monde,
    Puisque désormais, les photos de notre dîner de la nuit dernière circulent probablement sur les réseaux sociaux, je pourrais tout aussi bien tout avouer. Oui, je fréquente quelqu'un de nouveau. Oui, mon meilleur ami du lycée. (Je sais, mais les clichés existent pour une raison.) Oui, c'est lui avec moi sur cette photo montrée à 416 Morning. Oui, c'était nous ensemble au restaurant, ce qui était un très agréable premier rendez-vous, à part la violation de vie privée.
    Quoi qu'il en soit, soyez libres de spéculer sur quelles chansons j'ai écrites sur lui. Ce n'est pas comme s'il ne le savait pas déjà.
    Gros bisous.
    Jeff & Carter.
    En pièce jointe se trouvait une photo prise en mode selfie – Jeff et Carter appuyés joue contre joue, avec un grand sourire, et un filtre de cœurs en bulles.

CR : ATTERRI à Willow Sound. Maman me ramène. J'ai l'impression d'avoir 15 ans.
    JP : Avant ou après être sorti avec Trucmuche ?
    CR : Pendant, manifestement.

JP : ROUES posées à Calgary. Je vais acheter un chapeau de cow-boy pour une raison évidente.
    CR : Juste le chapeau.
    JP : Je ne pense pas que tu approuverais le cuir.
    CR : Tu m'as vu manger du steak.
    JP : Alors devrais-je aussi prendre les bottes ou juste les jambières en cuir ?

CALGARY FUT un vrai merdier.
    La voix de Joe était absolument déchirée. À moins d'être au téléphone avec Sarah, il parlait à peine en dehors de la balance et des concerts, pour

préserver ce qui en restait. Leur vol fut retardé de deux heures à cause d'un problème mécanique, et tout le monde était à cran. Trix eut une intoxication alimentaire après avoir mangé un truc à l'aéroport.

Ce qui laissa Jeff et Max ensemble, et ils n'avaient pas passé de temps rien qu'eux deux depuis que Max avait volé mille dollars dans son portefeuille.

Ils finirent au bar de l'hôtel à regarder les playoffs de la NHL, à manger des assiettes de bons steaks avec une triste salade molle. Jeff fit de son mieux pour ne pas grimacer quand Max commanda sa troisième bière. Trois bières n'étaient même pas si extraordinaires pour *Jeff,* alors il n'avait pas l'impression qu'il devrait le juger.

— Alors, qu'est-ce que tu en penses ? demanda Max.

Jeff fit de son mieux pour ramener son attention du match serré entre Winnipeg et Colorado, et se concentrer de nouveau sur la conversation, qui portait sur… merde. Les meilleurs lieux de tournée ?

— Euh, commença-t-il, espérant gagner du temps.

Heureusement, Max n'avait apparemment pas fini.

— Je pensais simplement que ce serait vraiment génial de commencer la prochaine tournée au Royaume-Uni, dans un bus, tu sais ? Les choses sont assez proches là-bas, ce serait super. Comme des vacances en travaillant.

La prochaine tournée. Le cœur de Jeff se serra. Il avait la sensation d'être un connard. Ce n'était pas juste de mener ainsi Max en bateau. Il avait besoin d'aide, pas de *manipulation.*

Le hic était que Jeff savait exactement ce qui se passerait s'ils annonçaient la nouvelle qu'ils ne feraient pas de nouvel album après ça jusqu'à ce que Max soit de nouveau sobre. Et ce serait quelques heures où Max ferait semblant de manière très convaincante avant de faire une overdose. Alors, il dit « Tu as des destinations à l'esprit ? » et laissa Max tourner en rond. Il voulait voir Bath, Stonehenge, Dublin, Édimbourg, Manchester – Max avait des goûts spécifiques en matière de clubs de football anglais – et une demi-douzaine de monuments rock du genre Abbey Road.

— As-tu été agent de voyage dans une autre vie ? demanda Jeff.

Il était près du fond de sa propre troisième bière, et Max lui tira bruyamment la langue.

Alors, *cette* partie de Calgary se passa bien. Le temps que Jeff remonte dans sa chambre, il savait que Carter serait couché, mais il avait en fait un e-mail qui l'attendait, alors les choses n'étaient pas si mauvaises.

Salut,

C'est super bizarre de t'écrire un mail après quinze ans, mais je sais ce que tu penses des répondeurs et je ne suis pas assez en sécurité dans ma masculinité pour envoyer quarante messages sans réponse. Alors : e-mail.

Tout va bien ici. Rien n'a brûlé. Quelqu'un a remplacé ma porte arrière, ce qui est un peu bizarre. Tu ne saurais pas quelque chose à ce sujet ?

Charlie veut ton autographe. Dave fait semblant de ne pas être blessé que tu sois sa personnalité préférée de Willow Sound. Maman et moi avons parié qu'il va essayer de lui acheter un poney. Personnellement, je pense que Charlie va le convaincre de lui prendre une moto tout-terrain.

Katie a commencé à travailler au garage, et elle a déjà tout organisé au point que mes services ne sont plus nécessaires. C'est étrange d'avoir du temps libre. La maison est trop calme. Je déteste.

Concernant d'autres nouvelles – enfin, « nouvelles » – la Gazette a décidé de s'essayer aux articles pour attirer les clics. Regarde celui-ci. J'ai l'impression que Mme Bially aurait eu une chose ou deux à dire si l'un de nous avait rendu un article de journal comme ça.

Je retourne au bureau demain, toujours pas autorisé à conduire, cependant. Je parie que je vais avoir beaucoup de demandes pour les chansons de Howl à la soirée feu de camp.

Si quelqu'un demande « Heavenly Bodies », je m'en vais.

Carter

Cela fit rire Jeff. L'idée de Carter obligé de chanter ça, sachant que Jeff l'avait écrite sur lui – oui, il pouvait voir que ça serait un peu trop. Il appuya sur Répondre.

Merci de ne pas m'avoir obligé à vérifier mon répondeur. Tu es le meilleur.

Je ne sais définitivement rien à propos de ta porte arrière, ou du taux d'efficacité d'Energy Star, ou du fait qu'elle est faite en majorité en matériaux recyclés, et je ne sais certainement pas si ton ancienne porte a fini à Habitat pour l'Humanité. Très mystérieux. Peut-être que tu as un admirateur secret.

Je prendrai quelque chose pour Charlie sur le stand de produits dérivés et le signerai pour elle. Je dois garder ma fan n° 1 heureuse. Peut-être que je peux trouver une moto tout-terrain Howl. Ça couperait l'herbe sous le pied de Dave. Pour compenser la fois où il a mis mes sous-vêtements dans le congélateur.

Il s'arrêta et cliqua sur le lien vers l'article de la *Gazette*.

Idole locale

Par Zachary Schmidt

Toute personne ayant vécu à Willow Sound pendant un certain temps a entendu le nom de Jeff Pine. À trente ans, Pine est un des musiciens les plus reconnaissables d'Amérique du Nord, et il a débuté ici. Ce n'est pas surprenant que la ville ait longtemps tenu Pine comme un de ses fils préférés.

À la grande déception de beaucoup, cependant, l'affection a été à sens unique. Pine n'est jamais revenu dans sa ville natale depuis qu'il est parti à quinze ans... *jusqu'à maintenant.*

Les médias musicaux à travers le pays ont spéculé sur ce qui le maintenait éloigné, mais ici à la gazette, nous sommes plus intéressés par ce qui l'a ramené. Et la réponse à cette question semble être notre propre idole locale, Carter Rhodes.

Si la relation va durer, cela reste à voir, mais ce journaliste espère que nous verrons davantage Pine à Willow Sound d'une manière ou d'une autre.

Soudain, il ne souriait plus. Pourquoi quelqu'un écrirait ça ? Cela ne paraissait pas correct dans une communauté aussi unie. Jeff s'était senti plus ou moins à l'abri de l'exploitation tabloïde là-bas, et maintenant… Son ventre se tordit. Lire un tel mépris insensible pour Carter le rendait malade et furieux.

Distraitement, il se demanda ce que ça coûtait d'acheter le journal d'une petite ville de nos jours. Cela ne pouvait pas être beaucoup, à coup sûr. La Gazette était à une parution par semaine, sinon uniquement en ligne. Elle ne pouvait pas avoir beaucoup de circulation.

Acheter un journal pour pouvoir virer une personne parce qu'elle était méchante envers son petit ami allait probablement faire que les gens parlent de Jeff dans de plus gros journaux, cependant. Peut-être qu'il pourrait s'entretenir avec l'éditeur à la place. Ou avec Mme Bially. Elle mettrait à coup sûr quelqu'un en pièce.

Rappelle-moi de résilier mon abonnement à la Gazette, et dis à tes campeurs que je jouerai « Heavenly Bodies » pour eux la prochaine fois que je serai en ville.

J

Jeff alla se coucher d'humeur décente, pensant à son inévitable réunion avec Carter et fantasmant sur une escapade privée quand aucun d'eux ne devrait travailler.

Il se réveilla pour trouver un message qui envoya sa bonne humeur directement dans le caniveau. *Winnie a été aperçue ce matin avec seulement un ourson. Le traceur ne fonctionne pas.*

Aucun doute que Carter prenait ça personnellement, et il ne pouvait même pas sortir et chercher l'ourson manquant. *Oh non. :(sont-ils assez vieux pour quitter leur mère ?*

Il était pratiquement sûr de déjà connaître la réponse.

Pas avant le printemps prochain.

Merde. *Je suis désolé. J'espère qu'il se montrera.*

En vie, n'ajouta-t-il pas.

Plus tard, après que le groupe eut mangé et revu l'itinéraire de la journée, Jeff eut quelques minutes de liberté quand il pensa que Carter pourrait être en pause déjeuner. Mais quand il appela, cela passa sur répondeur. Il raccrocha sans laisser de message.

Jeff n'eut pas de nouvelles le temps qu'ils partent pour la balance. Joe semblait s'être remis d'avoir éraillé sa voix, il paraissait presque de retour à la normale. Trix ne se précipita même pas une fois aux toilettes. Max et Jeff étaient à la moitié d'une chanson, leurs regards se croisèrent, et ils finirent avant de se ruer tous les deux vers le cahier de compo parce qu'ils avaient eu la même idée pour une de leurs nouvelles chansons.

Le temps qu'ils reviennent à la surface avec leurs ajustements, et qu'il se souvienne de vérifier son téléphone, il n'avait qu'une demi-heure avant le concert.

1 appel manqué.

2 messages non lus

Ils venaient tous de Carter.

Rien aujourd'hui, disait le premier. *Elle pourrait simplement être hors de vue.*

Le second disait *Charlie veut savoir si tu vas signer ma porte.*

Jeff sourit. *La signer, non. La baptiser, peut-être.* Il envoya ça, puis jeta un coup d'œil à l'heure et grimaça. *Je dois y aller maintenant, maquillage dans 30 m.* Il voulait ajouter quelque chose d'autre – *tu me manques,* ou *j'aimerais que tu sois ici* ou quelque chose de plus sentimental – mais ils ne faisaient pas ça, semblait-il. Il ne voulait pas que Carter se sente contraint de venir avec lui en tournée. Carter avait sa propre vie et son propre travail dont il était passionné.

De toute façon, ce n'était pas comme si Carter ne pouvait pas savoir ce que Jeff ressentait pour lui. Littéralement chaque personne qui écoutait la radio le savait.

Alors, il éteignit son téléphone et alla prendre une douche rapide.

«Blood in the Water» se passa bien – pas la meilleure performance personnelle de Jeff, mais le truc à propos de jouer en direct était que chaque concert était différent. C'était tout l'intérêt.

L'oreillette de Jeff lâcha au milieu de la seconde chanson après un retour perçant à briser les tympans, et il rama pendant deux mesures parce qu'il lui fallut si longtemps pour retrouver le rythme de la musique sous le bruit ambiant de la salle.

Les techniciens lui rapportèrent une oreillette de secours avant la chanson suivante, mais Jeff était secoué. Cela n'aurait pas dû le perturber ; ce genre de choses se produisait tout le temps quand ils avaient débuté et avaient un équipement plus merdique. À l'époque, il n'aurait jamais loupé une note.

Il se ramollissait.

La foule rigola quand Jeff expliqua, d'un air désolé :

— C'est fou comme il est facile de considérer comme acquis le fait que le petit haut-parleur dans son oreille ne va pas commencer à hurler à n'importe quel moment. Osons-nous essayer autre chose ? demanda-t-il en regardant Joe par-dessus son épaule.

La chanson suivante se déroula sans heurt, et Jeff était sur le point de mettre l'incident de l'oreillette derrière lui. Puis Joe trébucha sur un câble qui aurait dû être fixé au sol. Il ne tomba pas, Dieu merci.

Près de la fin de la première partie, alors que Jeff recommençait à se détendre, Max commença à agir bizarrement.

Au début, il était juste un peu lent pour les changements. Puis il s'écarta du bord de la scène. Le temps que Jeff réalise qu'il était soûl ou défoncé, ils étaient au milieu d'une chanson.

Max avait un problème. Jeff le savait. Mais en dix ans, cela n'avait jamais interféré avec leur travail. De ce que Jeff en savait, il n'avait jamais consommé avant ou pendant une représentation. Pourquoi commencerait-il maintenant ?

Jeff croisa le regard de Joe, qui avait l'air aussi inquiet que ce qu'il ressentait. Il ne pouvait pas passer trop de temps à regarder Trix, parce que cela le mettrait dos au public. À la place, il se dirigea vers Max, toujours en train de jouer, pour partager son micro pour une harmonie, et réussit furtivement – il l'espérait – à baisser le volume de la guitare.

Jeff reprit la partie rythmique de guitare jusqu'au final, où il repassa en guitare principale.

Puis Trix donna le signal à l'équipe technique de baisser les lumières une chanson plus tôt. Jeff arracha leurs cordons et passa le bras de Max autour de son cou.

— Viens, mon vieux, on t'emmène en coulisses pendant une petite minute.

Trix les rejoignit derrière la scène, de l'inquiétude largement évidente sur ses traits.

— Il se passe quoi ce soir, bordel ?

Jeff déposa Max sur une chaise et tendit sa guitare à un technicien. Max s'affala sur un côté, mais ne tomba pas, conscient mais vaseux.

— Je ne sais pas, répondit Jeff d'un air sombre. Mais c'est ridicule. Nous avons simplement vécu une vie si enchantée que la loi des probabilités est en train de nous rattraper, ou quoi ?

Max avait-il consommé pendant les représentations durant tout ce temps et avait-il été simplement très bon à le cacher ? Cela serait foutrement logique, si la corde était sur le point de lâcher maintenant, avec encore quatre concerts à faire dans la tournée.

Jeff, Joe et Trix se regardèrent. Puis ils se tournèrent vers Max.

Trix avança finalement et s'agenouilla près de la chaise.

— Hé Max. Tu ne sembles pas tout à fait dans ton assiette. Tu vas bien ?

— Je n'ai pas, je n'ai pas… commença-t-il, clignant lentement des paupières avant de réussir à finir. Je n'ai rien pris. Je le jure.

Trix leva les yeux vers Jeff et secoua la tête.

— Je pense qu'il dit la vérité. Ce n'est pas… il n'agit pas comme ça. Il devient bruyant, maniaque. Tu l'as vu.

Malheureusement. Max avait plus de chances de tenter un double saut périlleux arrière que de chanceler sur scène et de presque en tomber. Et maintenant, il tanguait tellement qu'il ne paraissait pas pouvoir rester sur sa chaise.

Joe fit un pas en avant, toucha doucement le poignet de Max, et le recula brusquement.

— Doux Jésus. Il est brûlant.

— Je ne me sens pas très bien, grogna Max en se tenant le ventre.

Jeff eut tout juste assez de présence d'esprit pour tendre le bras et remettre violemment Trix debout avant que Max se penche sur le côté et vomisse partout sur le sol, éclaboussant leurs chaussures.

Joe sauta en arrière de surprise, avant de se tourner vers un technicien à proximité :

— Putain ! D'accord, ramenez ici les secouristes du site.

Le technicien hocha la tête et toucha son casque audio.

— Vous pensez que c'est, genre... la grippe ? questionna Joe.

— On est en juin, protesta Trix, reculant alors que les secouristes arrivaient. Alors probablement pas la grippe, mais, et si... enfin, je pensais avoir eu une intoxication alimentaire, mais...

Avant que Jeff puisse répondre, une des secouristes s'avança.

— Nous avons vu quelques cas comme celui-ci. Il y a un méchant norovirus qui circule. C'est le pire cas que j'ai vu, cependant, si c'est vraiment ça. Il n'y a aucun doute qu'il ait besoin d'aller à l'hôpital.

Elle grimaça quand Max grogna de nouveau, et son partenaire et elle le placèrent sur la civière.

Logique. Et bien sûr, maintenant Jeff et Joe avaient aussi été exposés, sans parler du technicien et du pauvre agent d'entretien qui allait nettoyer.

Jeff fit un pas en arrière et regarda autour de lui.

— D'accord. Merde. Où est Tim, putain ? Nous avons besoin d'un plan d'action.

Il se montra alors que les secouristes étaient prêts à emmener Max dans l'ambulance qui attendait. Il regarda la civière, puis le vomi et arriva à la conclusion prévisible.

— Que s'est-il passé ? Ne me dis pas que...

— Ils pensent que c'est un virus, le coupa Jeff avec impatience. Apparemment, il y a une gasto qui circule. Ça doit être ce que Trix avait hier.

Avant qu'il puisse trouver une manière de ramener ça à lui, Trix intervint.

— Quelqu'un doit aller avec Max à l'hôpital, dit-elle en regardant Tim et croisant les bras. Et quelqu'un doit décider si nous finissons ce concert et comment.

Jeff copia sa position. De l'autre côté, Joe le fit également.

Finalement, Tim leva les mains.

— D'accord, d'accord. J'y vais avec lui.

Bien, pensa Jeff. *C'est ton putain de boulot.*

— Je vais voir si Erica peut le remplacer, dit Trix, faisant signe à un des techniciens. Envoie-moi des nouvelles.

Tim suivit les secouristes d'un pas raide, déjà sur son téléphone.

Dès qu'il fut hors de portée de voix, Joe reprit :

— Pourquoi l'avons-nous supporté pendant si longtemps ?

— Parce que nous avons signé un putain de contrat qui nous liait à lui quand nous étions à peine plus que des enfants.

À cette époque, ils avaient sauté sur l'occasion de passer une étape – ils auraient dû d'abord prendre un agent, puis cette personne aurait dû être leur porte-parole devant un label. À la place, Tim était un complice de l'entreprise qui profitait d'eux pour son propre gain. Jeff poussa un soupir.

— Bon, euh, tout d'abord… Je pense que nous devrions tous aller nous laver les mains et peut-être prendre de la vitamine C ?

Joe leva les yeux quand un agent d'entretien arriva lentement dans le couloir avec un chariot.

— Hé, merci d'être venu. Quel est votre nom ?

L'agent cligna des paupières sous la surprise que les artistes s'adressent directement à lui.

— Euh, c'est Kyle.

— Kyle, moi c'est Joe, voici Jeff et Trix. Nous voulons simplement vous dire, je pense que le type qui a vomi a probablement une gastro contagieuse, alors si vous avez un masque et des gants très épais, ou quelque chose, euh, vous devriez certainement les utiliser.

— Merci, oui. Toujours préparé.

Kyle sortit un masque en papier d'un des compartiments sur le chariot de nettoyage.

Jeff se fit une note mentale de trouver un moyen de lui laisser un pourboire avant de partir.

— Génial. Bon, nous allons… nous décontaminer.

Un rapide changement de tenue plus tard, Jeff ramena un groupe très sombre sur scène. Entre leur inquiétude pour Max et leur guitariste remplaçante, ils ne retrouvèrent jamais l'énergie. Jeff aurait donné à leur performance un C+ au mieux.

Naturellement, les tabloïds se jetteraient aussi sur le fait que Max ait quitté le concert. Cela n'aurait pas d'importance qu'il était fiévreux et déshydraté. Il avait un passé de consommation de drogues. C'était tout ce dont les sites poubelles avaient besoin pour générer des clics.

Il était déjà énervé quand il revint dans la loge, alors quand il ouvrit la porte pour découvrir Tim – qui aurait dû être à l'hôpital – tenant son téléphone, il devint fou furieux.

227

— Qu'est-ce que tu penses être en train de faire, putain ?

Tim jura et laissa échapper le téléphone. Il tomba sur le sol.

— Tout d'abord, ceci est à moi, cingla Jeff. Et je demanderai ton mensonge d'excuse pathétique dans une minute. Mais le plus important, pourquoi n'es-tu pas à l'hôpital ?

Une demi-seconde plus tard, il sentit Trix et Joe derrière lui.

— Que se passe-t-il ?

— Tim était sur le point d'expliquer pourquoi il n'est pas avec Max, dit Jeff, mortellement calme désormais. Étant donné qu'il est parti d'ici avec une forte fièvre et à peine conscient.

— Max va bien, souffla Tim. Quand je suis parti, il était assis aux urgences avec une intraveineuse, attendant d'être admis.

Seul, dans un hôpital, où les médecins pourraient ne pas connaître son passé de consommation de drogues. Où personne ne connaîtrait les coordonnées de sa famille s'il perdait connaissance. Fantastique. Jeff traversa la pièce à grands pas et ramassa son téléphone sur le sol.

L'écran brillait avec une demande pour son mot de passe.

— Il était éteint quand je l'ai laissé ici, grogna-t-il, les dents serrées.

Et si Tim avait craqué son mot de passe ? Jeff ne doutait pas une seconde qu'il aurait parcouru tous les messages pour trouver un avantage. Tout ce qu'il pourrait trouver afin d'obliger Howl à signer un autre contrat merdique une fois que celui-ci serait fini. Tout pour les garder sous sa coupe.

Jeff n'avait rien sur le passé de Trix dedans, mais il ne pouvait se souvenir de tout ce qu'il y avait sur son téléphone. Tim aurait éventuellement trouvé quelque chose qu'il pourrait utiliser – quelque chose que quelqu'un avait dit hors de son contexte, un sexto d'un ancien petit ami.

Son ventre se tordit. Et si Carter avait envoyé quelque chose ? Jeff ferait n'importe quoi pour le protéger des retombées qu'amènerait une dick pic. Et sans aucun doute, il y en avait quelques-unes sur le téléphone de Jeff si on regardait d'assez près – pas de Carter, mais il ne s'attendait pas vraiment à ce que Tim soit honnête là-dessus.

— Bordel, s'exclama Trix. Devrais-je appeler la sécurité ?

Tim se hérissa et tendit la main vers son badge d'identification.

— Vous ne pouvez pas…

— Non, interrompit Joe. Je pense que Jeff devrait appeler son avocate.

Cela paraissait être une meilleure idée.

— Sur la route de l'hôpital, décida Jeff. Max ne devrait pas être seul. Il devrait savoir que nous sommes là pour lui.

XV

JEFF DÉVERROUILLA son téléphone pendant que Trix appelait un taxi. Pas de nouveaux messages, mais il avait un e-mail de Carter :

Je te donnerai 20 $ si tu joues « Rock Star » à la place.

Malgré la gravité de la situation, Jeff sourit. Mais cela faiblit également après un instant, quand il pensa à ce que ça pourrait être pour Carter d'exister dans un monde où toutes les chansons que Jeff écrivait sur le fait de le vouloir passaient à la radio, et que tout le monde savait qu'elles étaient à propos de lui.

Jeff admettait intérieurement avec une culpabilité grandissante que ça pourrait être embarrassant. Au moins, les nouvelles chansons étaient pleines d'amour et de désir. Il n'avait pas besoin d'écrire d'autres fantasmes sexuels d'adolescent, subtils ou manifestes, quand les véritables expériences de la vie allaient bien au-delà de tout ce qu'il avait pu imaginer.

Il pourrait probablement même convaincre Trix et Max de les enlever de la setlist également. Et Joe comprendrait.

Il était tard à Toronto, mais peut-être qu'avoir une avocate coûteuse à disposition signifiait qu'elle prendrait ses appels à toute heure, ou peut-être qu'elle était simplement encore éveillée.

— Ma rock star préférée, dit-elle. Que puis-je faire pour vous, Jeff ?

Il pouvait l'imaginer dans son bureau dans un gratte-ciel du centre— ville, buvant un verre de vin avec les pieds relevés et observant les lumières par la baie vitrée.

Il expira lentement tandis qu'il rassemblait ses pensées. Il ne voulait pas donner la sensation d'être réactionnaire ou trop émotionnel. Il en avait assez des machinations de Tim, et il voulait qu'elles s'arrêtent. Mais s'ils pouvaient utiliser ce comportement pour échapper à leur contrat, c'était d'autant mieux.

— Max a attrapé un genre de virus et a dû aller à l'hôpital. Tim était supposé être avec lui, mais quand nous sommes descendus de scène, je l'ai surpris dans la loge avec mon téléphone. Il était éteint quand je l'ai laissé pour jouer le concert, et il l'a allumé. Je suis pratiquement sûr qu'il essayait d'entrer dedans.

— C'est une accusation sérieuse, dit-elle, mais sa voix était égale. Je ne pense pas que vous ayez des preuves.

— À moins que la loge soit sur surveillance, ce dont je doute, expliqua-t-il avant de jeter un coup d'œil à Trix à côté de lui. Joe et Trix étaient là, mais ils n'ont rien vu avant qu'il laisse tomber le téléphone. Et il n'y aurait aucun moyen de prouver ce qu'il essayait de faire avec, de toute façon.

Un clavier cliqueta en arrière-plan.

— Maintenant, vous réfléchissez comme un avocat. Nous avons quelques options ici. Avez-vous une minute pour en discuter ?

— Euh, une seconde, demanda-t-il, avant de couper le micro et d'interroger le chauffeur, combien de temps jusqu'à l'hôpital ?

— Trente minutes, répondit-il avec un regard au GPS.

Jeff reprit l'appel.

— Oui, j'ai du temps.

— Génial. Je vais m'y mettre tout de suite, dit-elle, avec plus de clics. Aucune preuve signifie que nous n'avons pas beaucoup de marge pour déposer une plainte criminelle. Vous pourriez essayer quelque chose en cour civile. Je devrais examiner de plus près votre contrat ; il pourrait y avoir une faille qu'il pourrait utiliser. Mais ça prendrait des années, et entre-temps, vous souffrez. Ou nous pouvons simplement documenter toute la merde qu'il vous a fait subir et l'apporter au label en disant « Arrangez ça. »

Le front plissé, Jeff tapota les doigts de sa main libre sur son genou.

— Ça ne paraît pas tellement utile.

— C'est parce que vous ne regardez pas ça d'un point de vue publicitaire.

Il y eut un craquement, puis un bruit sourd, comme si elle venait juste de faire tourner sa chaise et d'enlever ses pieds du bureau.

— La dernière chose dont un tel label a besoin est un scandale venant d'une énorme star prétendant subir un mauvais traitement. Mais je pourrais en fait avoir une meilleure idée.

Un espoir ? Était-ce ce tout petit sentiment légèrement gai montant dans sa poitrine ? Il s'éclaircit la gorge.

— Oh ?

— Eh bien, un document correctement formulé de ma part soulignant vos problèmes avec Tim leur fait savoir que nous avons une carte maîtresse

– que vous êtes prêts à discuter la raison pour laquelle vous traînez les pieds à propos de l'album, ce qui mettrait à mal leurs chances de signer d'autres talents. C'est un solide plan de secours si vous n'aimez pas celui-ci.

— D'accord, concéda-t-il, hochant automatiquement la tête. Ça semble... Enfin, ça me libère plus rapidement de devoir gérer Tim. Je suis pratiquement sûr qu'il cherchait sur mon téléphone quelque chose qu'il puisse utiliser pour me faire du chantage, alors plus vite il est sorti de ma vie, plus vite je serai heureux. Alors quelle est l'autre idée ?

— J'ai besoin de temps pour tout assembler, et nous pouvons uniquement en parler si vous pouvez faire accepter à tout le groupe que quitter Big Moose est ce que vous voulez faire. *N'en* parlez à personne d'autre, d'accord ? C'est le genre de chose où, si le label en a vent, ils pourraient tout gâcher. Entre-temps, comme plan de secours, pouvez-vous m'envoyer par e-mail une liste détaillée de vos griefs ? Demandez aux autres membres du groupe s'ils ont quelque chose à ajouter. Je peux m'y mettre dès demain si vous me l'envoyez ce soir. Ça va ?

Il semblait qu'en fait, ça pourrait aller, un jour dans le futur.

— Oui. Merci, Monique.

Il ne voulait pas trop entrer dans les détails dans une voiture où le chauffeur pourrait entendre.

Le temps qu'ils arrivent à l'hôpital, Max avait été déplacé dans une chambre et était assis au lit, pâle, mais lucide et conscient.

— Hé, salua-t-il quand ils entrèrent. Waouh, est-ce que les heures de visite n'existent plus ?

— Jeff a charmé l'infirmière en charge, expliqua Trix. Il a dû signer sa poitrine et promettre que nous serions sortis en dix minutes, cependant.

C'était une légère exagération – aucun autographe n'avait été échangé – mais peu importe. Cela fit faiblement rire Max.

— Elle savait qu'elle aboyait après un tournesol, pas vrai ?

Jeff leva les yeux au ciel. Mais il était content que Max se sente assez bien pour plaisanter.

— Amusant. Qu'est-ce qu'ils t'ont donné ?

Il voulut reprendre les mots dès qu'ils sortirent, mais avant qu'il puisse sortir ses pieds du plat, Max répondit :

— Quelque chose pour la fièvre, plus des fluides en intraveineuse et un genre d'antidouleur ? Je pense. J'ai un méchant mal de tête. Je vais probablement bientôt m'évanouir.

231

— Nous ne te garderons pas éveillé longtemps, promit Joe. Tu nous as flanqué la frousse, cependant. Je pensais que tu allais tomber de scène.

— Pourquoi ne nous as-tu pas dit que tu ne te sentais pas bien ? questionna Trix, en s'asseyant près du lit.

Pendant une seconde, quelque chose de sombre passa sur le visage de Max.

— Je ne sais pas, simplement je… Je pensais que je pourrais jouer malgré ça. Je suppose que non, grimaça-t-il. J'espère que je n'ai rendu malade aucun de vous.

Joe et Trix échangèrent des regards. Puis elle dit :

— Nous pensons en fait que je pourrais te l'avoir donné. Je pense que Joe et Jeff vont se surveiller pendant les prochains jours.

Hourra.

— Cocktails d'échinacées et de vitamines C, grogna sèchement Joe. Descendues avec du thé miel-citron. La vie glamour d'une rock star.

Sa voix semblait de nouveau rauque. Jeff espérait que c'était la même tension vocale à laquelle il avait fait face toute la semaine.

— Mieux qu'une intraveineuse, souligna Max.

L'infirmière en charge passa alors pour les mettre dehors, parce que Jeff *n'avait* vraiment négocié que dix minutes. Trix tendit à Max son téléphone, et il les remercia, puis ils redescendirent dans le hall d'entrée.

— Bon. Et ensuite ?

Ils étaient supposés rouler en bus jusqu'à Edmonton durant la nuit, mais ils ne pouvaient pas partir sans Max. Et Jeff ne voulait pas être dans un bus avec Tim. Ils avaient une journée de repos entre les concerts. Ils n'étaient pas obligés de partir cette nuit.

— Je vais nous trouver des chambres d'hôtel, offrit Joe.

— Je vais trouver où sont nos affaires.

Trix poussa un soupir, puis fit un geste vers la pharmacie au bout de la rue.

— Je vais vous trouver des remontants immunitaires.

AU MATIN, il se rappela qu'il avait besoin de parler à Carter. D'abord, cependant, il resta allongé au lit et fit le bilan de son corps – pas d'étrange sensation dans le ventre, pas de fièvre, pas de couleurs bizarres.

Peut-être qu'il avait échappé au norovirus.

232

Un passage rapide à la salle de bain, puis il attrapa son téléphone et s'assit contre la tête de lit, écoutant les sonneries.

Carter décrocha à la troisième.

— J'ai lu les infos. Tu vas bien ? Que s'est-il passé ?

Ah oui – il était plus tard en Ontario. Carter avait probablement vu ce matin quelque chose à propos de la soudaine disparition de Max du concert.

— Max a attrapé un norovirus. Grippe intestinale, en gros, excepté qu'il était énormément fiévreux, qu'il ne l'a dit à personne et qu'il est presque tombé de scène. L'hôpital l'a gardé pour la nuit, mais il a envoyé un message ce matin pour dire qu'ils le laissaient sortir vers midi.

Même maintenant, Jeff se sentait épuisé par toute cette épreuve, et il n'était même pas le malade.

— Je suis content qu'il aille bien. Mais est-ce que *tu* vas bien ?

Jeff ouvrit la bouche pour dire oui, mais le mensonge ne sortit pas. Il tira sur les couvertures. *Putain*. Il n'était pas supposé dire à Carter que quoi que ce soit clochait. Mais quelques détails ne feraient pas de mal, hein ?

— Honnêtement ? Je ne pense pas avoir attrapé le norovirus, au moins. Mais je… J'ai surpris Tim en train d'essayer d'entrer dans mon téléphone, en gros, et je suis inquiet pour Max, et…

Et il faisait tout tourner autour de lui.

— C'est beaucoup à supporter. Distrais-moi, tu veux ? As-tu trouvé ton ourse ?

— Pas encore, soupira Carter. Ce n'est pas inhabituel, cependant. On ne les aperçoit pas tous les jours. Je suis juste inquiet.

Aucune surprise là. Carter était toujours doux comme ça.

— Qu'en est-il du reste ? demanda Jeff, le front plissé en pensant comme leur temps à Vancouver semblait si lointain. Tu faisais quelque chose pour ton amie – Emily ?

— Oh, oui, c'est un… enfin, nous plaisantons à propos de l'inefficacité du gouvernement, mais si tu connaissais la vérité, tu deviendrais probablement libertarien.

Jeff lâcha un rire surpris.

— J'en doute, mais je peux imaginer. Je comprends donc que ça, euh, ne se passe pas bien ?

— Ça se passe bien, vraiment, répondit Carter. C'est simplement, obtenir de multiples personnes dans de multiples parcs – nationaux et provinciaux – qu'ils collectent les mêmes données, puis les mettent au même endroit et les rendent accessibles aux gens qui veulent les utiliser pour la science, c'est apparemment plus un travail de longue haleine que je ne le réalisais.

Quelle surprise qu'il ait eu les yeux plus gros que le ventre, plus que n'importe quelle personne raisonnable. Jeff s'appuya en arrière et inclina la tête vers le plafond.

— Tu sais que tu es censé récupérer d'un os brisé, pas vrai ? Pas trouver plus de travail pour toi-même ?

— J'aime travailler, contra Carter, obstiné. De plus, c'est... je ne sais pas. Ce n'est pas ce que je pensais faire de ma vie, mais ça semble plus important que de faire la morale aux touristes sur le fait de jeter ses ordures dans la nature.

Jeff savait que le travail de Carter englobait plus que ça, mais ce n'était pas le problème. Le problème était que Jeff s'inquiétait aussi, surtout sur l'incapacité pathologique de Carter à se détendre. Mais dire *s'il te plaît, ralentis avant de travailler comme un fou jusqu'à en mourir prématurément comme ton père* serait cruel de manière impardonnable. Jeff se détestait rien que d'y penser.

Il devrait trouver un moyen d'approcher le problème sous un angle différent. Entre-temps, il dit simplement :

— C'est bon que tu le fasses. *C'est* important.

— Merci.

Avant que Jeff puisse dire autre chose, son téléphone bipa, et il vérifia l'identifiant d'appel.

— C'est mon avocate qui appelle, désolé. Pour la suite de tout le truc avec Tim. Je te rappelle plus tard ?

— Clairement. Dis à Max de bien se rétablir pour moi.

— Merci, répondit Jeff avec un sourire. Je lui dirai.

Comme d'habitude, Monique alla directement à l'essentiel.

—Jeff. Avez-vous eu un consensus de la part du groupe ?

— Oui, soupira-t-il en hochant la tête. Je pense qu'ils étaient déjà mécontents du rythme, de la pression et de toute la... situation concernant le contrat. Mais après avoir vu comment Tim a traité Max et son invasion de ma vie privée... ils sont partants.

Ils avaient signé jeunes, et leurs parts des royalties n'étaient pas ce qu'elles devraient être, et ils n'avaient pas de porte-parole pour défendre leurs propres intérêts.

— Bien. Comme je l'ai dit, ça ne peut pas quitter le groupe, ou le marché ne verra pas le jour. Je parle d'injonctions, de poursuites judiciaires, d'évictions… ils pourraient faire de vos vies un enfer. Mais j'ai trouvé un moyen de vous faire sortir de votre contrat.

— Sérieusement? interrogea Jeff, sa respiration accrochant.

— Voilà le topo. Quand vous avez signé l'extension de contrat, ils ont oublié de mettre à jour votre clause de sortie. Vous aviez déjà une grande envergure. Vous savez quelle est la pénalité maintenant ?

— Suffisamment grande. Ce n'est pas une option pratique.

Ils pouvaient la payer si les autres membres du groupe avaient épargné de la même manière que lui, mais il savait que ce n'était pas le cas pour Max, et il n'était pas sûr pour Trix. Jeff pouvait payer uniquement parce qu'il avait écrit et enregistré des chansons en dehors de leur contrat avec Big Moose, mais payer viderait ses économies.

— Pas pour vous, peut-être, fredonna Monique. Mais pour un label concurrent ?

Oh. Jeff se lécha les lèvres, désormais intrigué.

— Comment ça fonctionnerait?

— C'est la partie piégeuse. Je préférerais vous l'expliquer tous ensemble en une fois. En attendant, voulez-vous entendre la diversion? Je pense que vous apprécierez.

Elle avait mérité chaque centime que Jeff lui payait.

— Seigneur, oui.

— Alors, le label rappelle Tim à Toronto. Ils vont envoyer quelqu'un d'autre avec un Accord de Confidentialité. Ne le signez pas avant que je l'aie étudié et donné mon feu vert.

Un poids que Jeff avait porté depuis des années sembla disparaître de ses épaules.

– *Sérieusement?*

— Sérieusement, confirma-t-elle. Après ce qu'il a fait, il s'attendra à quelque chose. Si nous ne faisons rien, c'est en fait encore plus suspicieux. Et si vous agissez contre Tim en particulier, et que vous en semblez satisfaits, ils ne s'attendront pas à la suite. Vous avez un avantage actuellement, alors des demandes concernant la personne qu'ils envoient ou n'envoient pas à sa place? Je ne sais pas avec qui vous avez travaillé.

Il n'eut besoin d'y réfléchir que pendant une seconde.

— Dina… Je pense que son nom est Youssef? Elle est en quelque sorte une subalterne de Tim, mais elle est bonne autrement. Elle nous connaît.

Et s'il pouvait obliger le label à lui donner une promotion, encore mieux.

En arrière-plan, le clavier de Monique cliqueta.

— Compris. J'ai quelques détails que je veux finaliser avant de parler au groupe, mais tenez bon. Ça va fonctionner.

— *Merci*, souffla Jeff.

Il n'allait pas se soumettre à un autre Tim. Il raccrocha, se sentant plus léger que depuis des semaines.

Il eut la nouvelle par Monique que Dina les retrouverait à Edmonton, puis Trix eut un appel de Max disant qu'il était sorti. En début d'après-midi, ils étaient sur l'autoroute en direction du nord, Max somnolant sur sa couchette, Trix profondément captivée par Animal Crossing. Jeff joua quelques parties de Speed avec Joe, mais environ une heure après le départ, son téléphone commença à vibrer constamment dans sa poche, et finalement, ce fut une trop grande distraction, et Joe le battit.

— Au meilleur des cinq sur sept? proposa Joe avec un sourire en coin.

Jeff sortit son téléphone et vérifia – quatre messages de Carter.

Peut-être que Joe le vit sur son visage, parce que quand il dit «on remet à plus tard?», sa voix était très sèche.

Lui lançant un sourire reconnaissant, Jeff grimpa sur sa propre couchette – grimpa littéralement; la sienne était au-dessus de celle de Max – et tira l'épais rideau. Cela ne lui offrirait pas une intimité totale, mais étouffait bien le son s'il voulait avoir un appel téléphonique.

Le premier message de Carter disait *Deuxième aperçu d'ourse. Seulement un ourson.*

Merde. Ce n'était pas bon, mais le suivant disait *Fausse alerte, apparemment c'était Tutu avec son ourson.*

Qui baptisait ces ours? Jeff se fit une note de demander à Carter s'il avait également nommé celle-ci.

Le troisième message disait *Pourquoi ai-je soudain 1000 nouveaux followers sur Twitter?*

Et... ceci, d'accord, c'était inquiétant. Jeff ne savait même pas que Carter avait un compte Twitter. Honnêtement, ça ressemblait à quelque chose qu'il détesterait.

Tu ne me suis même pas! disait le dernier message. *Comment l'ont-ils trouvé?*

Eh bien… on pouvait facilement y répondre. Jeff ouvrit Chrome, tapa *Carter Rhodes Twitter* dans la barre de recherche, et prit une capture d'écran du résultat. Puis il la copia dans un message.

Nous avons dévoilé ton nom dans l'annonce. Tu te souviens ? Tu allais verrouiller ta page Facebook ?

Pendant presque trente secondes, il n'eut rien de plus que trois points clignotants. Puis *Ah.* Suivi par *qu'est-ce que je fais maintenant ?*

Jeff ouvrit rien que pour voir. Il grimaça – il y avait plus d'un tweet sur le concert de la veille et comme il avait été mauvais, sans mentionner les spéculations sur quelles drogues Max avait prises et si le norovirus était une couverture.

Et il y avait ensuite un tweet qui avait été tagué qui répondait à toutes ses questions.

Bon, est-ce que quelqu'un va me dire que le nouveau morceau de choix de @jeffpineHOWL est sérieusement un vrai garde forestier, ou suis-je supposé le découvrir par moi-même ?

Le tweet citait le compte personnel de Carter, qui avait retweeté une image venant du compte du parc avec lui en uniforme tenant… était-ce un bébé opossum ?

Il prit une autre capture d'écran et l'envoya aussi.

MORCEAU DE CHOIX ????? répondit Carter.

Cette chemise est plutôt moulante, souligna Jeff. *Ce n'est pas une critique, au fait.*

Je suis un naturaliste, se plaignit-il. Puis, *Et maintenant ?*

Jeff leva les yeux au ciel. *Verrouiller ton compte Twitter est une chose.* Il devrait probablement le faire vite, cependant, parce que ce tweet avait déjà plus de 500 retweet, et il avait été posté à peine une demi-heure plus tôt. *Ou tu pourrais t'en servir.* Le twitter de Carter était @crhodesbearlake. S'il voulait que les gens puissent le harceler sur internet – ou franchement, le harceler dans la vraie vie – il n'aurait pas pu rendre ça plus facile. *Change ton nom pour @smokeybearlake et commence à poster des vidéos éducatives.*

Amusant.

Jeff le pensait aussi.

LEÇON SIX
LÂCHER PRISE

Il y a une raison pour laquelle on appelle ça tomber amoureux. Pas monter amoureux, pas une descente prudente et graduelle. Tomber. Un mouvement terrifiant, incontrôlé et non intentionnel vers le bas.

Mais il y a cet instant avant de heurter l'air, quand vous chancelez sur le bord, les bras en train de mouliner. Il y a cette seconde étendue quand vous savez que vous pourriez reculer. Vous pourriez enfoncer vos doigts dans la paroi de la falaise et vous éloigner, intact.

Et bien sûr, vous ne voulez pas lâcher prise sans avoir un espoir raisonnable que les choses fonctionneront comme vous le voulez.

D'un autre côté, vous ne pouvez vous attendre à ce que quelqu'un d'autre saute si vous n'êtes pas prêt vous-même à tomber.

Plus facile à dire qu'à faire, cependant, n'est-ce pas ?

XVI

EDMONTON SE déroula mieux que Calgary. Ni Max ni Joe n'étaient à 100 pour cent, mais ils s'amélioraient tous les deux. Ils changèrent la setlist pour laisser plus de repos à la voix de Joe et s'assurer que Max reste hydraté, et si ce n'était pas un grand spectacle, au moins, Jeff n'avait pas l'impression qu'il devait éviter Twitter.

Ce qui s'avéra être une bonne chose, parce que le trajet de nuit de Edmonton à Winnipeg fut long, et Jeff était trop anxieux à propos de la possibilité de se dégager de leur contrat pour dormir plus que quelques heures dans le bus, et rattraper son retard sur Twitter tôt le lendemain matin mena à une incroyable découverte.

@smokeybearlake a commencé à vous suivre.

Jeff se cogna presque la tête sur le sommet de la couchette.

— Oh mon Dieu.

— Quoi ? demanda Max.

Il ne devait pas dormir non plus, parce qu'il passa la tête sur le côté de la couchette.

Se penchant à moitié par-dessus la sienne, Jeff appuya sur le bouton Lecture sur son téléphone et le tendit pour que Max puisse regarder la vidéo - postée sur le compte officiel de Great Bear Lake – de Carter en plein mode Annonce de Service Public, décrivant l'importance de ne pas transporter du bois venant de zones avec des agriles du frêne, comment construire un feu de camp, et comment l'éteindre de façon sécurisée.

La vidéo avait un millier de likes. Le tweet cité de Carter depuis son compte personnel en avait mille cinq cents.

Max rigola doucement pour ne pas réveiller les autres.

— C'est la connerie la plus saine que j'ai jamais vue. Dis-moi qu'il n'est pas tout le temps Dudley Do-Right.

Avec une toux, Jeff récupéra son téléphone.

— Pas de commentaire ?

Cette fois, Max dut étouffer son rire dans un coussin.

239

Jeff retourna sur Twitter et suivit @smokeybearlake. Puis il envoya un message à Carter. *Tu essaies d'être plus célèbre que moi ???*

C'était ton idée, souligna Carter.

Tu devrais faire la suivante torse nu.

Ils arrivèrent à Winnipeg vers l'heure du déjeuner et s'enregistrèrent à leur hôtel. Max et Jeff avaient des chambres attenantes, ce que Jeff découvrit quand il déposa son sac sur la chaise près du lit uniquement pour entendre un coup à sa gauche.

Il ouvrit la porte et Max passa la tête à l'intérieur.

— Euh. Ma chambre est bien plus agréable que la tienne.

— Quoi ?

Jeff le dépassa pour entrer dans la chambre de Max… qui était un reflet de la sienne.

— Je t'ai poussé à regarder.

Beurk.

— Je ne peux pas croire que je me sois fait avoir par ça. Tu es le pire de tous.

Max riait encore quand Jeff lui referma la porte au visage. Il tomba sur le lit et se réveilla trois heures plus tard avec un message de Dina. *J'ai réussi à vous louer un espace de répétition pour ce soir*, suivi par l'adresse et les détails.

MERCI, répondit-il, tout en majuscule, parce qu'ils avaient vraiment besoin de se mettre à travailler sur l'écriture de cet album.

Il avait vraiment besoin de trouver un manager comme elle. Peut-être qu'alors, il ne se sentirait pas si paranoïaque tout le temps.

Un rinçage rapide plus tard, Joe et Trix avaient répondu d'un pouce levé pour se retrouver dans le hall d'entrée, mais Max n'avait pas répondu.

Probablement encore en train de dormir, envoya-t-il sur la discussion de groupe. *Il a la chambre à côté de la mienne, je vais aller le chercher.*

Il s'essuya le visage et les cheveux, enfila un jean, et fouilla dans son sac pour trouver un t-shirt. Il fronça les sourcils quand il aperçut un dont il ne se souvenait pas… et le sortit uniquement pour découvrir que c'était celui de Carter pour le T-ball.

Il passa le pouce sur les lettres de *Rhodes's Garage* et sourit. Carter l'avait-il laissé à dessein dans le sac de Jeff ?

Se sentant sentimental, Jeff l'enfila, glissa les pieds dans ses chaussures et frappa à leur porte communicante.

Pas de réponse.

— Max ?

Jeff ouvrit de son côté. Max ne l'avait pas verrouillée, simplement refermée presque jusqu'au bout.

— Max ? appela-t-il de nouveau alors qu'il repoussait la porte. Est-ce que tu es...

Son cœur s'arrêta.

Max était assis sur le sol devant la table basse, recroquevillé avec les bras autour des genoux. Il regardait fixement devant lui trois longues lignes blanches. Un petit sachet de poudre et une lame de rasoir étaient posés à côté.

Pendant de longs battements de cœur, Jeff ne put parler. Sa langue semblait épaisse dans sa bouche. Finalement, il murmura :

— Max ?

Celui-ci cligna lentement des paupières. Il ne bougea pas, excepté pour lever très légèrement la tête. Ses yeux paraissaient creusés et désespérés.

Prudemment, Jeff s'agenouilla sur le sol de l'autre côté de la table. Son cœur battait douloureusement contre ses côtes.

— Max, mon vieux, qu'est-ce qui se passe ?

Max prit une profonde inspiration tremblante, puis la relâcha, assez lourdement pour qu'une partie de la cocaïne bouge sur la table. Au fond de son esprit, Jeff savait qu'il était foutu si quelqu'un les découvrait comme ça, mais il ne pouvait pas laisser Max. Pas à cet instant.

— Je...

Max déglutit et mit les mains sur son visage, enfonçant ses paumes contre ses orbites. Ses épaules tremblèrent, mais il ne fit pas un bruit.

Finalement, il retira ses mains. Sa voix craqua quand il dit :

— Je pense que j'ai besoin d'aller en désintox.

Du soulagement submergea Jeff comme un tsunami, laissant ses yeux humides, mais le chagrin le rendit sans voix. Une boule s'était formée dans sa gorge, et il avala autour.

— Max...

— Je l'ai vu, le coupa celui-ci. Quand j'ai été malade sur scène, je sais ce que vous avez pensé, les gars – je n'ai jamais consommé avant une représentation. J'ai voulu, Seigneur, mais je ne l'ai jamais fait. Je ne vous aurais pas fait ça. Parce que vous êtes mes amis, avoua-t-il en serrant les poings. Et ensuite j'ai pensé, « Max, espèce de putain de connard, bien sûr qu'ils pensent que tu le ferais. » Je t'ai volé, j'ai volé ton *petit ami*. Je vous ai obligé Trix, Joe et toi à nettoyer mon bordel. Et depuis lors, tout ce à quoi je pense, c'est...

Trois lignes de cocaïne.

Jeff s'essuya la bouche d'une main.

— Que… commença-t-il avant de s'arrêter pour s'éclaircir la gorge. Que veux-tu faire?

Il ne pouvait pas continuer comme ça.

— Je ne sais pas. Pas…, tenta-t-il en agitant une main pour indiquer la table. Je ne veux pas quitter le groupe. Mais je pense que peut-être le groupe est en train de partir sans moi. Je pense que peut-être, il devrait.

Putain. Les yeux de Jeff brûlèrent de nouveau, mais il l'écarta en clignant.

— Ce n'est pas à cause de toi.

— Ce n'est pas *pas* à cause de moi, contra Max. Écoute. Je vous ai entendu parler Joe et toi, alors je sais… Il a d'autres choses dont il doit s'inquiéter.

Jeff ouvrit la bouche pour le corriger, mais Max continua comme s'il s'en moquait.

— Et Trix? Tu penses que les batteuses comme elle se trouvent tous les jours? Elle pense que je ne sais pas, mais elle a parlé à d'autres femmes faisant de la musique. Elles seraient stupides si elles ne lui demandaient pas de signer, et elle le ferait en un instant si je n'étais pas là. Parce qu'elle pense que c'est de sa faute si je suis comme ça.

Son visage se tordit en un rictus de misère.

Déglutissant, Jeff tendit la main vers sa poche pour prendre son téléphone. Il semblait être l'heure d'appeler du renfort. Il vibrait dans sa main, mais Jeff ne voulait pas attirer l'attention dessus. Il le laissa où il était.

— Trix sait…

Quoi? Que Max ne lui en voulait pas? Que ce n'était pas vraiment sa faute?

— Le sait-elle? demanda Max, sans donner le temps à Jeff de répondre. Et toi. Tu continues de demander des congés. Je comprends. Vraiment. Dieu sait que la seule raison pour laquelle j'ai pu continuer si longtemps était ce que je m'envoyais dans le nez.

Ce n'était pas ainsi que Jeff voulait que les choses se passent. Il avait vraiment pensé… Il ne savait pas ce qu'il avait pensé. Joe avait besoin d'un an ou plus de congés, de façon réaliste, ou un réexamen complet de leur style habituel de tournée, et Max avait besoin de nettoyer son système.

Trix – peut-être que du temps loin d'eux serait bon pour elle.

Et Jeff?

Il aimait la scène. Il aimait la musique. Il aimait son groupe.

Mais ce n'était pas tout ce qu'il aimait.

Il n'avait jamais pensé qu'il serait assis sur le sol de la chambre d'hôtel de Max, en train d'observer celui-ci ne *pas* prendre de drogues, quand il réalisa enfin que son groupe allait tomber en morceaux.

Que peut-être Monique ne pourrait pas les sauver.

Son cœur s'effondra quand il se rendit compte de son propre échec. Max avait toujours été là pour le soutenir quand Jeff en avait eu le plus besoin, et il s'était défilé quand Max avait eu besoin qu'il lui rende la pareille.

Cela se terminait maintenant.

Jeff se racla la gorge et fit un geste vers la table.

— Est-ce que tu, heu… Si je me débarrasse de ça, est-ce que tu vas être en manque ?

Mais peut-être que c'était la mauvaise question, ou la bonne question mais la mauvaise priorité.

— Je veux dire, nous pouvons te faire admettre dans un établissement avant la représentation. Que veux-tu faire ?

Dans sa poche, son téléphone vibra de nouveau. La fenêtre de temps se refermait pour qu'ils agissent tous les deux sans que Trix et Joe ne le découvrent. Et Dieu savait que Dina n'avait pas besoin de faire face à ça durant son second jour officiel en tant que directrice de tournée.

— Jette ça dans les toilettes, dit tout de suite Max. Je veux m'en débarrasser. Mais je ne peux pas… tu vas devoir le faire. Désolé.

Comme si Jeff se souciait de ça. Il bondit sur ses pieds et jeta un coup d'œil vers la salle de bain. Il ne voulait pas quitter Max de vue au cas où il changerait d'avis, mais… à un moment ou un autre, il devait lui faire confiance.

Max n'avait pas verrouillé sa porte. Il ne l'avait même pas fermée. Jeff avait frappé.

Max voulait que Jeff le découvre. Il voulait que Jeff l'arrête. Celui-ci pensa que c'était plus parlant que ce que la plupart des gens obtenaient.

À la fin, il attrapa un gant de toilette, le mouilla, puis sortit le sac de la poubelle et la ramena avec lui. Il balaya les lignes nettes dans la poubelle, puis vida le petit sac plastique dedans également. De retour dans la salle de bain, il tira le t-shirt de Carter sur son nez et ferma les yeux alors qu'il laissait un lent flot d'eau couler dans la poubelle.

Puis il renversa le tout dans les toilettes et tira la chasse d'eau.

Le sac retourna dans la poubelle. Le gant alla dedans.

Après un instant de réflexion, il mit la poubelle dans sa chambre et ramena la sienne dans celle de Max.

Puis il se lava les mains avec du savon et de l'eau jusqu'aux coudes.

Il devait avoir mis trop longtemps, parce qu'avant qu'il puisse les sécher, Joe et Trix arrivèrent à la porte.

Toc toc toc.

— Max ? Jeff ? Vous êtes là, les gars ?

S'humidifiant les lèvres, Jeff repassa la tête dans la chambre. Max n'avait pas bougé.

— Hé, murmura-t-il. Que veux-tu que je fasse ?

Pendant un instant, Max ne bougea pas, puis il soupira en tremblant et se frotta le visage avec les mains.

— Laisse-les entrer, répondit-il doucement. Je veux leur dire la vérité.

INUTILE DE le dire, la répétition n'eut pas lieu.

À la place, Trix, Joe, Jeff et Max s'entassèrent dans le même lit, comme ils le faisaient quand ils étaient trop fauchés pour se payer deux chambres d'hôtel, et appelèrent l'avocate de Jeff.

— Vous êtes sûrs d'être tous d'accord pour partir, vérifia-t-elle. Et vous êtes prêts à garder le reste de cette conversation pour vous uniquement.

Ils se regardèrent tous, chacun assis les jambes croisées dans son propre coin du lit. Un par un, ils hochèrent la tête.

— Nous sommes sûrs, déclara Trix. Que devons-nous faire ?

Monique exposa les grandes lignes du plan.

— Si vous êtes tous d'accord, alors pour le bien de cet arrangement, j'agirai en tant que votre agent. Nous devrons signer des papiers à cet effet avant que quoi que ce soit puisse avancer, mais j'ai trouvé un label concurrent prêt à payer la pénalité de sortie sur votre contrat.

Max regarda Trix, et avant que Jeff puisse expliquer, elle dit :

— Cela signifie qu'ils paieront les frais de ne pas avoir livré l'album final.

— Pourquoi feraient-ils ça ? questionna Joe en lissant ses cheveux en arrière. Enfin, c'est beaucoup d'argent.

— En effet, concéda Monique. C'est, en gros, une énorme avance sur votre prochain album et la prochaine tournée. Ce qui signifie qu'ils seront uniquement prêts à le faire si vous pouvez leur livrer un album – celui qui devrait aller à Big Moose – avant la date prévue. Et ils voudront au moins un album garanti après ça.

— Et nous devrons repartir en tournée, lâcha Trix en regardant Jeff.

Il grimaça. Il avait espéré quelque chose qui leur permettrait de repousser ça plus longtemps, quelque chose qui leur donnerait du temps de se remettre. Du temps pour que Joe soit un père. Peut-être que Trix pourrait suivre une thérapie.

Peut-être que Monique comprit cette déception, parce qu'elle reprit :

— Oui. Cependant, ils sont prêts à repousser le début de la prochaine tournée. Elle commencerait l'été prochain, avec une promotion débutant au printemps, la majorité pourrait être coordonnée depuis Toronto.

Jeff regarda Joe, qui regarda Max, qui regarda Trix. Les yeux de Jeff et d'elle se croisèrent.

— Ça semble… faisable, dit Jeff.

— Oui, admit Trix. Excepté que, euh, l'album est prévu pour la fin août.

— Ce n'est plus le cas, lui dit Monique. Nous en avons besoin d'ici la fin juillet. Juste comme assurance.

Oh génial, aucune pression alors. Sept semaines. Plein de temps… si Max n'en passait pas plusieurs en désintox. Jeff jeta un coup d'œil à Max, puis à Joe, puis à Trix. Joe lâcha un soupir et déclara :

— D'accord. Je pense que nous pouvons y arriver.

Au moins, ils avaient une petite avance.

Monique lâcha alors la bombe suivante.

— Bien. Voici une autre chose. Ne travaillez pas dans des endroits où le label paie.

Merde. Jeff était vraiment content maintenant d'avoir fait surclasser sa chambre d'hôtel à Vancouver à ses frais.

— D'accord ?

— C'est une sécurité, mais ils pourraient revendiquer que louer un espace de répétition compte comme un investissement dans le produit final. Nous ne voulons pas leur donner d'arguments. Alors où que ce soit écrit, où que vous enregistriez la démo, vous devez le faire à vos frais. De préférence dans un lieu où le label ne le découvrira pas, pour contrecarrer des magouilles légales.

Là, ça allait être délicat. Il n'y avait pas moyen de savoir quels employés des studios d'enregistrement qu'ils louaient habituellement seraient en contact avec des gens du label. Quelque chose pourrait sortir à n'importe quel moment. Alors, rien en ville.

— Je pense que j'ai une idée, avoua Jeff après un instant. Laissez-moi vous rappeler à ce sujet plus tard, cependant, d'accord ?

Max s'éclaircit la gorge.

— Entre-temps, pouvez-vous chercher quelque chose d'autre ?

Quand ils raccrochèrent, ils lancèrent *les 101 Dalmatiens* sur la vidéo à la demande de l'hôtel. Jeff avait demandé à Dina d'annuler leur location pour la répétition.

Puis ils commandèrent une quantité obscène au room service et s'installèrent.

— Tu es sûr que ça va pour jouer demain ? demanda Trix pour peut-être la troisième fois.

— Ça ira pour moi, promit Max en fermant les yeux. Ne me laissez simplement pas seul.

Ses nouilles au bœuf lo mein glissèrent de ses baguettes, et il jura.

Ils étaient en fait assez chanceux, pensa Jeff, d'avoir accidentellement eu des chambres attenantes.

Il ne ramassa pas son téléphone avant que Max et Trix soient vraiment au lit, pelotonnés l'un en face de l'autre, parlant doucement. Puis il se retira dans sa propre chambre, mais il ne ferma pas la porte communicante jusqu'au bout.

Carter lui manquait. Il ne voulait rien de plus que de l'appeler et tout lui dire – la paternité imminente de Joe, le voyage de Max vers la sobriété, la potentielle dissolution des dix dernières années de la vie de Jeff.

Mais ce n'était pas une conversation à avoir au téléphone. Carter avait déjà assez à faire avec sa guérison, aider sa mère, l'entraînement au T-ball, sauver l'environnement. Jeff n'allait pas être un problème de plus qu'il devrait résoudre, un drain en plus sur ses ressources mentales et émotionnelles.

Avec la porte ouverte, il ne pouvait même pas envoyer de messages érotiques, alors il ne pouvait pas non plus être un drain physique. Vous parlez d'un mauvais moment.

Tu me manques, écrivit-il. Il fixa les mots pendant un moment, mais n'appuya pas sur Envoyer. Finalement, il ajouta *Je te vois dans deux jours* et l'envoya.

Il était presque endormi quand la réponse arriva, et il plissa les yeux sous la lumière vive de son téléphone maintenant que ses yeux étaient accoutumés à l'obscurité.

Je serai là.

Article du site internet de *Winnipeg Lifestyle*
9 juin

UN BON moment à en hurler.

De temps en temps - pas souvent, peut-être une fois par décennie environ – on fait l'expérience d'un événement et on sait qu'il y a quelque chose de spécial. Le concert de la nuit dernière au Centre Bell MTS était un de ces moments.

Dès l'instant où le rideau s'est levé, Howl a captivé le public. Bien que le meneur Jeff Pine, 30 ans, ait longtemps reçu la majorité du mérite pour la popularité du groupe, écrivant et chantant la plus grande partie de ses tubes, hier soir, les membres de son groupe ont chacun démontré autant de passion, de charisme et de talent. Le bassiste Joe Kinoshameg a fait lever le stade pendant « Water for Oil ». La batteuse Trix Neufeld a mené une version ahurissante a capella de « Gemini ».

Mais ce fut le guitariste secondaire Max Langdon qui a volé la vedette. En règle générale, les concerts ne devraient pas impliquer de silence. Quand il a pris le centre de la scène pour débuter « Last Call », on aurait pu entendre une mouche voler.

« Last Call » était le dernier morceau de la soirée, une ballade émotionnelle déchirante complètement différente des autres œuvres de Langdon. Prise seule, c'est une chanson magnifique avec un fort registre émotif et une accroche inoubliable.

Prise dans ce contexte, cependant – Howl doit encore annoncer un autre album, malgré le fait que ceci est la seconde chanson à faire ses débuts sur scène durant ce cycle de concerts et que leur contrat avec le label actuel Big Moose Records inclut un autre album prévu normalement cet été – cela ressemble à un au revoir.

XVII

LE TEMPS que l'avion atterrisse à Willow Sound, Jeff était prêt à s'agenouiller et à embrasser la poussière.

Pas parce que le vol était long, cahoteux ou autre chose comme ça – mais parce que pour la première fois depuis un long moment – comment les Eagles avaient dit ça ? Comme s'il se tenait déjà debout sur le sol.

C'était là qu'il voulait être.

Enfin, en partie.

Il avait la vague idée qu'il n'avait plus de nourriture dans le chalet, alors il passa par l'épicerie sur la route et récupéra quelques denrées essentielles. Par caprice, il prit aussi deux packs de six bières artisanales et une bonne bouteille de vin. Jeff aimait, même si Carter n'aimait pas.

Il était tentant de conduire jusqu'à la station des gardes, mais il savait que Carter était occupé par le travail, alors il alla jusqu'au chalet à la place. Il rangea les courses, remplaça les draps sur le lit avec ceux qu'il avait apportés de son appartement, et essuya la fine couche de poussière qui s'était accumulée sur les comptoirs et la table de cuisine.

Carter fut le premier à qui il envoya un message – *tout installé dans le chalet*. Il attacha une photo des bières qu'il avait mises sur la glace dans une glacière Igloo de taille moyenne.

Mais après ça, il passa en revue tout le groupe. Il vérifia avec Joe comment allait Sarah, qui devait passer une échographie ce matin-là, et reçut en réponse une image étonnamment détaillée d'un fœtus ce qui était – super mais aussi plutôt effrayant. *Le médecin dit que le bébé est en bonne santé.*

C'est génial !! renvoya-t-il.

Il envoya ensuite un message à Trix. Elle retrouvait quelques amies pour un week-end au spa. Elle lui répondit avec un selfie qui impliquait des concombres, un masque facial et un verre de champagne.

Agréable, renvoya-t-il. *Amuse-toi bien. Rappelle-toi de t'hydrater.*

Max était supposé ne pas avoir de contact avec le monde extérieur pendant la première semaine de désintox, alors Jeff ne pouvait rien lui envoyer par message. À la place, il prit une photo du soleil se reflétant sur le Sound et l'envoya sur l'adresse e-mail de Max. Puis il s'adossa à la table de pique-nique et ferma les yeux.

Le doux clapotis de l'eau. Le souffle de la brise à travers les arbres.

Le crissement du gravier sous des pneus.

Jeff sourit, les yeux toujours fermés, et absorba le soleil pendant une minute de plus.

Puis la portière du pick-up claqua, et il se retourna.

Carter se tenait à côté du pick-up, tenant la redoutée botte orthopédique dans la main gauche. Apparemment, il l'avait échangée contre la Birkensock à fond rigide que le médecin avait suggérée si la conduite devenait inévitable. Jeff allait l'engueuler pour ça, absolument, à la fois sur les principes de mode, de santé et de sécurité, mais pas tout de suite. Il avait d'autres priorités.

— Jolie botte, dit-il avec insistance, parce que Carter portait toujours la moitié de ses chaussures habituelles de garde. Tu veux…

— Oh mon Dieu, lâcha Carter avec un rire. Viens ici et embrasse-moi. Je ne vais pas clopiner tout du long jusqu'à toi.

Jeff n'eut pas besoin qu'on lui dise deux fois. Avec de longues enjambées rapides, il traversa l'espace entre eux. Puis Carter laissa tomber la botte sur le sol, enroula les deux bras autour de lui, et l'attira dans un baiser.

Peut-être qu'il n'aurait pas dû – Jeff devrait probablement l'encourager à montrer un peu de retenue quand il ne portait même pas sa botte orthopédique – mais Jeff ne pouvait pas faire grand-chose à part apprécier. Carter était chaud et solide contre lui. Il avait le goût d'une pause café à trois heures trente, et il embrassait Jeff comme s'il connaissait tous ses secrets et les emporterait dans sa tombe.

Son odeur emplit le nez de Jeff – un gel douche vaguement résineux et l'arôme persistant de la crème de rasage, parce qu'il avait apparemment nettoyé sa barbe rien que pour Jeff. Et tout ceci s'accordait – les mains de Carter au creux de ses reins, ses lèvres sur celles de Jeff, sa langue dans sa bouche, son torse sous ses doigts. Le soleil chaud sur le côté de son visage, la brise sur l'eau, le sol sous ses pieds.

Tout s'accordait.

Mais il s'autorisa uniquement à en profiter pendant une minute avant de s'écarter, parce que Carter ne portait pas les chaussures appropriées pour que Jeff s'évanouisse dans ses bras.

— Tu entres ? proposa-t-il. J'ai des trucs pour dîner.

Le regard que Carter lui lança, tendre et un peu ironique, disait qu'il n'était pas dupe.

— Dîner, hein ?

— Hmm, hmm. Qu'y a-t-il de bizarre là-dessus ?

Jeff ramassa la botte et fit un signe vers le chalet, essayant de ne pas couver Carter tandis qu'il boitait prudemment à côté de lui.

Leurs mains se frôlèrent pendant qu'ils marchaient, et Jeff ralentit délibérément ses pas pour rester en rythme avec ceux de Carter. Celui-ci emmêla leurs doigts.

— Je pensais plutôt que tu étais assoiffé

Quel tocard. Jeff l'aimait *tellement*.

— Terrible. Est-ce le mieux que tu peux faire ?

Il secoua la tête et ouvrit la porte pour que Carter le précède dans le chalet.

Carter ne s'embarrassa pas de subtilité. Il alla directement au lit et se pencha pour délacer sa botte. Puis il l'envoya balader, s'appuya contre les coussins, et tapota le matelas à côté de lui.

— Pourquoi ne viens-tu pas le découvrir ?

Alors, c'était ainsi que ça allait être. Jeff ôta ses sandales et posa la botte.

— Dis-moi, est-ce que tu t'entraînes aux blagues de papa ringardes quand je ne suis pas là ?

— Je sais comme tu les aimes, dit Carter en déboutonnant nonchalamment sa chemise sans briser le contact visuel, alors j'ai pensé que je passerais du temps à les perfectionner et à faire ces vidéos…

— Oh mon Dieu, espèce de connard.

Jeff avait dû étouffer des bruits embarrassants dans son coussin quand il avait regardé la dernière, dans laquelle Carter démontrait l'importance de trier les recyclables en faisant de parfaits paniers à trois points dans les poubelles appropriées. Il avait la sensation que Carter plaisantait, mais Jeff *aimait* ça. Il avait un *problème*.

Carter offrit un sourire en coin et laissa tomber sa chemise sur le sol.

— … pour que tu n'oublies pas à côté de quoi tu passes.

Si Jeff se cassait le pied, sa masse musculaire disparaîtrait en une semaine, parce qu'il passerait toute sa vie assis sur un canapé. Carter donnait l'impression de ne pas avoir manqué une séance de musculation. Et il était allongé comme un buffet sur le lit de Jeff, des jambes d'un kilomètre de long, ayant l'air bien même avec un bronzage de fermier, les yeux défiant Jeff de s'approcher. L'allumant.

Jeff ne l'avait pas vu pendant une semaine. Il était à moitié dur rien qu'avec un baiser et avoir observé son déshabillage paresseux, et le sexe de Carter tendait son pantalon. Ils pourraient s'allumer l'un l'autre plus tard. À cet instant...

— Est-ce que je peux te baiser? lâcha-t-il subitement avant que les mots aient la chance de passer par un filtre, quel qu'il soit.

Le sourire en coin de Carter s'agrandit, et il mit les mains derrière sa tête.

— Je ne sais pas, est-ce que tu peux?

Eh bien, il avait foncé dedans tête la première. Il enleva sa propre chemise.

— Enlève ton pantalon, oh mon Dieu.

Ils furent tous les deux nus le temps que Jeff le rejoigne sur le lit et rampe prudemment à côté de lui sur son flanc gauche pour éviter son pied blessé.

— Tu as du lubrifiant quelque part par ici, pas vrai? demanda Carter, tout en fausse inquiétude.

Est-ce que Carter pensait qu'il se branlait à sec?

— Qu'est-ce qui ne va pas chez toi? questionna Jeff de façon incompréhensible.

Puis il posa la main sur la mâchoire de Carter et attrapa ses lèvres pour un baiser.

Cela semblait plus doux et moins désespéré que les autres fois où ils avaient été ensemble au lit, mais Jeff n'avait pas assez de données pour en deviner la raison. Il savait qu'il s'embrasait rapidement quand il était question d'être baisé, et Carter appréciait manifestement de le mettre dans cet état. Il ne pouvait dire si ce paresseux moment mielleux devait son existence à un manque comparatif d'urgence, ou s'ils étaient simplement tous les deux plutôt sentimentaux.

Cela ne dura pas complètement, cependant – le temps que Jeff arrive à manœuvrer entre les cuisses de Carter, il se sentait plein d'urgence. Il souleva la jambe droite de Carter avec un baiser à la cheville et la posa sur son épaule – apercevant un sourire naissant sur le visage de Carter en le faisant, parce que celui-ci était un géant et cela paraissait plutôt ridicule, mais Jeff lâcha un «ne commence pas» et glissa un doigt recouvert de lubrifiant en lui.

Carter ne commença rien, à moins qu'on puisse compter un sifflement haché et son dos soudainement arqué.

Jeff apprenait encore comment décrypter son corps, alors il ralentit pour faire attention. Carter était chaud et étroit autour de lui, mais il n'y avait aucune tension sur son visage, et il n'avait pas ramolli. De bons signes, mais Jeff n'était pas arrivé là où il était en se satisfaisant d'un *bon*. Il poussa doucement, tourna le visage pour embrasser de nouveau le mollet de Carter, et cacha son sourire contre sa peau quand le membre de Carter tressauta.

Maintenant rouge, Carter leva vers lui des yeux voilés, et...

Tout se mélangea après ça – les doux gémissements d'encouragement de Carter, l'odeur musquée du sexe dans l'air, la chaleur veloutée de son corps autour des trois doigts de Jeff avant que Carter lui tende un préservatif. Tant bien que mal, Jeff l'enfila. Il devait l'avoir enfilé, parce que quelques instants plus tard, il s'enfonça dans le corps de Carter, le plaisir illuminant son système nerveux. Son ventre se serra, sa bouche tomba grande ouverte, et il voulut fermer les yeux, mais il avait besoin qu'ils soient ouverts ; il observait toujours Carter, déchiffrait toujours ses signaux.

Carter avait l'air complètement *parti*. Sa tête était tombée en arrière contre les coussins, et les muscles de son ventre étaient visiblement tendus, comme s'il chevauchait déjà les bords de l'orgasme. Quand Jeff put convaincre ses oreilles d'entendre autre chose par-dessus la ruée de son propre sang, il put entendre les accrocs dans la respiration de Carter, le frottement de leurs peaux, et le léger bruit sourd de la vieille tête de lit contre le mur en rondins.

Jeff ne tint pas longtemps, pas avec la façon dont Carter était autour de lui, sous lui, le glissement torride de son corps. Mais il était déterminé à ce que Carter perde la tête en premier. Quelque part dans les draps froissés, il trouva le lubrifiant. Ce ne fut pas facile de l'ouvrir d'une main et d'en verser sur sa paume, quand il ne pouvait pas enlever sa main gauche de la jambe de Carter, mais il réussit à le faire. Ses cuisses brûlaient sous le rythme lent et prudent qu'il avait établi, mais il avait besoin d'être précis. Il avait demandé tout ça et il avait l'intention de le rendre parfait.

La respiration de Carter était plus bruyante désormais, et il avait arc-bouté les bras contre la tête de lit pour avoir un appui et rencontrer les poussées de Jeff. Ses cheveux s'étalaient comme un halo sur le coussin, et une magnifique rougeur peignait son torse. Quand Jeff enroula les doigts glissants autour de son sexe, tout son corps se tendit. Il ne fallut que quelques caresses pour le faire jouir, la bouche ouverte et le souffle coupé, partout sur son torse, son ventre et la main de Jeff.

Ce fut trop pour ce dernier. Il tomba dans l'orgasme, étouffant son cri dans le creux du genou de Carter.

Pendant plusieurs battements de cœur, il ne bougea pas, il reprit simplement son souffle et *regarda*. Le torse de Carter se soulevait toujours sous l'effort physique, et même si Jeff devait apprécier le mal qu'il s'était donné pour garder la définition musculaire, maintenant qu'il pouvait *vraiment* regarder, sans Carter pour le distraire avec des répliques ringardes, il pouvait voir les cercles sombres sous ses yeux. Toujours les yeux plus gros que le ventre, devina Jeff.

Il embrassa de nouveau l'intérieur du genou de Carter et se retira lentement, faisant attention à maintenir le préservatif en place. Si Carter ne prenait pas soin de lui-même, Jeff devrait le faire jusqu'à ce qu'il puisse. Il reposa avec précaution la jambe de Carter sur le matelas, puis s'installa près de lui sur le lit et frotta son nez contre celui de Carter pour obtenir un baiser.

Carter fredonna contre sa bouche avec une complète satisfaction qui aurait fait gagner des millions de dollars à Jeff s'il pouvait trouver comment l'utiliser dans une chanson. Il glissa la main gauche sur le flanc de Carter, sur son torse, jusqu'au coin de sa mâchoire, puis laissa ses doigts s'emmêler doucement dans ses cheveux. Il ne les avait jamais eus aussi longs étant adolescent, Dieu merci. Jeff aurait brûlé son sexe à force de se branler.

Quand le baiser fut terminé et que Jeff fut retombé sur le coussin pour finir de redémarrer son cerveau, Carter dit enfin :

— Il s'avère que tu peux, oui.

Jeff cligna trois fois des paupières, puis il comprit et grogna. Il souleva la tête. Les joues de Carter étaient rosées, ses lèvres rouges d'avoir été mordues, et ses yeux étaient un peu vitreux. Jeff roula pour se remettre debout et aller chercher un gant de toilette.

— Tu es le pire, dit-il tendrement, se penchant pour un autre baiser. Pourquoi est-ce que je t'apprécie ?

— Tu as un fétichisme pour les blagues de papa et les uniformes du parc ? suggéra Carter un moment après.

— J'aime la façon dont les pantalons doivent demander grâce à tes cuisses.

Jeff se débarrassa du préservatif, se nettoya, et revint vers le lit pour essuyer Carter.

— Ton visage fait un truc, accusa Carter.

Jeff leva les yeux et saisit le pli de ses lèvres.

— Je ne sais pas de quoi tu parles.

Carter avait été éclaboussé jusqu'à l'épaule.

— Tu es si imbu de ta personne, s'esclaffa carrément Carter.

— Oh, regardez qui parle, se renfrogna Jeff, en jetant le gant dans la direction de la salle de bain. M. Je Ressemble à un Bûcheron, Je Baise Comme une Star du Porno.

— Je devrais mettre ça dans ma présentation Twitter.

— Peux-tu même dire « Baiser » ?

— Pas là où ma mère le verra.

Jeff se rappela avoir été un ado, essayant de se souvenir de ranger en présence des parents de Carter, même si le père de Jeff s'en moquait. Il détestait être la cible de ces regards désapprobateurs.

— Penses-tu que je puisse la convaincre que les radios ont modifié quelques fois où je disais « butin », ou il vaut mieux laisser tomber ?

— Elle t'a vu en concert, alors j'ai bien peur que tu n'aies pas de bol. À moins que tu aies eu un comportement exemplaire cette nuit-là.

Jeff n'avait jamais de comportement exemplaire.

— Quel est le plan B ?

Carter grogna et le poussa avec sa bonne jambe.

— Ramène-moi ma botte. J'ai entendu dire que tu faisais le dîner.

LE PROBLÈME était que, Jeff savait que Carter et lui avaient beaucoup de choses à discuter. Le reste de Howl et lui cherchaient encore ce qu'ils voulaient faire – une discussion qui devait essentiellement attendre jusqu'à ce que les thérapeutes de Max décident qu'ils n'étaient pas une menace pour sa sobriété. Il ne pensait pas que Carter s'en soucierait particulièrement si Jeff passait de petit ami rock star à petit ami rock star en-quelque-sorte-sans-emploi, mais il devrait quand même lui dire.

Et il y avait ensuite… Eh bien, il lui avait parlé de ce qui se passait avec Tim, mais il ne lui avait pas expliqué pour Max, ou la grande nouvelle de Joe. Ou qu'il avait demandé à son avocate d'appeler un agent immobilier à Toronto. Le marché pour vendre un appartement pourrait être volatile, mais peu importe. Jeff avait payé cash ; il n'allait pas être sens dessus-dessous avec son emprunt ou autre chose.

Et il voulait aussi se mettre à la page sur la vie de Carter – il voulait savoir s'ils avaient trouvé l'ourson qui avait poursuivi Jeff sous le porche, comment allait l'équipe de T-ball avec leur entraîneur toujours sur la touche avec un pied cassé, si Carter avait réglé le problème de données de recherche, et combien d'heures de sommeil il avait par nuit.

Excepté, bien sûr, que Carter en faisait toujours trop, en particulier maintenant qu'il avait décidé qu'il était possible de conduire s'il portait une horrible sandale, et bien que Jeff pense qu'il était un assez bon communicateur la plupart du temps, il avait l'impression d'échouer parce qu'aucun d'eux ne pouvait garder leurs mains pour soi.

Et il y avait ensuite toute cette situation où il vendait son appartement et réemménageait dans sa ville natale à trente ans parce qu'il avait enfin admis envers lui-même (et quiconque avait une connexion internet en état de marche) qu'il était amoureux de son meilleur ami, ce qui était une affaire du genre énorme et terrifiante. Jeff était pratiquement convaincu que Carter ressentait la même chose – quelque chose dans la façon dont il regardait Jeff lui donnait envie de se pincer, parce que Carter était à fond dans les yeux en cœur – mais il ne *savait* pas.

Comment disait-on à quelqu'un, *au fait, aucune pression ou quoi que ce soit, mais je bouleverse toute ma vie pour que je puisse être près de toi. S'il te plaît, ne pense pas que je suis collant*?

Ce n'était pas *simplement* pour qu'il puisse être proche de Carter, il y avait d'autres facteurs, mais quand même. La communication était importante, et Jeff allait faire un effort, bon sang. Alors, le jour après être revenu de Winnipeg, après que son baiser de bienvenue-à-la-maison-après-le-travail se fut transformé en un chevauchement de Carter bienvenue-à-la-maison-après-le-travail sur le canapé jusqu'à ce que ses jambes deviennent de la gelée, il se repositionna avec précaution – il allait devoir commencer à étirer ses fléchisseurs de hanches avant le sexe désormais – et reposa la tête sur l'épaule de Carter.

— Hé. Comment s'est passée ta journée, chéri?

D'accord, peut-être que sa manière de demander avait besoin d'un peu de travail. Carter rit en silence, et son corps trembla alors qu'il inclinait la tête contre le canapé.

— Vraiment?

— Quoi? s'offensa Jeff.

Carter s'avachit jusqu'à ce que leurs têtes se touchent. Il était en gros à moitié vautré sur le canapé pour y arriver, parce qu'il était scandaleusement grand.

— Elle s'améliore tout le temps.

255

Jeff retira ce qu'il avait pensé ; il n'était plus offensé. Mais il voulait en fait une réponse sérieuse.

— Beau parleur. Pour de vrai, cependant. Je sais que tu es inquiet à propos de l'ourson de Winnie. Je ne voulais pas demander par téléphone…

— Pas de nouvelles, répondit Carter en s'affaissant un peu plus. Le traceur de Winnie ne fonctionne pas, alors nous ne pouvons simplement pas la suivre à travers le parc. Ce n'est que de l'attente.

Mince.

— Désolé, murmura Jeff en serrant sa main. Ça craint.

— Oui, soupira Carter. J'aimerais aller la chercher, mais je ne peux pas prendre le scooter dans une zone sauvage, pneus tout-terrain ou pas. De plus, il y a le ramassis de conneries général qu'est la collecte de données dans les parcs nationaux et provinciaux.

Jeff avait déjà entendu quelques variations sur ce thème, mais cette fois, cela paraissait plus acerbe.

— Alors, c'est le fait que tout le monde ne recherche pas les mêmes choses, ou ne présente pas les données de la même manière, des trucs comme ça ? Ou y a-t-il plus ?

— C'est un peu plus compliqué, expliqua Carter. Alors, l'Agence des Parcs du Canada engage des écologistes pour travailler dans les parcs nationaux, et ils sont responsables du suivi des populations, du changement climatique et d'autres choses comme ça. Les parcs de l'Ontario ont aussi des écologistes, mais il n'y a pas de vraie supervision. Tout le monde est là dehors à faire son propre truc, et aucune des données n'est accessible à qui que ce soit. Bien sûr, les scientifiques peuvent demander un permis de recherche pour venir étudier ce qui les intéresse, mais… les données sont déjà là, alors, enfin, c'est plutôt un gâchis du temps et des ressources de tout le monde, et la raison pour laquelle c'est un gâchis…

— Est que les scientifiques détestent partager des données ? devina Jeff.

— Alors, tu faisais attention à tous ces coups de gueule, grogna Carter.

— Je suis doué pour écouter, répliqua Jeff en le poussant du doigt. Quoi qu'il en soit, continue.

— Bien. Alors j'ai monté une base de données sur la recherche, en essayant d'entrer en contact avec quelqu'un dans chaque parc pour contribuer. Parce que le climat et la science écologique – tout l'intérêt est de conserver le monde naturel. Le but pour la plupart de ces scientifiques est le même, et leur donner l'information ne fera que bénéficier au système des parcs sur le long terme. Mais ça prend du temps.

— D'où le sommeil que tu ne prends pas ?

Carter grogna et se redressa.

— En parlant de sommeil que je ne prends pas, déclara-t-il en regardant sa montre. Je suis supposé faire l'entraînement de T-ball dans une heure.

Oh mais putain.

— Tu peux à peine garder ta *queue* à la verticale, protesta Jeff.

— Tu ne t'en plaignais pas, il y a cinq minutes, contra Carter avec un sourcil levé.

Très bien. La remarque de Jeff était déplacée, mais…

— Sérieusement. Tu as l'air épuisé, chéri. Non pas que tu ne sois pas toujours ridiculement beau, mais peut-être que c'est une chose sur laquelle tu peux lâcher prise, tu sais ?

— Je sais, admit Carter, donnant presque une crise cardiaque à Jeff sous le choc. Excepté que ça signifie que je dois trouver quelqu'un d'autre pour prendre la relève, et c'est une chose de plus à ajouter à ma liste de choses à faire.

Jeff souffla, pensant à sa propre liste de choses à faire et à la fenêtre de temps qu'il avait pour la compléter se rétrécissant toujours.

— À qui le dis-tu ?

Puis il eut une idée.

Carter alla se doucher et se changer, et Jeff sortit son téléphone portable pour envoyer un message. *Salut. Alors désolé si ça donne la sensation d'être un stéréotype*, écrivit-il, *mais tu sais que Carter entraîne une équipe de T-ball… ?*

La réponse arriva quelques secondes plus tard : *!!! Non, je ne savais pas. Aussi, quel stéréotype ?* Suivant ça, Kara envoya une photo floue d'un sac en toile poussiéreux avec deux battes en métal accrochées à travers les poignées.

Jeff sourit. *Est-ce que Jeri et toi pouvez nous retrouver au terrain dans 25 m ? Euh, et aussi, je pourrais peut-être inviter la nièce queer de Carter ?*

S'il te plaît, fais !!!

Quand ils s'arrêtèrent au terrain, Carter plissa le front face au pick-up garé à côté d'eux.

— C'est Kara ?

— Oui, répondit Jeff en s'éclaircissant la gorge. Je l'ai invitée. Enfin. Je pourrais tenter de la recruter.

Carter le regarda en clignant les yeux, la bouche ouverte, mais avant qu'il puisse dire quelque chose, il y eut un jet de gravier alors que Charlie dérapait sur le parking de l'autre côté de leur véhicule.

— Et j'ai aussi fait un peu de réseautage pour le compte du bébé queer ? Allez, elle ferait une mignonne batteuse, ou autre chose.

Finalement, Carter secoua la tête et défit sa ceinture de sécurité.

— Prévois-tu d'arriver d'un coup comme ça pour résoudre tous mes problèmes ? demanda-t-il, mais il paraissait satisfait à contrecœur et pas du tout rancunier.

— Euh, oui, quand c'est possible, répondit Jeff, hochant la tête avec enthousiasme. Jusqu'à ce que tu en aies assez ou décides que c'est étouffant.

Il avait une énorme pointe de satisfaction à être un bon petit ami, surtout parce qu'il était un bon petit ami pour Carter, qui le méritait.

Mais il obtint simplement un sourire, et Carter se pencha pour l'embrasser.

— Merci. Tu pourrais devoir diminuer un peu quand la botte va disparaître, mais pour l'instant, j'apprécie. Cependant, où as-tu eu le numéro de Charlie ?

— Par ta mère.

Manifestement. Il tendit la main vers la poignée.

— Tu n'es pas inquiet qu'une fan de douze ans ait ton numéro de téléphone ?

Jeff s'arrêta durant un instant, puis haussa une épaule. Ce n'était pas comme s'il lui avait donné son adresse e-mail. Cela, ce serait pénible. De plus, comme Carter l'avait déjà souligné, elle était habituée à vivre avec la célébrité.

— Je peux toujours avoir un nouveau numéro. Je suis plus inquiet qu'une fan de douze ans ait beaucoup de modèles queer. De toute façon, je lui dois une autre leçon de guitare. Je dois la programmer d'une manière ou d'une autre.

Charlie salua Jeff avec une tentative de détachement, ce qui était plutôt adorable. Il lui présenta Kara et Jeri alors qu'il jetait le sac d'équipement sur son épaule.

— Allons-nous avoir des t-shirts ? demanda Jeri.

Il regardait la façon dont Carter remplissait le sien. Jeff ne pouvait pas les en blâmer.

— Oh, commença Carter, je pense que nous les avons tous donnés…

— Nous pouvons en faire imprimer plus, déclara Jeff, liant son bras à celui de Kara. Tu devrais couper les manches du tien. Ce sera canon.

— Tu lis dans mon esprit. Ces enfants ont absolument besoin de voir mes superbes tatouages.

Sans surprise, Kara et Jeri eurent du succès avec les enfants de cinq ans, et cela ne fit pas de mal qu'ils écrasent l'équipe rouge.

— N'est-il pas supposé avoir une règle de clémence ? marmonna Jeff, sotto voce, à Carter alors qu'ils s'asseyaient sur le banc à la fin de la dernière manche.

Amanda courut jusqu'au marbre et frappa la main levée de Jeri en retournant sur le banc. Kara offrit un poing tendu.

— Nous arrêtons de compter quand nous sommes devant de plus de dix, expliqua Carter, lui lançant un regard en coin. Mais le jeu continue jusqu'à ce que la démoralisation soit complète.

Finalement, l'équipe rouge réussit un troisième retrait parce que le coureur du Rhodes's Garage trébucha sur son lacet défait.

Après le match, Jeff invita Kara et Jeri à boire un verre à la marina. C'était un restaurant, pas un bar, alors ils mirent le vélo de Charlie à l'arrière du pick-up et l'emmenèrent également avec eux. Elle semblait plutôt heureuse d'être assise sur le patio en sirotant un milksake, questionnant Jeri sur où ils allaient en cours, et combien de temps il fallait pour devenir vétérinaire.

Aux alentours de vingt et une heures trente, Kara et Jeri leur dirent au revoir.

— Certains d'entre nous doivent être au bureau plus tôt pour les opérations, dit Jeri. Merci pour le verre, Jeff.

— Merci pour votre aide avec l'équipe, répondit-il avec un signe de la main.

— Le plaisir était pour nous.

Kara poussa Jeri avec l'épaule et enfonça la main dans sa poche arrière alors qu'ils se tournaient pour partir.

— Ils semblent cool, offrit Charlie quand ils furent partis, et Jeff s'autorisa un sourire satisfait.

Il la déposa chez elle – Dave et sa femme avaient un « cottage » de cinq chambres et trois salles de bain sur le lac, complété par un hangar à bateau – puis Jeff les ramena chez Carter pendant que celui-ci somnolait sur le siège passager.

C'était étrange de se glisser au lit avant vingt-deux heures, mais si Jeff n'allait pas se coucher, Carter trouverait une raison pour rester éveillé, et il avait clairement besoin de repos, alors Jeff se brossa les dents, se lava le visage, et rampa sous les couvertures.

Carter souffla un peu, de toute évidence bougon, et fit de petits bruits mécontents, jusqu'à ce que Jeff blottisse son corps contre le flanc gauche de Carter.

Il sourit contre l'épaule de Carter tandis que ce dernier enroulait un bras autour de lui.

— Tu es un tel bébé.

— Parce que j'aime faire des câlins?

La voix lourde de sommeil de Carter rendit difficile le fait de discerner les mots, mais Jeff finit par comprendre.

— Parce que tu fais un petit caprice quand tu n'as pas ce que tu veux.

Carter grogna contre les cheveux de Jeff et embrassa le sommet de sa tête.

— Encore trois semaines.

Oui. Trois semaines avant que le plâtre de Carter ne soit enlevé et trois semaines avant que, avec de la chance, Max ne sorte de désintox. Jeff n'aimait pas particulièrement le chevauchement – il aurait aimé toute une semaine pour apprécier d'abord un Carter en bonne santé – mais il était impatient pour les deux.

— Encore trois semaines, approuva-t-il. Bonne nuit.

XVIII

MAINTENANT QU'IL avait un délai concret et une chose sur laquelle travailler, Jeff ne voulait pas perdre plus de temps. Il insista pour conduire Carter au travail le matin suivant – si Jeff l'y emmenait, il pouvait prétendre que Carter ne prendrait pas un des camions du parc pour aller partout – puis alla au chalet, où il passa deux heures au téléphone avec Monique pour résoudre la logistique.

Malheureusement, le réseau était vraiment faible – il pouvait très bien passer un appel téléphonique, si la journée était dégagée, mais télécharger plus qu'un message sur son téléphone était impossible. Ce qui signifiait qu'il avait besoin de faire un voyage en ville pour rencontrer un agent immobilier.

Corey Klein avait été en cours avec le grand frère de Carter, et elle avait du temps pour le recevoir cet après-midi.

Si elle fut surprise qu'il sorte un Accord de Confidentialité pour que son équipe et elle le signent juste après qu'ils se furent serré la main, elle n'en dit rien.

— Je vais simplement donner ceci à ma réceptionniste, dit-elle en souriant plaisamment. Un instant.

Elle fut revenue cinq minutes plus tard avec des copies, qu'elle tendit à Jeff dans un dossier bien ordonné tandis qu'elle reprenait place à son bureau.

— Maintenant, M. Pine. J'admets que vous avez toute mon attention. Que puis-je faire pour vous ?

Aucun intérêt à perdre leur temps avec un long préambule.

— J'ai besoin d'acheter une maison. Une au bord de l'eau avec un climat tempéré serait préférable, mais je suis pressé par le temps.

Corey ouvrit un bloc-notes en papier.

— De quel délai parlons-nous ?

— De façon idéale, je voudrais en prendre possession en trois semaines. Plus vite si possible ?

Cela la *désarçonna ;* ses yeux s'écarquillèrent. Il put pratiquement la voir calculer son pourcentage de ce que ça lui coûterait pour obtenir ce qu'il voulait. Il en serait aussi excité, s'il était elle.

— Je vois. Quel montant d'emprunt vous a été pré-accordé ?

Traduction – combien êtes-vous prêt à dépenser ?

— Je paierai cash.

Son agent immobilier pour la vente de son appartement lui disait que le marché était si fou en ce moment qu'il pourrait avoir une vente quasi-immédiate. Cela devrait couvrir une grande portion du coût. Il avait d'autres options si ça ne suffisait pas.

— Je préférerais ne pas dépenser plus de trois.

Il aurait besoin de garder des fonds en réserve pour des rénovations. Il ne pouvait pas simplement s'attendre à trouver un endroit avec la bonne acoustique pour un studio d'enregistrement.

Il la regarda comprendre que oui, il voulait dire trois millions de dollars – non pas que ce soit un prix inhabituel pour une belle maison sur l'eau.

— D'accord. Parlons de vos indispensables.

Ils passèrent environ vingt minutes à discuter, puis Corey referma la couverture de son bloc-notes.

— Je pense que j'ai de quoi commencer. Avec votre délai, je vous appellerai plus tard cet après-midi pour poser des rendez-vous. Quelles sont vos disponibilités ?

Les seuls projets de Jeff durant les trois prochaines semaines incluaient des matchs occasionnels de T-ball, du temps nu avec Carter, et écrire et polir autant de chansons qu'il pouvait sortir de son cerveau. Il était simplement chanceux que, avec sur la table la perspective de quitter le label, écrire venait beaucoup plus naturellement.

— Je suis assez flexible. De préférence, à des heures normales d'ouverture, mais je peux réussir à venir en soirée et les week-ends.

Excepté, mince, qu'il n'était pas supposé dire à Carter toute cette histoire de changement de labels, et s'il commençait à poser des questions, Jeff plierait comme un sac en papier mouillé.

— Les heures d'ouverture sont parfaites, en réalité, parce que la plupart des gens sont au travail à ces heures-là, alors les maisons seront vides et vous serez un des seuls à visiter.

— Génial, confirma-t-il avec un sourire et en se levant. Alors, je suis impatient d'avoir de vos nouvelles.

Et de dépenser une putain de tonne d'argent. Pas très grave.

262

Il acheta quelques sandwichs, des légumes et du houmous pour un déjeuner tardif avec l'espoir qu'il trouverait Carter dans son bureau, à faire ce que faisaient les naturalistes du parc quand ils ne pouvaient pas être sur le terrain, mais quand il s'arrêta sur le parking, Carter montait dans un pick-up avec Kara au volant.

Jeff descendit d'un bond, son inquiétude montant en flèche.

— Des ennuis ?

Carter semblait impatient de partir, vibrant presque d'énergie nerveuse.

— Peut-être pas. Nous avons eu un rapport sur une ourse et son petit, et la localisation ne correspond pas aux traceurs pour les autres mères que nous connaissons. Kara va m'emmener.

Attrapant le sac de nourriture sur la console, Jeff demanda :

— Je peux venir ?

Kara conduisait comme si on devait lui rappeler que c'était une zone de conservation, pas un circuit de kart. Depuis le siège derrière elle, Jeff pouvait voir la jambe de Carter tressauter comme s'il voulait appuyer sur le frein.

— Je suis vraiment impatiente que cette botte orthopédique s'en aille, se plaignit-elle. Tu veux vérifier ça avant que l'ourse disparaisse ou non ?

— J'aimerais y arriver en un seul morceau.

Avant que Jeff puisse ajouter son grain de sel – Carter lui disait ça tout le temps aussi – Kara prit un tournant et la ceinture de sécurité se tendit jusqu'à ce qu'il ait du mal à respirer. Le sac de sandwichs tomba sur le sol.

Peut-être que Carter marquait un point.

Ils s'arrêtèrent juste sur le bord de la route dans une partie autrement déserte du parc. Il y avait un sentier de randonnée d'un côté, et une poubelle à l'épreuve des ours se tenait là où le sentier croisait la route. Ou peut-être *anciennement à l'épreuve des ours* - on aurait dit que quelqu'un avait pris le virage trop vite et heurté le côté de la poubelle suffisamment fort pour l'enfoncer. Elle ne fermait clairement plus correctement, et maintenant les détritus étaient éparpillés sur la route et le sentier. *Quelque chose* avait définitivement été ici.

— Je suppose que tu n'es pas prêt à rester dans le véhicule, déclara Carter en se retournant.

— Tu as littéralement un pied cassé, répliqua Jeff avec un regard plat, mais *je* devrais rester dans le véhicule ?

— Vous devriez tous les deux y rester, dit Kara, mais vous êtes tous les deux stupides. Carter, prends ta corne de brume. Jeff, reste loin des ours. Et des porches de chalet.

— Dur.

Ils sortirent, laissant les portières ouvertes pour éviter de faire de grands bruits. Jeff s'inquiéta des dommages que fuir devant un ours ferait au pied cassé de Carter, mais il s'avéra qu'il n'avait pas besoin de s'inquiéter. Dès qu'ils sortirent, Kara leva un doigt jusqu'à ses lèvres et le pointa ensuite. Elle devait avoir entendu quelque chose.

Carter tendit le cou par-dessus le plateau du pick-up, mais secoua finalement la tête. Puis Kara grimpa sur le pneu arrière et désigna les arbres.

Quand Carter commença à faire la même chose sur le côté opposé du pick-up, Jeff siffla :

– *Absolument pas.*

Levant les yeux au ciel, Carter traîna les pieds vers l'arrière du véhicule, abaissa le hayon, et utilisa la marche intégrée pour obtenir un point de vue.

Très bien. Pour ne pas être laissé de côté, Jeff grimpa après lui. Les longues jambes de Carter rendaient ça facile. Pour Jeff, ce fut presque un saut plutôt qu'une marche. Il eut peur de faire trop de bruit, mais quand il retrouva l'équilibre, Carter enroula un bras autour de sa taille, le rapprocha et tourna son corps pour que Jeff puisse suivre la ligne de mire là où il pointait l'autre bras. Le sourire fut perceptible dans sa voix, assez chaud pour que Jeff le ressente sur le sommet de sa tête.

— Là. Tu les vois ?

Jeff regarda.

Il fallut un moment pour discerner les trois formes sombres dans les taillis – Jeff allait vraiment devoir prendre des lunettes, bon sang – mais quand il vit enfin, il sourit.

— Ce sont eux ?

— Aucune ourse avec traceur dans la zone. Et aucune d'elles n'a des jumeaux.

Jeff s'appuya contre l'épaule de Carter pendant un instant.

— Et bien, qu'est-ce que tu attends ? Tire dessus avec un pistolet tranquillisant ou autre chose et mets-lui un autre traceur ! Je ne veux pas revivre ça !

— Nous ne sommes pas vraiment venus préparés pour ça, confia Carter, amusé. Nous sommes juste là pour vérifier qu'elle va bien.

264

— Beurk. Je ne pourrais pas faire ton travail.

Jeff s'assit lourdement sur la roue de secours.

Ils finirent par déjeuner sur une des zones de pique-nique, assez protégés des moustiques par la brise venant de l'eau. Kara et Carter discutèrent de la logistique pour qu'elle reprenne l'entraînement de T-ball, ce que Jeff laissa aisément passer au-dessus de sa tête quand il réalisa qu'il avait en fait une assez bonne réception pour télécharger les photos dans les e-mails que Corey lui avait envoyés.

Il parcourut les options, débattant s'il voulait rénover quelques salles de bain durant les prochaines années si ça signifiait qu'il pourrait avoir une barrière, quand Carter le poussa doucement du coude, et il paniqua et laissa presque tomber son téléphone.

— Waouh, s'étonna Carter, les sourcils atteignant presque la naissance de ses cheveux. Est-ce que tu regardes du porno ou autre chose ? Je promets que je ne me moquerai pas de tes préférences.

Jeff ne pouvait décider s'il devait se dépêcher de trouver un mensonge ou une réplique percutante, alors il se sentit soulagé quand Kara dit :

— Ohh. La lune de miel est déjà finie.

— Si Carter demande à propos de mes préférences, je pense que nous sommes fermement au stade pré-lune de miel, dit Jeff avec ironie.

Il était reconnaissant que l'écran de son téléphone soit devenu noir parce qu'il avait accidentellement appuyé sur le bouton.

— Bon point, concéda Kara, croquant dans une carotte. Ne t'inquiète pas, Carter, je suis sûre qu'il ira lentement avec toi au début.

Entre ses mots et l'expression de Carter pris de court et à moitié offensé, il fallut plusieurs minutes avant que Jeff puisse arrêter de rire.

COMME AVEC beaucoup d'autres tâches, l'argent rendait le processus d'achat d'un cottage infiniment moins douloureux. Il fallut une semaine à Jeff pour en choisir un, faire une offre, obtenir une inspection, et clôturer la vente. Trente-six heures après ça, Monique appela pour lui faire savoir que son appartement était vendu et que l'affaire était conclue.

Malheureusement, cela le laissa avec un certain nombre d'autres problèmes.

Il n'avait toujours pas eu de nouvelles de Max. Tout le reste était juste de l'argent : Jeff pouvait toujours en gagner plus. Il ne pouvait pas remplacer Max.

Au moins, Trix semblait avoir un contact avec lui, parce qu'elle dit, « Il traverse des choses. Je promets qu'il finira par te parler, mais il a des trucs dont il doit s'excuser envers toi, et il a besoin d'en trouver le courage. »

Jeff espérait simplement qu'il réussirait avant qu'ils doivent jouer à Ottawa.

Puis il y avait la location du chalet. Jeff n'était pas exactement *fauché,* mais ça ne paraissait pas une idée géniale de laisser le chalet rester là inoccupé une fois qu'il possédait une propriété, en particulier étant donné son récent changement de situation financière. *En particulier* avec la possibilité que Big Moose découvre ce qu'ils mijotaient et descende tout en flamme.

Après une semaine à se tourmenter, il modifia son accord de location le jour où la vente du cottage était clôturée. Il aurait deux jours pour enlever le reste de ses affaires du chalet et les transférer dans son nouveau cottage de luxe à quatre chambres sur le lac (complet avec le hangar à bateau). La plupart de ses affaires étaient désormais chez Carter, de toute façon ; il utilisait le chalet uniquement pour écrire.

Le plus gros problème aurait *dû* être de se taire à propos de tout ça face à Carter, mais celui-ci travaillait toujours comme s'il pouvait sauver la planète à lui tout seul. Finalement, Jeff se mit à le conduire et venir le chercher au travail chaque jour rien que pour modérer son habitude de passer dix heures au bureau.

Ou il le pensait, du moins, jusqu'à ce qu'il arrive au bureau de Carter à dix-huit heures trente un soir de fin juin pour découvrir le bâtiment verrouillé et le parking vide.

Typique.

Au moins, Carter eut le bon sens de décrocher à la seconde sonnerie.

— Je suis en retard pour le dîner, hein ?

— Tu es en retard pour un coup de pied aux fesses, rétorqua Jeff en levant les yeux au ciel. Où es-tu ?

—Euh, Two Willows Point ?

Bon sang. La route allait seulement jusqu'à mi-chemin de là.

— As-tu *marché*...

— Non, détends-toi, nous avons pris un chariot utilitaire. Nous avons eu le rapport d'un client ayant aperçu un blaireau. Nous devions vérifier. Normalement, je suis plutôt sceptique, mais il avait raison. Ce qui est une grosse affaire, parce qu'il y a moins de 200 blaireaux en Ontario, selon la dernière estimation.

Il semblait si *joyeux,* comme si c'était la meilleure chose possible qu'il puisse imaginer.

Il était difficile de maintenir sa mauvaise humeur face à l'enthousiasme de Carter.

— Félicitations.

À la façon dont Carter parlait, il pourrait tout aussi bien avoir personnellement construit au blaireau une chambre d'hôtes et déroulé le tapis de bienvenue. Ce qui, étant donné qu'il était largement responsable de l'intendance du parc et de créer, conserver et préserver les micro-habitats n'était pas si loin de la vérité.

— Merci, dit Carter, comme si Jeff avait été complètement sincère.

Jeff *avait* été complètement sincère. Mince alors.

— Tu veux que je vienne te rejoindre ?

Alors, il roula pour aller chercher Carter là où son garde de la journée l'avait transporté. Pendant dix minutes, Carter parla avec animation de la biodiversité revenant dans cette zone du parc, ils arrivèrent ensuite sur la grande route, et il appuya la tête contre la vitre et s'endormit avec le soleil couchant brillant sur ses cheveux.

Jeff pouvait difficilement le regarder, et pourtant il ne pouvait en détacher ses yeux. Il était trop magnifique et trop bien, et Jeff l'aimait jusqu'à la distraction. Le mois suivant allait être terrible. S'il pouvait simplement terminer ce dernier concert, et s'ils pouvaient écrire leur album à temps, et si le nouveau label le jugeait assez bon, alors il pourrait avoir cette vie – cette vie plus calme, plus lente, plus chaude ; où il serait parti quelques semaines par an au lieu que ce soit des mois de suite ; où il passerait sa vie entouré de gens qui le connaissaient au lieu de gens qui adoraient simplement son personnage ; où Carter rentrerait vers lui à la fin de presque chaque journée.

Même s'il était en retard.

Longue journée de travail ou non, la sieste de Carter devait l'avoir redynamisé, parce que quand ils arrivèrent, il guida Jeff dans la chambre, puis frotta sa barbe partout sur les cuisses de Jeff avant de le prendre dans sa bouche. Dès que Jeff commença à bouger les hanches, Carter abandonna son sexe, dur et coulant partout sur son ventre, pour l'ouvrir avec deux doigts.

Carter n'avait *vraiment* pas besoin d'aide pour trouver sa prostate désormais. Il le besogna jusqu'à ce que Jeff pousse pour se baiser sur chaque poussée, les mains enroulées dans les draps, des obscénités tombant de ses lèvres. Jeff jouit dans un demi-cri alors que Carter passait les dents sur la peau sensible de l'intérieur de sa cuisse qu'il venait à peine de brûler avec sa barbe, et il ne sut pas combien de temps après il revint à la réalité pour découvrir que Carter avait trois doigts en lui maintenant et ruait tranquillement contre sa cuisse.

— Oh, voulais-tu quelque chose? demanda Jeff, la voix un peu rauque.

—Hmm.

Et soudain, les doigts se retirèrent et le sommet du membre de Carter poussa contre son entrée.

Jeff n'allait pas avoir la possibilité de finir cet album parce qu'il allait mourir de sexe. Il devint tout chaud quand Carter s'enfonça, uniquement pour qu'il recule et frotte son membre contre le lubrifiant autour son ouverture. Jeff grogna et accrocha la cheville autour de la taille de Carter, espérant le rapprocher.

— Tu aimes vraiment ça, hein? questionna-t-il, levant les yeux vers son visage.

Carter frappa de façon obscène son sexe contre lui. Les muscles du ventre de Jeff se contractèrent d'anticipation.

— *Tu* aimes vraiment ça, corrigea-t-il, la voix tout aussi chaude que ses yeux.

Et il commença à baiser Jeff comme ça, jusqu'à ce que celui-ci craque et enroule une main autour de sa propre érection et jouisse partout.

Alors, oui. Mort de sexe. Mais quelle manière de partir.

Ils passèrent les derniers rayons de soleil sur le porche arrière, mangeant les burgers et les frites de patates douces que Jeff avait faits pour dîner. Il était à moitié convaincu que cette vie serait plutôt géniale même si Carter continuait d'être un acharné irrépressible de travail, quand son téléphone portable sonna et jeta un seau d'eau froide sur toutes ses sensations duveteuses.

C'était Dina.

Jeff se racla la gorge avant de répondre, dans l'espoir qu'il paraîtrait plus normal.

— Dina, qu'est-ce qui se passe?

— As-tu eu des nouvelles de Max? demanda-t-elle sans préambule. Je n'ai pas pu le joindre.

Putain. Jeff n'allait *rien* lui dire là-dessus.

— As-tu laissé un message? Tu sais comment il peut être.

Il voulait dire *artiste frivole*, mais d'après la réponse de Dina, elle pensait clairement qu'il voulait dire *défoncé*.

— Je *sais,* c'est de ça que je m'inquiète.

Eh bien, elle n'allait pas réussir à le joindre dans son établissement de désintox jusqu'à ce que ses médecins l'autorisent à avoir son téléphone. Ce qui arriverait avec un peu de chance dans les deux prochains jours, parce que c'était le temps qu'ils avaient avant le concert suivant.

— De quoi as-tu besoin de lui parler, de toute façon?

— J'ai besoin de confirmer les préparatifs de voyage et les chambres pour Ottawa. Il n'a pas non plus répondu à mes e-mails.

Jeff lui avait répondu pour dire que les plans étaient bons une semaine auparavant.

— Je suis sûr que ça va. Trix et moi, on s'assurera qu'il vienne.

Il croisa les doigts sous la table, espérant qu'elle accepterait ça et passerait simplement à autre chose, parce que Carter le regardait déjà avec intérêt. Malheureusement, ce qu'elle dit fut :

— Où est-il?

— Je ne pourrais pas te le dire, dissimula Jeff. Désolé, Dina, mais tu interromps en quelque sorte le dîner là. As-tu besoin de quelque chose de ma part?

Il se sentait un peu coupable pour ça; ce n'était pas sa faute si le label était plein de putains de fouines.

— Non, soupira-t-elle lourdement, ça va. Désolé pour l'interruption. Passe une bonne nuit, Jeff.

Maintenant, il se sentait comme un connard.

— Oui, dit-il. Toi aussi.

Il raccrocha.

Carter le regardait avec curiosité, la tête inclinée sur le côté, un sourcil levé.

— Des ennuis?

Jeff prit une grande inspiration et la relâcha lentement. Max ne lui avait pas spécifiquement demandé de ne rien dire, et ce n'était pas comme si Carter le dénoncerait à qui que ce soit. Et il détestait mentir à Carter, même par omission. Il pouvait au moins offrir une vérité partielle.

— Max est en désintox, lâcha-t-il. Il est hors de contact pour tout le monde sauf Trix. Dina voulait lui parler.

— Oh, souffla Carter, clignant et plissant le front. Dina ne sait pas?

Il fit rouler ses lèvres ensemble et les mordit.

269

— Max ne pensait pas que c'étaient ses affaires. Le reste d'entre nous a approuvé.

— Non, je comprends, enfin, vous avez eu assez de problèmes avec eux. Pourquoi leur céder un pouce ? concéda Carter, mais le pli sur son front ne partait pas. Pourquoi ne me l'as-tu pas dit, cependant ?

Ce n'était pas comme si Jeff pouvait simplement dire *Parce que si je te dis ça, je serais bien plus près de tout cracher sur le plan « sortir de notre contrat merdique »*, et j'ai signé un accord de confidentialité. Si ce n'était que lui, il ne s'en inquiéterait pas. Il faisait implicitement confiance à Carter. Mais ce n'était pas juste de demander à Trix, Joe et Max de lui faire aussi confiance de manière implicite.

Il repoussa son assiette vide loin de lui, soudain nauséeux.

— Je voulais. Mais j'avais l'impression que ce n'était pas à moi de le dire.

— Tu es un peu bizarre, dit doucement Carter. C'est pour ça ?

Bien sûr, il avait remarqué. Bien sûr, il ne disait jamais rien. Bien sûr, il attendait que Jeff l'évoque.

— C'est une partie.

Jeff ne voulait pas mentir plus qu'il ne devait, mais il n'avait pas la sensation qu'il pouvait admettre qu'il y avait plus. Tout ce dont il avait besoin était que Carter mentionne quelque chose à sa mère ou quelqu'un de manière désinvolte, et que les gens de la ville posent des questions dessus. L'achat du cottage serait un document public ; il ne serait pas difficile de le découvrir si quelqu'un cherchait. Et même si Jeff achetant un cottage ne provoquait pas un signal d'alarme pour le label, le fait qu'il vende son appartement à Toronto pourrait. S'ils découvraient les entrepreneurs qu'il avait engagés pour insonoriser un studio d'enregistrement, cela pourrait les alarmer.

S'ils découvraient que Trix, Joe et Max venaient à Willow Sound après le spectacle d'Ottawa *avec leurs instruments*, cela ferait *définitivement* lever des sourcils. Jeff avait besoin de garder le secret sur autant de détails que possible.

L'expression de Carter ne s'éclaircit pas. Au contraire, elle devint plus troublée. Il plissa les lèvres, et ses larges épaules se voûtèrent pendant un instant avant qu'il prenne une profonde inspiration et les redresse. Il croisa les yeux de Jeff.

— Es-tu… Est-ce que ça va entre nous ?

Quoi ? La bouche de Jeff tomba grande ouverte.

— Carter… oui, bien sûr que ça va entre nous. Pourquoi penserais-tu…?

Avait-il été, d'une manière ou d'une autre, ambigu? Il avait en gros emménagé. Il ne voulait pas être autre part.

Ceci dit, Carter ne savait pas que Jeff avait vendu son appartement ou acheté une propriété localement.

Bon sang. Jeff essaya de nouveau alors que son ventre s'enfonçait sous le poids de son angoisse.

— Es-*tu* malheureux?

— Non! s'exclama rapidement Carter, la bouche ouverte sous l'horreur. Non, Seigneur, Jeff… Je n'ai jamais été aussi heureux de toute ma vie, et mon pied est cassé. Je suppose que j'aurais dû regarder où j'allais au lieu de flirter avec toi.

Il lâcha un rire voilé et secoua la tête. Jeff dépassa la soudaine étroitesse de sa gorge.

— Non. Qui sait combien de temps ça m'aurait pris pour comprendre si tu n'avais pas fait ça?

— Je pensais à faire graver une invitation si la randonnée ne fonctionnait pas, taquina Carter.

Jeff lui tira la langue.

— Tu aurais pu dire quelque chose, tu sais.

— Oh, comme tu l'as fait, tu veux dire?

Là, c'était simplement injuste.

— De combien de chansons d'amour à peine voilées du Top 40 as-tu besoin? contra Jeff en frappant doucement sa cheville gauche sous la table. Je pensais que nous n'en parlions pas parce tu ne ressentais pas la même chose, et que je rendais la situation gênante. Je ne savais pas que tu étais simplement obtus.

— Hé, protesta Carter. Comment étais-je supposé savoir? Et même si je pensais que peut-être certaines étaient à propos de moi, étais-je supposé assumer que tu ressentais la même chose plus de dix ans après? Que tu le pensais de la façon dont je… enfin, beaucoup d'artistes ont des muses…

— Oh mon Dieu, s'exclama Jeff, le fixant la bouche grande ouverte.

Carter s'arrêta, ses joues rouge vif, et baissa le regard sur le dessus de la table.

— Oh mon Dieu, répéta Jeff.

Il avait fonctionné sur la supposition qu'ils étaient à la même page, mais manifestement Carter pensait que Jeff était encore en train de lire l'introduction ou autre chose. *Ce n'est pas comme s'il ne savait pas,* avait écrit Jeff dans cette déclaration sur réseau social - mais peut-être, curieusement, qu'il ne savait.

Au diable tout ça. Il tendit la main par-dessus la table et attrapa sa main, parce que, pour sûr, il devrait avoir un contact visuel pour ça.

— Comment ne peux-tu... Carter. Tu es tellement chanceux d'avoir une grosse queue, dit-il, parce que si tu n'as pas encore réalisé à quel point je suis stupidement amoureux de toi, alors tu es *tellement bête*...

— Hé ! se récria de nouveau Carter. Ne gâche pas le moment.

Mais il riait désormais, et la rougeur s'était calmée d'un rouge embarrassé à un rose satisfait.

— Le moment était gâché quand j'ai dû faire ma chanson de confession en direct devant cinq mille autres personnes, dit sèchement Jeff, et apparemment, elle n'a même pas *atteint* la personne qui devait absolument l'entendre selon moi, alors...

Honnêtement, Carter pensait-il que Jeff faisait des déclarations publiques sur qui il fréquentait pour n'importe qui ?

Carter essaya de lever les mains pour concéder ça, mais il tenait toujours celle de Jeff, alors le geste s'avéra plutôt de travers.

— D'accord. Tu t'es bien fait comprendre. J'étais bête. Je pensais que peut-être tu n'étais pas prêt.

— Sans déconner.

— Pour ma défense, reprit Carter avec une grimace, la première fois que j'ai *voulu* le dire, tu donnais l'impression que tu allais avoir une crise cardiaque à cause des vapeurs.

Il savait exactement à quel moment Carter faisait référence – ce commentaire sur la soirée feu de camp et la façon dont Carter l'avait regardé après, comme si Jeff était celui qui était stupide.

— Oh, j'allais en avoir une, concéda facilement Jeff. Tu attends quinze ans pour entendre ça de quelqu'un, l'idée que tu pourrais vraiment obtenir ce que tu veux est plutôt écrasante.

En parlant de ça, Carter n'avait en fait pas encore dit les mots. Jeff essayait d'être patient, mais comme il le disait – quinze ans d'attente. Soudain, quinze secondes de plus semblaient trop longues.

Pendant une seconde, il ne fut pas sûr si Carter le taquinait exprès ou s'il était simplement de nouveau bête, puis il aperçut une pointe de sourire satisfait au coin de sa bouche.

— Tu ne vas pas avoir une crise cardiaque maintenant, n'est-ce pas ?

— Le temps *dira* foutrement..., bafouilla Jeff.

Carter l'embrassa, ce qui était de la triche et aussi probablement le moyen le plus rapide pour le faire taire. Le baiser fut chaud, doux et plein de promesses, et à la fin, il devint un peu obscène, alors le temps que Carter recule, Jeff se penchait pour en avoir plus. Carter l'arrêta avec un doigt sur les lèvres, et ses yeux bleus étaient si doux et sérieux, et tellement, tellement tendres quand il dit :

— Je t'aime aussi.

Alors, *cela* fut génial.

Jeff put en savourer l'effet pendant vingt-quatre heures complètes, puis il récupéra les clés de son tout nouveau cottage, revérifia que le chalet était vide, et alla s'asseoir sur le ponton de son tout nouveau pari à plusieurs millions de dollars.

— Ce n'est pas un drame, se dit-il alors qu'il grattait quelques notes sur la Seagull. Juste la possibilité d'obtenir tout ce que tu as toujours voulu.

Le concert d'Ottawa était le surlendemain. Il n'avait pas le temps de paniquer.

Le bruit de pneus sur le gravier le tira de sa contemplation de l'eau. Cela devait être l'entrepreneur. Il alla les faire entrer et leur fit un rapide tour de remise à niveau – ils en avaient déjà eu un basique quand il avait fait faire l'inspection – puis son téléphone sonna.

Ella Rhodes.

Elle devait retourner son appel de l'autre soir.

— Désolé, je dois répondre.

— Bien sûr. Je viendrai vous chercher si j'ai des questions, mais je pense que nous avons tout ce qu'il nous faut ici, dit le contremaître.

Quel était son nom déjà ? Gord ?

Jeff prit l'appel dans le bureau à côté de la cuisine, assis sur la chaise de bureau qui était un peu trop usée pour être confortable et une taille trop grande pour lui de toute façon. Mais il avait spécifiquement demandé que la maison soit entièrement meublée parce qu'il n'avait pas le temps de tout acheter avant d'en avoir besoin. Il avait commandé de nouveaux matelas et du linge de lit, et c'était tout.

— Bonjour, Ella.

— Bonjour, trésor. J'ai eu ton message.

Oui, clairement. Seulement maintenant, Jeff devait lui en parler. Beurk.

— Merci d'avoir appelé, dit-il. Euh, simplement je… Ça va paraître tellement bizarre.

— Carter et toi, vous ne vous êtes pas disputés, n'est-ce pas ? demanda-t-elle, semblant inquiète. Je sais qu'il peut être têtu. Il est comme son père pour ça.

C'était l'ouverture dont Jeff avait besoin, mais il détestait l'utiliser.

— Non, nous ne nous disputons pas, mais il… En fait, c'est… Je me demandais simplement…

Est-ce que votre mari a travaillé comme un fou jusqu'à en mourir ? Et pensez-vous qu'il a passé ce trait à son fils cadet ?

Travailler jusqu'à en mourir n'était pas une chose réelle, n'est-ce pas ?

— Chéri, je te connais depuis longtemps, mais tu vas devoir me donner un peu plus pour continuer.

Jeff grogna et résista à l'envie d'enfouir son visage dans ses mains. Déjà, cela ferait un bruit vraiment ridicule au téléphone.

— Carter a-t-il toujours été si… travailleur ?

Waouh, est-ce que ça ne donnait pas l'impression qu'il était un connard ?

— Tu veux dire, commença Ella avec un fredonnement dans la voix, a-t-il toujours fait des journées extra longues, pris toutes les responsabilités supplémentaires qu'il a pu trouver, et rempli toutes ses heures éveillées avec de l'activité ?

— *Oui,* répondit Jeff, se dégonflant presque de soulagement. Pourquoi fait-il ça ?

Cette fois quand elle répondit, sa voix était aussi sèche que le magasin d'alcool avant un week-end de fêtes. Il put pratiquement l'entendre lever les yeux au ciel.

— Qui suis-je, l'Oracle ? J'aime mon fils, mais je ne prétends pas connaître tous ses secrets.

Merde. Ainsi partaient les espoirs de Jeff d'avoir une réponse facile. Il essaya de s'expliquer.

— Je me demandais simplement s'il avait toujours été comme ça. La seule fois où j'ai réussi à ce qu'il se détende, c'était quand il était avec moi à Toronto et Vancouver. Je ne me souviens pas qu'il était comme ça étant enfant, mais peut-être que mon esprit me joue simplement des tours ?

— Non, tu as raison à ce sujet, dit-elle avant de marquer une pause, un silence pensif. Je t'ai dit comment il était après la mort de son père. Il a essayé de remplir un vide qui ne pouvait être comblé.

Jeff résista à l'envie de faire une blague cochonne.

— Oui, vous me l'avez dit. Mais avant ça, je ne sais pas… Je pensais…

— Honnêtement, Jeff, ces semaines qu'il a passées avec toi avant la commémoration, je ne l'avais pas vu aussi détendu depuis des mois. Ce qui veut dire quelque chose, étant donné que le parc est en majorité fermé pendant l'hiver et qu'il a très peu à faire.

Jeff avait eu peur de ça.

— Alors, cette rechute maintenant…

— Tu vas devoir lui poser la question, dit-elle de manière appuyée.

Ce qui en soi était juste. Jeff ne pouvait aller voir la mère de Carter chaque fois qu'ils avaient besoin d'avoir une conversation difficile.

— Mais si j'étais toi, je me demanderais ce qui a changé.

Jeff écrivait déjà un album ; combien d'introspection supplémentaire pouvait faire une personne ?

— D'accord. Merci, dit-il avec du retard.

— Je t'en prie, trésor. Tu sais que tu peux me demander n'importe quoi, affirma-t-elle avant de s'arrêter de nouveau, puis de reprendre, cette fois, de l'amusement colorant sa voix. Même si la réponse est que tu dois faire le travail toi-même.

— Je pourrais avoir besoin d'une discussion franche, admit-il, lâchant un petit rire malgré lui.

Il n'avait pas exactement beaucoup de modèles en matière de relation, et Ella et Fred avaient été plus amoureux dans la quarantaine que n'importe quel autre couple qu'il ait jamais rencontré.

— Oh, je le sais. Et je sais que tu rends mon garçon très heureux.

Il pouvait dire au ton de sa voix qu'elle pensait à la fois où elle les avait surpris en train de s'embrasser, et il dut de nouveau réprimer l'envie de grogner tout haut.

— C'est mutuel.

— Oh, Jeff, souffla-t-elle, riant désormais. Je n'en ai jamais douté.

Il venait de raccrocher quand le contremaître passa la tête par la porte. Le cœur de Jeff se serra.

— Mauvaise nouvelle ?

— Eh bien, ce n'est pas super, avoua-t-il en regardant le bloc-notes avec lui. Ce sera un studio, n'est-ce pas ? Beaucoup d'équipements d'enregistrement et… tout ça ?

— Oui, c'est le plan. Quelque chose ne va pas ?

S'il vous plaît, dites-moi que ça peut toujours être le plan.

— Ah, oui et non. Vous avez une idée de la puissance que demande cet équipement ?

— Non…, admit Jeff, n'en ayant aucune idée. Mais je peux appeler mon expert en installation ? Ou simplement vous donner son numéro de téléphone. Elle peut probablement vous donner tous les détails de façon plus efficace sans que je fasse l'intermédiaire.

— D'accord.

Le type semblait avoir plus de choses à dire. Jeff n'avait jamais rencontré un contremaître qui ne disait pas le fond de sa pensée – ils n'étaient pas chargés de s'occuper des équipes en ayant peur de parler des problèmes aux gens – mais peut-être que c'était en plus bizarre pour lui parce que Jeff était à moitié célèbre.

— Écoutez… Gord ?

— George, corrigea-t-il.

Jeff laissa tomber son téléphone sur le bureau et se pencha en avant avec les mains entre les genoux.

— Désolé. George. Quoi qu'il se passe, ce n'est pas de votre faute, et je ne vais pas m'énerver contre vous ou partir, je ne sais pas, dans le genre de crise de rage comme on en voit sur MTV. Alors, crachez simplement le morceau. Quel est le problème ?

George vacilla presque sous le relâchement de la pression. Il montra le bloc-notes à Jeff, ce qui ne lui dit absolument rien, mais il était un homme, alors il prétendit que cela avait parfaitement du sens.

— La maison est uniquement raccordée pour du cinquante ampères. Vous allez devoir mettre un nouveau disjoncteur.

Enfin, un plan d'action.

— D'accord, dit Jeff. Quoi qu'il faille, faites simplement en sorte que ce soit fait.

— C'est tout ? s'étonna George, clignant des paupières. Vous ne voulez pas un devis ou autre chose ?

Il y avait deux entrepreneurs dans la région, et l'autre était débordé à essayer de tout préparer avant le pic de la saison touristique.

— Allez-vous essayer de m'arnaquer, George ?

— Non ?

— Très bien, donc, répondit Jeff en lui rendant le bloc-notes.

— Euh.

Bon sang, apparemment, il n'avait pas fini.

— Il faudra quelques jours pour faire venir un électricien ici.

Jeff n'avait pas vraiment quelques jours, mais peu importe.

— Pouvez-vous continuer ce que vous faites d'ici là ?

— Oh, oui, bien sûr, pas de problème, acquiesça George.

Ce n'était pas si mal, alors.

— Très bien.

— Euh.

Jeff prit une profonde inspiration et compta jusqu'à quatre, puis la relâcha.

— Autre chose ?

— J'ai besoin que vous signiez en bas ? demanda George en tendant le bloc-notes.

Fils de pute.

LEÇON SEPT
UNE RELATION EST UN DUO

PARFOIS, ON a l'impression que c'est votre partenaire et vous contre le monde entier, en particulier dans une nouvelle relation.

Ce n'est pas vrai.

Je sais, je sais, je viens juste de finir de vous dire de faire de la place pour quelqu'un. Et une relation est un duo (ou triolet, ou plus selon le nombre de personnes dans votre relation), mais pendant que vous chantez à pleins poumons, qui joue de la batterie ? Qui est à la guitare ? Au piano ? Qui fait l'éclairage ? Qui est en coulisse à empiler les en-cas dans la loge ?

Vous décidez ensemble de quelle chanson vous chantez.

Mais vous n'êtes pas une île. Quand les emmerdes surviennent – et elles viendront – n'oubliez pas les autres personnes à vos côtés.

Déjà, ils vous donneront l'impression d'être vraiment *stupide*.

XIX

DONC, JEFF était déjà stressé alors qu'il se préparait à partir pour Ottawa. Il avait eu un silence radio presque complet de la part de Max, brisé uniquement par des nouvelles via Trix, qui venaient par message. Apparemment, il l'avait appelée depuis le téléphone du centre tous les deux ou trois jours pour donner des nouvelles. Les entrepreneurs ne pourraient pas avoir d'électricien avant que la fête nationale soit passée.

Et Carter était étrange. Il ne s'était pas attardé sur le baiser de bonjour que Jeff lui avait offert quand Dave était venu le chercher pour leur séance de musculation, et il fut inhabituellement silencieux pendant le dîner également.

— Hé, appela Jeff en posant la main sur celle de Carter sur la table.

— Quoi ? demanda-t-il, sursautant légèrement.

Jeff le regarda comme si une deuxième tête lui avait poussé.

— Je t'ai posé la même question pendant trois minutes, et tu n'as pas répondu. Où es-tu ?

— Désolé, dit-il en passant les yeux sur son assiette et se secouant. Simplement… une journée bizarre.

— Ah oui ? Comment ça. ?

Allait-il en parler ou rester simplement assis à agir étrangement ?

Carter expira de façon dramatique, gonflant les joues.

— J'ai juste… as-tu déjà eu l'impression que quelqu'un te cache quelque chose ?

Putain. Une sonnette d'alarme se déclencha dans la tête de Jeff, le volume monté à onze.

— Eh bien… Max a caché sa dépendance à la drogue durant les premières années. Nous n'avons jamais su à quel point c'était mauvais, jusqu'à dernièrement.

Ce n'était pas du tout ce que voulait dire Carter, cependant. Il voulait parler de Jeff. À moins que…

— S'est-il passé quelque chose au travail ?

Cela paraissait-il plein d'espoir ?

279

— En quelque sorte.

Carter lui lança un regard de côté. Merde alors, vraiment? Jeff ne pouvait pas croire qu'il s'en tirait aussi facilement.

— Tu vois, reprit Carter, cet après-midi, le pick-up de Kara a eu un pneu crevé pendant qu'elle était à la plage des chiens, alors j'ai dû aller retrouver des gens au chalet de location.

Puuuutain.

Jeff savait que sa panique était inscrite partout sur son visage. Il pouvait sentir son sang s'écouler dans ses orteils. Comment avait-il pu être si stupide pour oublier que *Carter travaillait dans le parc où il avait loué le chalet?* Comment avait-il pu penser qu'il pourrait garder secret le fait qu'il avait annulé cette réservation?

Il ne pouvait pas penser à une seule chose à dire pour sa propre défense.

— Parce qu'ils l'avaient loué, continua Carter, avec insistance.

— Je suis désolé de ne pas te l'avoir dit, se lamenta Jeff en fermant les yeux.

— J'ai plutôt l'impression d'avoir été laissé hors du coup, là. Que se passe-t-il? Est-ce que tu… est-ce que tu t'en vas?

Carter gardait toujours son calme, c'était une des choses les plus stables chez lui; entendre la douleur et la frustration dans sa voix donna envie à Jeff de pleurer.

— Non, répondit-il vivement. Non, putain. Enfin, juste pour le concert à Ottawa.

— Alors, tu as simplement emménagé sans me le dire.

Merde. *Merde,* et il avait vendu son appartement à Toronto, et avec les rénovations au cottage, il était techniquement sans domicile. Même si ça faisait mal de voir la trahison et la suspicion là-dedans, il regarda Carter avant de répondre :

— Je voulais vraiment tout t'expliquer, se força-t-il à dire. Et je le ferai. Dès que je peux.

Aussi rapidement que la tempête était venue, elle s'éloigna, et Carter tourna la main – toujours sous celle de Jeff sur la table – et entremêla leurs doigts.

— Dis-moi simplement que ce n'est pas… Il n'est pas question de nous, n'est-ce pas? Enfin, tenta-t-il, en se grattant le coin de la mâchoire avec l'autre main. Nous sommes allés plutôt vite. Est-ce trop?

Allaient-ils avoir une discussion comme celle-ci pendant le dîner chaque jour? Si c'était le cas, Jeff ne signerait plus jamais un autre accord de confidentialité sans que Carter ne soit au courant dès le début. C'était une situation misérable.

— Carter, non. J'étais sérieux à propos des pantoufles assorties, d'accord?

— C'était mon idée. Est-ce que tout le reste va bien?

Une partie de l'inquiétude disparut de son front. Plus de mensonges.

— Ça ira, j'espère. Je ne peux pas encore te raconter tous les détails, parce qu'ils ne m'appartiennent pas. Mais je n'utilisais pas le chalet de toute façon. Ce serait du gâchis qu'il soit inoccupé quand quelqu'un pourrait en profiter.

Carter baissa les yeux sur leurs mains pendant un instant, puis les releva, et ses yeux contenaient désormais un peu de sourire.

— Hmm, approuva-t-il. As-tu laissé les rideaux occultants?

IL N'EUT pas de nouvelles de Max avant le matin où il devait partir pour Ottawa. Même alors, ce fut un simple message : *Allons-y!!!!!*, suivi d'un émoji tour et de sept drapeaux canadiens.

Il pensa que c'était le meilleur qu'il allait obtenir jusqu'à ce qu'ils se voient en personne, alors il renvoya simplement *Et comment putain* et espéra que Max comprenait qu'il voulait dire *bon retour, j'espère que tu vas bien.* Pour deux personnes qui communiquaient professionnellement, leur langage avec l'autre pouvait être plutôt opaque.

Il n'avait pas beaucoup de temps pour y réfléchir, parce qu'il était trop occupé à revérifier qu'il avait tout bien rangé dans le pick-up et à repousser le fait de dire vraiment au revoir à Carter.

Malgré la résolution de leurs... quoi que ce fut... les choses n'étaient pas tout à fait revenues à la normale avant que Jeff parte pour Ottawa. Il n'en tenait pas rigueur à Carter; clairement, Jeff récoltait seulement ce qu'il avait semé. Mais c'était toujours nul de se tenir sur l'allée de Carter, se préparant à partir pour quelques jours, et de ressentir que les choses n'étaient pas bonnes entre eux. Son groupe et lui ne pourraient pas finir cet album trop tôt.

— Tu es sûr que tu ne veux pas venir? demanda-t-il probablement pour la troisième fois.

Carter allait de nouveau dire non, mais Jeff avait ce rêve que s'il venait avec lui, ils pourraient remonter un peu le temps, revivre le voyage à Vancouver à la place.

— J'ai eu ce plâtre pendant six semaines, expliqua Carter en secouant la tête, et je ne repousserai pas la radio de suivi pour quoi que ce soit, à part pour l'Apocalypse.

Eh bien, quand il le présentait comme ça.

— Très bien, insista Jeff, essayant un peu de légèreté. Tu ne veux simplement pas être assis dans la voiture avec moi pendant cinq heures. Je vois comment c'est.

— Ça ne serait pas mon premier choix, ponctua-t-il d'un baiser, bien que ne s'attardant pas comme Jeff aurait aimé. Roule prudemment et appelle-moi quand tu arrives.

Bon sang. Cela ne semblait pas bien de partir comme ça, mais il avait fait son lit, et il était dans un cottage secret.

— Je t'appellerai. Je t'aime.

À ça, il eut un vrai sourire, bien que petit.

— Je t'aime aussi.

Et un autre baiser – toujours pas assez long, mais plus chaud et doux que le dernier. Leurs nez se touchaient encore, les yeux bleu clair de Carter tendres, chauds et calmes quand il ajouta :

— Reviens vite à la maison.

Jeff inspira vivement. *Maison.* Carter avait utilisé ce mot à dessein. Comment Jeff était-il supposé partir maintenant ?

Mais il réussit d'une manière ou d'une autre – il mit la maison de Carter dans son rétroviseur et prit la route, espérant intensément que ce n'était pas un aperçu de ce qui pourrait devenir une base de leurs vies dans les deux prochaines années.

Encore un mois. Il devait simplement tenir encore un mois, faire que le groupe finisse un album, enregistre une démo, et il pourrait se détendre. Il pourrait tout raconter à Carter. Il serait tiré d'affaire.

Bien sûr, aucune pression.

Il rencontra un peu de circulation sur le trajet jusqu'à Ottawa, bien qu'il y en ait davantage dans la direction qui quittait la ville, les gens partant pour le week-end de fête pour camper ou prendre possession d'une maison à la campagne. Il s'arrêta une fois pour déjeuner et une pause toilettes, et arriva à l'hôtel juste avant l'heure de se présenter à la réception – minutage parfait.

Il venait juste de se rhabiller après une douche et se demandait s'il devait envoyer un message à Trix et Joe concernant le dîner quand quelqu'un frappa à la porte. Pensant que cela devait être l'un d'eux, il répondit, uniquement pour découvrir Max se tenant là à la place.

Il avait l'air… différent. Ses joues étaient plus rondes, et les ombres sous ses yeux, que Jeff en était venu à penser comme faisant partie de lui, s'étaient éclaircies.

Il avait l'air un peu nerveux, debout dans le couloir et remuant avec une enveloppe en papier, évitant les yeux de Jeff. Celui-ci essaya de ne pas révéler qu'il était surpris de le voir sans Trix.

— Salut, Max. Tu veux entrer?

Il s'écarta. Le regard de Max remonta vers le sien, et il sourit un peu.

— Merci.

Merde. Jeff espérait que le concert n'allait pas être aussi gênant. Il referma la porte.

— J'allais justement vous envoyer un message pour voir si nous avions des projets pour dîner.

— Trix et Joe ont trouvé un restaurant à sushis qu'ils meurent d'envie d'essayer, je pense.

Max essuya une main sur son jean. Il souffla un coup et tendit finalement l'enveloppe à Jeff.

— Alors, euh. Tiens. C'est pour toi.

Perplexe, Jeff la prit. C'était une simple enveloppe en papier, pas particulièrement marquante… jusqu'à ce qu'il regarde à l'intérieur et…

— Doux Jésus.

Il la fit presque tomber. Il devait y avoir un millier de dollars…

Oh.

— Je suis supposé me racheter, dit Max.

Il leva un peu les yeux au ciel, mais Jeff pensait que c'était plus envers son propre comportement qu'un commentaire sur le geste.

— Je ne peux pas faire grand-chose pour toutes les fois où j'étais défoncé et où j'ai fini dans les journaux, ou pour toutes les fois où je suis allé en désintox et que ça n'a pas pris, ou celles où j'ai été un connard envers toi. Je ne peux pas rendre à Carter les cachets que j'ai pris. Mais je peux te rendre l'argent que je t'ai volé en février.

— Merci, dit Jeff après s'être éclairci la gorge.

Il ne voulait pas exactement avoir sur lui presque mille dollars en liquide quand il ne prévoyait pas de les dépenser pour une vieille guitare, mais peu importe. Il paierait simplement l'addition pour dîner. C'était surtout un geste symbolique, de toute façon.

Avec un bruit de frustration, Max se laissa tomber sur la chaise devant le bureau.

— Ne me *remercie* pas. Bon sang. Je suis ici pour m'excuser. Ce n'était pas correct de ma part de te faire ces choses-là. Je n'aurais jamais dû te donner l'impression que tu devais me couvrir. Je n'aurais pas dû voler. Je vous ai donné l'impression que Howl et toi, vous n'aviez pas d'importance. Et je sais que tu t'inquiétais, lâcha-t-il dans un long et lent soupir, passant les deux mains dans ses cheveux sous l'agitation. Sans compter, Trix, qui se tenait responsable… Quoi qu'il en soit. Je suis tellement désolé, Jeff. J'espère que je peux mériter ton pardon.

— Mériter?

Jeff ne put s'empêcher de penser que ça aurait pu être pire. Personne n'avait été blessé – pas de façon irrémédiable. Toute la tournée aurait pu être foutue, Max aurait pu mourir, Trix aurait été dans tous ses états. Ils n'auraient jamais pu s'en remettre.

Mais Max fit un petit bruit, ayant l'air d'un chien frappé, et Jeff réalisa qu'il avait été mal compris.

— Max, oublie ça. Tu n'as pas à mériter mon pardon, d'accord? Tout ce que tu devais faire était de le vouloir.

Oh mon Dieu, Max clignait trop rapidement des paupières. Jeff prit lui-même quelques profondes inspirations et se dépêcha de dire quelque chose pour alléger l'ambiance.

— La désintox est plutôt intense, hein?

Max lâcha un rire rapide et inapproprié, passa une main dans ses cheveux, et soudain, il n'était plus la rock star désabusée de trente ans et un accro en voie de guérison, il était l'adolescent que Jeff avait rencontré en retenue, qui lui avait offert un de ses Twinkies en échange pour de l'aide avec son devoir d'Anglais.

— Celle-ci était totalement différente des autres fois. Apparemment, les médecins pensent que je suis bipolaire. Ce qui explique assez…

Il agita la main comme pour englober les hauts et les bas de son comportement erratique au cours des dix dernières années.

— Enfin, reprit-il. Ça se prête apparemment à la consommation de cocaïne. Surprise.

284

Alors, alléger l'ambiance échoua de manière spectaculaire. Jeff s'obligea à s'asseoir au pied du lit, parce qu'autrement, il aurait arpenté la pièce.

— Oh. Waouh. Alors, peuvent-ils aider?

— Oui, éventuellement, acquiesça Max en se grattant la nuque. Il s'avère que le bon dosage pour le bon genre de médicaments cérébraux est, genre, 20 pour cent de science, 80 pour cent de pure chance. Je suis heureux qu'il leur ait seulement fallu deux essais pour trouver quelque chose qui fonctionne jusque-là. Non pas que je les prenne depuis assez longtemps pour vraiment tester le mélange.

— Je suis content que ça fonctionne. Avec de la chance, tu sais, ça continuera de fonctionner.

Mince, pouvait-il paraître encore plus idiot? Croisant son regard, Max entonna :

— Waouh, Jeff. Profond, mon vieux.

Oh, Dieu merci. Jeff rit. La tension se brisa enfin.

— La ferme. Ça va bien entre nous?

— Oui, ça va bien entre nous.

Et c'était vrai.

Mieux que bien était de prendre possession de la scène au milieu de l'après-midi sur la Colline du Parlement le lendemain, sous un soleil accablant et devant plus de dix mille fans. Howl n'avait pas joué durant un vrai festival de musique depuis des années, et Jeff avait oublié à quel point il aimait ça, même si le public démographique différent signifiait qu'ils devaient légèrement changer leur setlist.

Il se noyait littéralement dans la sueur cette fois, cependant. Au moins, il avait opté pour son t-shirt Rhodes's garage à la place de son noir habituel.

Ils terminèrent une interprétation de certains de leurs tubes les plus modérés par une reprise de « Fireworks », et le temps qu'ils descendent de scène, Jeff pouvait presque sentir son nez se plisser. Il allait définitivement peler. Dina les escorta tous pour des boissons et des en-cas jusqu'à la tente VIP, qui était remplie avec un mélange étrange de musiciens et de gros bonnets politiques.

Trix se versa une bouteille entière d'eau glacée sur la tête et s'effondra sur la chaise la plus proche.

— Allons-nous écrire une chanson sur le réchauffement climatique ensuite? haleta-t-elle.

Alors qu'elle s'avachissait, la bretelle de son débardeur bougea, révélant de la peau blanche et soulignant la brûlure sur ses épaules. L'arrière de la scène était couvert – Jeff avait uniquement été brûlé parce que l'angle du soleil illuminait l'avant - mais de toute évidence, elle avait passé assez de temps sous le soleil à regarder les autres artistes.

— Ne lui donne pas plus d'excuses pour écrire des chansons d'amour pour Carter, taquina Joe.

Jeff était trop occupé à vider sa seconde bouteille d'eau pour se défendre, mais Max leur passa à chacun une clémentine et dit :

— Il n'a pas besoin d'excuses. Great Bear Lake a posté une autre vidéo.

— Oh non, grommela Jeff tout haut.

Il ne pensait pas pouvoir le supporter. Son visage était déjà en feu à cause du coup de soleil.

— Si.

Max la démarra et glissa son téléphone au milieu de la table. Il le redressa sur son support.

Le numéro musical suivant n'avait pas encore commencé, alors ils purent tous entendre parfaitement bien tandis que Carter passait en revue des étapes basiques pour célébrer la fête nationale du Canada d'une manière soucieuse de l'écologie.

— Les feux d'artifice peuvent libérer des produits chimiques toxiques dans l'environnement et peuvent impacter de manière négative la vie sauvage locale. Sans parler du bruit qui peut être stressant pour les animaux de compagnie et les gens souffrant de SSPT.

Sur le petit écran, Carter s'arrêta pour caresser un gigantesque labrador chocolat, qui le regardait comme s'il était fait de bacon.

— Où a-t-il trouvé un chien ? demanda Trix.

— Est-ce que tu plaisantes ? s'étonna Joe. Il s'est probablement promené simplement en forêt en sifflotant un air enjoué. Je suis surpris qu'il n'ait pas un écureuil.

Jeff n'était pas du tout sûr qu'il ne rentrerait pas chez lui pour y découvrir un nouveau colocataire. Il n'était aussi pas sûr qu'il pourrait exprimer une protestation à ce sujet ; Carter et le chien combinés faisaient bien trop de regards de chiens battus.

— Si vous décidez de lancer des feux d'artifice, assurez-vous de trouver une zone où il est sûr de le faire, loin des maisons et uniquement avec la surveillance appropriée. Les feux d'artifice ne devraient jamais être déclenchés dans des zones qui sont en sécheresse. Cherchez ces marques, qui sont riches en nitrogène et moins toxiques, et dégagent moins de fumée que d'autres. Et si vous aimez les feux de Bengale, optez pour du bambou plutôt que du métal, puisque les produits chimiques dans ceux en métal signifient qu'ils ne peuvent pas être recyclés.

Il enleva ses lunettes de soleil et les accrocha à l'avant de son uniforme de garde.

— Noooon, gémit doucement Jeff.

Max ricana.

La vidéo passa sur une partie à l'air scientifique des bâtiments du parc tandis que Carter continuait son laïus habituel sur le fait de choisir des produits avec des emballages respectueux de l'environnement et recyclables.

— Et si la plupart des fabricants de nos jours se sont éloignés des packs de six, souvenez-vous, si vous en avez, de découper les anneaux en plastique avant de les jeter, parce qu'ils peuvent être un danger pour la faune sauvage.

— Oh mon Dieu, s'exclama Trix. Il *a* un écureuil !

Jeff regarda entre ses doigts – quand avait-il mis les mains sur son visage ? – alors que Kara, les mains prudemment gantées, amenait un écureuil à l'air agité. Carter utilisa une paire de ciseaux à bout retroussé pour le libérer.

— Les entreprises, pas les individus, sont responsables de la grande majorité de la pollution et du réchauffement climatique. Mais ça ne signifie pas que les individus ne peuvent pas faire de différence. Joyeuse Fête de la Confédération. S'il vous plaît, célébrez-la de manière responsable.

— Ton petit ami est tellement ringard.

Max secoua la tête et lança un morceau de clémentine dans sa bouche.

— Je sais, pleurnicha à moitié Jeff mais tellement *sincère*. Je vais l'épouser.

— Tu sembles avoir besoin d'une bière, proposa Joe en cognant sur la table. Euh, ou ne sommes-nous pas… ?

Il jeta un regard à Max. Celui-ci lui fit un signe de la main.

— Pas pour moi, mais allez-y.

— Change la mienne en panaché, s'ils en ont, dit Trix.

— Deux bières, un panaché. Je reviens tout de suite.

Il était parti depuis à peine quelques secondes quand Jeff questionna :

— Est-ce mal que je veuille repasser la vidéo ?

— Oh, j'aime cet homme, dit une voix derrière lui.

Jeff se tourna pour voir une femme qu'il ne reconnaissait pas. À ses vêtements d'été professionnels, elle était une femme politique, pas une artiste.

— Oui, dit-il sèchement. Moi aussi.

— C'est son petit ami, intervint Trix.

— Oui, je sais. Puis-je?

La femme fit un geste vers la chaise vide où Joe avait été assis. Quelque peu dérouté, Jeff dit :

— Allez-y.

— Merci, répondit-elle en s'asseyant et tendant la main. Annemarie Jacoby.

Le nom lui rappelait quelque chose, mais Jeff ne pouvait mettre le doigt sur l'endroit où il l'avait entendu. Quelque part dans les informations, sans aucun doute.

—Jeff. Et voici Trix et Max, soupira-t-il, probablement avec une petite insolation et fit un geste vers le téléphone. Et je suppose que vous connaissez Carter.

— Le garde forestier le plus magnifique du Canada.

Joe revint avec leurs boissons et prit le siège à côté d'Annemarie. Ils se présentèrent, puis la conversation repartit sur Carter, tandis que Jeff expliquait son véritable travail, à quel point il travailler dur, et toute la débâcle avec le partage de données.

Après cinq minutes, Joe recula furtivement la bière de Jeff et poussa une autre bouteille d'eau vers lui.

— Euh, je radote? devina-t-il.

— Juste un peu, répondit Joe avec un sourire. Prends plus d'eau. Peut-être une Gatorade.

— Peut-être une sieste, ajouta Trix.

— Peut-être un dîner, continua Max. Clémentines ou non, je meurs de faim. Quelqu'un d'autre?

Le ventre de Joe gargouilla comme à point nommé.

— D'accord, oui, accepta-t-il. Excepté que je pense que Jeff a besoin d'être à l'intérieur avec de l'air conditionné. Room service?

Ils rassemblèrent leurs affaires et dirent au revoir à Annemarie, mais avant qu'ils puissent aller très loin, Dina les intercepta.

— Oh, vous partez déjà?

Jeff flageola sur ses jambes. Il aurait dû savoir qu'ils ne s'en sortiraient pas comme ça.

— Oui.

— J'espérais vous parler des progrès de l'album, dit-elle la bouche pincée. Je n'ai réussi à contacter aucun d'entre vous pendant des semaines…

Peut-être parce que nous ne sommes pas un foutu juke-box, pensa Jeff.

— … j'ai besoin de nouvelles, s'il vous plaît.

— Ne t'inquiète pas, lui assura Trix. Nous allons nous y mettre dès que nous revenons de ce spectacle, d'accord ? Mais Jeff va s'évanouir si nous ne le nourrissons pas.

Jeff voulut se défendre, mais il voulait éviter de parler plus longtemps à Dina.

— C'est… probablement vrai.

— Nous t'enverrons un message, dit joyeusement Max. Profite du reste du concert.

ILS EMBALLÈRENT leurs affaires dans le pick-up de Jeff pour le retour à Willow Sound, et ça ressemblait aux premiers jours du groupe, roulant vers des concerts dans un van usé qui tombait en panne tous les deux ou trois mois. Sauf que c'était bien plus confortable. Les sièges rafraîchissants étaient une amélioration particulièrement bienvenue.

— Alors, parle-moi de cette maison, demanda Joe, s'appuyant contre le siège à l'avant. Du genre, allons-nous devoir faire un exorcisme ?

— Je ne pense pas qu'elle soit *aussi* vieille, contra Jeff.

Bien que probablement, si elle était uniquement installée pour du cinquante ampères, elle était assez vieille.

— As-tu un jacuzzi ? demanda Trix, les pieds sur la console.

— Non, répliqua-t-il en levant les yeux au ciel. Mais il y a une énorme baignoire dans la salle de bain principale.

— Acceptable.

— Accès à l'eau ? questionna Max.

À ça, Jeff sourit, parce que c'était la meilleure partie.

— Lac privé.

Le seul espace de mise à l'eau des bateaux était sur la propriété. Même si le public général découvrait son adresse, ils ne pourraient pas monter dans un bateau et passer par son ponton pour l'espionner.

— Agréable, approuva Joe alors qu'ils tournaient sur le chemin tortueux qui mènerait au cottage.

— As-tu un bateau ?

— Peut-être après la prochaine tournée, dit sèchement Jeff.

Puis, il ne dit plus rien pendant un moment ; la route jusqu'au cottage était plutôt sinueuse.

L'équipe de construction était toujours au travail quand ils arrivèrent. Jeff présenta chacun et laissa Trix, Max et Joe choisir leur chambre pendant qu'il s'entretenait avec le contremaître.

— L'électricien passe ici dans une demi-heure environ, dit-il. Ça devrait prendre une heure ou deux.

— Fantastique.

Dans ce cas, Jeff avait des choses dont il devait s'occuper. Il laissa George dans le futur studio et alla à l'étage pour passer la tête dans la chambre que Trix avait choisie.

— Hé. Tu vas bien là-dedans ?

— Je ne vais jamais partir, dit-elle. Je vis ici maintenant.

Elle était allongée le dos à plat au milieu du grand lit. Les portes du balcon étaient grandes ouvertes, laissant entrer la brise du lac.

— Tu pourrais changer d'avis quand tu vas découvrir à combien est le loyer, répliqua Jeff, pince-sans-rire. Je vais aller dire bonjour à Carter. Son rendez-vous chez le médecin était aujourd'hui.

— Dis bonjour à sa queue pour moi.

— Va te faire foutre, je lui dirai, promit-il en levant les yeux au ciel. Le frigo devrait être rempli. J'ai quelqu'un qui est passé pour ça. Appelez-moi si vous avez besoin de moi.

À un moment ou un autre dans les prochains jours, il devrait soit trouver comment dire à Carter que ses amis étaient en ville et avaient besoin d'emprunter son pick-up, soit trouver où leur louer une voiture. Entre-temps, il avait un petit ami avec qui il devait se réconcilier. Convenablement cette fois.

— À plus tard.

— J'en doute, cria-t-elle après lui alors qu'il filait dans les escaliers.

Il envoya un message à Carter avant de monter dans le pick-up, mais la seule réponse qu'il eut fut « émoji pouce levé », lu par l'application Android du véhicule de son hilarante voix sans modulation. Suffisant pour lui. Le GPS disait qu'il serait arrivé dans vingt minutes.

Il le fit en quinze, se sentant vaguement coupable pour la vitesse excessive.

Puis Carter sortit de la maison, pas de botte en vue, et Jeff fut curieusement téléporté de l'intérieur du pick-up jusqu'à ses bras.

Quand le baiser eut diminué en une étreinte serrée, Carter dit contre son cou :

— Salut. Quelqu'un est de bonne humeur.

— Tu as été libéré de la botte ? vérifia Jeff, reculant un peu.

— Le médecin a dit que mon pied avait guéri à la perfection. Cependant, malgré l'exercice, précisa Carter avec une grimace, il s'avère que revenir à une démarche régulière demande de l'entraînement.

Jeff l'observa alors qu'ils entraient dans la maison, et oui, sa démarche était bancale.

— T'ont-ils envoyé faire de la kinésithérapie ?

— Non, répliqua Carter en lui lançant un regard sec. Ils m'ont dit d'essayer de ne pas y faire attention et de simplement marcher, en gros. Excepté que les ligaments ne veulent pas se plier assez pour ça. Ça ne semble pas naturel. Alors, j'ai fait à moi seul un Ministère des Marches stupides [11] depuis que ce truc est parti à dix heures ce matin, essayant de tout étirer.

— Je veux toutes les voir, proclama Jeff. Mais plus tard.

Il s'assit sur le canapé et tendit les mains pour indiquer que Carter devrait s'asseoir avec lui. Il le fit, plus lourdement que Jeff ne s'y attendait, et il remarqua enfin les cernes sous ses yeux.

— Longue journée ?

Avec un soupir, Carter tourna le visage contre l'épaule de Jeff.

— J'ai l'impression d'être une mauviette, mais apparemment, marcher sans plâtre est épuisant désormais.

Jeff les manœuvra jusqu'à ce qu'il soit assis dans le coin, Carter allongé avec la tête sur ses genoux. Une réunion plus charnelle pouvait attendre.

— Pauvre bébé. Tu veux faire une sieste ?

— Je veux du *sexe,* grommela Carter contre le ventre de Jeff tandis que celui-ci passait les doigts dans ses cheveux. Mais je suis trop fatigué.

Les miracles ne cessaient jamais.

— Ça va, lui assura Jeff. Être comme ça est agréable aussi.

— Hmm, hmm, souffla Carter.

---

11 En référence au sketch des Monty Python de 1970, The Ministry of Silly Walks.

Ses yeux se fermèrent, puis se rouvrirent, et il roula sur le dos pour qu'il puisse regarder Jeff dans les yeux.

— Désolé de t'avoir laissé partir quand les choses étaient encore bizarres. Je te fais confiance pour me dire ce qui se passe selon tes propres termes.

Un jour, Jeff allait être digne de cet homme. Entre-temps…

— Désolé de n'avoir pas pu tout te dire. Ou rester et arranger les choses. Je…

Son téléphone sonna.

Les lèvres de Carter tressautèrent comme elles le faisaient toujours quand il luttait contre un sourire. Jeff soupira.

— Je le jure devant Dieu. Non seulement chaque être humain dans ta famille va nous empêcher de conclure, mais mon foutu téléphone va nous empêcher de discuter. Je dois vraiment prendre cet appel, cependant.

L'affichage disait que c'était le contremaître.

Il devrait probablement se lever. S'il ne le faisait pas, il y avait toutes les chances que Carter puisse entendre, et il aurait des questions.

Mais Carter était à l'aise, et Jeff ne *voulait* pas bouger. Il venait juste de dire qu'il faisait confiance à Jeff.

— Jeff Pine, dit-il en décrochant.

C'était George. Au ton de sa voix, Jeff sut que c'était mauvais.

— Hé, Jeff, j'ai l'électricien en ligne pour vous. Vous avez une minute ?

— Oui, répondit-il, mais faisant à peine un son, avant de tousser et de répéter. Oui, bien sûr.

L'électricien ne tourna pas autour du pot, et il ne laissa pas de place à l'interprétation. Il laissa à peine d'espace à Jeff pour sortir un mot à côté, à peine plus que *oui, non,* et *dès que possible.*

Ce ne fut pas avant d'avoir raccroché qu'il sentit son estomac toucher le fond, la déception serrant sa poitrine. C'était fini. Leur meilleure chance de quitter ce label venait juste de partir en fumée.

Au moins, le cottage n'avait pas encore brûlé, ce qui, selon l'estimation de l'électricien sur l'installation existante, était une possibilité toujours éventuelle.

Jeff posa le téléphone sur l'accoudoir du canapé et se frotta les yeux avec les mains, essayant d'étouffer sa panique montante. Comment allait-il le dire au groupe ? Il n'y avait pas moyen qu'ils puissent utiliser le cottage pour écrire leurs chansons, pas pendant au moins trois semaines. Cela

292

leur laissait très peu de temps pour enregistrer quelque chose, et c'était en supposant que le câblage électrique aille comme prévu.

Putain. *Putain.*

— Jeff? questionna Carter en s'asseyant.

Jeff lâcha un bruit de pure frustration. Au diable tout ça. Cela n'avait pas d'importance si Carter découvrait tout maintenant. Toute la situation était un vrai foutoir.

— Quelle partie de tout ça as-tu entendue?

Un silence. Après une seconde, Carter avoua :

— Pratiquement tout? Le volume de ton téléphone est assez haut.

— Putain.

Jeff avait probablement besoin d'augmenter les protections auditives qu'il utilisait durant les concerts.

Carter s'éclaircit la gorge, et Jeff ôta finalement les mains de son visage. Carter avait l'air pensif.

— Euh, je pense… je me demandais… Est-ce que l'immeuble de ton appartement ne devrait pas s'occuper de quelque chose comme ça?

Finalement, Jeff rigola. Il n'y avait rien d'autre à faire.

— Oui, ils s'en occuperaient si j'en étais toujours propriétaire.

La bouche de Carter s'ouvrit en grand. Il avait beaucoup de visages différents, et d'habitude, Jeff aurait apprécié de voir la confusion et la prise de conscience se livrer bataille dessus.

— Tu as vendu ton appartement? Alors, de quel problème électrique parlait-il?

Et puis, merde.

— C'est probablement plus facile si je te montre.

XX

— Tu as acheté une maison, déclara Carter vingt minutes plus tard.

Il regardait fixement par le pare-brise avant du pick-up. Les ouvriers étaient partis pour la journée; il n'y avait rien de plus à faire pour eux jusqu'à ce que le travail électrique soit fini.

— J'ai acheté une maison, confirma Jeff. Enfin, techniquement, je pense que ça pourrait être un cottage, mais c'est supposé être habitable toute l'année.

— C'est… une grande maison, reprit Carter, la fixant toujours.

— Quatre chambres, trois salles de bain, expliqua Jeff. Et un ponton. Et une énorme cuisine, et un salon génial. Et un studio. Enfin. Soi-disant.

— Et un énorme garage, souligna Carter, semblant sous le choc.

— Tu devrais voir le hangar à bateau, continua Jeff en hochant la tête

Maintenant, Carter riait et il se couvrit le visage d'une main.

— Le hangar à bateau, souffla-t-il. Bien sûr. Alors, quel est le problème avec l'électricité?

Un hululement joyeux passa par les vitres ouvertes du pick-up. Une énorme éclaboussure suivit.

—Apparemment, la maison a un genre de mauvais câblage recouvert de plastique qui est susceptible de prendre feu à n'importe quel moment. Ce qui est un problème parce que nous avons besoin d'enregistrer un album en trois semaines pour que Spin City rachète notre contrat, et nous ne pouvons le faire nulle part où Big Moose peut le découvrir ou revendiquer qu'ils ont investi dedans.

Pendant un instant, Carter ouvrit et referma silencieusement la bouche. Puis il clarifia :

— Tu as vendu ton appartement pour acheter un cottage secret afin d'enregistrer un album, et il *n'avait* pas déjà de studio?

— J'ai vendu mon appartement et acheté un cottage pour *nous*, déclara Jeff avant que son cerveau puisse dire à sa bouche que c'était une mauvaise idée. Euh. Je réalise que dans des circonstances idéales, ça serait quelque chose dont nous aurions parlé, et nous aurions discuté à l'avance de ce que nous voulions, et cherché ensuite ensemble, mais nous avons tous signé un accord de confidentialité, parce que si le label découvre que nous essayons de les entuber, l'autre label pourrait être poursuivi en justice. Parmi d'autres problèmes.

— Oui, dit-il en secouant la tête. D'accord.

— D'accord, répéta Jeff. Attends, quoi? *D'accord?*

Honnêtement, un jour, Jeff mériterait ce genre de dévotion et de pardon.

— D'accord, redit Carter. Allez, je veux visiter. Et ensuite, quand ce sera fini, je pense que toi et… je suppose que ce sont Max, Joe et Trix là-bas sur le ponton?

— Je les ai déposés ici avant de venir te voir.

— Bien. Alors fais-moi visiter, et ensuite Max, Trix, Joe et toi allez vous asseoir et trouver un plan B.

Comme si c'était aussi simple.

— Carter…

— Visite, asséna-t-il fermement. Allez.

Alors, ils firent la visite. Jeff le guida à travers le cottage, qui avait une fosse septique et un parquet en bois de récupération ainsi que du confort matériel – une cuisinière au gaz naturel dans la cuisine, une baignoire, une douche assez grande pour deux, avec un double pommeau de douche pluie. Des balcons dans deux chambres. Depuis celui de la chambre principale, il pointa du doigt le hangar à bateau. Contrairement au cottage, le toit n'était pas ombragé, et les propriétaires précédents avaient installé des panneaux solaires.

— Ce n'est pas suffisant pour vivre hors des réseaux, dit-il, embarrassé qu'il y ait des choses qu'il avait espéré que Carter apprécierait. Mais…

—Jeff.

Il se tut et regarda Carter, qui souriait plus avec les yeux qu'avec la bouche.

— Je pense que je me suis enfin rendu compte que les grands gestes sont ton langage amoureux. Tu peux arrêter de les minimiser désormais.

Jeff n'avait jamais réussi à minimiser quoi que ce soit dans sa vie, mais il décida qu'il valait mieux embrasser Carter que d'en discuter.

Finalement, ils descendirent main dans la main jusqu'au ponton, où Trix était assise sous un énorme parasol, lisant confortablement le dernier tome de sa série mystérieuse, un sac de casse-croûte ouvert sur la table à côté d'elle. Joe et Max se faisaient bronzer ; Jeff espérait que Max avait pensé à l'écran solaire.

Trix enleva ses lunettes de soleil et inclina la tête pour les saluer.

— Hé. Je pensais que toute cette opération se déroulait dans le plus grand secret ? Euh, sans vouloir te vexer, Carter.

— Pas de problème, écarta celui-ci en haussant les épaules.

Jeff attrapa la chaise à côté de celle de Trix.

— C'était le cas, mais c'est en quelque sorte tombé à l'eau. Hé, Max, Joe, vous voulez bien venir une minute ?

Tous les quatre racontèrent à Carter le plan originel pour enregistrer l'album. Puis Jeff prit sur lui et expliqua le problème avec la maison.

— Donc il s'avère qu'ils n'ont pas simplement besoin de mettre un autre disjoncteur pour amener le service au 200 recommandé. Ils ont besoin de recâbler toute la maison.

— Merde. Une idée de combien de temps ça prendra ?

— Au moins une semaine, probablement deux. Et le courant sera coupé pendant une grande majorité du temps, sans parler du bruit et des interruptions.

Traduction – ils n'allaient pas pouvoir finir d'écrire un album ici, encore moins commencer à enregistrer de si tôt.

Max ouvrit une bouteille d'eau prise dans la glacière sous la table.

— D'accord. Les problèmes simples d'abord. Nous pourrions simplement louer un autre cottage et rester ici.

— À Willow Sound en pleine saison touristique ? précisa Carter avec ironie. Bonne chance.

— Un motel, alors. Il n'a pas besoin d'être sophistiqué.

— Le hangar à bateau a une salle de bain et une kitchenette au niveau supérieur, commenta Joe. Nous avons regardé un peu plus tôt, parce que Trix doit pisser tout le temps et elle ne voulait pas remonter jusqu'à la maison…

Trix lui balança une poignée de grignotines.

— Enfin. Ce que je veux dire est que nous pourrions juste y mettre des matelas et nous en contenter.

— Oui, dit sèchement Max. Nous allons vraiment souffrir.

— Je vais souffrir, intervint Trix, parce que vous deux, vous ronflez comme des tronçonneuses, mais je suis prête à faire avec. Problème résolu.

— Nous pourrions écrire là aussi, probablement, déclara Joe, pensif. Pas d'enregistrement, parce que l'eau serait trop bruyante, mais il y a de l'espace.

— Seulement si on ramassait les matelas chaque matin, déplora Jeff en secouant la tête.

— Et le garage ?

— Presque définitivement non, grimaça-t-il.

L'endroit grouillait d'araignées. Jeff n'allait pas y entrer avant que ce ne soit visité par l'exterminateur de nuisibles. Ce qu'il devrait garder secret face à Carter. Mais dans ce cas-là, ce que Carter ne savait ne pouvait pas lui faire de mal.

— Il y a à peine de l'éclairage, et c'est plein de bazar.

— Euh, les gars ? Et Trix.

— Je l'aime bien, dit Trix, regardant Jeff en premier, puis se tournant vers Carter et l'invitant d'un grand geste. Tu peux parler, homme poli.

— Merci. Euh, qu'est-ce qui est exactement nécessaire pour un studio d'enregistrement chez soi ?

Max lança le bouchon de sa bouteille avec le pouce, puis le rattrapa.

— Bonne insonorisation, électricité adéquate.

— De la place pour trois guitares et une batterie, ajouta Joe. Plus l'équipement d'enregistrement et de mixage.

— Et localisé dans un endroit où on ne se fera pas remarquer, finit Trix en faisant un geste vers le cottage. Comme une licorne. C'est pour ça que Jeff, tu sais…

— Aussi parce qu'il est super amoureux de toi et qu'il ne peut pas être séparé de toi deux jours sans se morfondre. Quoi ? s'écria Max en levant les mains quand tout le monde se tourna pour le regarder. Je dis seulement la vérité.

Jeff était assis à l'ombre et ne pouvait même pas blâmer le soleil pour la rougeur s'étalant sur son visage. Il se frotta le front.

– *Quoi qu'il en soit…*

Heureusement, Carter n'encouragea pas Max en relevant son commentaire, mais il sourit et poussa le pied de Jeff avec le sien sous la table. Ce nigaud.

— Bien, dit-il en regardant Jeff. C'est en quelque sorte ce que je pensais. Et je pense… enfin, si vous êtes d'accord, je pense connaître l'endroit parfait.

Restant sans voix, Jeff le fixa pendant un moment. Comment pouvait-il simplement avoir l'endroit parfait en tête ? Que pouvait-il…

Puis cela le frappa.

— Oh mon Dieu.

La tanière du père de Carter.

— Ça signifiera mettre ma famille au courant, dit Carter. Vous allez probablement devoir signer des autographes pour ma nièce.

— Elle est super, affirma Jeff. Jusqu'ici, elle n'a pas vendu mon numéro de téléphone sur internet.

— Elle nous empêche de baiser, cependant.

— Est-il autorisé à dire le mot en B ?

— Pas devant sa mère, dirent en chœur Jeff et Carter.

Ils se sourirent quand tous les autres les fixaient avec horreur.

Puis, Jeff tapa deux fois sur le dessus de table en fonte.

— Très bien. Tous ceux en faveur de mettre la famille de Carter au courant pour que nous puissions terminer tout ça, levez la main.

La motion passa à l'unanimité.

IL Y avait beaucoup à faire.

Le travail électrique ne commencerait pas avant le lendemain, alors ils décidèrent de laisser les matelas où ils étaient pour le moment. Entretemps, Jeff et Carter avaient besoin de voir Ella.

— Enfin, elle va dire oui, certifia Carter.

Jeff ajusta sa prise sur la plus jolie plante en pot qu'il avait pu trouver à la jardinerie.

— Espérons.

Ella dit oui, bien sûr. Elle pleura également.

Jeff croisa les yeux de Carter au-dessus de la tête de sa mère et essaya de transmettre à l'aide, comment gère-t-on les émotions d'une maman tandis qu'elle le serrait assez fort pour qu'il commence à s'inquiéter pour sa circulation. Mais après un moment, elle recula, avec un grand sourire, et essuya une larme.

— Ton père serait fou de joie.

Elle voulait dire Fred et elle parlait à Jeff, et maintenant *il* allait pleurer. Tant pis.

— Merci, Maman.

Tout fut très viril pendant quelques instants jusqu'à ce qu'ils se reprennent. Puis Jeff déclara :

— D'accord, enfin, mettons-nous au travail.

Avant qu'ils puissent installer l'équipement d'enregistrement, tout devait sortir de la tanière – les vieux meubles, le vieil enregistreur du père de Carter, la chaîne hi-fi, les étagères. Carter, Jeff et Dave déplacèrent tout et les installèrent dans le salon au rez-de-chaussée à la place.

Une fois rentrés, plus tard ce soir-là, quand ils tombèrent épuisés sur le lit, Carter enroula un bras autour des épaules de Jeff.

— Alors, tu n'as jamais mentionné ce que signifiait tout ça. Pourquoi tu te donnes autant de mal? Enfin... d'accord, votre label actuel est nul, mais c'est beaucoup de stress que tu t'obliges à supporter.

Jeff se blottit contre lui. Il tourna la tête pour pouvoir regarder Carter.

— Oui, avoua-t-il. Le problème est que notre arrangement actuel est plutôt agressif. Nous n'avions pas notre propre agent quand nous avons signé, alors ils en ont profité. Même s'ils nous ont offert de meilleurs termes quand nous avons de nouveau signé il y a cinq ans... ce n'était pas ce que ça aurait dû être. Et nous n'avons jamais eu d'avocat, alors nous nous sommes épuisés.

Carter écarta les cheveux de Jeff de son visage. Bientôt, il allait avoir besoin d'une coupe ainsi que des lunettes.

— Je suis désolé. Je ne m'en étais pas rendu compte.

Jeff offrit un sourire ironique. Il haussa les épaules et attrapa la main de Carter.

— Ce n'est pas comme si on pouvait vraiment aller s'en plaindre. On y gagne une mauvaise réputation, et honnêtement, « pauvre petit mec riche », hein? Une partie de la raison pour laquelle je suis revenu ici était pour m'éloigner de cette atmosphère toxique. Je me demandais s'il ne valait pas mieux simplement payer la pénalité et tout envoyer se faire foutre – le groupe, le label, tout. L'agenda de tournée est exténuant.

— Je peux imaginer.

Il passa un moment à se fondre dans la chaleur et le confort du lit, les savourant, avant de continuer.

— Je ne voulais plus faire ça. Je suis épuisé, Max ne peut le supporter, Joe va être père. Je veux pouvoir appeler un lieu mon foyer et sentir que c'est vrai.

Carter amena leurs mains à sa bouche et appuya les lèvres sur le dos de celle de Jeff.

Et maintenant, il devait faire un pas de plus et simplement... le dire.

— Je veux pouvoir passer du temps avec toi.

Carter se mordit les lèvres et secoua légèrement la tête. D'après son expression, il savait exactement ce que voulait dire Jeff.

— Tu veux savoir quelque chose de marrant?

D'une certaine façon, Jeff doutait qu'il allait rire.

— Dis-moi.

— Quand mon père est mort, j'ai commencé à trop en faire pour ne pas devoir y penser, avoua-t-il en passant le pouce sur la main de Jeff, un tic hypnotique. Je ne réalisais pas tout ce que je ratais jusqu'à ce que tu arrives, et soudain, je réarrangeais les choses que je faisais pour passer du temps avec toi.

Alors, il avait *su* qu'il le faisait.

Mais alors, Carter continua :

— Une fois que nous avons commencé à sortir ensemble, je me suis inquiété. Je savais que tu devrais repartir en tournée, que je devrais m'habituer à ce que tu sois parti tout le temps.

La prise de conscience lui apparut. Jeff en grogna presque tout haut. Ils étaient tous les deux si bêtes.

— Alors, quoi, tu as décidé de t'habituer à ne jamais me voir en te rendant follement occupé ?

— Ça semblait une bonne idée sur le coup.

Cette fois, Jeff grogna vraiment. Il roula pour l'étouffer dans son oreiller, et quand il releva la tête, il attrapa les yeux de Carter.

— Nous allons faire mieux que ça, affirma-t-il avec toute la conviction qu'il pouvait rassembler. Plus d'accros au travail dans cette maison.

Carter leva un sourcil.

— Après la fin de cet album, céda Jeff.

— Marché conclu, approuva Carter avec un sourire.

PENDANT QU'ILS mettaient la touche finale au studio – nettoyer, s'assurer qu'ils avaient assez de prises, revérifier avec l'électricien que la tanière pouvait supporter l'équipement sans déclencher le disjoncteur – Joe reprit l'avion pour Toronto afin de passer du temps avec Sarah. Il revint deux jours plus tard, dans son SUV, avec l'experte préférée de Jeff en équipement sonore dans son sillage.

Jeff et Carter venaient juste d'apporter le dernier carton à la cave quand Joe s'arrêta sur l'allée. Quand ils allèrent dire bonjour, Jeff put à peine descendre les marches avant d'être attaqué par un câlin.

— Ouf, lâcha-t-il quand Sibel le heurta à Mach 3. Est-ce que faire la route avec Joe était si mauvais ?

— Nous avons presque été tués par un orignal, dévoila-t-elle en reculant, débordante d'énergie. Ce par quoi, je veux dire qu'il y en avait un sur le bord de la grande route. Il était énorme. Pendant une seconde, j'ai pensé que c'était un kaiju.

— Un pilote dans chaque ramure ? grogna-t-il.

— C'était une fille orignal. *En parlant* d'élan, continua Sibel, se tournant pour regarder derrière lui. Qui est ton ami ?

Enfin, Carter était assez grand.

— Carter Rhodes, voici Sibel Ergener, extraordinaire technicienne du son. Sibel, voici mon orignal, Carter.

Celui-ci lui lança un regard démontrant une patience à toute épreuve, mais il sourit à Sibel.

— Ravi de te rencontrer.

— Oui, toi aussi.

Elle poussa Jeff du coude et baissa la voix – bien que pas assez bas.

— Nous parlerons plus tard.

Jeff devrait probablement accepter le fait qu'il allait se faire rembarrer là-dessus pour le reste de sa vie, honnêtement. Il tapa dans ses mains.

— Bon ! Qui est prêt à brancher des trucs ?

Il leur fallut à eux quatre une heure et demie, mais à la fin, ils avaient tout installé et en état de fonctionnement à la grande satisfaction de Sibel. Jeff alla chercher de quoi dîner – et Trix et Max – et il revint pour découvrir que tout le clan Rhodes avait également débarqué dans la maison, avec également de quoi manger, et que Brady et Dave étaient en train d'installer toutes les rallonges sur la table.

— Nous allons probablement devoir nous étendre jusque sur la terrasse, constata Ella. J'espère que ça ira.

Elle regardait vers l'extérieur là où Trix avait ouvertement volé l'élève de Jeff et apprenait des rythmes de batterie à Charlie sur la rambarde de la terrasse.

Jeff se glissa derrière Ella et enroula les bras autour de sa taille.

— C'est parfait.

Bien qu'un peu écrasant. Jeff n'avait jamais eu beaucoup de famille, et maintenant les deux familles qu'il s'était trouvées étaient ensemble dans un même endroit pour que la première puisse aider la seconde.

— Ne deviens pas tout sentimental avec moi, avertit Ella en plaisantant.

— Je vais chercher les assiettes, dit-il en embrassant sa joue.

Le dîner donna le ton pour la semaine – à savoir chaotique, joyeux et bruyant. Pendant que Sibel se détendait chez Jeff, Howl campait dans la cave d'Ella, affinant ce qui s'avérait être un album pratiquement complet. Jeff rentrait chaque soir nerveux mais épuisé, et Carter rentra avant lui chaque jour sauf un.

Ce jour-là, Jeff était dans la cuisine, essayant de décider s'il avait l'énergie pour préparer quelque chose qui pourrait charitablement être appelé un dîner ou s'il allait faire une sieste puis commander une pizza, quand la porte d'entrée s'ouvrit.

—Jeff ?

—Hmm ?

S'il fixait le réfrigérateur pendant assez longtemps, d'alléchantes options de nourriture basses en énergie s'assembleraient toutes seules, pas vrai ? C'était ainsi que ça fonctionnait ?

C'était ainsi que ça *devrait* fonctionner. Si un réfrigérateur pouvait faire les courses, il pourrait sûrement dire quoi prendre au dîner.

— Est-ce que tu… commença Carter avant de s'arrêter. Est-ce que j'interromps quelque chose ? Est-ce que le frigo et toi avez besoin d'une minute ?

Ah oui, il gaspillait de l'énergie. Jeff referma l'appareil.

— Le frigo et moi avons besoin d'au moins une demi-heure. Tu sais comment je suis.

Mais quelque chose dans le comportement de Carter semblait bizarre – excité, mais restreint, hésitant.

— Que se passe-t-il ?

— Sais-tu pourquoi je viens d'avoir un appel m'invitant à postuler pour un emploi comme intermédiaire de recherches et coordinateur avec le Ministère de l'Environnement et du Changement Climatique ?

Jeff cligna des paupières en le regardant. Pourquoi saurait-il ça ? À moins que…

— Non… ? Euh, qui est le Ministre de l'Environnement ?

— Annemarie Jacoby.

Oh Seigneur. Un rire hystérique et étranglé s'échappa.

— Oh non, se lamenta Carter. Qu'as-tu fait ?

— Rien, protesta Jeff avec une respiration bruyante, se retenant contre le frigo. Elle était au concert de la Fête de la Confédération. Elle aime tes vidéos.

— Oh mon Dieu, s'exclama Carter, les yeux écarquillés.

— Tu devrais le savoir, reprit Jeff. Ces choses-là sont partout. *As It Happens* ne t'ont-ils pas appelé pour une interview?

— J'étais occupé, répliqua-t-il.

— Peu importe. Tes vidéos sont irrésistibles pour internet, même si tu utilises YouTube comme un vieillard.

— Je te l'ai dit, le format portrait de TikTok…

Jeff n'allait pas avoir de nouveau cette discussion alors qu'il était mort de fatigue – même s'il *pouvait* réciter sa partie dans son sommeil.

— J'ai mentionné que tu travaillais comme un fou à essayer d'obtenir toutes ces données pour une de tes collègues, parce que tu savais qu'elles devaient exister mais ne pouvaient pas être utilisées pour quoi que ce soit. Je ne savais pas qu'elle était ta patronne ou autre.

— Elle n'est pas ma patronne. Elle ne pourrait pas l'être – c'est un travail lié à la province. Je devrais quand même envoyer ma candidature. Je..

Carter s'assit à la table de la cuisine. Après un instant de réflexion, Jeff s'assit également. Ses pieds le remercièrent. Carter lâcha un long soupir et leva finalement les yeux.

— C'est un bon travail. Important.

Alors postule, pensa Jeff. Il faisait déjà ce foutu travail, de toute façon. Mais cela devait être le choix de Carter. Jeff posa le menton sur sa main.

— Que vas-tu faire?

— Honnêtement?

— Honnêtement.

Les yeux de Carter avaient l'air un peu excités. Avec de la chance, il n'essaierait pas de faire encore un autre travail. Jeff serait obligé de sévir.

Pendant quelques secondes, il tambourina simplement des doigts sur la table. Puis il se leva et tira Jeff avec lui. Celui-ci cligna des paupières.

— Quoi?

— Je vais emmener mon petit ami dîner, dit Carter. Puis nous allons renter à la maison.

Oh, Jeff aimait ce plan.

— J'écoute. Continue.

Avec un sourire, Carter attira son attention sur le pouce qui caressait doucement la peau à l'intérieur du coude de Jeff.

— Et nous allons faire une *sieste,* chantonna-t-il.

Jeff n'aurait vraiment pas pu dire s'il était fou de joie ou déçu. Une sieste avec Carter paraissait extraordinaire.

Cependant, Carter n'avait pas fini. Il continuait de bouger le pouce en cercles doux, et il se pencha, si grand qu'on avait l'impression qu'il pourrait cacher le monde entier, et si proche que Jeff aurait pu compter ses cils.

— Et je vais ensuite te faire jouir si fort que tu vas oublier les mots de chaque chanson que tu as un jour écrits, et aucun de nous ne va penser au travail jusqu'à demain matin.

C'était une chance que Carter avait une si bonne prise sur lui, ou Jeff aurait pu se blesser en s'évanouissant.

— C'est la chose la plus gentille que tu m'aies jamais dite.

— Je me ferais pardonner plus tard en te disant des trucs cochons, grogna Carter en embrassant son front.

Si Carter disait *putain* deux fois en vingt minutes, Jeff en mourait.

— Laisse-moi simplement mettre mes chaussures.

AVEC SIBEL pour s'occuper de la table de mixage, enregistrer la démo se révéla être la seconde partie la plus facile de toute cette entreprise.

— Je m'attendais à plus de cris et de jurons, admit-elle en enlevant ses écouteurs. Où est tout le drame?

Cette observation stupéfia Jeff, parce qu'elle avait raison. La dernière fois qu'ils avaient enregistré un album avait été stressante et pleine de disputes mesquines. Il jeta un coup d'œil à Trix.

— Je pense que nous l'avons laissé à notre ancien label.

— Merde alors, s'étonna Jeff en secouant la tête.

Après des mois de stress, ils avaient enfin réussi.

— Je vais dormir pendant une semaine, déclara Max, étalé au sol sur le dos. Dis à ta belle-mère de ne pas me bouger.

— Pas d'excès de sommeil avant que nous ayons un nouveau contrat, objecta fermement Trix. D'abord, nous envoyons ça à Monique, puis nous signons avec le nouveau label, *ensuite* nous dormons.

Sibel releva les pieds sous elle sur sa chaise.

— Je pense qu'il y a une chose que vous oubliez, cependant.

— Avez-vous entendu quelque chose? demanda Joe. Parce que je n'ai rien entendu.

— Non, répondit Trix. Silence total.

— Comment allez-vous l'appeler? questionna Sibel, ignorant tout ça.

Oh.

Jeff n'y avait pas pensé.

304

— C'est facile, expliqua Max en agitant la main. Le reste d'entre nous a voté.

Trix le poussa avec une baguette.

— Tu veux rendre le vote unanime ?

Il s'avérait que Jeff voulait, mais maintenant, il avait un autre problème.

— Merde, lâcha-t-il en frottant un doigt sous son œil droit. Je pense que je dois écrire une autre chanson.

XXI

Deux jours plus tard, Monique les retrouva à LaGuardia.

Jeff avait toujours aimé la ville de New York. Les New-Yorkais avaient des règles – ne pas embêter les célébrités durant leurs heures de repos était l'une d'elles, surtout. Non pas qu'ils prenaient des risques. Tous les quatre portaient leurs tenues de ville passant le plus inaperçues et laissaient Monique, dans un magnifique tailleur en lin crème avec un débardeur en soie bleu sarcelle, attirer l'attention des gens.

Ils ne seraient pas en ville longtemps, si le Destin le voulait.

La voiture passa les prendre juste à l'extérieur de l'aéroport, et ils montèrent rapidement dedans. Jeff appuya la tête contre la vitre et leva les yeux le long des immeubles vers le ciel – enfin, il ne pouvait pas voir jusque-là, mais il *leva* les yeux... et sourit.

— Vous vous souvenez de la première fois où nous avons joué à New York?

— À peine, admit Max avec l'ombre d'un sourire. N'as-tu pas vomi?

— Deux fois.

Jeff n'avait pas beaucoup de cran en règle générale, mais jouer à NYC pour la première fois l'avait préparé à cracher des papillons pendant une semaine.

En face de lui, Joe sourit.

— C'était l'éclate pour tout le monde, si je me souviens bien.

C'était sa période avant Sarah. Jeff avait la vague impression que Joe était rentré avec des jumelles, mais il n'allait pas poser la question. Bien que...

— Qu'est-ce que tu as fait? demanda-t-il à Trix.

Elle étira les jambes, ses sandales abandonnées sur le sol de la voiture, et les posa sur les genoux de Max. Eux deux avaient partagé une chambre pendant les premières années de tournée.

— Honnêtement? Je suis rentrée à l'hôtel et j'ai sangloté dans la douche pendant dix minutes parce que je ne pouvais pas croire que nous l'avions fait, puis je suis allée me coucher et j'ai dormi pendant onze heures.

— Je m'en souviens, dit Max. Je pensais que tu avais bien trop bu. J'ai trébuché quand je suis entré, tu n'as même pas bougé.

— Une catharsis émotionnelle est meilleure que n'importe quel somnifère, expliqua Trix en se frottant la nuque avant de hausser une épaule. Prouver enfin que les gens ont tort – qu'on pouvait être un groupe de rock avec une batteuse et qu'elle n'avait pas besoin de baiser un des mecs pour gagner sa place… Douce, douce justification.

Jeff s'autorisa à s'enfoncer dans la justesse de tout ça. Avec le soleil se déversant sur son visage, il avait l'impression d'être personnellement béni par sa décision de rester. Ils n'avaient pas abandonné. Et maintenant, ils pouvaient récolter les récompenses de leur travail.

Monique s'éclaircit la gorge alors qu'ils passaient le coin de rue suivant.

— Bon. Revoyons notre plan pour la réunion une fois de plus.

Elle leur expliqua en détail – répétant pour s'assurer qu'elle savait exactement ce qu'ils demandaient, leur rappelant de s'en remettre à elle et de la laisser parler si les choses ne semblaient pas basculer en leur faveur. Ils n'avaient pas réservé de billets de retour, juste au cas où ils auraient besoin de rester à New York pour faire la tournée des labels, mais Jeff ne pensait pas qu'ils en auraient besoin.

C'était le meilleur album qu'ils avaient jamais composé. Cela pourrait bien être leur *Rumours*… et tout le monde savait que c'était le meilleur album de Fleetwood.

Si les producteurs savaient ce qui était bon pour eux, ils donneraient à Howl ce qu'ils voulaient et seraient reconnaissants de cette opportunité.

On croisait les doigts.

La voiture s'arrêta aux bureaux du label quelques instants après, et Monique entra à grands pas jusqu'à l'accueil dans ses talons hauts Manolo Blahniks

— Monique Huberdeau et Howl pour Zephyr Kendrick.

Le réceptionniste leva le regard à travers ses lunettes à bords épais en plastique, les yeux écarquillés. Il les fit avancer et enfonça un bouton sur son téléphone. Les portes de l'ascenseur s'ouvrirent derrière lui.

— Vous pouvez monter. Elle vous attend.

Jeff ignora intensément la bétonnière s'agitant dans son ventre. Soudain, l'effet papillon lui manquait.

Une moitié de lui s'attendait à une installation typique de salle de conférence, mais à la place, ils furent introduits dans un bureau décontracté avec des meubles de salon confortables et une sonorisation qui aurait fait plonger Sibel dans les manuels pour baver sur les spécifications.

Une femme et un homme les attendaient au salon.

La femme s'avança vers Monique pour échanger une poignée de main – sauf qu'une fois qu'elles eurent les mains serrées, elles se penchèrent pour un baiser sur chaque joue. Apparemment, ce n'était pas leur première rencontre.

— Monique. Combien de temps cela fait-il ?

— Ne comptons pas les années depuis la terminale.

Monique se recula avec un sourire et fit signe au groupe d'avancer.

— Zephyr Kendrick, puis-je te présenter Jeff Pine, Trix Neufeld, Max Langdon et Joe Kinoshameg, mieux connu sous le nom de Howl.

Ils allèrent serrer des mains – l'homme avec elle était le vice-président artistique du label, Amir Basri – puis Zephyr leur indiqua les canapés.

— Alors. Monique me dit que vous êtes prêts à franchir le pas et quitter Big Moose. Une fois que certains détails administratifs seront écartés, bien sûr, conclut-elle en agitant la main.

Jeff jeta un coup d'œil à Monique pour obtenir la permission. Elle hocha la tête de manière infime.

— Tout à fait, dit-il.

— Très bien, donc, répondit Zephyr avec un sourire.

Jeff savait que Monique avait transmis numériquement les fichiers de manière ultra sécurisée, mais il ne savait pas si Zephyr et son équipe les avaient écoutés.

Ils n'allaient sûrement pas écouter plus d'une heure de leur propre musique en étant assis dans une salle pleine de cadres ? Il n'y avait pas assez d'antiacides dans la ville de New York pour ça.

Mais le sourire ne fit que s'agrandir.

— Bienvenue à Spin Cycle.

L'ENCRE N'ÉTAIT même pas sèche sur leur chèque – un chèque métaphorique – quand ils réservèrent à la dernière minute leurs billets de retour à Toronto. Jeff eut l'impression de passer tout le vol à faire rebondir son genou. Il n'osa pas envoyer de message à Carter, n'osa même pas vérifier pour voir si leur voyage à NYC était arrivé sur internet. Rien de tout ça ne pouvait avoir d'importance jusqu'à ce que le contrat avec Big Moose soit officiellement résilié.

Le statut de super avocate de Monique devait lui offrir une certaine influence, parce qu'ils n'eurent pas non plus à attendre pour avoir un rendez-vous là-bas.

Toujours crasseux d'un double vol, groggy d'appréhension et de soulagement, ils suivirent Monique dans la salle du conseil exécutif de Big Moose.

Dina était là, ainsi que Tim, ce qui aurait énervé Jeff sauf qu'il allait vraiment apprécier le visage de l'homme quand sa poule aux œufs d'or lui chierait dessus.

Tim ne laissa même pas Monique en placer une quand ils entrèrent dans la salle.

— Ah, Howl. J'espère que vous êtes ici pour nous remettre votre album ?

Monique sourit comme un requin, mais ce fut Max qui s'avança.

— Nous sommes ici pour vous remettre notre lettre de démission. Nous rompons notre contrat.

Ignorant complètement Tim, il avança jusqu'au bureau du président de la compagnie John Cannon. Il glissa le chèque sur la table.

— Vous ne pouvez pas… bafouilla Tim.

— Ils peuvent, l'interrompit Monique. J'ai vérifié trois fois. Tout le paiement est là. Mes clients sont libres de signer avec qui ils veulent.

Pour des raisons légales, le véritable accord ne serait pas signé avant le lendemain.

Cannon avait l'air furieux.

— Durant toutes mes années dans l'industrie…

Oh qu'il aille se faire foutre.

— Quoi ? le coupa Jeff avant de marquer une pause. Personne n'a tenu tête à vos pratiques prédatrices ? Il y a une première fois pour tout.

— Nous avons toujours été des lanceurs de tendance, déclara Trix en écartant innocemment les mains.

Ils regardèrent tous Joe. C'était définitivement son tour de lancer une pique finale.

— Allez vous faire foutre les gars, dit-il avec un haussement d'épaules éloquent. Dina, appelle-moi si tu veux une lettre de référence.

Pour la première fois, Jeff la regarda et remarqua qu'elle se mordait les lèvres, les yeux écarquillés.

— Pour info, lâcha-t-il, nous ne serions probablement pas partis si Dina avait été aux commandes dès le début.

Elle aurait dû avoir, genre, douze ans quand ils avaient débuté, mais peu importe. Il ne voulait pas qu'elle soit virée.

— En fait, intervint-elle, vous savez quoi? Je démissionne aussi.

— Cool! s'exclama Trix en claquant sa main levée.

Monique inclina la tête vers la porte, et Jeff fut heureux de prendre ça comme un signal pour partir.

— Bon, les non-avocats à l'arrière. C'est Joe qui paie les verres?

— C'est au tour de Trix de payer l'addition…

— Je vais payer, intervint Max, attirant des cris de joie.

Devant eux, Monique offrit son bras à Dina.

— Alors écoutez, dit-elle, je suis nouvelle dans le domaine de l'encadrement musical. Je suppose que vous n'avez pas signé d'accord de non-compétitivité…?

Tiré de *Guitar Hero Magazine*
Numéro de septembre.

HURLER À la lune bleue

Cet été fut un tourbillon pour Howl plusieurs fois nominé pour les Grammy. Entre des accusations pour outrage public à la pudeur, tête d'affiche pour la fête de la Confédération, finir une tournée et couper les ponts avec Big Moose, ce furent quelques mois mouvementés, c'est le moins qu'on puisse dire.

Et cela sans mentionner la romance de conte de fées du meneur Jeff Pine avec son meilleur ami Carter Rhodes, récemment célèbre pour @smokeybearlake, ou la joyeuse nouvelle de la future paternité de Joe Kinoshameg (sa partenaire, Sarah Monague attend leur premier enfant en décembre).

D'une certaine manière, en plus de tout ça, désintox et traitement pour Max Langdon, et une poignée de transactions immobilière, Howl a trouvé le temps d'enregistrer un nouvel album et de signer un nouveau contrat, cette fois avec Spin Cycle de NYC.

Vous pourriez penser qu'écrire un album au milieu d'un été si tumultueux aurait pour résultat quelque chose de bâclé, sous un effort dissipé, assemblé par nécessité. Mais vous auriez tort à ce propos. J'avais tort à coup sûr.

Bien qu'il soit évident que chaque membre du groupe a traversé ses propres épreuves durant cette dernière année – la batteuse Trix Neufeld a récemment rendu public le fait qu'elle était une survivante d'abus sexuel étant enfant – leurs voix travaillent ensemble de façon magnifique sur cet album, liées par un fil commun : cette sensation d'atteindre la trentaine et de se demander, *Et ensuite ? Je ne suis pas là où je devrais être. Je suis à la traîne.*

— Notre emploi du temps de tournée avec Big Moose était énorme.

Jeff Pine se confie à moi, attablé au fond d'un restaurant familial dans sa ville natale de Willow Sound, Ontario, à quelques heures de Toronto. Loin de l'homme traqué et émacié qui ornait les couvertures de magazines internationaux plus tôt cette année, à la fin de la tournée de février du groupe, ce Pine est bronzé, aux joues rondes et avec des fossettes, complètement à l'aise. Tandis que nous discutons, il sirote un milk-shake ; une chanson qu'il a écrite passe sur les petits haut-parleurs du restaurant au-dessus de nous.

— J'étais épuisé, Max partait en vrille, Joe venait de découvrir qu'il allait être père, Trix essayait de résoudre ses propres problèmes. Mais aucun de nous n'en parlait aux autres. Je suis venu ici convaincu que j'allais trouver le cran de retourner à Toronto et de partir pour de bon, payer pour sortir de notre contrat et ensuite, je ne sais pas, écrire des chansons dans un chalet dans les bois pour le reste de ma vie, lâche-t-il avec un rire. Excepté qu'il y a bien trop d'araignées dans les bois. Alors, ça n'allait pas marcher.

À la place, il a opté pour un cottage sur le lac avec son meilleur ami du lycée et maintenant petit ami, Carter Rhodes, un homme que beaucoup ont désormais spéculé être l'inspiration pour plus qu'une poignée des premiers tubes de Howl. Et quant à la décision de rester avec Howl…

— Quand je suis venu ici au début, dit-il, je voulais une pause, mais ce que j'ai obtenu était de la clarté, de la perspective. J'ai réalisé que j'étais devenu si épuisé que je ne pouvais pas voir au-delà de mes propres problèmes et que la façon dont nous faisions tout ça était malsaine aussi pour les autres membres du groupe. Il a fallu une petite pause pour que je me rende compte qu'ils n'étaient pas la bonne cible de ma frustration. Une fois que j'ai compris ça, tout mon plan a changé.

Le plan, d'après ce que j'en ai compris – ni Pine ni aucun autre membre du groupe ne confirmera ou niera – semble avoir reposé sur le fait de décrocher un label différent avant que leur prochain album, le dernier sur leur contrat avec Big Moose, n'arrive à échéance.

Quelle que soit la motivation derrière, le dernier album en date de Howl est bien plus qu'un appel à la liberté. Il alterne entre lien émotionnel et chansons accrocheuses, et résonnera auprès de n'importe quel public qui s'est battu avec des démons passés, de l'incertitude, et la redoutée crise de la trentaine. Durant les deux heures que j'ai été autorisé à passer au cottage de Pine pour une avant-première, dans un studio d'enregistrement apparemment assemblé dans le but spécifique de créer cet album, j'ai lutté pour ne pas me voir dans chaque chanson. C'est une collection de titres qui vous rejoignent là où vous êtes et vous disent que ce n'est pas grave de ne pas avoir toutes les réponses.

C'est l'album que nous attendions – même si les dates de tournée sont plus éloignées et considérablement plus éparpillées que nous en avions l'habitude au cours des dix dernières années.

Rhodes's Garage sort en numérique et en boutiques physiques près de chez vous en novembre.

— C'EST LE dernier.

Carter posa le carton sur le haillon et le poussa. Il s'inséra tout juste entre la tondeuse et le casier Rubbermaid plein de détritus de la cuisine.

Jeff referma le haillon et s'appuya dessus.

— Nous faisons une dernière visite ?

— Je pense que nous devrions, répondit Carter en tendant la main. Allez.

Jetant un dernier regard au panneau VENDU au bout de l'allée, Jeff laissa Carter le conduire dans la maison.

Elle ne ressemblait pas du tout à ce qu'elle avait été la première fois qu'il avait été ici. Au lieu de piles de cartons et de bazar, le couloir ne contenait rien à part une empreinte occasionnelle de chaussure. La semaine avait été pluvieuse, et cela n'avait pas de sens d'enlever leurs chaussures à chaque fois qu'ils récupéraient un autre carton à ramener au camion. Les placards de la cuisine étaient ouverts, le meilleur moyen de vérifier qu'ils avaient été vidés. Même le rideau de la douche avait été emballé, bien que Jeff n'ait aucune idée de ce que Carter allait en faire. Ils n'en avaient certainement pas besoin au cottage.

Le bureau de Carter était vide mis à part les rideaux et la barre de traction installée sur la porte.

Ils s'arrêtèrent dans la chambre - vide à part eux deux. Carter enroula les bras autour de la taille de Jeff et se blottit derrière lui.

— Quelques bons souvenirs ici, commenta Jeff en pliant les bras au-dessus de ceux de Carter.

— Nous pourrions en faire un de plus, souffla Carter, penchant la tête pour blottir le nez contre son oreille.

Jeff aurait dû le voir venir. Il se tortilla un peu – le picotement de la barbe de Carter contre son cou, en contraste avec la chaleur douce de sa bouche, l'excitait toujours, mais elle chatouillait aussi – et il protesta :

— Il n'y a aucun meuble.

— Hmm, lâcha pensivement Carter.

Il mordit gentiment le côté de son cou. Puis il le retourna, hissa Jeff par les cuisses et appuya son dos contre le mur.

— Oh mon Dieu, murmura faiblement Jeff.

Carter le tint d'une main pour sortir de sa poche une bouteille de lubrifiant. Il n'avait même pas su que son sexe pouvait devenir dur aussi vite ; c'était comme être de nouveau un adolescent.

— D'accord, oui, mais repose-moi pour que je puisse enlever mon pantalon.

Carter l'embrassa d'abord, rapide et obscène, puis recula suffisamment pour que Jeff remette les pieds au sol.

— Je suis vraiment content que les nouveaux propriétaires veuillent garder les rideaux, constata Jeff en sortant de son boxer. Légèrement…

Il cria quand Carter le souleva de nouveau avant qu'il s'y attende.

— Je regrette légèrement que nous ayons jeté les préservatifs.

Le trajet jusqu'au cottage serait désagréable.

Carter refit le soulèvement à une main et tendit le lubrifiant à Jeff de l'autre. Celui-ci l'ouvrit, en versa sur les doigts de Carter et fit semblant d'être surpris quand il en enfonça deux en même temps pour étaler le gel en lui.

Puis Carter entra - pas de taquineries cette fois, rien qu'une poussée rapide et peu profonde qui donna à Jeff du mal à respirer. Il réussit à verser du lubrifiant sur sa propre main et était sur le point de l'enrouler autour de lui quand Carter décida que l'angle ne leur convenait pas et fit un pas *en arrière*, prenant davantage le poids de Jeff et orientant le bas de son corps pour pouvoir le clouer de la bonne manière.

— Oh putain, s'exclama Jeff, enroulant un bras autour de l'avant-bras stupidement large de Carter.

Cela n'allait pas durer longtemps.

Le sexe avec Carter était normalement époustouflant, stupidement torride – Jeff aimait être malmené, et Carter savait exactement quoi dire, ou faire, ou comment le toucher pour que Jeff s'enflamme de plaisir. Mais à cet instant, Carter était perdu dans son propre plaisir, pourchassant ce qui était bon pour *lui,* et c'était torride d'une toute nouvelle manière. Le claquement peau contre peau emplissait la pièce, résonnant bruyamment sans les meubles pour adoucir le son. Jeff enroula les jambes autour de la taille de Carter, et regarda ses yeux devenir sombres, puis il se perdit aussi, touchant son membre en de rapides caresses étroites, désespéré d'atteindre l'orgasme.

Il y était presque quand il entendit le coup à la porte d'entrée.

— Vous vous *foutez de moi*? siffla-t-il quand la voix de Brady appela :

— Carter? Vous êtes là, les gars?

Carter devait être proche aussi, parce qu'il offrit une poussée particulièrement brutale – la bouche de Jeff tomba ouverte et un cri haletant en sortit – ses joues étaient rougies, et ses yeux brillants quand il hurla :

— Dégage! Nous baisons!

Jeff fut si surpris par le juron qu'il rigola tout haut, ce qui fit grogner Carter et le fit bouger plus fort.

Il entendit vaguement le cri de Brady «Oh mon Dieu, *dégoûtant*» résonner à travers la maison, mais il s'en fichait, parce que Carter était en train de jouir, son sexe tressautant à l'intérieur de lui. Jeff put le sentir couler hors de lui, sentir la façon soudainement ultra glissante dont Carter bougeait en lui, et ceci plus que n'importe quoi le poussa par-dessus bord.

Il revint à lui avec Carter appuyé contre lui, plus près maintenant qu'il n'avait plus rien à prouver.

— Je vais te reposer maintenant, dit-il. D'accord?

— Hmm, approuva Jeff.

Ses jambes étaient un peu raides quand il les décrocha de la taille de Carter, et elles n'étaient définitivement pas contentes de supporter son poids. Il baissa les yeux sur lui-même et le désordre qu'ils avaient fait de l'autre.

— Nous avons laissé du savon dans la salle de bain, pas vrai?

— Et des serviettes en papier, confirma Carter.

— Bien.

D'un moment à l'autre maintenant, Jeff allait se faire confiance pour tenir debout sans s'appuyer sur le mur.

— Nous devons te laver la bouche, dit-il.

— Ce n'est pas l'orifice que j'allais suggérer, mais voyons comment tu essaies.

Il tendit une main pour que Jeff se stabilise dessus... puis ils regardèrent tous les deux leurs mains et grimacèrent. C'était un miracle que Carter n'ait pas fait tomber Jeff sur les fesses après avoir joui. Jeff ne pouvait imaginer avoir une prise sur *quoi que ce soit* avec autant de lubrifiant et de sperme dessus.

— Salle de bain? suggéra-t-il après un moment.

— D'accord.

Quand ils furent rhabillés et qu'ils sortirent, Brady était assis dans son véhicule avec la musique montée si fort que ses plombages devaient probablement s'entrechoquer et tomber de ses dents. Carter avait les joues en feu, mais Jeff refusait d'être gêné. Peut-être que ceci apprendrait enfin à la famille de Carter à appeler avant. Il agita joyeusement la main

Brady éteignit le pick-up et regarda ostensiblement sa montre avant de lancer un sourire en coin.

— Réfléchis attentivement au fait que Noël arrive avant de dire ce à quoi tu penses, conseilla Jeff avec entrain. Je garde toujours mes reçus.

— Nous sommes fin septembre, s'étonna Carter en lui jetant un regard de côté

— Ce qui signifie que j'ai plusieurs longs mois à ne pas faire d'achats pour les cadeaux de Noël, expliqua Jeff avant de ramener son attention vers Brady. Qu'avons-nous appris?

— La prochaine fois, j'appelle d'abord? tenta celui-ci en levant les mains.

Maintenant, Jeff souriait. Ils *pouvaient* apprendre.

— Bien. Tu es chargé de l'apprendre à Maman.

— Pourquoi étais-tu là, de toute manière? demanda Carter quand Brady pâlit. Puisque c'était si important que tu ne pouvais pas *appeler avant*.

— Honnêtement, j'ai simplement vu le camion quand je suis passé et j'ai pensé voir si vous aviez besoin d'une paire de mains supplémentaires, avoua-t-il avant de rougir et de se couvrir le visage. Je veux dire, clairement pas. Mais je sais que la soirée feu de camp commence à dix-neuf heures, et ils prennent possession de la maison demain...

Ah oui – Jeff était encore en train de se réhabituer à tous ces membres de la famille qui voulaient en fait aider.

— Nous avons tout fini ici. On te voit au parc ?

— Nous y serons. Pendant un moment, en tout cas, avant que le bébé doive aller dormir.

En parlant de ça, ils feraient mieux de se bouger. Il était presque dix-sept heures et… enfin, Jeff avait besoin d'une douche.

— Ça va. Dis à Katie que je lui garde une bière.

Ils finirent par arriver à la soirée feu de camp *presque* à l'heure, mais quand ils s'arrêtèrent sur le parking, Carter ne bougea pas immédiatement pour descendre. À la place, il tambourina pensivement des doigts sur le volant.

Jeff couvrit sa main, essayant de ne rien révéler. Carter n'était pas supposé savoir qu'il se passait quelque chose. C'était simplement une autre soirée feu de camp – sa dernière en tant que naturaliste de Great Bear Lake, mais rien qu'une autre soirée feu de camp.

— Hé. Tu n'as pas de doutes sur le fait de partir ?

— Non, répondit Carter en secouant la tête.

Il avait postulé et obtenu le travail avec le Ministère de l'Environnement et du Changement Climatique. Mais les emplois de service civil impliquaient beaucoup de précipitations puis d'attente pour débuter, et il avait également des choses à conclure au parc. Il ne voulait pas les laisser sans naturaliste en pleine saison touristique.

Jeff aurait parié son prochain chèque de royalties qu'il ne voulait simplement pas abandonner les soirées feu de camp. Il était pratiquement sûr qu'ils allaient finir par y assister quand même.

— Ça va me manquer, avouait-il désormais, mais… Je ne vais en fait nulle part. J'aurais toujours des données à rechercher dans le parc. Je n'ai même pas à bouger mon bureau. Je ne sais pas comment ils ont réussi ça.

Cela avait été une des choses qu'il avait demandées avant d'accepter le poste.

Jeff ne prétendit pas comprendre les complexités des juridictions fédérales vs. provinciales quand il était question de parcs ou de politique. La seule idée d'essayer de comprendre lui donnait mal à la tête. Mais il était certain que Carter écartait un scénario très plausible.

— Peut-être simplement qu'ils t'apprécient.

Riant, Carter tendit finalement la main vers la portière.

— Oui, peut-être. Allez. Je suppose que nous ferions mieux d'y aller.

Il attrapa même la guitare de Jeff sur le siège arrière pour lui. Il était un tel gentleman.

Le feu de camp avait déjà été allumé le temps qu'ils atteignent l'amphithéâtre. Des enfants et des adultes, amis, famille et clients du parc, étaient rassemblés sur les bancs, discutant entre eux. Une banderole qui était accrochée entre deux arbres – sans aucun doute faite de papier recyclé – disait *Félicitations, Smokey.* Quelqu'un avait scotché une image de Carter dans son uniforme de naturaliste du parc, certainement tirée d'un de ses clips sur YouTube.

Jeff espérait assez qu'ils le laissent garder l'uniforme.

Kara les aperçut en premier et cria :

— Ils sont *là* ! Je savais qu'ils seraient en retard !

Max se retourna avec un énorme appareil photo – un passe-temps qu'il avait commencé depuis son séjour en désintox.

— Souriez, les nuls !

Avec tous les enfants autour, Jeff dut étouffer l'envie de lui faire un doigt d'honneur. Il tira la langue à la place.

— Ton œuvre, je présume, estima Carter en se tournant vers lui, souriant à moitié.

— Mon idée, corrigea Jeff avec un grand sourire. J'ai délégué le vrai travail.

Trix leur apporta des boissons et exécuta une stupide révérence quand elle leur donna.

— Je vois que la période lune de miel continue.

— Je ne peux ni confirmer ni nier, déclara Jeff en acceptant la boisson avant de regarder autour de lui. Est-ce que Joe et Sarah sont arrivés ?

— Oui, mais elle devait de nouveau aller aux toilettes, et tu sais comment Joe la couve. Il doit probablement lui tenir son sac à main, expliqua-t-elle avec un sourire. L'as-tu vue dernièrement ? On dirait que quelqu'un a mis un ballon de basket dans son t-shirt. C'est adorable.

Il ne l'avait pas vue depuis qu'ils avaient fini d'enregistrer la version finale de l'album un mois auparavant. Franchement, Jeff était simplement content qu'elle ait enfin pris un peu de poids.

— Ce sera bon de les retrouver.

Il venait juste de les apercevoir émergeant des toilettes quand Kara alluma le micro.

— Si je peux avoir l'attention de tout le monde, demanda-t-elle obtenant quelques sifflets en réponse. Merci. Nous sommes ici ce soir pour dire à plus à un des meilleurs du parc. Il ne va nulle part ; nous aimons simplement faire la fête.

Derrière elle, Joe embrassa la joue de Sarah et elle alla s'asseoir au premier rang de sièges, où la mère de Carter lui avait réservé une place.

— Quoi qu'il en soit, continua Kara, je ne sais pas si vous le savez, mais Carter a ce lien avec un groupe semi-local. Je n'ai personnellement jamais entendu parler d'eux...

—Houu, cria Trix.

Mais elle, tout comme Joe et Max, avançait sur le côté de l'amphithéâtre.

C'était le signal de Jeff. Il se tourna vers Carter et tendit les mains pour prendre l'étui à guitare.

— Tu ne peux simplement pas résister à une audience captivée.

Jeff ne pouvait laisser passer une chance de jouer pour lui. Il se pencha pour un baiser rapide.

— Tu me connais. Va t'asseoir. Va voir si Jeri a déjà démarré les marshmallows grillés.

— Oui, très cher, répliqua Carter en levant les yeux au ciel.

Un homme, que Jeff supposa être un des clients du parc, devait avoir entendu, parce qu'il déguisa à peine un rire en toux.

Trente secondes après, Jeff avait la Seagull passée sur son épaule, accordée et prête.

— Salut tout le monde, lança Max. Merci à tous d'être venus.

Jeff prit une grande inspiration; il y avait une odeur de pin. S'il se concentrait, il pouvait tout juste entendre les vagues du Sound.

— Nous n'allons pas nous présenter parce que ce soir, il n'est pas question de nous, continua Joe.

— C'est à propos de ce type que Jeff connaissait au lycée. Il a sauvé notre groupe de la même manière qu'il essaie de sauver l'environnement, ajouta Trix en tapant un rapide ra-ta-plan. Il ne polluerait même pas l'air avec des jurons.

— Ce n'est pas vrai ! hurla Brady quelque part à l'arrière.

Jeff sourit et fit un clin d'œil à Ella, qui avait tiré Carter pour qu'il s'assoie de l'autre côté d'elle.

— Carter aime la soirée feu de camp, dit-il, les joues roses de celui-ci lui montrant qu'il avait compris le sous-titre. Alors j'ai pensé que nous pourrions avoir son groupe préféré pour jouer sa chanson préférée.

Mais quand il croisa les yeux de Max et joua le riff d'ouverture iconique de « The Difference », Carter l'arrêta.

— Jeff, se plaignit-il. Allez.

Seigneur, Carter était un tel sentimental. Mais très bien. C'était sa fête. Jeff assourdit les cordes et regarda Max, puis Joe.

— Comme tu veux, déclara-t-il, ignorant la chaleur sur ses propres joues.

À la seconde où Carter avait entendu cette chanson, il avait affirmé que c'était sa nouvelle préférée.

Ce n'était pas que Jeff ne le savait pas. C'était simplement que la majorité du monde ne l'avait pas encore entendue.

Eh bien, peu importe. Le single paraîtrait le lendemain, de toute façon. Jeff se pencha vers le micro et secoua la tête en direction de Carter, mais il n'était pas en colère.

Carter aimait *cette* chanson parce que c'était la première que Jeff avait écrite sur lui-même.

— Cette chanson s'appelle « Little Fish ».

WILLOW SONG GAZETTE
Des artistes locaux raflent des Grammy Awards
Par Avery Cho

La nuit dernière fut excitante pour les fans de musique canadienne. Aux Grammy Awards à Los Angeles, le phénomène pop-rock Howl a ramené à la maison le premier Grammy Award de leur carrière.

Et leur second.

Et leur troisième.

Le meneur Jeff Pine, trente et un ans, a accepté le premier pour le Meilleur Album Rock.

— Nous n'aurions véritablement pas pu faire ça sans le soutien de nos familles et de nos fans, a-t-il dit. Ceci est pour vous.

L'automne dernier, un monument local, Rhodes's Garage, a été utilisé comme lieu de tournage pour un des clips vidéo de l'album.

Pine et son partenaire, Carter Rhodes, vivent à Willow Sound.

ASHLYN KANE aime penser qu'elle peut tout faire, mais son manque de suivi cause souvent sa perte. Sa maison est tout aussi pleine de projets à moitié finis que l'est son dossier d'écriture. Mais avec l'aide de ses médicaments pour Trouble de l'Attention, elle s'en sort.

Ayant lu et parlé tôt, Ashlyn a toujours eu un talent pour le langage et raconter des histoires. À huit ans, elle a assisté à son premier atelier d'écrivain. Adolescente, elle a gagné une compétition amateur de poésie. Adulte, elle a reçu une critique cinq étoiles dans *Publishers Weekly* pour son roman *Fake Dating the Prince*. Il y a eu quelques années au milieu de tout ça, mais qui compte ?

Ses passe-temps incluent de la décoration d'intérieur DIY, du jardinage en pot (on n'arrache pas de mauvaises herbes), de la musique, et passer du temps avec son énorme chien couleur chocolat. Elle est l'heureuse femme d'un homme merveilleux, la fille de deux paires de parents géniaux, et la grande sœur/belle-sœur fière des plus grands intellos au monde.

Abonnez-vous à sa newsletter sur www.ashlynkane.ca/newsletter/
Site internet : www.ashlynkane.ca

Par Ashlyn Kane

American Love Songs
Le mal par le mâle
Le guide de la rock star pour obtenir son mec

Publié par Dreamspinner Press
www.dreamspinner-fr.com

American Love Songs

ASHLYN KANE

Jake Brenner trouve qu'il y a bien trop d'hommes à séduire pour tomber amoureux – ou c'est en tout cas ce qu'il prétend. En plus, il est bien trop occupé avec son groupe, les Wayward Sons, pour laisser une place à la romance. Sa réticence n'a rien à voir avec le béguin gênant qu'il a pour Chris, chanteur du groupe et jadis son meilleur ami. Mais tout ça, c'est avant que le vaga-bond et énigmatique Parker McAvoy, soit engagé comme nouveau guitariste.

Il peut cacher son attirance envers le timide et adorable Parker un moment, mais le désir de faire quelque chose à ce sujet devient impossible à ignorer. Le problème, c'est que Parker sait tout de l'inconstance sentimentale de Jake… et, ah oui, il n'est pas gay. En tout cas, c'est ce que Jake pense, jusqu'à ce qu'un enchaînement d'événements étranges le fasse peut-être changer d'avis. Peut-il convaincre Parker d'oublier son passé difficile et de lui donner une chance, ou cette chan-son d'amour va-t-elle se terminer avant même d'avoir commencé ?

www.dreamspinner-fr.com

Le mal par le mâle

Ashlyn Kane
& Morgan James

Il est neuf heures du matin, après les funérailles de son père, et Ezra Jones sait déjà qu'il va passer une mauvaise journée. Il se réveille avec une gueule de bois, il a mal partout et se trouve couvert de sang. Puis ça empire : le séduisant et irrésistible Callum Dawson fait son apparition sur le pas de sa porte, clamant qu'Ezra a été transformé en loup-garou. Ezra voudrait être sceptique, mais les preuves sont difficiles à ignorer.

Ezra n'a pas beaucoup de temps pour s'habituer aux règles du jeu que l'Alpha Callum lui impose – ou à la façon dont son corps répond à la domination de Callum – tandis qu'il commence à travailler pour le Centre pour le Contrôle des Maladies afin de découvrir l'origine d'une épidémie de lycans. Quand la tension sexuelle explose enfin, Ezra a à peine le temps d'en profiter parce qu'un autre danger les menace. Quelqu'un veut s'en prendre à lui à des fins peu scrupuleuses et fera tout pour y arriver.

www.dreamspinner-fr.com